#4

흔해빠진 직업으로 세계최강 제로

ARIFURETA SHOKUGYOU DE SEKAISAIKYOU ZERO

시라코메 료
shirakome ryo

illust. 타카야Ki
takayaki

"어서 오세요, 세계에 저항하는 사람.
제가 공화국의 여왕,
류티리스 하르치나예요."

"어울려.
안 어울릴 리가 없지."

오스카 오르크스

흔해빠진 직업으로 세계최강

ARIFURETA SHOKUGYOU DE SEKAISAIKYOU
ZERO

#4

시라코메 료 지음
타카야Ki 일러스트
김장준 옮김

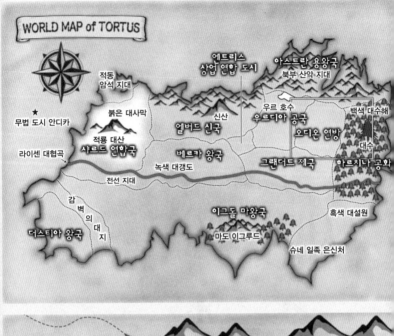

WORLD MAP of TORTUS

적동 암석 지대

무법 도시 안디카 ★

붉은 대사막

적룡 대산 샤르드 연합국

엘버드 신국

신산

에트리스 상업 연합 도시

아스란 용왕국
북부 산악 지대

우르 호수
우르디아 공국

백색 대수해

오디온 연방

대수

라이센 대협곡

베르카 왕국

녹색 대갱도

그랜더트 제국

하르치나 공화

전선 지대

감벽의 대지

더스티아 왕국

이그돌 마왕국

마도 이그루드

흑색 대설원

슈네 일족 은신처

아스모스 지국
수도 모즈 ★

에네드라 지국
수도 엘란 ★

블레이즈 지국
수도 블레이즈 ★

데사이퍼 지국
수도 데사이스 ★

오디온 연방

우라크 지국
★ 수도 로크

앙그리프 총장국
수도 아그리스 ★

쿠스토스 지국
수도 요크스 ★

백색 전장 평원

벨룸 지국
수도 벨리 ★

마기아 지국
수도 만도라 ★

CONTENTS

무척 조용한 장소였다.

흰 안개가 낀 깊은 숲 속에는 월광석 조각을 뿌려놓은 것처럼 푸르게 빛나는 호수가 있었다.

그녀는 그 호숫가에 서 있었다.

가르마가 머리 중앙을 반듯하게 가로지르고 비단결처럼 흐르는 긴 생머리는 백금색으로 빛났다. 피부는 속이 비칠 것처럼 희어 순백색 드레스와 함께 안개 속에 녹아들 것만 같았다.

오뚝 선 코와 연분홍색 입술, 그리고 비취처럼 반짝이는 긴 눈에는 보는 이로 하여금 무심코 열띤 숨결을 뱉게 하는 예술적인 아름다움이 있었다.

혹시 정령이나 요정 같은 환상 속 생물이 아닌가…….

그런 생각이 들 정도로 신비롭지만 그 특징적인 귀가 그녀는 『사람』이라고 겨우 증명해줬다.

대나무 잎처럼 가늘고 긴 귀는 다름 아닌 삼인족의 증거였다.

나이는 20대 중반쯤 될까?

위엄과 기품, 그리고 지성이 형태를 이룬 듯한, 꿈결처럼 아름다운 여성이었다. 『절세 미녀』란 그녀를 위해 있는 말이라고 누구나 생각할 정도로.

"……."

하지만 지금은 그 미모에 조금 그늘이 드리웠다. 수심에 찬 그늘이었다. 가늘고 긴 손가락은 심란한 마음을 속이려는 것처럼 가슴에 있는 펜던트를 자꾸만 만지작거렸다.

"역시 여기 계셨군요."

갑자기 남자의 목소리가 메아리쳤다.

미모의 여성은 딱히 놀라지도 않고 우아하게 돌아섰다.

"버처즈 공."

"미천한 저에게 존칭을 붙일 필요는 없다니까요. 그냥 배드라고 부르시면 됩니다."

남자는 난감하게 웃으며 어깨를 으쓱했다. 능청스럽고 경박한 인상마저 주는 그는 『해방자』의 부리더 배드 버처즈였다.

그렇다. 수개월 전, 조직 리더인 밀레디가 정기 연락용 편지로 염장질(착각)을 하는 것에 분개해 메모 한 장 달랑 남기고 종적을 감춘 바로 그 남자! 마흔을 넘긴 아저씨면서 열네 살 여자애에게 진심으로 질투하고 사랑을 찾아 떠난 『해방자』 최고위 간부다!

그런 한심한 배드에게 미모의 여성은 살포시 미소 지었다.

조금 전까지는 아름답지만 다가가기 힘든 여성이라는 인상이었으나, 그 웃음 하나에 부쩍 친근감이 강해졌다.

배드가 동요하며 신음을 흘렸다. 자세히 보면 귀 끝이 조금 붉어졌다.

"『기사 사냥꾼』에게 경의를 가지면 안 되나요? 하물며 교회와 전쟁 중인 이 시국에."

"아, 그 별명은 좀…… 해치운 수만 많고 거물은 얼마 못 잡은 나한테는 너무 거창해서……."

"교회와 싸우는 조직의 간부이기도 하시고요."

"그, 그건 뭐 그렇지만……."

교회도 무시할 수 없는 요주의 인물, 지명수배 명단에서 언제나 최상단을 차지하는 흉악한 이단자가 숫기 없이 꼼지락댔다.

여기에 밀레디가 있었으면 「얼굴 새빨개져서 부끄러워하는 아저씨래요~! 푸하하~!」라며 놀려 댔을 게 틀림없다.

본인도 그렇게 생각했는지 배드는 헛기침하며 냉큼 화제를 바꿨다.

"그나저나 피로는 풀렸습니까?"

"네. 좋아졌어요."

"그럼 이제 돌아가시죠. 요즘 소리 소문 없이 종적을 감추셔서 근위병들이 힘들어합니다. 저 같은 외부인까지 수색에 동원할 정도로요."

"어머, 『종적을 감추는 비법』을 알려주신 건 버처즈 공인걸요. 오히려 잘한다고 칭찬해주셔야죠."

"……당신이 사라질 때마다 사람들이 절 죽일 듯이 쳐다본다고요……."

미모의 여성은 후후 웃었다. 실제로 그녀는 혼자가 될 시간이 거의 없었다. 태생이 그랬고 역w할이 그랬으며 입장이 그랬다.

특히 전시인 지금 그녀가 짊어진 역할은 또한 크고 무거웠다. 그녀가 쓰러지면 수천, 수만에 달하는 생명이 사라질 수도 있을 만큼.

그런 그녀는 누구인가. 그 해답은……

"가끔은 혼자만의 시간을 보내고 싶다는 마음은 저도 이해합니다— 공화국 여왕 폐하, 류티리스 하르치나 님."

언제나 새하얀 안개에 싸인 대륙 동부의 비경 【백색 대수해】. 그곳은 인간도 마인도 침입할 수 없는 수인족의 조국이자 성역이었다.

그리고 그 성역의 수호자이자 당대 『하르치나』 국왕이 바로 그녀— 류티리스 하르치나였다.

"……**배드 공**은 가끔 심술궂으세요."

배드가 일부러 직함까지 들먹이며 공손하게 고개 숙인 것은 복수였다. 이름을 편하게 불러주지 않고 본인이 부끄럽게 생각하는 별명을 꺼낸 데 대한 복수. 그것을 깨닫고 류티리스는 입술을 삐죽 내밀었다. 하지만 발그레한 뺨과 쫑긋거리는 귀를 보면 내심 이 대화를 즐기는 것 같기도 했다. 여왕이라는 입장에서 그의 스스럼없는 태도가 신선했는지도 몰랐다.

"죄송합니다. 원래 성격이 이 모양이라서요."

그렇게 말하면서도 조금도 반성하는 기색이 없었다. 류티리스는 참았던 웃음을 흘리며 가볍게 돌아섰다.

류티리스가 맨발로 풀을 밟으면서 걸어갔다. 신기하게도 어떤 소리도 나지 않았다. 발소리를 없앴다기보다는 숲의 풀과 나무가 여왕을 위해서 정숙하는 것 같기도 했고, 혹은 그녀의 발이 행여 다칠세라 부드럽게 받쳐주는 것 같기도 했다.

─정말로 숲의 정령 같다.

배드는 호위 기사처럼 따르며 그렇게 생각했다.

그냥 숲을 걷기만 해도 이 여왕은 신비롭고 환상적이어서 백일몽에 빠진 것 같은 착각을 불러일으켰다.

배드는 원래 【우르디아 공국】의 거대한 호수에 깃든다는 정령을 모시던 사제 일족이었다. 그 일족도 고향 마을도 모두 교회에게 불타 버렸지만, 지금도 자연을 사랑하고 공경하는 마음은 잊지 않았다.

그래서일까? 전승으로 전해지는 자연의 화신— 정령을 방불케 하는 류티리스에게 마음이 끌리는 것은…….

"배드 공은 어떻게 보시나요."

퍼뜩 정신이 돌아왔다. 앞서 걷는 류티리스는 똑바로 앞만 보고 있었다. 아니, 보는 것은 미래일까? 외부자인 배드가 이 전쟁을 어떻게 보는지 묻는 것이다.

그녀의 등을 보며 배드는 배에 힘을 주고 조직 간부의 얼굴이 되어 답했다.

"우리 리더가 제때 도착하면 이길 겁니다."

"……공화국만으로는 못 이긴다고 말씀하셨죠. 하지만 제가 있는 한 수해의 결계는 그 누구도 뚫을 수 없어요. 지금까지 겪은 전황, 그리고 역사가 그걸 증명하지 않나요?"

"교회를 우습게보시면 안 됩니다, 폐하. 놈들이 작정하고 나서면……."

류티리스는 걸음을 멈추고 고개만 돌려 뒤를 돌아봤다. 수심이 드리운 눈동자가 배드를 들여다봤다.

"밀레디와 동료들이 아니면 대항할 힘이 없습니다. 폐하는 분명히 빼앗깁니다."

류티리스는 고개를 떨궜다. 무심하게 아래에 핀 꽃 한 송이를 바라봤다.

"그렇다면—."

나지막이 꺼내려는 말을 배드가 막았다.

"허튼 생각은 하지 마십시오. 투항해 봤자 의미 없습니다. 아니, 오히려 사태가 악화되죠."

"교회와 동맹을 맺고 제 힘을 교회에 빌려줘도 종전 가능성은 없나요?"

"당신은 다른 사람이 될 겁니다. 지켜야 할 것을 신의 이름으로 처단하려 드실 테죠."

"……저는 그렇게 쉽게 제 의지를 잃지 않아요."

"네, 그러실 테죠. 당신의 힘은 절대적입니다. 오래 버티시겠죠. 하지만 당신은 몰라요. 교회가 얼마나 잔인한지. 놈들이 얼마나 무서운지."

류티리스는 얼굴을 돌렸다. 가냘픈 어깨가 미세하게 떨렸다.

그래서 배드는 더 힘주어 말했다.

"믿어주십시오, 우리 『해방자』를."

"……배드 공."

"우리 리더는 엄청 짜증나는 거지 같은 꼬맹이지만…… 우리의 태양입니다. 폐하의 미래도 반드시 따뜻한 빛으로 비춰줄 겁니다. 반드시."

"……."

류티리스는 잠시 배드를 보다가 처연하게 미소 지었다.

다시 걸음을 옮기던 류티리스가 대뜸 물었다.

"그런데 『거지 같다』란 게 무슨 뜻이죠?"

"숨 쉬듯이 사람 속을 긁어 대고 계산적으로 놀려 먹는다는 말입니다."

"어머나, 멋진 리더네요."

배드가 깜짝 놀라 멈춰 섰다. 류티리스도 의아해서 멈춰 섰다.

서로를 바라보길 잠시, 왠지 갑자기 대화가 이상해진 느낌이…….

"폐하! 전선에 기사단이 나타났습니다! 돌아와 주십시오!"

안개를 뚫고 전령인 표인족(豹人族) 청년이 달려왔다.

류티리스와 배드는 서로를 마주 본 후 튕겨 나가듯 뛰었다.

성광 교회의 침공에 맞서기 위해서…….

—백색 전장 평원.

그곳은 공식적으로 군사 대국 【오디온 연방】의 국토였다. 하지만 암묵적으로 널리 알려졌다시피 그 나라는 그 땅을 지배하지 않았다.

왜?

답은 간단하다. 【백색 전장 평원】이란 【백색 대수해】를 따라서 남북으로 이어진 국경 지역을 가리키기 때문이었다.

수해 서쪽 일대에 펼쳐진 평원은 평소 수해에서 흘러나오는 안개가 얕게 깔렸을 뿐 특별히 가시 범위가 나쁘지는 않았다. 하지만 놀랍게도 수해가 전쟁의 불길에 휩싸였을 때는 그 안개가 갑자기 짙어져 순식간에 평원 일대를 서쪽 수 킬로미터 단위로 하얗게 물들여 버렸다. 수해로 침공하려던 자들은 우선 이 흰 안개 평원을 전장으로 삼아야 했다.

수해 속에서는 불과 수 미터 앞도 보이지 않는다. 그에 비해 가시거리가 50미터라도 나오는 평원은 그나마 양호한 편이었다.

그러나 명백하게 의도적으로 발생하는 이 안개가 단순히 적의 시야만 차단할 리 없었다.

"허억허억…… 젠장."

—백색 전장 평원 남쪽, 오디온 연방군 제4 사단 담당 지역.

그곳에 아직 젊은 병사의 욕설이 울렸다.

안개 안쪽에서 들리는 고함과 비명, 가까운 곳에서 큰 북을 난타하듯 고막을 때리는 전투 소리. 심박 수가 주체할 수 없이 빨라지고 식은땀이 뚝뚝 떨어졌다. 땀이 눈에 들어갈 것 같아 한 손을 검에서 떼고 난폭하게 닦았다. 그 순간, 시야 한쪽에 검은 그림자⋯⋯.

"샤악!"

"으악?!"

옆에서 날아든 대검을 반사적으로 검으로 막은 것은 평소 훈련의 성과일까? 몸과 머리가 이별하는 비극은 아슬아슬하게 피했다. 하지만 검에 전해진 충격은 너무나도 강했다.

검이 부러지고 한쪽 팔에서 끔찍한 소리가 났다. 어깨도 탈골됐다고, 청년 병사는 공중을 날며 막연히 이해했다. 주마등을 볼 틈도 없이 땅에 격돌해 의식이 혼란에 빠지는 기분 나쁜 감각을 맛보면서도 동료의 비명으로 자신을 질타했다.

"―『염탄』!"

쓰러진 채 무사한 팔을 들어 마법을 쐈다. 표적은 지금 막 동료를 삼류 희극처럼 양단한 적― 호랑이 귀와 꼬리를 가진 수인종이자 하르치나 공화국 전사단의 전사였다.

청년 병사의 절규 같은 주문이 들렸는지 호인족 전사와 청년 병사의 눈이 순간적으로 마주쳤다.

호인족 전사는 대검을 방패 대신 내세우⋯⋯지 않았다. 그럴 필요가 없다고 확신하는 것처럼.

"제기랄!"

욕은 이번에도 청년 병사에게서 나왔다. 분명히 호인족 전사를 노렸던 염탄은 목표에서 크게 벗어나 그의 옆을 지나가 버렸다. 호인족 전사가 예상한 대로였다.

이것이 바로 이 안개의 특성, 【백색 대수해】가 오랜 세월 난 공불락의 성역으로 불리게 된 원인. 『안개 결계』의 인식 이상 효과였다.

방향 감각 상실과 더불어 원거리 마법과 화살은 모두 엉뚱한 방향으로 날아간다. 안개 농도에 따라서는 효과가 더 커지며 최악의 경우 근접전에서도 명확한 의지가 개입한 순간 인식이 뒤틀려 제대로 싸울 수 없다.

그런데 수해 주민만은 상시 영향을 받지 않을뿐더러 수인족 특유의 예민한 오감 덕분에 시야 불량조차 문제 되지 않는다.

단순히 지리적 우세로 치부할 수준이 아니었다. 수해에 적대하는 자는 불합리한 핸디캡을 져야 했다. 아울러 쐐기를 박듯 또 하나 악몽 같은 이상 현상도…….

"침략자 자식."

말을 씹어뱉으며 호인족 전사가 청년 병사를 끝장내려고 뛰어들었다. 청년 병사는 죽음을 각오했으나 그때 구원병이 나타났다.

"까불지 마라, 잡혈 주제에!"

"소대장님!"

호인족 전사에게도 지지 않는 거구를 자랑하는 상관이 핼버드를 휘둘렀다.

신체 강화 마법이 특기에 능력 지상주의인 연방에서도 『무쇠팔』이라는 별명이 붙은 강자의 일격. 심지어 호인족 전사는 공격 직전이라는 가장 무방비한 순간이었다.

그래서 완벽한 타이밍에 머리를 내려찍는 강력한 일격이 그대로 호인족 전사를 갈라 버리리라 생각했지만—.

"목숨 하나 빚진 거야!"

"아니?!"

호인족 전사와 소대장 사이에 미끄러져 들어온 자가 그 치명적인 일격을 안전하게 막아 냈다. 놀라운 점은 그것을 막은 사람이 호리호리하고 젊은 묘인족 소녀라는 것이었다.

단검 두 자루를 교차시켜 가녀린 몸이 흔들리지도, 상대의 완력에 무릎을 꺾지도 않고 완벽하게 막고 있었다.

수인족은 모두 인간족보다 신체 능력이 우수하지만 묘인족의 완력은 인간과 별반 차이가 없다고 알려졌다. 소대장이 무심코 놀라 소리친 것도 당연했다.

그리고 이어서—.

"우랴아!"

"크윽?!"

쿵, 대포라도 박힌 듯한 굉음이 울렸다. 플레이트 아머와 체중을 합치면 120킬로그램을 가뿐히 넘는 무게가 공깃돌처럼 공중으로 떠올랐다. 묘인족 소녀 전사가 소대장을 발차기 한 방으로 날려 버린 것이었다.

"……마, 말도 안 돼. 대체 뭐야! 언제부터 수인족이 이렇게 강해졌어?!"

소리친 것은 방금 청년 병사와는 다른 병사였다.

청년 병사는 진작 호인족 전사에게 당해 시체로 변했고 소대장은 움푹 들어간 강철 갑옷을 절걱절걱 울리면서 땅을 나뒹굴었다.

바로 이것이 쐐기. 악몽 같은 이상 현상.

군사 국가의 강인한 병사들이 전율하고 기존의 상식이 무너질 정도로 공화국 전사들이 강력해져 있었다.

"겁먹지 마라! 우리는 연방군이다! 교회에 이런 비참한 꼴을 보일 생각이냐!"

연방군 사관이 떨어지려는 사기를 북돋웠다. 연방군 병사 수천이 함성으로 전율을 찍어 눌러 버리고 호인족과 묘인족 전사에게 맞섰다.

호인족 전사는 그것을 차갑게 식은 눈으로 힐끗 보더니 한 손을 들었다. 그러자 흰 안개 너머에서 종족을 불문한 수백 명의 수인 전사들이 우르르 모습을 드러냈다.

"추악한 침략자들에게 숲의 심판을!"

호인족 전사가 내지른 소리에 전사단이 함성으로 답했다. 분노로 미친 짐승의 포효 같은 소리는 연방군 수천 명의 함성을 능가할 정도였다.

그 후, 양측이 지축을 흔들며 격돌했다.

난전에 돌입하면 당연히 시야가 좋지 않은 연방군은 불리했다. 마법으로 정확하게 노리지 않으면 아군을 오사할 위험성이 컸다. 후방 원거리 공격은 엄두도 못 냈다. 어디에 적이 있는지 보이지도 않았으니까.

그래서 신체 강화 마법과 근거리용 마법을 다용해 근접전으로 끌고 가지만…… 지금 평원을 덮은 안개 속에서는 그마저도 무의미했다.

본래 유효한 전술은 비정상적인 힘을 발휘하는 수인 전사들의 폭력 앞에 압도당했다.

월등한 속도, 어마어마한 방어력, 떨어지지 않는 체력에 상식을 벗어난 완력. 어지간한 공격은 통하지 않고 마법은 맞지 않으며 공격을 나누면 플레이트 아머를 입은 연방군 쪽이 장난감처럼 날아갔다.

"물량이다! 물량으로 압살해라!"

그것밖에 없었다. 한 분대가 한 명의 수인 전사를 상대한다.

그래도 수인 전사들은 연계마저 훌륭하여 연방 병사들은 시종일관 농락당할 뿐이었다.

"큭. 증원은 언제 와?!"

차례차례 쓰러져 가는 아군 병사를 보고 사관은 식은땀을 흘리면서 소리쳤다.

그 순간—

"네 목을 가져가마."

"앗!"

언제 접근했는지 난전 속에서 아까 그 호인족 전사가 뛰어들었다. 대검이 하늘을 가르듯 예리하게 날아든다.

사관은 그 짧은 찰나에 인생을 돌아봤다. 그것이 피할 수 없는 죽음에 직면한 자의 주마등이라고, 길게 늘어난 의식 속에서 깨달은 그는 목으로 다가오는 칼날에 절망했다.

—크롸아아아아아아아아!

"뭐—."

사관 앞에서 호인족 전사가 사라졌다. 아니, 정확하게는 잡혀갔다.

번개처럼 날아든 흰 용의 입에 물려 하늘로⋯⋯.

호인족 전사가 고통에 찬 소리를 내면서도 몸부림치는 광경이 보였다. 대검으로 위턱의 이빨을 막아 간신히 즉사는 면했지만, 등에 박힌 이빨 때문에 도망치지 못하는지 완력으로 어떻게든 입을 열려고 했다. 그런데—.

"발버둥 치지 마라, 보기 추하다."

목소리는 백룡 위에서 들렸다. 거기에 타고 있었다. 장엄한 기사 갑옷을 입은 남자가⋯⋯.

그 남자가 뭐라고 지시를 내린 순간, 백룡은 머리를 위로 휙 들었다.

"으윽?!"

호인족 전사는 갑자기 공중에 버려졌지만 그것이 해방이 아님은 찰나의 순간 이해했다. 흰 안개 안쪽에서 다른 백룡과 기사가 출현해 공중에서 움직이지 못하는 호인족 전사를 깨물어 부쉈다.

지상으로 피의 비가 내렸다. 호인족 전사의 잔해가 쓰레기처럼 버려졌다.

호인족 전사를 어떻게든 살리려던 묘인족 소녀 전사와 다른 전사들이 분노한 표정으로 하늘을 올려다봤다.

그때, 관객이 집중하길 기다리던 배우처럼 쾌활한 목소리가 전장에 울렸다.

"연방군 제군! 이 전장은 우리가 함께한다! 단숨에 밀어내자!"

연방군 후방 상공에서 안개가 흩어졌다.

그리고 나타난 것은—.

"크…… 은백색 대룡…… 수, 수광 기사단……."

성광 교회 최고 전력, 삼광 기사단 중 하나— 수광 기사단. 그들의 상징이자 【엘버드 신국】 신도의 수호 성수이기도 한 성룡왕 아도라였다.

등에는 부분 갑옷이 들어간 장엄한 전투용 법의와 거대한 백궁(白弓), 그리고 단안경을 착용한 남자가 타고 있었다. 5대 5 가르마를 탄 흑발이 바람에 날리고 어쩐지 쾌활한 인상을 주는 남성— 무르무 올릿지 단장이었다.

순백색 마력을 방출하는 그와 길이가 20미터는 될 거대한 용왕의 모습은 웅장함의 극치, 그야말로 신화의 발현이었다.

아도라가 천공에서 날개를 한 번 쳤다. 그 순간, 폭풍이 발생해 주변 일대의 안개를 날려 보냈다. 안개 베일에 가려졌던 연방군과 공화국 전사단, 쌍방의 진영이 고스란히 드러났다.

이 지역에 있는 연방군이 1만 명인데 비해 공화국 전사단은 3천 명에 불과한 모양이었다.

"쳇. 산개! 산개하라! 공격을 분산시켜라!"

후방에 대기하던 전사단 지휘관으로 보이는 호인족(狐人族) 노인이 나이에 어울리지 않는 성량으로 고함쳤다. 그와 거의 동시에 하늘에서 쏟아지는 듯한 목소리가 울려 퍼졌다.

"아도라! 신의 이름으로 신위(神威)의 일부를 보여줘라!"

주인의 명령에 따라서 최강의 용은 환희해 포효하며 날개를 펼쳤다. 그러자 그 거대한 몸에서 강력한 빛이 뿜어져 나왔다.

천공에서 찬란히 빛나는 은백색 성룡왕은 전장에서도 사람의 넋을 놓게 할 만큼 아름다웠다.

하지만 그 후 찾아오는 것은 멸망을 부르는 신벌이다.

아도라의 입으로 빛이 모이고 광염 브레스가 발사됐다.

소리가 사라졌다. 세상이 빛에 휩싸였다.

한 호흡, 두 호흡.

곧 떠올린 것처럼 소리와 색이 세상에 돌아왔다. 광염이 허공으로 녹아들듯 사라졌다. 그 후에 보인 것은 대지에 뚫린 거대한 구멍이었다.

공화국 전사단 진영이 있던 곳이 지름 300미터의 크레이터로 변해 있었다.

단 한 번의 공격으로 네 자릿수 단위의 병력을 소탕했다. 그 파괴력은 분명히 『신위』, 신의 위광이라고 부를 만했다. 하지만—.

"……정말로 싸우기 힘들군. 역시 이상해."

무르무는 미간에 주름을 잡았다. 목소리에는 불만이 가득했다.

그도 그럴 수밖에, 공화국 전사단의 피해가 너무 적었으니까.

자세히 보면 전투 불능에 빠진 전사는 500명도 되지 않았다. 대부분은 호인족의 호령을 들은 순간 신속하게 산개해 버렸다.

공격이 착탄하기 전 그 짧은 시간에 최소 150미터 이상 이탈했다. 그것도 수천 명의 군세가…… 상식을 벗어난 신체 능력, 그리고 높은 훈련도. 효과 범위에서 도망치지 못한 사람 중에서도 목숨을 잃은 것은 절반 정도였다. 무섭도록 강인했다.

물론 여파만으로도 충격은 어마어마해서 많은 전사가 땅에 쓰러져 고통을 호소했다. 바로 만족스럽게 싸우기 힘든 사람이 전체 병력의 30퍼센트를 넘었다.

"그럼 재정비하기 전에 쓸어버릴까."

무르무가 씩 웃고 아도라가 부르짖었다.

단장의 말에 호응해 뒤쪽 안개 속에서 백룡 무리— 성룡 부대가 날아왔다. 뒤이어 지상에서도 새하얀 거대 늑대를 탄 기사들— 성수 부대가 등장했다.

교회 최강 병력이란 겉멋으로 붙은 이름이 아니었다.

단 일격에 전황을 뒤엎어 버린 무르무가 절망적인 호령을 꺼내려는데 그 직전, 먼 상공에서 그림자가 날아들었다.

"흠."

"눈치챘나요."

날개가 난 사람— 익인족이었다. 푸른 머리와 흰 전투복을 나부끼는, 부드러운 인상의 실눈 남성이었다. 선봉으로 날아든 그가 한 손에 쥔 장창을 아래로 내지르며 외쳤다.

"전 부대, 돌격! 하늘이 놈들만의 것이 아니라고 알려주십시오!"

안개를 훅 뚫고 익인족 수백 명이 자유 낙하로 강습해 왔다. 동시에 그중 몇 명이 새총으로 나무 열매 같은 것을 수없이 발사했다.

비처럼 쏟아진 그것이 공중에서 폭발하는가 싶더니 가루를 퍼뜨렸다.

그러자 성룡들이 연이어 고통스러워하기 시작했다. 짐승의 예민한 후각에 강한 자극을 주는 가루였다.

만들어 낸 틈을 놓치지 않고 익인 전사들은 장창을 꼬나 쥐고 수광 기사단에게 장대비처럼 쏟아졌다.

날개를 뚫리거나 기수가 떨어지는 등 공격은 성공적이었다.

"잡혈 주제에 애먹이는군."

아도라에게 명령해 날개 폭풍으로 열매 가루를 날려 버리며 무르무는 등에 진 활을 꺼내 들었다. 화살은 보이지 않았다. 하지만 무르무가 시위를 당긴 순간 빛의 화살이 나타났다.

"땅에 떨어져라, 열등종!"

날아간 화살이 한 줄기 섬광이 되어 지휘관으로 보이는 실눈 익인 전사를 노렸다.

그는 고속으로 날아올라 사선에서 벗어나려고 했으나 놀랍게도 빛의 화살은 즉시 궤도를 바꾸고, 그것도 모자라 갑자기 열 개로 분열했다.

성광 교회가 보유한 일곱 성무구 중 하나 『성궁』. 각 속성 및 특수 효과를 부여한 화살을 생성하고 쏜 화살을 분열시키 거나 표적으로 유도할 수도 있었다. 심지어 사용자의 신체 강화는 물론이고 지각 능력 확대, 예측, 망원 능력까지 부여하 는 파격적 성능을 자랑했다.

보통은 그런 말도 안 되는 공격을 앞에 두면 비명이라도 지 를 만하건만…… 아무래도 그도 예사로운 인물은 아닌 듯했다.

초고속으로 날아드는 열 개의 화살 앞에서 한 발자국도 물 러서지 않고 실눈을 번쩍 뜬 그는—.

"『포황(咆皇)』!"

수인족이 다룰 리 없는 마법을 구사해 대항했다.

—공화국 비공 전사단 전사장, 닐케 주크.

공화국이 자랑하는 다섯 전사단 중 하나를 이끄는 자로서, 바람을 다루는 고유 마법 『열풍(烈風)』의 사용자였다. 그 기 술 중 하나가 즉시 강렬한 회오리 포격을 쏘는 『포황』이며 빛 의 화살은 모두 회오리에 먹히거나 튕겨 나가 사라졌다.

그러나 그 정도로 동요할 만큼 수광 기사단 단장은 어수룩 하지 않았다. 어느샌가 닐케의 머리 위를 점한 아도라가 완벽 한 타이밍에 광염 브레스를 토했다. 인룡 일체라고 할 수 있 는 콤비네이션 공격에는 수인 따위가 신의 기술을 가졌다는 사실에 대한 분노와 살의가 가득 차 있는 듯했다.

위험하다, 닐케가 초조함을 보인 그때였다.

"대장님!"

부하가 죽음을 각오하고 닐케를 밀쳤다. 팅겨 나간 닐케 대신 부하 익인족이 빛 속으로 사라졌다.

"케, 케일……."

닐케는 죽은 부하의 이름을 중얼거리며 괴로운 표정으로 무르무를 봤다.

"역시 교회 최고 병력 중 하나군요. 연방군과는 격이 달라……."

그러나 목적은 달성했다. 그렇다, 목적은 시간 벌기였다.

"이런, 또 안개인가!"

흰 안개가 급속도로 시야를 가리는 광경에 무르무 또한 괴로운 표정을 지었다. 다시 아도라에게 폭풍을 일으키도록 날갯짓을 명했다. 하지만—.

"쳇. 역시 걷을 수 없군……. 성가셔."

폭풍은 안개를 날리지 못했다. 아무리 강렬한 바람을 일으켜도 마치 흘려보내듯 제자리만 맴돌고 농도는 오히려 더 짙어져 갔다.

역시 이 안개 속에서는 수광 기사단이라도 인식 장애를 피할 수 없었다.

무르무는 머리를 흔들고 익인 전사들과 공중전을 펼치던 성룡 부대를 집합시킨 후 혼잣말을 중얼거렸다.

"아니, 성가시다는 건 불경하군. 이토록 강력한 안개를 조종한다면 신손(神孫)님이 틀림없어. 참으로 대단하셔."

조금 전 기사단장다운 풍격이 사라지고 표정에는 황홀함이, 눈에는 광기가 번졌다.

닐케와 비공 전사단이 안개 속으로 숨었고 브레스로 쓰러졌던 지상의 전사들도 차례차례 일어나서 다시 안개 너머로 사라져 갔다.

"피해는 줬다! 일시 후퇴! 아군과 떨어지지 않게 주의해라!"

연방군에게 마법으로 확성해 명령하며 아도라를 뒤로 돌렸다.

완전히 안개에 먹히기 전에 고속 비행으로 거점으로 돌아갔다.

고개만 돌려 뒤를 보고 부하가 따라붙은 걸 확인한 뒤 그보다 더 뒤쪽, 수해 안쪽으로 눈길을 보냈다. 그리고 무르무는 끈적한 목소리로 중얼거렸다.

"존귀하신 신손이시여. 곧 저 무르무가 구해드리겠습니다."

―백색 전장 평원 중앙 최대 전역(戰域)

공화국 전사단과 연방군 및 신전 기사단이 가장 격렬하게 충돌하는 전장.

그곳에 만뢰가 쏟아지고 있었다.

"존귀하신 신손이시여! 곧 저 릴리스가 구해드리겠습니다!"

그 원인은 신전 기사단 총대장이자 제1군 군단장 릴리스 아카인드였다.

총대장이면서 최전선에 서고 몸으로 스파크를 뿜으며 무수한 우레를 떨어뜨리는 모습은 실로 웅장했다. 새로운 각오를 다지기 위해서인지 긴 생머리였던 금발을 바싹 자른 점도 용맹함을 더했다.

"신손은 무슨, 이 광신도 같으니!"

전사단의 십인대가 사방에서 릴리스에게 달려들었다. 낭인족 전사를 중심으로 한 대단히 날렵한 연계 공격이었다. 하지만 그 검이나 창이 릴리스에게 직격했다고 생각한 찰나—.

"너, 너무 빨라……."

베인 것은 그들이었다.

"내 벼락은 신의 분노. 미천한 짐승 놈들! 모조리 없애주마!"

함성을 지른 릴리스가 땅에 기사 검을 꽂았다. 그 순간 사방팔방에 전격이 튀며 주변 수인 전사들을 흩어 버렸다.

그리고 파직, 하고 가벼운 소리를 내면서 사라지더니 눈 깜짝할 사이에 전사단이 밀집한 곳에 그녀가 나타났다. 기사 검을 휘두르자 동시에 뇌명이 울리며 원형 섬광이 번뜩였다. 연방병들이 전율할 수밖에 없었던 수인 전사들이 마치 나뭇잎처럼 허공으로 나가떨어졌다.

이것이 바로 릴리스를 약관 27세에 신전 기사단 총대장의 자리까지 오르게 한 힘— 고유 마법 『뇌공(雷公)』이었다.

아무 사전 준비도 없이 시전하는 전격은 물론이고, 자기 몸에 전기를 두를 수 있고, 자력을 이용해 유사 순간 이동이나 다름없는 고속 이동도 가능케 하는 번개의 화신과 같은 힘.

"젠장, 이 자식은 괴물인가! 안개 다시 깔리려면 멀었어?!"

"어디에 안개를 걷는 마법사가 있을 거다! 별동대는 뭐 하는 거야?!"

수인 전사 한 명이 소리친 대로 현재 이 구역의 안개 농도는 현저히 낮았다.

바람에 날린 것도 아닌데 그곳만 부자연스럽게 안개가 걷힌 것이었다.

그곳의 안개가 걷혔을 때 출현한 릴리스와 신전 기사단의 맹공에 연방군을 제압하던 전사단은 고전을 면치 못했다.

마법사를 암살하려고 별동대가 움직이고 있을 텐데 아직 안개가 돌아올 기미는 없었다. 그리고 그때—.

"흐아악~?!"

맥 빠지는 비명과 함께 토인족 소녀가 안개 너머에서 날아 왔다.

"스이!"

"마법사는!? 해치웠어?!"

"제 걱정도 좀 하시라구요!"

스이라는 소녀가 빽빽 울면서 소리쳤다. 그녀의 몸에 딱 달 라붙는 흰 전투복은 이미 너덜너덜했고 토끼 귀는 기진맥진 늘어졌다. 그녀는 소심하고 다툼을 싫어하는 최약체 종족이 면서도 불과 16세에 공화국 다섯 전사단 중 하나, 은밀 전사 단의 전사장이 된 소녀였다.

그런 스이에게 강렬한 살기가 뻗쳤다.

"뭐라고? 네까짓 게 제바르를 암살하겠다고?"

"엄마야?!"

놀라 자빠진 스이가 엉덩이를 질질 끌며 뒤로 물러났다. 시선이 향한 곳에는 멸시와 살의로 점철된 릴리스가 있었다.

"나의 신전 기사단 제3 군단장을 짐승 따위가? 그것도 최약체인 토끼 따위가 칠 수 있을 줄 알았나? 이런 모욕이 있나!"

"죄송합니다! 제가 주제도 모르고! 용서해주세요~!"

스이 전사장이 부리나케 머리를 조아렸다. 일단은 공화국에 다섯 명밖에 없는 전사장인데도⋯⋯.

자존심? 그게 뭐죠, 먹는 건가?

그 비굴한 태도에 동료인 수인 전사들이 탄식했다. 그러나 아무도 스이를 나무라지 않는 것이 그들이 이 상황에 익숙함을 알려줬다.

"아뇨, 정말로, 정말! 제 주제에 이길 분들이 아니었어요! 몸이 물이 되질 않나 안개가 되질 않나! 역시 천하의 신전 기사단 군단장님은 뭐가 달라도 달라요! 우리 쪽 안개에 반쯤 동화해서 일정 범위를 자기 영역으로 만들다니 너무 멋져요오! 그래도 안개 상태에서는 공격을 못 해서 순간순간 원래 모습으로 돌아와서 치고 빠지는 게 주된 전법 같았지만요! 와아, 정말 대단해ㅡ."

"입 닥쳐!"

스이는 주특기인 『엎드려 절하기 & 띄워주기』를 선보이며 안개 결계가 걷힌 이유ㅡ 신전 기사단 제3군 군단장 제바르이건에 관한 정보를 속사포처럼 까발렸다.

릴리스가 잡아먹을 듯한 얼굴로 뛰어들어 검격을 날렸지

만…… 검은 스이의 목에 닿지 못했다.

"이제 네 마음대로는 안 될 거다!"

"기다렸어요~! 발프 전사장님!"

뛰어든 낭인족 전사가 간발의 차로 양손에 장비한 갈고리발톱을 써서 릴리스의 검을 막았다.

긴 회색 머리와 턱수염이 어울리는 야성미 넘치는 미중년이 바로 스이가 비굴하게 시간을 벌며 기다린 동포. 공화국 유격 전사단의 전사장인 발프 루갈이었다.

릴리스는 코웃음 쳤다. 그가 누구건 수인 주제에 자신의 번개를 막을 수는 없다고 생각했기 때문이다.

릴리스의 몸이 스파크를 뿜었다. 맞닿은 무기를 타고 전격이 전해지기 직전—

"윽?!"

릴리스의 몸이 휙 기울었다. 마치 옆 바닥에 빨려드는 감각이었다.

"우랏!"

전혀 예상하지 못한 균형 상실로 릴리스의 허점이 드러났다. 발프는 한 손으로 기사 검을 튕겨 내고 다른 손 갈고리로 목을 노렸다. 그것은 누구나 의심할 여지가 없는 필살의 일격이었다.

그러나 신전 기사단 총대장의 명성은 그냥 얻어진 것이 아니다.

즉시 전 방향으로 전격이 방출됐다. 눈을 태울 듯한 섬광이 릴리스의 몸에서 나왔다.

전격으로 발프의 몸이 강제로 마비됐다. 그래도 어떻게든 공격을 감행했으나 릴리스에게는 그 한순간이면 충분했다.

갈고리발톱 사이에 기사 검을 끼워 종이 한 장 차이로 방어에 성공했다. 발프의 범상치 않은 완력에 밀려 날아가긴 했지만 그것도 방전과 자력 조작으로 자세를 고쳐 어렵지 않게 착지했다.

"……지금 그건…… 고유 마법? 수인 따위가 주제넘는 힘을 가졌군."

"글쎄, 그건 어떨까? 인간 따위에게 알려줄 생각은 없어."

발프가 의미심장하게 씩 웃었다.

릴리스의 추측대로 방금 균형을 잃은 원인은 그의 고유 마법『부신(浮身)』의 효과였다. 자기 주변 1미터 내에서 수 초밖에 쓸 수 없는 한정적인 마법이지만 중력 방향을 임의로 바꿀 수 있었다. 낭인족다운 초고속 히트 & 런 전법에서 활용하면 근접전에서 흉악하기 짝이 없는 효과를 발휘해 공화국에서 백병전으로 그를 능가할 자가 없다는 말까지 있었다.

물론 그도 이 신전 기사단 총대장에게는 속으로 혀를 차기 바빴다. 왜냐면 방금 처음 본『필살의 공격』을 피해 버렸으니까. 그것도 아무 피해 없이……. 그래도 얼굴에는 드러내지 않고 여유 만만한 태도를 유지했다.

릴리스와 발프가 서로에게 살기를 내뿜으며 노려봤다. 그런데 릴리스 뒤에서 초조함에 찬 목소리가 들렸다.

"총대장님! 뒤쪽입니다!"

반사적으로 돌아선 릴리스의 시야에 가장 먼저 들어온 것은 안개를 두른 제3 군단장 제바르의 등이었다. 그는 릴리스의 등에 밀착할 정도로 가까이 단검을 대고 있었다.

"죄송해요오~!"

릴리스의 뒷목을 찌르려던 스이의 나이프를 막기 위해서…….

"총대장님! 조심하십시오! 이 토인족은 모습을 감추는 고유 마법을 가졌습니다!"

고유 마법 『곡광(曲光)』— 주위 빛을 굴절시켜 불가시화하는 마법이었다.

스이는 토인족이다. 겁쟁이 종족이기에 도망가거나 숨기 위해 발달한 기척 조작은 타의 추종을 불허했다. 그래서 이 고유 마법과 합치면 그녀를 발견하기란 극도로 어려웠다.

실제로 발프에게 정신이 팔렸다고는 해도 릴리스가 전투 중에 그녀를 놓쳤다.

"계속해서 기어 나오는군. 얼마나 우리의 신을 모독할 작정이냐!"

상대하는 수인족 두 명이 모두 『신의 권속』을 증명하는 힘을 가졌다. 이마에 핏줄을 세울 정도로 격앙한 릴리스는 스이에게 전격을 날리려고 했으나 당연히 발프가 그것을 막았다.

"야, 스이! 내빼지 말고 맞서 싸워!"

그렇게 꾸짖으며 『부신』으로 릴리스의 균형 감각을 어지럽히고 맹공에 나섰다.

"성가신 놈."

"이쪽은 제가 맡겠습니다!"

투덜대면서도 발프와 싸우는 릴리스에게, 제바르가 고유 마법『액화』로 팔을 물 칼로 바꿔 스이에게 반격하면서 외쳤다.

그를 상대하는 스이는 종족답게『달아나는 토끼』처럼 뒤로 뛰었다. 제바르의 공격을 피하며 그녀의 모습이 스르륵 흐려졌다. 그리고─.

"죽기 싫어~!"

한심한 소리를 하면서도 어느새 꺼낸 용기에서 녹색 액체를 뿌렸다.

"이 자식, 또 독이냐!"

제바르가 분노에 미친 얼굴로 외쳤다. 물 속성 마법을 즉시 발동해 녹색 액체를 빨아들였다.

실은 처음에 스이를 던져 버린 후 바로 릴리스에게 오지 못한 것도 스이의 독을 해독하느라 시간이 걸렸기 때문이었다.

고작해야 수인족. 심지어 그중에서도 가장 약하다는 종족에게 한 방 먹다니 신전 기사단 군단장의 명예에 누가 되는 추태였다. 제바르가 광란할 만했다.

"전 잘못 없거든요~! 명령받아서 한 것뿐이에요~! 넓은 아량으로 봐주세요!"

비굴하게, 소심하게, 기개도 자존심도 없이, 그래도 사과와 책임 전가는 당당하게……

시원시원할 정도로 쓰레기 같은 인성을 보이면서 기사단의 정보를 정확하게 파악해서 아무렇게나 뿌리며 덤으로 맹독까지 뿌려 적에게 피해는 준다. 결과만 보면 완벽한 일솜씨였다.

무엇보다 도망치는 속도가 무지하게 빨랐다. 이미 모습도 기척도 감지할 수 없었다.

"죽여 버리겠어, 비참하게 죽여주마아아아아아!"

제바르가 더 발광했다. 그때—.

"다 같이 하면 안 무서워~! 나 혼자의 책임이 아닌걸!"

어디선가 목소리가 메아리쳤다. 기척 조작이 뛰어난 수인족만으로 구성된 은밀 전사단이 연방병과 신전 기사를 무차별적으로 찔끔찔끔 공격했다. 치명적이지는 않지만 농락하기에는 충분한, 엄청나게 짜증나는 공격을······.

그리고 동료들 사이에서도 『사람을 짜증나게 하는 천재』, 『그런데 적으로 돌리면 위험하니까 더 짜증난다』, 『그래도 일은 제대로 해서 뭐라고 할 수도 없다······ 그게 정말로 열 받는다』라고 평가받는 토끼 귀 전사장은······.

"흐이익!"

이번에도 군단장의 힘에는 저항하지 못하고 안개화한 제바르에게 붙잡혀서 다시 날아갔다.

"우선 그 추한 귀를 잘라주마."

광기에 물든 제바르의 눈과 시야 한쪽에서 무릎을 꿇고 릴리스에게 마지막 일격을 받기 직전인 발프, 신전 기사들에게 내몰린 동료 전사들을 본 스이는—.

"후히, 후히히, 임무 완수예요~."

비굴하게 웃었다. 제바르가 무슨 말을 할 여유도 없었다.

"크, 안개가! 네 이놈, 또냐!"

순식간에 짙은 안개가 밀려왔다. 생물처럼 휘감기더니 화산처럼 터져 전장을 뒤덮는 안개는 제바르의 안개화로도 걷어낼 재간이 없었다.

"이놈이, 짐승 주제에에에에에!"

아주 잠깐 한눈을 판 사이에 스이가 온데간데없이 사라졌다. 그와 함께 안개 너머에서 다시 태어난 것 같은 전사단의 함성과 연방병의 비명이 들리기 시작했다.

"제바르 군단장님! 후퇴하려면 지금뿐입니다!"

"크윽, 하지만, 저 짐승만은!"

부하 기사가 제바르에게 진언했다. 이 인위적인 안개 속에서는 신전 기사단이라도 너무 위험했다. 그러나 자신들을 놀리는 듯한 스이를 떠올리면 속이 부글부글 끓었고…… 제바르는 어금니를 부술 듯이 악물었다.

그곳으로 팡, 하고 공기가 터지는 소리를 내며 스파크를 일으키는 릴리스가 나타났다.

"후퇴한다, 제바르."

"하, 하지만……."

"조바심 낼 필요 없다. 어차피 도망갈 곳도 없으니까. 지금은 신손님의 생김새와 위치를 확인하는 것이 우선이다."

그러니까 무리하게 공격하지 않는다, 싸우면서 정보 수집을 우선한다는 말이었다. 제바르는 그제야 심호흡으로 흥분을 가라앉히고 명령에 따랐다.

전사단의 반격으로 아비규환을 연출하는 연방병을 미끼로 릴리스와 신전 기사단은 신중하게 후퇴했다.

―백색 전장 평원 북쪽 오디온 연방군 제1 군단 담당 지역.

흰 불길이 일고 있었다.

마치 이색적인 투기장처럼 흰 불이 맹렬한 열기로 안개를 걷어서 광대한 원형 무대를 만들어 냈다.

고유 마법 『성염(聖炎)』― 백광 기사단의 사단장이자 부단장인 아라임 오크맨의 만물을 불사르는 마법이었다.

"으윽, 교회 놈들. 안개 결계 없이는 폐하의 가호가 있어도 버거워……."

3미터 가까운 거구를 자랑하는 웅인족 전사가 이를 갈았다. 그의 이름은 심 가토. 공화국 다섯 전사단 중 가장 병력이 많은 보병 전사단의 전사장이며 모든 전사단을 감독하는 전단장이기도 했다.

조금 전까지는 훌륭하게 지휘하면서 연방병을 처치했는데 갑자기 전장이 맹화에 둘러싸이더니 안개 결계 효과가 한정적으로 사라졌다. 그 결과 백광 기사단의 맹공에 밀리게 됐다.

그 가장 큰 원인이 다시 공중에서 급습했다.

"온다, 백인장 이하는 대피하라! 배에 힘 꽉 줘!"

거구에 어울리는 심의 충격파에 가까운 호령이 울린 직후 무거운 신음도 흘러나왔다.

심의 위쪽이 그림자에 덮였다. 시야를 가득 메우는 거대한 전투 망치였다.

운석처럼 떨어진 그것을 심은 자신의 핼버드로 막았다.

꿍음, 그리고 어마어마한 충격이 방사형으로 퍼졌다. 심이 밟고 선 대지가 폭파한 것처럼 함몰되고 땅에는 수도 없이 금이 갔다.

"으으, 으아아아아아!"

눈은 충혈 됐고 근육은 파열할 것처럼 팽창했다. 악문 이 사이로는 신음이 새어 나왔다.

"역시…… 충격 자체에 간섭하는 고유 마법인가? 완력도 비정상적으로 강해."

아티팩트 『철화(鐵靴)』의 힘으로 공중을 밟아 거대한 원기둥 모양 쇳덩이에 통나무를 끼웠을 뿐인 투박한 전투 망치로 심을 찍어 누르는 것은 전투용 법의를 입은 대머리 남성— 백광 기사단 단장 라우스 번이었다.

라우스의 추측대로 심의 고유 마법은 충격을 받아넘기거나 『원거리 공격』이나 『내부 침투 파괴』를 가능케 하는 등 충격을 자유자재로 다루는 『전진(傳震)』. 본래 그에게 타격 공격은 거의 통하지 않았다. 그런 데다가 심의 완력은 공화국 최고였다.

인간족의 몸으로 심을 옴짝달싹 못 하게 막는 라우스가 비정상이라고 해야 할까.

아니면 『영혼 한계 돌파』로 인간족에게 있을 수 없는 신체 능력을 발휘하는 신대 마법 사용자에게서 일격을 받아 낸 심이 비정상일까?

물론 힘 싸움은 한순간이었다. 심이 경고하고 조금 전부터 전사단을 내몰던 교회 최강자의 기술, 신대의 마법이 작렬했다.

"─『충혼』!"

"─윽!"

혼백에 직접 충격파를 보내는 혼백 마법이 라우스의 어둠 색 마력과 함께 물결쳤다.

무거운 소리를 내며 퍼진 충격파는 미처 도망치지 못한 하급 전사들을 우수수 기절시켰다. 대장급조차 휘청거리거나 무릎을 꿇었다.

"크오오오오오오!"

"이걸 버티다니!"

심이 찢어질 듯한 고함을 지르며 핼버드를 휘둘렀다. 밀려 날아간 라우스에게서 약간의 경악과 찬사 섞인 말이 튀어나 왔다.

그렇지만 라우스에게 피해는 전혀 없었다. 공중에서 자세를 고침과 동시에 파트너─ 교회 일곱 성무구 중 하나인 『성퇴』 를 휘둘렀다.

그러자 어둠색 마력이 칼날처럼 호를 그리며 심을 덮쳤다. 모든 힘을 짜내고 진이 빠진 심은 성퇴의 『마력 충격 변환 능력』을 받아넘길 새도 없이 날아갔다.

"커헉, 큭."

핼버드로 땅을 짚어 간신히 무릎만 꿇고 버틴 심은 전장을 둘러봤다.

강화한 덕분에 백광 기사를 상대하면서도 사망자는 적었다. 그러나 라우스 한 명 때문에 하급 전사는 전선으로 나오지 못했고 상당수는 실신했다.

강인한 정신력으로 『충혼』을 버틴 부대장급도 집중력을 잃거나 의식이 몽롱해져 백광 기사들을 상대로 목숨만 부지하기 급급했다.

"폐하께서는…… 아직 시간이 필요하신가……. 설마 그분이 쉬는 타이밍을 알고 있는 건 아니겠지……."

지금까지도 기사단은 산발적인 공세를 폈다. 그때마다 즉각 **안개** 결계가 펼쳐져 전사장들이 직접 상대하지 않아도 후퇴할 수 있었다. 하지만 안개를 부분적으로 조작하거나 밀도를 높이려면 적잖은 피로를 동반한다. 어쩌면 적들은 그 사실을 알고 이번 공세를 감행했는지도 모른다.

심은 그렇게 우려하면서도 잡념을 떨치고 호령했다.

"안타깝지만, 제1 방어선을 포기한다! 수해 표층, 제2 방어선까지 후퇴하라!"

전장 평원은 수해가 전투로 피해를 입지 않게 막는 장소에 불과했다. 아무리 흰 안개로 수해 안과 같은 환경을 조성해도 숲의 나무를 이용한 3차원 전투나 유독한 식물 및 함정을 사용한 게릴라 전법이 불가능했다. 다시 말해 수인족이 진정한 힘을 발휘하는 곳은 수해 안이다.

연방군 정도라면 평원에서도 충분히 맞설 수 있으나 삼광 기사단까지 나오면 수해의 피해, 그리고 **여왕의 부담**을 운운할 여유도 없었다.

가뜩이나 백광 기사단의 맹공으로 전선은 이미 수해 나무가 먼눈으로 보이는 곳까지 밀려나 있었다. 전사단은 심의 호령에 맞춰 신속하게 후퇴하기 시작했다.

"라우스 님! 신손님은 찾으셨습니까?! 안 계신다면 수해 소각을 허가해주십시오!"

안개를 걷어 전선 유지에 집중하던 아라임이 라우스에게 진언했다. 수해가 문제라면 태워 버리면 그만이라는 단순 명쾌한 작전이었다.

지금까지는 수해에 도달하지도 못했다. 이 기회를 살려야 한다는 것은 당연한 생각이었다.

그러나 라우스는…… 바로 답하지 않았다. 기절한 동료를 업어 필사적으로 후퇴하는 자, 그들을 공격하는 백광 기사와 그것을 막고자 싸우는 자. 그들을 보고 그들이 사는 고향인 수해를 보고 말문이 막혔다.

"……라우스 님?"

아라임의 평탄한 어조에 라우스는 아무도 눈치채지 못할 정도로 작게 한숨 쉬었다.

"신대 마법 사용자의 혼은 확인되지 않는다! 소각을 허가한다! 전선을 확장해라!"

"예!"

아라임이 입매를 비틀고 손을 들었다. 그러자 안개를 제거

하는 원형 불길이 약해지는 대신, 머리 위에 대기를 불사를 듯 타오르는 흰 별이 탄생했다.

"어딜 감히—『분격(噴擊)』!"

심이 핼버드를 내리찍었다. 땅을 때린 충격을 전파해 먼 목표를 직접 공격하는 원거리 기술이었다.

하지만 당연히 라우스가 가만히 두고 볼 리 없었다. 마력 충격파가 땅을 들춰 『분격』을 도려냈다.

"큭. 나시스 천인장! 놈을 막아라!"

바로 돌진해 온 라우스의 맹진을 막으며 심이 명령했다.

즉각 반응한 남성은 타고난 사격의 명수, 삼인족. 천 명의 전사를 이끄는 천인장— 나시스 플루크였다. 백광 기사들과 연방병을 향하던 겨냥을 돌려, 특출한 측근 수십 명과 함께 아라임을 향해 속사했다. 어지럽게 뒤섞인 사람들 사이를 빠져나간 수십 발의 화살이 아라임에게 쇄도했다.

하지만—.

"참회하라!"

격추당했다. 화살 수십 발이 모두. 나시스와 달리 피아 구분도 없이 모든 장애물을 관통해 날아든 강철 화살에 의해서……. 심지어 강철 화살은 공중에서 유턴해 수인들에게 쏟아지는 기괴한 움직임까지 보였다.

고유 마법 『속죄의 화살』. 전 백광 기사단의 얼마 안 되는 생존자이고, 미쳐 버릴 것 같은 분노를 거름 삼아 자신의 고유 마법을 더욱 진화시킨 여단장— 레라이에 애거슨의 끝까지 목표를 쫓는 부여 마법이었다.

토인족의 방패 부대가 간신히 화살을 막아 피해는 없었으나 이제 아라임을 막을 사람은 없었다.

"추악한 짐승들아, 성스러운 불로 정화되어라!"

마침내 거대한 백염의 별이 움직였다. 지름이 20미터는 되어 보였다. 주변 공기를 모조리 태우는 그것이 쿠구구 소리를 내며 수해 외곽으로 떨어졌다.

"대피이이이이이!"

전사들은 심이 부르짖기 전부터 놀랍도록 빠르게 낙하지점에서 떨어졌지만 정신을 잃은 전사가 많아서 모두 피하기는 어려웠다.

"단죄의 시간이다— 에그제스!"

남자의 목소리가 들리고 백염의 별이 4등분으로 쪼개졌다. 그러고는 회오리치며 축소되더니 불과 어린애만 한 크기가 되어 버렸다.

그 정도라면 탁월한 신체 능력을 자랑하는 수인 전사가 피하기도 쉬웠다.

그 결과, 수해 외곽부에 떨어진 백염은 소규모 불을 뿜으며 극히 일부분을 소멸시켰을 뿐, 큰 피해를 내지 못한 채 사라졌다.

"이, 이게 무슨?!"

자신의 고유 마법에 절대적인 자신감을 가진 아라임이 눈을 휘둥그렇게 떴다. 그것은 다른 백광 기사들도 마찬가지였다. 전장의 시간이 멈춘 것 같은 정적이 깔렸다.

라우스가 심에게서 뛰어 물러나며 방심하지 않고 날카로운 눈으로 수해를 봤다.

"나 이거 참. 전부 먹진 못했군. 역시 사단장급은 달라. 제법 진심으로 덤볐는데, 자존심 팍 죽네."

전장에는 어울리지 않는 능청맞은 목소리와 함께 안개 안쪽에서 웬 남자가 나왔다.

"……인간, 인가?"

라우스가 눈을 살짝 크게 뜨면서 자기도 모르게 중얼거렸다.

수인족 특유의 신체적 특징이 하나도 없었다. 정리하지 않은 조금 긴 흑발과 드문드문 자란 수염, 그리고 날카로운 눈매가 거칠고 야생적인 인상을 주는 남성. 그는 인간이 분명했다. 수인족 외에는 불가침이라는 수해에서 왜 인간족 남자가 나오는가? 있을 수 없는 사태에 당혹감과 웅성거림이 퍼졌다.

남자는 그런 반응을 즐기는 것처럼 히죽히죽 경박하게 웃었다.

"예스예스. 저는 인간입죠. 교회 최강 나오리."

그가 어깨에 올린 기괴한 흉기를 휘둘렀다. 붕 바람 소리를 낸 그것은 사람 키만 한 새카만 거대 낫이었다.

타오르는 백염이 그 바람에 실려 남색 오라를 두른 낫으로 흡수되었다.

아라임의 의지와 무관하게 사라질 리 없는 성스러운 불이 허무하게 진화되자 백광 기사단이 놀라는 소리가 잇달아 퍼졌다.

기묘한 분위기가 감도는 전쟁터에서 누구나 경계심을 곤두세우고 상황을 살펴봤다. 그런 가운데, 가장 먼저 반응한 사람은 복잡한 표정을 지은 심이었다.

"버처즈…… 일단 고맙다고 해 두지! 모두 빨리 철수해!"

전단장의 외침에 정신이 번쩍 든 수인 전사들은 수해로 뛰어들었다.

정신을 차린 것은 백광 기사단 역시 마찬가지여서 바로 뒤를 쫓을 줄 알았으나…… 오히려 긴장감이 고조되어 갔다.

이유는 단순했다. 심이 입에 담은 이름이 너무나도 익숙하기 때문이었다.

"네가……『기사 사냥꾼』이냐?"

"아이고, 들켰네. 지나가던 능력 있는 남자를 연출하려고 했는데."

『기사 사냥꾼』 배드 버처즈는 어깨를 으쓱이며 라우스의 말을 긍정했다.

그 이름은 교회의 최우선 제거 대상임과 동시에 공포의 상징이기도 했다.

최근 수년간, 대체 몇 번이나 교회의 이단 사냥에서 벗어나고 얼마나 많은 기사를 해치웠던가. 몰살당한 지방 교회는 셀수도 없었다.

그의 파트너— 닿은 마력을 흡수해 사용자에게 환원하기에 사실상 마법을 무효화하는 파격적 성능을 가진 아티팩트『마식(魔喰) 대낫 에그제스』의 외관도 외관인지라 교회 관계자가 아닌 일부 사람에게는 『사신』이라고 불릴 정도였다.

"인간인 네가 왜 여기 있지?"

라우스는 거짓을 용납하지 않는 안광으로 배드를 노려봤다. 혼을 보는 라우스에게 거짓말은 통하지 않는다. 그 사실을 아는 배드는 경박한 웃음을 거두고 진지한 얼굴로 답했다.

"신붓감을 찾으러 왔다."

"……."

전쟁터에 있을 리 없는 정적이 감돌았다. 웃기지도 않은 대답에 아라임과 기사들의 동공이 수축했다. 폭발 직전이었다. 하지만 이유가 뭐가 됐건 당장 처치하자고 한마음이 되어 라우스를 돌아본 그들은, 살짝 동요했다.

라우스의 눈빛이 떨리고 있었다.

"라, 라우스 님?"

"……믿기 어렵지만…… 혼은 거짓을 고하지 않았다."

"당연하지! 나는 영혼을 담아 한 말이야!"

그는 신붓감을 찾아 수해로 왔다. 배드의 표정은 마냥 진지했다. 마치 지금부터 결전지로 향하는 전사처럼 결연했다.

한 박자 늦게 아라임과 레라이에가 소리쳤다.

"큭, 기사 사냥꾼! 설마 라우스 님의 눈까지 속일 줄이야!"

"아뇨, 아라임 부단장님! 아마도 아티팩트입니다! 자력으로 라우스 님의 힘에 저항할 인간이 있을 리가요!"

뭐라고! 무기도 성무구급 아티팩트인데! 단장님의 힘을 막는 아티팩트까지?! 기사 사냥꾼, 무서운 놈이다!

백광 기사들의 증오와 공포 섞인 목소리가 메아리쳤다.

"……내가 결혼하고 싶다는 게, 그렇게 이상하냐? 그렇게 결혼과 인연이 없어 보이냐고……"

배드는 시무룩하게 중얼거렸지만 곧 입꼬리를 끌어올렸다.

"심 대장. 대강 다 철수한 모양이야. 결계도 준비됐어. 댁도 그만 튀어."

"흥, 여전히 종잡을 수 없는 인간이군."

그 말을 듣고 아차 싶었다. 여기 있을 리 없는 위협과 분위기를 완전히 무시한 언동에 정신이 팔렸었다고 겨우 깨달았다. 그리고 그 모든 것이 시간 끌기였다는 것까지.

수해에서 안개가 뿜어져 나왔다. 아라임의 『성염』조차 아랑곳하지 않고 순식간에 시야를 덮어 버렸다. 게다가 방금 소실한 수해 일부도 눈 깜짝할 사이에 초목이 자라서 원래 모습을 되찾아 갔다.

짙은 안개와 수해 속으로 사라진 배드와 심에게 레라이에가 분노를 실어 화살을 쐈다.

"이딴 수작을 부려?! 안 놓친다!"

에그제스로는 먹을 수 없는 강철 화살이 세 발 동시에, 그리고 가공할 속사로 아홉 줄기로 날아들었다. 바람 속성 마법으로 가속까지 붙은 그것은 이미 아홉 개의 섬광이었다.

그러나 노도와 같은 공격 앞에서 튀어나온 것은 가볍기 짝이 없는 말이었다.

"어이쿠."

한 발 앞으로 나온 배드가 대충, 그리고 대수롭지 않게 에그제스를 돌렸다. 그 순간, 마치 화살이 직접 배드와 심을 피하듯 흘러갔다.

그 단순한 동작으로 9연격을 완벽하게 받아넘긴 것이었다. 사이사이 유도 능력이 부여됐던 화살도 마력을 먹혀 단순한 화살로 변했다.

그때 배드의 옆에서 자세를 깊이 낮춘 기사 한 명이 기습했다.

레라이에와 같은 전 백광 기사단의 생존자이자 최선의 행동을 직감적으로 아는 고유 마법 『천계』를 보유한 대대장, 에이프리 이로포스의 세검이 배드의 심장을 찌르려고 다가왔다.

"기운 좋은 아가씨일세."

"웃?!"

필살의 일격이 검지 하나에 허무하게 빗나갔다.

에이프리는 경악하면서도 즉시 숨겨 둔 단검으로 공격하려고 했지만 그 찰나, 직감이 시끄럽게 경종을 울렸다. 등에 얼음을 넣은 것 같은 오한이 끼쳐 다리 근육이 파열될 기세로 뒤로 뛰었다.

에이프리의 앞머리를 바람이 휙 스쳤다. 아니, 사신의 낫이 지나쳤다.

"이야, 감도 좋은 아가씨였구만."

자세가 무너진 에이프리에게 가벼운 말과는 반대로 전투 망치에 필적하는 돌려 차기가 때려 박혔다. 에이프리가 대포알처럼 수평으로 날아갔다. 그리고 그녀와 교대하듯 곧바로 라우스가 돌격했다.

"흐읍."

"이건 위험한데!"

성퇴가 정수리로 떨어졌다.

충격을 흘려보내는 심조차 발이 묶이는 파멸적인 일격. 하지만 배드는 해죽 웃고는 쉬이잉, 맑은 음색을 내며 받아넘겼다.

성퇴에 회전시킨 에그제스를 맞춰 궤도를 틀어 버린 것이었다.

"내 것도 받으셔."

"얕보지 마라."

에그제스가 칠흑색 꼬리를 끌며 더 빠르게 회전했다. 성퇴를 빗겨 낸 기세까지 더해 가속하면서 역습으로 머리를 내려찍었다.

거기에 대항해 라우스는 자신의 완력으로 관성을 무시하고 무기를 올려 쳤다.

그 순간, 배드가 손목을 비틀어 에그제스의 궤도를 미세하게 바꿨다. 그러자 에그제스의 날은 올라오는 성퇴의 표면을 미끄러져 라우스의 어깨에 파고들려고 했다.

그것을 한쪽 다리를 축으로 몸을 비틀어 피한 라우스는 한 다리만으로 강하게 땅을 차서 어깨 태클을 감행했다. 그러나 그때는 이미 배드도 몸을 비틀어 라우스의 뒤로 돌아가 있었다.

서로의 위치가 그대로 바뀌어도 그들은 멈추지 않았다.

라우스가 몸을 회전시켜 성퇴를 휘두르고 배드가 똑같이 회전하며 성퇴 아래에 에그제스를 맞춰서 위로 튕겨 냈다.

돌고 도는 에그제스가 허공에 무수한 검은 원을 그렸다. 마의 대낫이 성스러운 철퇴를 받아넘기는 맑은 음색이 울렸다.

라우스의 성퇴가 관성을 완전히 무시하고 예각으로 꺾여 폭풍을 일으켰다. 그러면 그럴수록 모든 공격을 빗겨 내는 대낫은 기세를 타고 끝없이 회전 속도를 높였다.

한순간도 멈추지 않는 무한한 원운동은 제삼자의 눈에 무수한 검은 잔영으로 짠 구체 결계로 보였다.

강렬한 타격은 참격이 낳은 회오리를 격화시키고, 강렬한 참격은 타격의 파괴력을 늘리는 믿기 어려운 상승효과가 두 사람을 중심으로 국지적인 태풍을 일으켰다.

"이럴 수가…… 라우스 님과, 호각이라고?"

아라임을 필두로 백광 기사들이 믿을 수 없다는 표정을 한 채 경악했다.

그것을 의식할 틈도 없이 라우스는 순간의 틈을 노려 혼백 마법을 발동했다. 마력을 먹는 대낫 앞에서 어지간한 마법은 무용지물. 하지만 신대 마법이라면?

"─『충혼』!"

"거둬라─ 에그제스."

어둠색 파동이 남색 날에 찢겼다. 그래도 완전히 무산되지 않은 약한 충격이 배드를 덮쳤다. 하지만─.

"이미 알지. 힘 빡 주면 마력 순환으로 버틸 수 있다지?"

한순간의 정체도 없이 배드는 입꼬리를 히죽 비틀었다. 에그제스로 약해진 『충혼』이라면 버틸 수 있는 모양이었다.

라우스가 혀를 찼다. 그리고 뒤로 뛰어 거리를 벌렸다.

두 사람의 너무나도 수준 높고 격한 전투에 끼어들 수 없던 백광 기사들은 무의식중에 참고 있던 숨을 겨우 내쉬었다.

"……무서운 기량이군. 그 아티팩트가 있다고는 하나, 고유 마법도 없는 네가 순수한 기술만으로 나와 겨루다니."

"그렇게 말해주니 영광이군."

배드는 대낫을 초고속을 돌리면서 어깨를 으쓱 들었다. 하지만 사실 마음속에서는 식은땀이 비 오듯 흘러내렸다. 배드는 자신의 리더에게 보고 받아 알고 있었다.

라우스가 자신의 능력을 폭발적으로 끌어올리는 마법을 쓴다는 사실을…….

아직 여력은 있지만 지금도 꽤 버거웠다. 역시 신대 마법 사용자는 치사하다고 속으로 헛웃음 쳤다.

한편, 라우스 또한 내심 혀를 내두르고 있었다. 최근 몇 년 간 『기사 사냥꾼』이 고유 마법을 썼다는 보고는 없었다.

지금까지 모든 것을 깨부수던 공격을 마치 마법처럼 완벽하게 빗겨 내고 받아넘기며 심지어 역이용까지 하는 기량은 감히 말하건대 신기의 영역. 아니, 그의 별명을 고려하면 악마의 기술일까? 도저히 인간의 몸으로는 불가능해 보이는 초월적 기교였다.

그런 라우스의 속을 아는지 모르는지 배드는 자신을 포위하는 기사들을 시야에 담으면서 입을 놀렸다.

"그러는 댁은 의외로 별거 없구만."

도발적으로 비웃었다. 하지만 그중에 확실한 본심을 섞었다.

"무슨 고민이라도 있어?"

"……"

한순간이었다. 정면에서 대치한 배드밖에 알 수 없는 아주 미세한 눈빛 속 잔물결.

'정곡을 찔렀나? 아무리 봐도 교회 인간답지 않단 말이지……. 뭐, 나한테는 좋은 일이지만.'

싸우는 중에도 라우스의 고뇌는 막연하게 느껴졌다. 이제 그건 확신으로 바뀌었다. 그리고 수인들의 철수가 끝난 것도 확인했다.

주위는 거의 완전히 안개에 휩싸였다. 기사와 연방병도 후퇴하려면 애 좀 먹을 것이다.

"우선 싸움은 이쯤 해 두자고. 피곤하니까 나는 돌아가련다."

"누가 놔줄 줄 아느냐! 네놈만은 기필코—"

아라임이 격분하면서 흰 불을 일으켰다. 다른 백광 기사들도 놓치지 않겠다며 분기했다. 라우스도 예리한 눈으로 긴장을 늦추지 않았다.

그들에게 배드는 히죽이 웃고는—.

"학살할 시간이다, 에그제스!"

계속해서 회전하던 대낫이 폭발 같은 오라를 방출했다. 그 직후—.

"큭, 전원 방어!"

라우스가 목이 찢어지게 소리침과 동시에 수백, 수천의 남색 칼날이 사방에서 무차별적으로 날아들었다. 백염을 가르고 흡수한 마력을 자신에게 환원하지 않고, 오히려 자기 마력까지 먹인 끝에 마력 칼날을 일제히 풀어 놓은 것이었다.

하지만 백광 기사단도 만만치 않았다. 대부분 순간적으로 장벽을 펼치거나 자신의 고유 마법으로 공격을 면했다. 그러나 발이 묶인 것도 사실이었다.

마력 칼날의 폭풍이 그쳤을 때, 그곳에는 새하얀 안개가 펼쳐져 있을 뿐 이미 배드의 모습은 찾을 수 없었다.

정적이 돌아온 전장에서 라우스는 한숨을 쉬었다.

"철수한다."

명령에 대한 대답으로 도처에서 이 가는 소리가 들려왔다.

—야만적인 짐승들에게 사로잡힌 『신의 자식』을 탈환하라.

그 대의명분 아래 성광 교회 총본산 【엘버드 신국】이 【하르치나 공화국】에 선전포고를 한 날부터 근 한 달이 지났다.

이 전쟁에 동원된 신전 기사단은 총 만 천명에 달했다.

릴리스 총대장이 지휘하는 제1군 및 제바르가 이끄는 제3군이 각각 5천 명, 백광 기사단이 500명, 수광 기사단이 500명, 여기에 『신의 자식』을 맞이했을 때 돌볼 바란 디스터크 정무 추기경을 비롯한 사제단 50명이 포함된 편제였다.

신의 자식— 신대 마법 사용자 확보는 『신탁의 무녀』가 신탁을 받은 신명이었다.

원래대로라면 신국의 모든 병력을 동원해야 할 일이지만, 나라를 비웠다가 만에 하나 불상사가 벌어지면 그 또한 문제였다. 그러므로 참전할 기사단의 약 절반, 제2군 및 제4군, 그리고 교황 호위가 주된 임무인 호광 기사단은 참전하지 않았다.

그러나 신전 기사단은 1군만으로 인간족 나라 하나에 필적하는 전투력을 지녔다고 평가될 정도였다. 삼광 기사단의 인원은 각각 천 명 내외인데도 같은 평가를 받았다. 총 병력의 5분의 1이라도 이번 전쟁에 신국이 얼마나 진지한지 알 수 있었다.

아울러 여기에 군사 국가【오디온 연방】의 총 병력 중 반수—약 10만 명이 참전했다.

신국에는 신의 이름으로 타 국민을 징병하거나 군을 동원, 지휘할 권리가 있었다. 이번에 그것을 발동한 것이다.

천혜의 요새인【백색 대수해】앞에 거점이 필요했으므로 이웃 국가인【오디온 연방】에 동원령이 발동한 것은 필연이었다.

신국에서 수해까지 최신 비공선을 이용하면 약 열흘이 걸린다.

신전 기사단이 도착할 때까지 신국의 명령에 따라서 먼저 전투를 벌인 연방군은 당초 수해까지 침공하지는 못하더라도 주어진 사명은 간단히 달성하리라 생각했다.

그 사명이란 공화국 전사단의 군사력 파악과 병력을 일정 수 줄이는 것. 그리고 『신의 자식』의 정체와 위치를 알아내는 것이었다.

과거 사례로 판단하건대 공화국 전사단의 총 병력은 10만

전후로 추정됐다. 당연히 일부 예외를 제외하고 그들은 마법을 쓸 수 없었다. 신체 능력은 뛰어날지언정 연방군도 명색이 군사 대국인지라 병사의 질은 뛰어나다. 신체 강화 마법도 쓸 수 있으므로 충분히 싸울 수 있다. 【백색 전장 평원】과 【백색 대수해】까지 침략하기는 어려워도 수인족 자체는 위협이 될 정도가 아니다.

수인족을 지키는 것은 절대적인 지리적 우세뿐⋯⋯.

그렇게 생각했다. 그렇게 될 예정이었다.

맞붙어 대패하기 전까지는⋯⋯.

"『백광』과 『수광』까지 나와도 수해 외곽에 도달하는 게 최선일 줄이야⋯⋯."

—최전선 거점. 오디온 연방 앙그리프 총장국, 수도 아그리스.

그 중심에 있는 거성에 치욕스러운 감정이 담긴 목소리가 울렸다. 군사 거점이 된 성 한쪽, 군사 회의용 방에는 중후한 롱 테이블이 놓여 있었다.

상석 양옆을 차지한 사람은 라우스와 무르무였다. 그들 옆에는 릴리스와 제바르가 있고 순서대로 부단장, 사교들, 그리고 연방 관계자가 줄지어 앉았다.

방금 목소리를 낸 것은 교황 대리이자 롱 테이블의 상석에 앉은 노인— 신국의 정치계 최고위에 있는 정무 추기경 바란 디스터크였다. 평소에는 뱀처럼 교활한 성격을 미소라는 가면 속에 감춘 인상 좋은 할아버지지만, 지금은 그의 본성이 조금이나마 겉으로 드러나 있었다.

그의 한마디에 사교와 연방 관계자는 심문이라도 받는 것처럼 안색이 새파래졌다.

"이, 이것도 연방의 책임입니다! 전혀 도움이 되지 않았잖습니까!"

"옳소! 이런 게 군사 국가라니! 이제 보니 너희가 기사단의 발목을 잡은 거군! 확실해!"

"연방은 신명을 제대로 이해하지 못한 모양이군! 야만족 따위에게 당하는 게 말이나 되나! 쯧쯧, 신앙심이 얼마나 없으면!"

사제들이 마음속 걱정을 누그러뜨리려고 비난의 화살을 돌렸다.

"……드릴 말씀이 없습니다. 수인족 개개인의 힘이 예상을 웃돌아―."

"변명은 집어치워라!"

'하는 것도 없는 주제에 침 튀기는 솜씨는 날로 좋아지는군.'

【오디온 연방】 총수이자 연방군 원수, 데틀레프 에른스트는 속으로 분을 삭였다.

예순을 넘은 나이에도 몸에서 흐르는 패기는 라우스나 단장들에게 뒤지지 않았다. 인간족이면서 키는 2미터 50센티미터나 됐고 온몸이 근육으로 된 갑옷 같았다. 짧게 친 백발과 흰 수염, 한쪽 눈을 베여 애꾸인 그는 무력은 물론이거니와 정치 수완도 걸출한 위인이었다.

그런 일국의 왕이 말대꾸도 없이 듣고만 있으니 더 기세등등해진 사제들이 침을 튀기기에 열을 올렸지만―.

"신대 마법 때문이다."

물리적인 무게마저 느껴지는 중후한 목소리가 울리자 모든 소리가 사라졌다.

모든 시선이 자연스레 발언자, 라우스에게 향했다. 팔짱을 끼고 조용히 눈을 감았지만 살 떨리는 긴장감이 나왔다.

그제야 겨우 사제들은 그곳의 분위기를 알아차린 모양이었다.

눈길을 돌리자 무르무는 어이없는 표정으로 턱을 괴고 있었고 릴리스는 이마에 핏줄을 세웠으며 제바르는 손가락으로 테이블을 탁탁 두드리면서 짜증을 드러냈다. 아라임을 비롯한 부단장들도 차갑게 식은 눈으로 사제들을 보고 있었다.

바란이 헛기침을 했다.

"이곳은 군사 회의장입니다. 마음은 이해하나, 책임 추궁은 다른 곳에서 하시지요."

"죄, 죄송합니다."

군사 회의를 방해하지 말라는 단장들의 속마음을 직접 말로 하자 사제들은 사과하며 몸을 움츠렸다.

물론 라우스와 다른 이들의 분노는 이유가 전혀 달랐지만…….

그런 줄도 모르고 바란은 다시 라우스에게 이야기를 돌렸다.

"번 경. 설명해주시겠습니까?"

"굳이 설명할 것도 없습니다, 디스터크 경. 전사단의 급격한 전투 능력 상승…… 신체 강화 마법을 쓸 수 있을 리 없고, 고유 마법 사용자가 있어도 전선의 모든 전사를 강화하기란 불가능합니다. 신대 마법 사용자 외에는 생각할 수 없습니다."

"신손님의 힘은…… 강화에 관련된 것이라는 말입니까?"

"네. 그것도 단순한 신체 강화가 아닙니다. 고유 마법을 쓰는 기사와 맞서 싸운 그들이 우리 기사단의 기사들보다 강력하다고 느껴질 정도였습니다."

그것은 신체 강화뿐 아니라 능력까지, 혹은 개인의 스펙을 모두 끌어올리는 마법…….

라우스는 무거운 어조로 말을 이었다.

"상승 한계는 알 수 없으나, 현시점에서는 제『제2 한계 돌파』수준이 아닌가 싶군요."

"그렇다면 두 배인가요……."

라우스의 혼백 마법에는 혼의 한계를 없애서 스펙을 상승시키는 『한계 돌파』라는 마법이 있었다. 최종적으로 다섯 배까지 가능하지만, 너무 강력해서 부작용도 있고 상황에 맞춰 사용하기 위해 라우스는 여덟 단계로 나눠서 쓰는 법을 터득했다.

"그래, 라우스 말이 맞아. 내가 싸운 익인족은 바람을 조종해 성룡을 추락시킬 정도였어. 평범한 익인족도 비행 속도나 기동력이 엄청났지."

무르무의 고유 마법『성별(聖別)』은 마물에 강력한 세뇌 효과를 주는 동시에 능력을 대폭 강화하고, 온갖 빛 속성 마법을 사용하게 해준다.

그 마법으로 수광 기사단의 성수는 모두 상시 장벽을 펴고 있기에 상급 마법 이상의 공격이 아닌 한 쉽게 격추할 수 없었다.

"부아가 치밀지만…… 특히 은밀 전사단이라는 놈들의 토인족 전사장은 위험합니다. 한번 모습을 감추면…… 라우스 님 외에는 자력으로 발견하기 매우 어렵습니다."

제바르가 이를 아드득 갈면서 말하자 릴리스도 분한 마음을 내비치며 말을 보탰다.

"모습이 안 보이는 데다가 기척조차 완전히 사라져. 무슨 원리인지 안개조차 움직이지 않아. 땅에 남는 미세한 변화로밖에 파악할 수 없지. ……그건 타고난 암살자야."

게다가 접근하면 중력 방향을 마음대로 바꾸는 낭인족은 유사 순간 이동을 하는 자신이 겨우 대응 가능한 수준이었다고, 씁쓸한 표정으로 덧붙였다.

라우스가 탄식 섞어 말했다.

"우리가 나서도 이 모양이다. 사전 정보도 없던 연방군이 고전한 건 당연한 일이지. 오히려 소수인 우리가 안개 속에서 포위당하지 않은 건 그들 덕이다. 데틀레프 공, 감사하오."

"……예. 영광입니다."

데틀레프는 다소 당혹스러운 듯 눈을 깜빡였다. 순간 라우스와 눈이 마주치고 그것이 조금 전 비난에 대한 사과임을 깨달은 그는 속으로 헛웃음 쳤다.

"그 안개 말입니다만…… 이번에는 뭔가 이상하다고 하죠?"

사제 중 한 명이 거북하게 질문했다. 바란이 답했다.

"과거 기록으로 그 안개가 인위적인 결계라는 건 추측 가능합니다."

수해를 완전히 뒤덮고 유사시에만 수해 밖으로 분출하는 점. 그 현상이 몇백 년 전부터 발생한 점. 그 사실로 미루어 보아 안개에 간섭하는 자가 존재하며 그 힘은 계승된다고 추측해 왔다. 필연적으로 그 존재가 공화국의 왕일 것이라는 예상과 함께⋯⋯.

"그렇지만 걷어 낸 부분에 정확하게 안개를 모으거나 우리의 간섭을 흘려 넘기는 섬세한 조작, 그것을 전장 전체에서 운용하는 규모는 과거 유례를 찾아볼 수 없습니다."

아라임이 인상을 찌푸리며 보고했다.

"수해 재생 속도도 무시무시합니다. 기록으로 하루는 걸린다고 들었는데⋯⋯."

수해 소각 작전은 과거에도 이루어졌다. 하지만 하루가 지나면 다시 식물이 자라서 결과적으로 수해 한가운데 갇혀 전멸할 뿐이었다. 그러나 아라임이 『성염』으로 불태웠을 때는 나무들이 순식간에 되살아났다.

릴리스가 고민하며 팔짱을 꼈다.

"신손님의 신대 마법이 『모든 능력 상승』이라면⋯⋯."

"왕에게 신의 기술을 받았거나, 아니면 그분이 바로 그 왕이겠지."

무르무가 말꼬리를 잇고 라우스를 봤다. 이번 싸움에서 신명이라면 기꺼이 순례의 길을 걸을 신전 기사들이 어째서 매번 안개 앞에서 발을 뺐는가.

그것은 라우스의 확인을 기다렸기 때문이었다.

혼을 보는 라우스에게 거짓말은 통하지 않는다. 그렇기에 전장에서 혼을 확인하고 수인 전사들과의 대화로 『신의 자식』의 정체를 알아내는 임무가 라우스에게 주어졌다.

그 결과, 적어도 전쟁터에 신대 마법 사용자급 혼은 확인되지 않아 아마 전장에 나오지 않아도 안개를 조종할 수 있다는 확신을 얻었다. 그리고 대화로 알아낸 것은—

"모두 말이 없었다. 아무래도 내 능력이 누설된 모양이군."

회의장이 순간 웅성거렸다. 설마 이 안에 배교자가? 서로에게 의심의 눈길을 보냈다.

"범인은 안다. 기사 사냥꾼이다."

자중지란에 빠지지 말라는 라우스의 주의였다. 하지만 회의장은 진정되지 않았다. 사람들이 갑자기 소란스러워졌다.

"라우스, 지금 뭐라고?! 놈이 여기 있나?! 아니, 잠깐만. 정보가 샜다는 건…… 기사 사냥꾼이 공화국에 붙었단 거야?!"

"아마도."

무르무가 낯빛이 바뀌고 물었다. 과거 성수 소대를 전멸시킨 전적이 있는 기사 사냥꾼은 무르무에게도 제거 대상 1순위였다. 동시에 공화국이 인간족을 받아들였다는 것도 믿어지지 않았다.

"큭, 그 자식…… 피 냄새라도 맡았나?"

제바르가 테이블에 주먹을 내리쳤다. 그 또한 적잖은 부하를 잃었다. 사정은 릴리스도 마찬가지라서 이마에 푸른 핏줄이 불거져 있었다.

동시에 『기사 사냥꾼』이라면 라우스의 능력을 알고 있어도 이상하지 않다고 납득한 표정을 보였다.

"원래 이야기로 돌아가서, 왕이 신손인 건 틀림없다고 본다. 대답하지 않아도 떠보면 혼은 반응하게 마련이지. ―여왕이다. 삼인족 여왕이 신손이시다."

회의장이 또 갑자기 조용해졌다. 놀라서가 아니었다. 환희 때문이었다.

"드디어 낭보를 듣는군요. 번 경, 훌륭하십니다."

"제 소임을 다했을 뿐입니다, 디스터크 경."

"라우스, 그렇게 칭찬을 걷어차는 건 네 나쁜 버릇이야."

무르무의 농담으로 분위기는 한결 밝아졌다.

드디어 목표를 찾았다. 마침내 『신의 자식』을 맞이할 수 있다.

신명을 달성할 수 있다!

방은 광기 어린 기쁨의 도가니였다. 하지만 라우스만은 다시 눈을 감았다.

"그렇다면 이제는 안개를 어떻게 하느냐가 관건이군요."

바란의 말대로 안개 결계가 방해되는 점에는 변함이 없었다. 평원에서도 고전을 면치 못했으니 수해 안이라면 상황은 더 가혹하리라.

"성룡들의 바람, 제바르 군단장님의 『액화』, 아라임 부단장님의 『성염』, 모두 평범한 안개는 한정적으로 걷을 수 있어도 신손님이 조종하는 짙은 안개에는 대항하지 못했다고 들었습니다만······."

"성룡 부대로 안개 위 하늘에서 폭격하면 어떻습니까?"

"신손님이 어디에 계실 줄 알고! 행여 불상사가 벌어지면 어쩔 셈이오!"

"그건 그렇지만······ 번 경과 동격인 분이오. 수인족을 아슬아슬하게 죽일 정도라면 자력으로 이겨 내시지 않겠소?"

"애초에 신손님에게 공격하는 것 자체가 배교 행위란 말이야!"

이것도 안 된다, 저것도 안 된다, 하며 사제에 연방 간부들까지 끼여 회의는 아수라장이 되었다. 수백 년간 넘지 못한 난공불락의 요새를 공략할 방법이 쉽게 나올 리 없었다.

"흐음. 내키지는 않지만, 역시 정공법으로 갈 수밖에 없겠군요."

바란이 말하는 정공법이란 현상 유지였다.

즉, 【백색 전장 평원】에서 계속 싸우는 것이었다. 수해 공략은 불가능해도 전쟁이 계속되면 공화국은 언젠가 말라 죽는다. 수해는 그들의 절대적인 요새인 동시에 농성할 수밖에 없는 막다른 골목이기도 했다.

그에 비해 신국은 【오디온 연방】뿐 아니라 각국에서 지원을 받으며 싸울 수 있다. 지금까지 자살 특공에 가까운 전법을 썼다면 앞으로는 신중하게 병력을 소모시키는 방향으로 전환하면 된다. 그러면 공화국은 반드시 몰락한다.

실제로 이번 싸움에서도 기사단이 등장한 후 짙은 안개가 깔릴 때까지 시간적 여유가 있었다. 연방군과 싸울 때는 약한 안개만 깔리는 것을 보아 십중팔구 쉬고 있었기 때문이다.

수해를 조종하는 권능을 지닌 『신의 자식』일지라도 휴식이 필요한 인간이었다. 전쟁이 계속되면 차츰 안개 조종도 수해 재생도 어려워질 것이다.

다시 말해 장기전 및 파상 공격이 수해를 공략할 유일한 방법이었다.

지금까지는 그런 노력을 들일 가치가 없었기 때문에 수해는 불가침의 영역으로 불렸으나 이번에는 물러날 수 없는 사정이 있었다.

그래서 신국은 전쟁을 장기화시키는 데 아무런 주저가 없었다.

모두를 눈길로 훑고 반대 의견이 없다고 확인한 바란이 고개를 깊이 끄덕였다.

"좋습니다. 그럼 장기전 방침으로 가지요."

그러고는 본국에 보고하겠다고 말하면서 데틀레프를 돌아봤다.

"데틀레프 공. 줄어든 병력은 항상 보충해주십시오."

"……알겠습니다."

데틀레프는 억양이라고는 없는 목소리로 무표정하게 대답했다. 그 감정을 없앤 눈동자에는 피폐해진 자국의 미래가 비치고 있을까?

"그리 걱정하진 마십시오. 우르디아 공국에도 참전 명령을 내리도록 본국에 진언할 테니."

"깊은 배려에 감사합니다."

수해 공략에 얼마나 시간이 걸릴까.

비옥한 대지를 가진 【우르디아 공국】이 가세하면 병참은 크게 걱정할 필요가 없을지도 모른다. 그러나 최전선에 서는 것은 역시 군사 국가인 연방군이었다.

분명히 줄칼로 나무를 조금씩 깎듯 군사력을 잃을 것이다. 공화국 전사단이 그러하듯…….

데틀레프는 한순간 남쪽 마법 대국 【그랜더트 제국】에 동원 명령을 내려달라고 간원해 볼까 생각했지만 곧 생각을 고쳤다.

제국은 【이그돌 마왕국】을 막는 방벽이었다. 쉽게 움직이지 않을 것이다.

그리고 이번 전쟁은 최근 군사력을 키운 연방에 대한 일종의 견제일지도 모른다고 속에서 어두운 감정이 고개를 내밀었다.

바란이 회의 마무리에 들어가고 모두 데틀레프에게는 신경도 쓰지 않은 채 이야기를 진행하는 가운데, 라우스는 고개 숙인 데틀레프를 곁눈질했다.

이 방에서 누구보다 큰 무인이자 왕의 모습이 유난히 작아보였다.

회의를 끝낸 후, 라우스는 도시 안을 정처 없이 걸었다.

혼자였다. 아라임이 집요하게 따라오려고 했지만 다소 억지스러운 이유로 떼놓았다.

최근 아라임이 때때로 자신을 탁한 눈으로 보는 사실을 라우스는 알고 있었다. 처음에는 사단장이면서 부단장을 겸임하게 된 막중한 책임 때문이라고 생각했다. 하지만 아무래도 그게 아닌 듯했다.

'······내 신앙심을 의심하고 있군. 감시하라는 명령이라도 받았나, 아니면 자발적인 행동인가.'

라우스는 의심받는 줄 알면서도 행동을 고치려 하지 않았다.

애초에 교황에게 직접, 그리고 그 무시무시한 『신탁의 무녀』에게 『너는 교회의 첨병이다』라고 주의받았다. 더 나빠질 것도 없지 않은가.

그렇게 자기 합리화를 할 만큼 그는 지금 혼자 있고 싶었다.

도시 중심에서 멀어져서 천천히 거리와 사람들을 바라봤다.

전시, 연방군이 막대한 피해를 입은 상황, 그리고 신전 기사단에 삼광 기사단 중 두 부대가 동원된 사실에 【아그리스】는 전에 없이 기묘한 분위기에 휩싸여 있었다.

평소에는 활기 넘칠 상점가도, 시민의 휴식처인 분수 광장도 이상하게 한산하고 적막했다. 왕래하는 사람들도 곳곳에 있는 신국 관계자의 눈치를 살피며 기분 탓인지 빠른 발걸음으로 입을 꾹 다물고 떠났다.

그들도 사실 경건한 신자일 것이다. 그렇다면 신국 관계자의 내방을 환영해야 마땅했다. 심지어 『신의 자식』 탈환이라는 대의가 있는 전쟁에 참가하는 영광에 더 고양되어야 했다.

그렇지 않은 이유는—.

"친한 사람이 죽어 가는데 괜찮을 리가 없나."

정말 단순한 사실이었다.

만약 공화국 전사단을 압도하는 전과를 세웠으면, 아니면 비등한 싸움을 하는데 기사단이 와서 형세가 기우는 드라마틱한 전개가 있었다면, 분명히 【아그리스】 사람들도 신의 이름을 칭송하고 대의에 열광하며 당사자가 됐다는 영광에 취했을지도 모른다.

하지만 현실은 그냥 정보를 얻기 위해서 순교를 강요당하기만 할 뿐……

"이게 최대 다수의 최대 행복인가?"

쭉 그 한 질문만을 자신에게 되풀이했다. 교회의 방식에 의문을 품어도, 얼마나 많은 자유 의지가 도태돼도 더 많은 사람의 행복으로 이어진다고 믿고 눈을 돌렸었다.

하지만—.

문득 눈이 맞았다. 건물 모퉁이에 있던 작은 남자아이와.

"……."

얼음 칼에 찔린 기분이 들어 무심코 걸음을 멈췄다. 채 열 살도 되지 않아 보이는 아이는 교회 최강의 남자를 노려보고 있었다. 마치 네가 만악의 근원이라고 말하는 양. 증오와 분노의 불길을 눈 속에 담고서…….

바로 어머니 같은 인물이 나타나서 허둥지둥 아이를 끌고 갔지만 라우스는 잠시 그곳에서 발을 떼지 못했다.

그 증오, 그 분노. 혹시 전쟁에 나간 아버지라도 잃었을까. 남자아이의 일그러진 표정이 강렬하게 뇌리에 각인됐다.

그리고 떠올렸다. 자신의 자식, 샤름을…….

그리고 신국을 출발하기 전 가족과 보냈던 시간을…….

라우스는 그 자리에 멈추어 선 채 생각에 잠겼다.

공화국으로 출정하는 전날 밤.

번 가문에서는 출정 축하 만찬이 열렸다. 『신의 자식』 탈환 임무는 영광스러운 일이니까.

물론 새로운 『신의 자식』이 발견되고 그 탈환 임무에 라우스가 참가한다는 기쁨 속에서도 번 가문의 식탁에는 불편한 기류가 감돌았다.

원인은 알고 있었다.

얼마 전 라우스와 샤름이 나눈 대화였다.

—착한 마왕이 있으면 된다.

앙숙이자 숙적인 마인족 왕을 향한 샤름의 다정한 소망을, 라우스는 긍정했다.

그러나 그 생각은 경건한 교회의 신자에게는 용납되지 않았다. 당연히 라우스의 아내 리코리스와 어머니 데보라는 노발대발했다. 자식 교육을 잘못시켰다고 비탄했고, 영예로운 백광 기사단 단장이 어찌 그럴 수 있냐며 라우스를 비난했다.

보통이라면 샤름도 속으로 납득하지는 못하나 바로 사과했을 것이다. 그리고 라우스도 『포기하고』, 『아무 생각도 하지 않게 마음을 닫고』 내가 어떻게 됐나 보다, 라고 뉘우치는 시늉이라도 했을 것이다.

하지만 알아 버렸다…….

투쟁을 바라는 신과 사람의 마음이 없는 무녀에 대한 강한 거부감이 이때의 라우스에게 조그만 반항심을 낳았다.

그 결과, 라우스는 자신의 의견을 굽히지 않았고 샤름이 개심할 필요성도 인정하지 않았다.

그러자 리코리스와 데보라가 믿을 수 없다는 양 모르는 사람을 보는 눈으로, 이단자를 보는 눈으로 자신을 바라보는 것도 당연했다.

그 후 리코리스와 데보라가 그날 일을 입에 올린 적은 없었다. 무시무시한 금기에서 필사적으로 눈을 돌리는 것처럼. 없었던 일로 하려는 것처럼……

"겨우 당신의 동포를 맞아들일 수 있겠군요. 실로 기쁜 일이에요."

"하지만 더러운 잡혈들에게 붙잡혀 있다고 하죠. 딱하기도 하셔라……. 라우스, 다른 사람이 아닌 당신이 직접 구해드려야 합니다. 같은 『신의 자식』인 당신이라면 분명히 마음을 놓으시겠죠."

리코리스와 데보라가 가면 같은 웃음을 지으며 무미건조한 대화를 이어갔다.

라우스도 두 사람에게 어색하게 「그래」라거나 「음」이라는 단답만 했다.

그런 이상한 분위기 속에서도 애써 밝은 표정을 지어 보이던 샤름이 갑자기 식기를 놓았다. 달그락 소리에 자연스럽게 시선이 집중됐다.

샤름의 표정이 무너지고 고개를 숙였다. 바지를 꽉 쥔 작은 손이 떨렸다.

"……아버지."

"왜 그러느냐, 샤름."

아들이 쥐어짠 목소리에 라우스는 마음속 동요를 감추고 조용히 물었다.

리코리스와 데보라가 눈빛을 교환하는 것이 언뜻 보였다. 샤름의 분위기에서 무엇을 눈치챘는지 말을 꺼내지 못하게 하려는 듯 먼저 입을 열려고 했다.

그래서 라우스는 그 전에 샤름을 재촉했다.

"말해 봐라, 샤름. 묻고 싶은 거라도 있느냐?"

살짝 고개를 든 샤름은 어머니와 할머니의 눈빛이 급속히 식어 가는 모습에 조금 겁먹은 반응을 보였다. 그러나 라우스가 지켜봐 주는 것을 깨닫고 눈에 힘을 준 뒤 입을 뗐다.

"아버지…… 수인족과 친하게 지내는 건…… 죄인가요?"

여덟 살이라고 생각하기 힘든 힘과 슬픔을 띤 눈동자가 라우스를 직시했다.

"샤름! 너 또 그런 소릴!"

리코리스가 대번에 이성을 잃었다. 격분해서 의자를 박차고 일어난 뒤 샤름에게 손을 들었다. 그 손을 함께 일어난 라우스가 잡았다.

"앉아, 리코리스."

"당신, 못 들었어요?! 샤름이—"

"앉으라고 했다."

라우스의 위압적인 분위기에 리코리스는 이를 악물면서도 다시 앉았다. 데보라를 힐끔 보니 소름 끼칠 정도로 무감정한 눈을 하고 있었다.

그것을 무시하고 라우스는 샤름 곁에 한쪽 무릎을 꿇어 눈높이를 맞췄다.

"너도 배웠을 거다. 그것은 죄라고. 왜 그런 걸 묻느냐?"

샤름은 떨면서도 라우스를 똑바로 보며 말을 더했다.

"전쟁을 하지 않아도 친하게 지내자고 하면 되지 않나요? 신손님을 모셔 오지 않아도, 서로 도우면 되지 않나요? 전쟁을…… 꼭 할 필요가 있나요? 아버지는, 정말로 싸워야만 하시나요?"

전쟁으로 사라질 생명을 생각하고, 타 종족을 생각하고, 아버지를 걱정하는 따스한 마음.

순진하고 세상 물정 모르는 어린애의 이상론. 대체 누가 그렇게 치부하고 무시할 수 있을까. 라우스는 왠지 울고 싶은 충동에 휩싸였다.

총명하고 상냥한 아들의 부드러운 회색 머리를 헝클어트렸다. 깔끔하게 정돈된 7대 3 가르마가 망가지지만 샤름은 신경 쓰지 않고 오히려 라우스의 커다란 손에 매달리듯 손을 겹쳤다.

"신께서, 그러길 바라신다."

그것이 사실이고 절대적인 답이었다.

"그리고 신께서 바라시면, 그것이 더 많은 사람의 행복으로………… 이어진다."

그것은 추측이고 희망적인 답이었다.

"더 많은 사람의…… 행복……."

샤름은 심란한 표정이 되어 다시 고개를 숙였다. 라우스 본인도 차갑게 느껴지는 말이었다. 샤름이 납득하지 못하는 것은 당연했다.

그래도 다른 답을 얻지는 못하리라 생각했는지 샤름은 마지막으로, 또다시 매달리듯 물었다.

"그럼 아버지께서, 교회가 『더 많은 사람의 행복』을 위해 싸운다면…… 『더 많은 사람』이 아닌, 소수를 위해 싸우는 사람은…… 없나요?"

"……."

라우스는 퍼뜩 답하지 못했다. 답을 알지 못해서가 아니었다. 그 반대다.

알기 때문에. 알아 버렸기 때문에. 교회가 희생하는 의지를 구하고자 들고 일어난 자들을…….

라우스의 침묵을 어떻게 해석했는지 몰라도 샤름은 한결 밝아진 표정으로 말했다.

"만약 그런 사람들이 있으면……."

"있으면?"

"아버지께서 함께 싸우면, 모두 행복해지겠네요."

라우스는 역시 답하지 못했다.

그런 미래는 없다. 『지금까지의 자신』이 그렇게 단언하는데, 『지금의 자신』이 입을 다물어 버린 탓에…….

그런 자신의 감정에 라우스 본인도 당황하며 그저 「그럴지도 모른다」라고만 답할 뿐이었다.

"번 경. 여기서 뭐 하시는 거죠?"

불시에 들린 중후한 목소리에 라우스는 정신을 차렸다.

돌아보니 그곳에는 벽⋯⋯이라고 착각할 정도로 거대한 몸이 있었다. 고개를 들자 외눈에 험상궂은 얼굴이 있었다.

"데틀레프 공."

"무슨 일 있으십니까? 이런 거리 한복판에 가만히 서서. 찾는 곳이 있다면 안내해드리겠습니다."

그 말을 듣고 주위를 돌아보자 【오디온 연방】 총수가 굳이 말을 걸어도 이상하지 않을 만큼 주목받고 있었다.

누가 봐도 고위 전투용 법의를 입은 남자가 무표정으로 서 있다면 그야 이상하게 생각할 수밖에. 주민이 당황하는 것도, 연방 병사가 멀찍이 모여 쩔쩔매는 것도 당연했다. 쉽게 말을 걸 수도 없을 테니까.

"제가 생각에 너무 골몰한 모양입니다. 부끄럽군요."

"⋯⋯생각, 말씀입니까?"

데틀레프는 턱수염을 만지며 무슨 생각에 빠졌다. 그런 데틀레프에게 라우스는 갑자기 든 의문을 던졌다.

"그러는 데틀레프 공은 왜 이런 곳에 계십니까? 연방 총수께서 호위도 대동하지 않고 혼자 거리에 나오시다니⋯⋯."

"그건 피차일반이라고 생각합니다만⋯⋯ 저는 경을 찾고 있었습니다."

"저를?"

"예. 감사를 전하고 싶어서요."

긍정하는 데틀레프에게 라우스는 당황스럽게 고개를 저었다.

"인사를 받을 일을 했던가요⋯⋯."

"우리나라 장병의 희생을 애도하고 그들의 죽음에 의미를 부여해주시지 않았습니까."

군사 회의장에서 있었던 일을 구태여 감사하러 온 모양이었다.

"⋯⋯사실을 말했을 뿐입니다."

"그럴지도 모르지만, 큰 위안이 되었습니다. 경께서는 제게도 말을 고르며 존중해주시지요. 한 나라의 왕이라도 백광 기사단 단장이자 『신의 자식』인 경께서 보면 하잘것없는 지위일 텐데 말입니다."

데틀레프의 온화한 눈빛이 라우스에게는 몹시 거북했다.

노안으로 보이기 십상이지만 아직 서른두 살인 라우스에게 데틀레프는 아버지뻘이었다. 어쩐지 아버지에게 칭찬받는 것 같아서 쑥스럽기도 했다.

그런 라우스의 심정을 알았는지 데틀레프는 화제를 바꿨다.

"만약 시간이 된다면 병사들을 보러 가시지 않겠습니까? 백광 기사단 단장님이 방문하신다면 그들도 힘을 얻을 겁니다."

"⋯⋯그러지요."

아직 할 이야기가 남은 것일까? 라우스는 잠시 고민하다가 데틀레프의 제안을 받아들였다.

백광 기사단 단장과 자국 총수가 호위도 없이 나란히 걷는 모습에 거리에는 말로 표현하기 힘든 긴장감이 감돌았다. 두 사람은 그런 거리를 말없이 걸었다.

그리고 곧 도착한 곳은 【아그리스】를 둘러싼 50미터 높이의 외벽 위였다.

위엄 있는 석조 외벽 안팎에 연방군이 주둔해 있었다. 북쪽부터 순서대로 다른 세 깃발이 보였다.

"본래 안쪽에 포진하고 필요할 때만 나오는데, 이번에는 앙그리프 외에도 총 8지국(支國) 중 3지국의 군사가 모여서 밖에도 진지를 차렸죠."

기사단을 우대하느라 내부 시설을 내주고 지국 군대는 밖으로 쫓겨났다는 식으로 들려서 라우스는 미간에 주름을 잡았다.

"비아냥거리는 말이 아닙니다."

데틀레프가 어색하게 웃으며 해명하자 라우스는 반사적으로 표정이 뚱해졌다. 얼버무리려고 보이는 그대로를 말했다.

"피로에 절었군요."

"강인한 연방군에게 이 정도쯤이야……라고 말씀드리고 싶지만, 마음이 병든 사람도 많습니다."

두말할 것도 없이 수인 전사의 예상을 뛰어넘는 힘과 그로 인해 희생된 많은 전우 때문이리라.

라우스는 연방군의 피폐해진 얼굴을 잠시 가만히 내려다봤다.

그러는 사이 라우스와 데틀레프를 발견하는 사람도 드문드

문 나오기 시작했다. 라우스를 올려다보는 눈에는 경외감······
이 아닌 두려움이 일렁거렸다.

공포가 여실히 전해졌다.

기사단이 공화국을 물리쳐 주리라는 기대는 눈곱만큼도 없
고 그저 다음에는 어떤 명령이 떨어질까, 하는 불안에 떨고
있었다.

확실히 좌절한 사람이 많아 보였다.

라우스는 답답함이 밀려 올라와 부지불식간에 이를 악물었
다. 그들 중 앞으로 벌어질 오랜 전쟁에서 살아남는 자는 몇
명이나 될까.

공화국과 연방 하나를 충돌시켜 서로의 목숨을 맞바꾸는
광기의 전쟁이 시작된다.

그렇게 하여 원하는 것을 얻게 되는 것은 신국뿐이다.

모든 것은 신의 이름으로.

신이 그러길 바라니까.

그들은 목숨을 바친다. 수많은 수인족을 희생양 삼아서······.

"라우스 번 경. 당신이 이 전장에 있다는 사실에 감사합니다."

데틀레프의 말에 라우스는 무심코 그만하라고 소리치고 싶
어졌다.

하고 싶은 말은 안다. 그가 무엇을 전하고 싶은지.

조금이라도 좋으니 연방군이 앞으로 내던질 목숨에 의미를
달라. 무의미하게 공포 속에서 죽어 가지 않고 당신들과 **함께
싸웠다**는 긍지를 가슴에 품고 죽게 해 달라. 그리고 백광 기

사단의 힘으로 세계 최강 기사단의 힘으로 조금이라도 일찍 전쟁을 끝내 달라.

그렇게 바라는 것이다.

무거웠다. 희망과 기대를 버리고 감정을 죽이고 명령대로 살아 온 라우스에게 그 소원은 너무 무겁고 부담스러웠다.

그래서 원하는 답을 해줄 수 없기에—.

"『진혼』."

밤의 어둠 같은 마력 파문이 퍼졌다. 마치 모든 것을 감싸는 바다처럼. 평온하고 고요한 잔물결처럼…….

"이건……."

데틀레프의 얼굴에는 놀라움이 고스란히 묻어났다. 외벽 아래에서 연방 병사들도 똑같은 표정을 짓고 있었다. 그리고 조금 전까지 피로로 점철됐던 몰골이 서서히 생기를 찾아가는 것이 보였다. 라우스를 올려다보던 자들도 눈을 크게 떴다.

"혼에 직접 작용해 정신 회복과 안정을 가져오는 마법입니다. 아무것도 안 하는 것보다는 낫겠죠."

"이것이 경의…… 신의 힘……."

아래에서 활력이 돌아온 웅성거림이 퍼지는 가운데, 데틀레프는 라우스에게 돌아서서 머리를 숙였다.

"고귀한 힘을 베풀어주셔서 진심으로 감사합니다."

"그렇게 대단한 건 아닙니다."

겸손…… 같지는 않았다. 데틀레프의 눈에 라우스의 표정은 어딘지 모르게 괴로워 보였다.

"역시 경은…… 교회 사람답지 않군요."

상식적으로는 실례를 넘어 단죄당해도 이상할 게 없는 위험한 말. 무슨 생각으로 그 말을 입 밖에 냈단 말인가?

"못 들은 셈 치겠습니다. 두 번은, 봐 드리지 않습니다."

백광 기사단 단장의 힘을 경험하는 영광과 그 힘의 위대함에 환성이 일었다. 라우스는 그 소리에서 도망치듯 발길을 돌렸다. 그리고 서둘러 떠나려는 그를 데틀레프가 불러 세웠다.

"라우스 경, 받아주십시오."

고개만 돌려 뒤를 보자 데틀레프가 후드 딸린 로브를 내밀고 있었다. 어느새 부하를 시켜 가져온 모양이었다.

"산책을 하려면 꼭 필요하시리라 생각합니다."

"배려에 감사드립니다."

마음을 들여다보는 것 같다고 생각하면서도 호의를 받아들여 로브를 입은 라우스는 이번에야말로 그곳을 떠났다. 등으로 따스한 눈길이 느껴지는 것 같았다.

다시 정처 없이 거리를 헤맸다.

로브로 정체를 숨겼어도 큰길에서는 또 이목을 살지도 모른다고 생각해서, 무엇보다 혼자 있고 싶어서 라우스는 뒷골목을 따라 하염없이 걸었다.

어느덧 거리의 소음은 귀에서 멀어졌고 뒷골목의 조용한 분위기가 라우스의 마음에 정적을 가져왔다. 하지만 그것을 대신하는 것처럼—.

'세상이…… 삐걱거리는 소리, 인가?'

끼익끼익, 들릴 리 없는 소리가 환청이 되어 라우스의 고막을 때리는 느낌이 들었다.

수인족의 변화.

혼이 없는 신탁의 무녀.

소모품처럼 다루어지는 병사들.

경건한 신자일 텐데 배교로 취급될지도 모를 말을 하는 일국의 왕.

그리고 기적처럼 모이기 시작한 동류— 신대 마법 사용자.

선전 포고가 떨어지고 쭉 라우스의 귀에 아니, 혼에 울리는 삐걱대는 소리가 더 또렷하게 들리는 듯했다.

이상한 생각을 떨치려고 머리를 흔들고 시선을 들었다. 문득 막다른 골목이 시야에 들어왔다.

"그러고 보니, 이런 곳이었나?"

그녀를, 다치고 숨이 끊긴 『전대 신탁의 무녀』를 되살려 신도로 빼돌렸던 때를 떠올렸다. 딱 이런 좁은 골목이었다. 신도 외벽에서 가장 가깝고, 가장 허름하고, 누구도 신경 쓰지 않을 법한 뒷골목.

"……하지만 너는 나아갔지. 막다른 곳을 뛰어넘어서, 의지를…… 이었어."

그것이 지금 큰 파도가 되려고 하고 있었다.

"만약…… 만약 내가 그때, 너를 데리고 함께 도망갔더라면……."

어떻게 됐을까.

그 말을 입속에서 굴리다가 멍청한 생각이라고 자신을 욕했다. 십중팔구 최대 병력이 추적해 왔을 것이다. 그럼 붙잡힌 벨타는 다시 죽고 라우스도 그냥 넘어가지 못했겠지. 그때, 라우스라는 신대 마법 사용자가 머물렀으니까 못 본 척해준 것이다.

그러니까 무의미한 몽상이다.

어이없을 정도로 멍청한, 있을 수 없는 미래에 대한 망상이다.

자신이 자유로운 의지를 가지고 살아간다는 그런 『만약』의 이야기는…….

이런 식으로 흔들려서는 우수한 아들이 실망하겠다며 쓴웃음 짓고 한숨 쉬었다. 하늘을 보고 그 너머에 있을 존재에게 눈을 찌푸렸다.

"어디까지가 네 시나리오냐?"

신봉하던 신을 경멸하며 부르는 자신에게 쓴웃음이 더 짙어졌다. 뒤에서 험담하는 소인배나 다름없다고.

"신의 꼭두각시라…… 나에게는 잘 어울리는 말이군. ……아니, 꼭두각시조차 못 됐나……."

최근 뜻하지 않게 떠오르는 소녀. 그녀의 말이 자조와 함께 되살아났다.

태양처럼 눈부시고 강렬하며 확고한 그 소녀는 지금 자신을 본다면 이때다 싶어 조롱할 것이다. 아니면 그냥 배꼽을 붙잡고 웃어젖힐까. 「교회 최강이라면서 한심해! 푸하하!」라고 사람의 신경을 긁는 웃음소리를 내면서.

"……흥. 우리가 놀아나는 동안 힘이나 키워 둬라."

이번에는 또 큰소리치냐며 라우스는 무심결에 나온 말에 스스로 대답했다. 그 소녀를 떠올리면 꼭 마음이 뒤죽박죽이 됐다. 짜증이 나고 웃음도 나고, 정말로 뒤죽박죽…….

다시 한숨이 나왔다. 조금 전보다 더 깊고 크게.

라우스가 슬슬 돌아가려고 걸음을 돌렸다. 이 이상 혼자 있으면 가뜩이나 떨어진 자존감이 바닥을 뚫어 버릴 것 같았다.

"너는…… 신의 시나리오를 깰 수 있나?"

틀림없이 「당연하지!」라며 자신만만하게 떠들 소녀를 상상하고 참지 못한 웃음이 얼굴로 번지는데ㅡ.

"앗."

"꺅!"

뒷골목이 교차하는 곳에서 부주의하게 사람과 부딪치고 말았다.

인상이 너무 강한 소녀에게 정신이 팔렸다거나, 혼자 있고 싶다는 마음에 주민을 의식하지 않으려고 했다거나, 이유는 얼마든지 있지만 교회 최강의 기사에게는 있을 수 없는 실수였다.

라우스는 벌레를 백만 마리쯤 씹은 표정을 짓고 체격 차이 때문에 엉덩방아를 찧은 상대방을 봤다.

왜소했다. 흰 로브를 입고 큰 후드에 폭 가려 얼굴은 보이지 않지만, 목소리로 아직 어린 소녀임을 알았다.

다만, 어째선지…….

'이상하게 기척이 약하군……'

부딪친 원인 중 하나는 소녀의 기척이 약하기 때문이기도 했다. 방금처럼 주민들 눈에 띄지 않도록 의도적으로 기척을 줄이고 마력도 가급적 줄여 은폐한 자신과 비슷할 정도였다.

한순간 라우스는 고유 마법 사용자면서 기척 조작이 특기인 수인족 스파이가 아닌가 생각했지만ー

"내, 내 엉덩이…… 너무 세게 찧었어……"

울먹이며 엉덩이를 문지르는 소녀를 보고 아니라고 결론지었다. 스파이라면 더 당황하거나 아무렇지 않은 척할 것이다.

그렇지만 만약을 위해서 확인은 필요하다. 게다가…… 정말로 평범한 소녀라면 어른으로서 사과 한마디는 해야 한다고 생각해서 라우스는 손을 내밀었다.

"미안하다. 생각을 하느라 주의하지 못했군."

"아, 죄송해요. 저도 생각을 하느라…… 그런데 아저씨, 기척이 이상하게 약하네……"

라우스는 순간 의문을 느꼈다. 스스럼없이 자기 손을 잡은 작고 연약한 손을 잡아당기며 생각했다.

'이 목소리, 어디서 들은 적이……. 조금 전까지 머릿속에서 시끄럽게 떠들던 그 소녀와 똑 닮은 기분이……'

그리고 소녀도 일어나면서 이상한 느낌을 받았는지 고개를 갸웃거렸다. 라우스처럼 마치 익숙한 목소리를 들은 것처럼…….

결국 소녀는 후드로 얼굴을 가리면서도 참지 못하고 고개를 들어 상대를 확인했고…….

두 사람의 눈이 맞았다.

라우스와 소녀— 밀레디의 눈이.

시간이 멈췄다.

사이좋게 손을 쥔 채로 바람이 휙 지나갔다. 잡을 틈도 없이 후드가 벗겨졌다.

반짝이는 금발이 아름다웠다. 그리고 크게 벌어진 푸른 눈동자가 그리웠다.

의심의 여지도 없이, 누가 어떻게 봐도, 그곳에 있는 사람은 조금 전까지 라우스의 기억 속에서 웃어젖히던 교회의 적— 밀레디 라이센이었다.

몇 초 후—.

"꺄아아아아아아?!"

"뜨허어어어어억?!"

밀레디에게서 평소 웃음이 아닌 비명이 나오고 라우스에게서는 난생 질러 본 적 없는 소리가 튀어나왔다.

"왜?! 왜 여기서 라우스 번?!"

"왜?! 왜 여기서 밀레디 라이센?!"

많은 역경을 헤쳐 온 역전의 전사이자 세계 최강 격인 두 사람이 사이좋게 패닉에 빠졌다. 더불어 너무 동요해서 아직 사이좋게 손에 손을 맞잡고 있었다.

"으윽. 생각하던 차에 난데없이 나타나다니, 대체 무슨 마법

이야!"

"크윽. 생각하던 차에 난데없이 나타나다니, 대체 무슨 마법이냐!"

아무래도 라우스가 그랬던 것처럼 밀레디도 라우스를 생각하고 있었나 보다.

여기에 제삼자가 있었으면 너희 사실 친한 사이냐고 한마디 던졌을 것이다.

빨리 떨어지면 될 것을, 너무 놀라서 손이 굳었는지 팔로 줄다리기를 벌이는 꼴이 꼭 집에 가기 싫어서 떼쓰는 딸과 아이를 집에 끌고 가려는 아버지 같았다. 물론 라우스가 노안인 탓도 있었다.

보통은 어떤 상대든 적대자라면 순간적으로 임전 태세로 들어가는 밀레디와 라우스지만, 서로에게 묘한 감정을 느꼈는지 꽤 오래 추태를 보이고 있었다.

그러는 사이 추태가 하나 더 추가됐다.

"이게 진짜—『화천』!"

"에잇—『충혼』!"

당황한 채 밀레디가 초중력장을, 라우스가 혼백을 흔드는 충격파를 발동했다. 자신을 중심으로 무차별적으로. 결과는 뻔한 것이었다.

"부헥?! 으악?!"

"크옷?! 우욱?!"

두 사람 모두 바닥에 찌부러져 사이좋게 충혼을 맞고 녹다운.

자신에게 올 공격을 중화하지 않아 자폭하는 대실수였다.

바보 같기 짝이 없는 짓을 벌이고서야 바닥에 엎드린 두 사람은 조용히 제정신을 되찾았다. 살며시 서로의 손을 놓고 살며시 일어났다.

서로 옷을 탈탈 털고 헛기침 한 번. 적당히 거리를 둔 다음—.

"백광 기사단 단장— 라우스 번."

"『해방자』 리더— 밀레디 라이센."

진지하고 긴박한 목소리로 서로의 이름을 불렀다.

둘 다 없었던 일로 치려는 모양이었다.

아울러 보이지 않는 셈 치려는 모양이었다. 서로 귀가 새빨갛다는 점도…….

잡아먹을 듯한 시선만이 충돌했다.

마침내 적대자들에게 어울리는 분위기가 흘러 살짝 안도한 것도 잠시였다.

"밀레디 라이센. 다시 묻겠다. 여기서 뭘 하는 거냐? 신이—."

신이 널 인도했나? 라우스는 그렇게 묻고 싶었을 것이다.

하지만 밀레디는 눈길을 라우스의 위로 들었고 그 크고 푸른 눈을 더 크게 떴다. 그리고 믿어지지 않는 것을 본 것처럼 외쳤다.

"머리가 없어?!"

없어! 없어! 없어어! 밀레디의 목소리가 놀라울 만큼 메아리쳤다.

라우스의 이마에 핏줄이 불룩 솟았다. 머리털이 없어서 특히 잘 보였다.

"머리가, 없어!"

얼마나 중요하면 두 번이나 말할까. 그것도 모자라 손가락질까지 했다.

"민둥머리!"

"누가 민둥머리냐! 난 대머리가 아니야!"

참지 못한 라우스가 영혼에서 우러나온 노성으로 답했다. 엄청난 분노가 오라처럼 뿜어져 나왔다. 그리고 한 발 앞으로 나온 탓에 햇빛을 받은 라우스의 머리가 번쩍 빛났다.

"앗, 눈부셔?!"

"이 자식이, 놀리는 거냐?!"

밀레디는 눈을 손으로 가리며 기가 죽은 것처럼 한 걸음씩 뒤로 물러났다.

전에 서쪽 바다에서 싸울 때는 한 발자국도 물러서지 않았는데.

"어, 어쩌다 그 꼴이…… 헉?! 설마 나한테 진 스트레스로?!"

"절대로 빠진 게 아니다. 이건 깎은 거다!"

"뭐?! 그건…… 패전한 책임을 물고?! 교회 놈들, 잔인한 짓만 골라서!"

"교회에 트집 잡지 마라. 내가 직접 깎았다!"

최근 교회에 대한 불신감이 커졌으나, 자신의 헤어스타일 문제를 떠넘기는 것은 너무하다고 생각했다. 라우스는 핏줄로 이마를 뒤덮으면서 밀레디에게 척척 다가왔다.

그 여린 어깨를 야물게 단련된 두 손으로 꽉 잡고 귀기 어린 얼굴로 말했다.

"꼬마야, 잘 들어라."

"네, 넷."

"나는, 대머리가, 아니다."

말귀를 못 알아듣는 딸을 혼내듯이 말마디를 끊어서, 착 깔린 목소리와 서슬 퍼런 눈으로 말했다.

밀레디는 코앞에 있는 라우스의 이상하게 박력 있는 눈을 직시하지 못하겠는지 눈을 빠르게 굴리고 있었다. 하지만 잠시 후 뭔가를 깨닫고 안색이 파래지더니—

"죄, 죄송합니다."

왠지 엄청나게 죄책감을 느끼는 표정으로 사과했다.

"……확인 차 묻겠다. 무엇에 대한 사과지?"

"그, 그게, 저, 설마 그렇게 신경 쓰는 줄은 모르고…… 전에 대머리라고 놀린 건 그냥 도발이었어요. 단장 아저씨가 강하니까……. 그, 그런데 설마 그렇게 악에 받쳐서 밀어 버릴 정도로 마음에 두고 있을 줄은……."

"마음에 안 뒀어!"

"죄송해요! 아무리 적이라도 사람의 신체적 특징을 놀리면 안 되는 거였는데……."

"마음에 안 둔다고 말했을 텐데! 왜냐면, 나는 애초에 대머리가 아니니까! 아들도 『아버지, 멋있어요!』라고 말해줬다!"

밀레디의 눈이 더 크게 벌어졌다. 이 세상의 신비를, 있을 수 없는 괴기 현상을 목격한 것처럼!

"결혼했어?! 거짓말이지?! 게다가 애까지?! 어떻게 그럴 수 있지?!"

"그 반응은 뭐냐?!"

"그, 그치만 기혼자라거나 애 아빠 같은 느낌이 전혀 안 나는 걸! 아내 분, 정말 여러모로 존경스러워! 헉, 설마 협박해서?"

"이 자식, 무례한 것도 정도가 있지!"

"아드님한테도 어떻게 사과하지? 나 때문에 아버지가 이렇게 되다니…… 아버지를 상처주지 않으려고 얼마나 애썼을까……."

"샤름은 순수한 아이다! 그건 틀림없는 본심이야! ……아내는 좀 이상한 구석이 있지만……."

"죄송해요! 정말로 반성하고 있어요!"

"그래! 반성해라! 넌 네 존재를 반성해야 해!"

"존재를 반성?! 나 상처받았어! 밀레디 씨는 지금 그 말에 상처받았어! 이런 초절정 미소녀이자 천재 마법사한테 못 하는 말이 없어! 그 눈은 장식이야?!"

"전에도 생각했지만, 그 근거 없는 자신감은 어디서 흘러나오는 거냐!"

"물론 밀레디라는 기적의 존재 그 자체에서!"

라우스는 뒷목을 잡을 뻔했다.

어깨를 잡은 손에서 힘이 쭉 빠져서 밀레디가 슬쩍 거리를 뒀다. 일단은 다시 고개를 숙였다.

"제가 가정에 파문을 일으킬 줄도 모르고…… 대머리라고 해서 정말로 죄송—."

"한 번 더 사과하면 바로 죽일 거다."

"앗, 네."

진심 담긴 말이라서 밀레디는 입에 지퍼를 채웠다.

아직 숨은 조금 가쁘지만 두 사람은 겨우 평정을 되찾았다.

깊이 심호흡하고 잠시 후 이번에는 정말로 긴박한 분위기를 냈다. 라우스는 어떤 변명도 핑계도, 장난도 용납하지 않는 안광을 쏘며 물었다.

"왜, 여기 있지?"

무작정 전투에 들어가지 않고 그런 질문을 던지는 것 자체가 교회 인간답지 않았다.

밀레디는 라우스를 빤히 들여다봤다. 그 조용한 회색 눈동자에서 라우스라는 인간을 알아보려는 것처럼, 투명한 눈으로……

라우스도 밀레디의 푸른 눈동자를 빤히 들여다봤다. 예전 『신탁의 무녀』가 모든 것을 맡긴 소녀를 알아보려는 것처럼…….

얼마나 그러고 있었을까.

분명히 몇 초에 지나지 않겠지. 그래도 두 사람에게는 몇 시간으로 느껴지는 대치 상태를 거치고 밀레디가 입을 열었다. 강철처럼 확고한 의지를 담아.

"전쟁을 막으러 왔어."

라우스도 예상은 했었는지 침음을 흘리고는 눈을 감았다.

미간의 주름이 깊어지고 가뜩이나 딱딱한 표정이 더 굳어졌다.

라우스의 반응을 본 밀레디는 은연중에 생각했다.

괴로워 보인다고.

무슨 갈등에 시달리는 게 분명하다. 신명인 전쟁을 막겠다는 불경한 자를 앞에 두고…….

이번에는 밀레디가 라우스의 대답을 기다렸다.

흔들리는 것처럼 보이는 교회 최강의 기사를, 한때 언니처럼 생각하던 사람을 구해줬을지도 모를 사람의 대답을.

이곳에 올 때까지 겪은 경위, 그리고 그 과정에서 하던 생각을 떠올리면서…….

"밀레디, 이제부터 구체적으로 어떻게 움직일 거야?"

남부 대륙의 【흑색 대설원】과 【이그돌 마왕국】 사이에 있는 깊은 숲 속. 그곳에 비밀스럽게 존재하는 『해방자』의 마을에서 오스카가 긴장한 목소리로 물었다.

마왕국에서 소동이 있고 한 달 후.

신의 세뇌에서 해방된 마왕 라수르를 지켜보고 마왕성에서 구출한 『인공 신대 마법 사용자 창조 계획』의 피험자 및 피해자인 키메라 부대의 보호와 요양을 진행하던 해방자들에게 어떤 소식이 들어왔다.

―【엘버드 신국】이 【하르치나 공화국】에 선전 포고.

자발적 실종자가 된 『해방자』 부리더 배드 버처즈에게서 온 구원 요청이기도 했다.

신국이 공화국을 함락하면 성광 교회와 세계가 수인족을 어떻게 취급할지는 불 보듯 뻔했다. 비참이라는 말로는 다 표현할 수 없는 어두운 미래가 찾아온다.

그렇다면 해방자가 구하러 가지 않을 수 없었다.

최근 십수 년간 없었던 대규모 전쟁에 뛰어든다.

소식이 온 직후, 주변 경계로 숲 곳곳에 흩어져 있던 슈네 일족과 해방자 멤버 등 움직일 수 있는 인원을 모두 광장에 불러 모아 밀레디는 현재 상황과 리더로서의 결의를 전달했다. 모두 숨 쉬는 소리마저 조심했다.

　필연적으로 긴장감은 고조되어 무거운 분위기가 광장을 짓눌렀다. 오스카의 물음에 잠시 생각하던 밀레디는 한 번 심호흡하고, 평소 장난스러운 태도는 온데간데없는 조직의 리더다운 얼굴로 답했다.

　"……우선 나랑 메르 언니, 그리고 나즈가 먼저 갈게."

　광장이 소란스러워지고 오스카의 눈이 움찔거렸다.

　"촌각을 다투는 상황일지도 몰라. 우리 세 명이 이동하는 게 제일 빨라."

　"나이즈의 『전이』랑 밀레디의 『낙하』, 그리고 내 『재생』 말이지?"

　"아마 예상 지역까지는…… 말을 달려서 석 달은 걸리는 거리였지? 그럼 나흘이면 도착하겠군."

　지금은 무엇보다도 신대 마법 사용자를 한 명이라도 많이, 가급적 빠르게 배드에게 보내는 게 중요하다. 밀레디의 그 말에는 누구나 납득할 수밖에 없었다.

　하지만 오스카와 반드르도 이동력은 일반인과 비교를 불허한다. 아티팩트나 『빙룡화』로 운반하면 개개인의 회복 시간도 늘어난다. 그러면 교대로 밤낮없이 이동할 수도 있다. 그런데도 두고 가겠다는 것은─.

　"……우리는 새 마을로 이주하는 데 주력하라는 뜻이지?"

　잠시 뭔가를 참듯 눈을 감았던 오스카가 조용하게 확인했다. 마찬가지로 반드르와 마셜, 그리고 마가레타와 슈네 일족도 각오에 찬 눈으로 조용히 밀레디를 보았다.

"응. 오 군은 새 은신처를 최대한 빨리 완성해줘."

지금 있는 곳은 원래『해방자』의 의복 담당이자 근육과 프릴을 사랑해 마지않는 거구의 여장 남자— 마인족 징벨이 마왕국 정세를 조사하기 위한 소규모 거점이었다.

라이센 지부의 비전투원에 더해 요양이 필요한 피험자와 키메라 부대 백 수십 명이 머무르기에는 적합하지 않은 곳이었다. 그래서 현재 급하게 다른 은신처를 조성하는 중이었다.

전쟁에 참전한다고 해도 그들을 방치할 수는 없었다. 그들을 안전하게 지키고 살기 좋은 환경을 마련하는 것도『해방자』라면 잊어서는 안 될 과업이었다.

"알았어. 최대한 빨리 완성할게."

그 의지를 이어받은 오스카는 상반된 감정을 삼킨 강한 눈으로 밀레디에게 고개를 끄덕여 보였다. 밀레디는 기쁘게 웃고 이어서 반드르에게 눈을 돌렸다.

"반, 종마는 어때? 수는 목표치에 달했다고 했지?"

"그래, 문제없다. 이동이라면 지금 당장도 가능하다."

원래 새로운 은신처로 이동할 때는 나이즈의『계천』, 즉, 게이트를 이용할 예정이었다. 하지만 가장 빨리 이동하기 위해서 나이즈는 필수였다. 오스카도 나이즈의 협력으로 게이트 기능을 가진 아티팩트를 완성했지만 아직 장거리 전이는 실현하지 못했다. 그래서 새 은신처로 이동할 때는 반드르의 종마 부대를 쓰기로 했다.

반드르의 종마는 라이센 지부 구출과 마왕성 습격으로 수가 많이 줄었지만 한 달 사이에 머릿수는 예전보다 많아졌으므로 문제없었다.

"전투력? 새 마을을 방어하기에 충분할까?"

"아니, 통솔종(統率種) 진화가 아직 불충분해. 마셜이나 행동 부대가 일부 참전한다고 쳐도…… 조금 불안하군."

현재 반드르의 지휘 없이 대부분의 명령을 직접 판단해서 내리는 종마―『통솔종』은 슬라임 집사 버틀럼, 비룡 우루루크, 빙설랑(氷雪狼) 쿠오우 세 마리뿐이었다.

전쟁에 가야 한다면 이 세 마리는 꼭 데리고 가고 싶었다. 그래서 은신처 방어에는 새로운, 그리고 강력한 통솔종이 필요했다.

"그래도 걱정하지 마라. 제때 맞출 테니까."

"응. ……하지만 만약 형이 걱정되면 반은 남아도……."

"그런 말 마. 형님이라면 괜찮아. 게다가 나는 이미 해방자의 일원이다. 나를 빼면 가만 안 돼. 그건 우리 일족도 마찬가지야."

반드르가 어깨 너머로 뒤를 보자 마가레타를 비롯한 슈네 일족이 일제히 한쪽 무릎을 꿇었다.

"밀레디 공. 반 님의 말씀이 옳습니다. 우리 슈네의 의지는 언제나 당신과 함께합니다."

"……고마워."

쑥스럽게 웃은 밀레디는 마지막으로 마셜과 행동 부대를 돌아봤다.

"그쪽 상황은 추후 전달할게. 은신처 상황을 보고 방어 병력을 얼마나 남길지는 마셜의 판단에 맡길게. 아, 그래도 미카엘라는 와줬으면 좋겠어."

"알았어. 나만 믿어. 전쟁터에도 행동 부대는 필요하겠지. 적어도 나랑 미카엘라는 갈 거야."

"네, 꼭 갈게요. 제『영혼의 눈』은 전쟁터에서 본래 힘을 발휘하니까요."

"응. 두 사람 다 부탁할게. 징벨은 만약을 위해서 마왕국의 현재 상황을 한 번 더 조사해줄래? 그리고 어쩌면 소집할지도 모르니까 여긴 버리고 사람들과 같이 새 은신처로 가줘."

"알았엉, 밀레디. 그래도 아쉬워. 메일한테 주려구 엄청 귀여운 드레스를 준비했는데……. 앞으로 이틀이면 완성될 참이었다구."

거한이 몸을 꼬면서 진심으로 아쉬운 듯 콧김을 내뿜었다. 그리고 징벨에게서 노출이 너무 많다며 하늘하늘한 드레스를 강요받은 메일이 「하, 하마터면 입고 갈 뻔했어……. 그보다 내 생각도 해줘……」라면서 식은땀을 흘리는 모습에 무거웠던 분위기가 조금 누그러들었다.

참고로 지금 징벨은 밀레디와 같은 복장이었다. 절대 영역으로 엿보이는 무쇠 같은 대퇴근과 솟아오른 대흉근이 정말로 근사했다.

분명히 일부러 분위기를 띄워준 징벨 언니(남자)에게 밀레디는 감사의 눈빛을 보내면서 평소대로 환하게 웃어 보였다.

"밀레디. 바로 출발할 거야?"

"응. 오 군이 준 『보물고』 덕분에 언제나 여행 준비는 되어 있으니까. 오 군도 바로 가줄 수 있어? 은신처에 가서 지금 상황을 전달해줘."

"그렇게. ……밀레디."

오스카는 밀레디의 작은 어깨에 손을 얹고 눈을 맞췄다.

"가능한 한 빨리 합류할게. 그러니까 그때까지 무리하진 마, 알았지?"

부드럽게도, 엄하게 충고하는 것처럼도 보이는 눈빛에 밀레디는 고개를 끄덕였다. 오스카가 자기를 걱정하는 마음이 절실히 전해지기 때문인지 아무 말 없이 오스카를 올려다볼 뿐이었다.

그러다가 눈치챘다. 사람들이 모두 이상하게 주목한다는 것을. 왠지 히죽대고 있다는 것을……. 밀레디는 반사적으로 오스카의 손을 확 밀어냈다.

"어, 어린애처럼 취급하진 마! 밀레디 씨는 엄연한 숙녀니까! 하여간 오 군은 나를 너무 좋아해서 탈이야! 외로워도 참아! 이제 그만 밀레디랑 떨어져서 지낼 수도 있어야지! 핫핫하!"

속사포처럼 말을 쏟아냈다. 의미 모를 웃음까지 튀어나왔다.

오스카는 한쪽 눈을 찡그리더니 잠시 무슨 생각을 하다가 고개를 돌렸다.

"나이즈. 밀레디를 잘 돌봐줘. 수인족 사람들이 이 녀석 때문에 폭발하기 전에 말려야 해. 국제 문제가 되면 큰일이야."

"그건 그렇군. 맡겨둬. 자기 전에 양치도 꼭 시킬 테니까."

"그래. 저녁에는 과자도 못 먹게 하고."

"야! 밀레디는 엄연한 숙녀라고 말하—."

"메일, 부탁 좀 할게."

"나만 믿으렴. 배 차갑지 않게 이불은 꼭 덮어줄게."

"밥 먹기 전에 손 씻기고 양치질도."

"물론 안 빼먹어! 편식도 못 하게 할 거야. 언니한테 맡겨!"

"내가 무슨 어린애냐! 너희 밀레디 씨가 우스워?! 엉?!"

머리 위에서 오가는 보호자들의 대화에 밀레디가 새빨개져서 발을 쾅쾅 굴렸다.

겨우 평상시 분위기로 돌아왔다.

분개하는 밀레디를 보고 누구나 소리 내어 웃은 뒤 꼬리를 물고 「리더, 손수건은 챙겼어?」, 「밤새우면 안 된다?」라는 등 은근히 놀려 댔다.

그러자 사랑하는 사람이 전쟁에 나가기 전에 얘기를 나누고 싶다며 계속 기회를 기다리던 미소녀 자매가 지금이다 싶어서 달려들었다.

"나이즈 님, 제발, 제발 무사하셔야 해요! 당신의 수샤는 언제까지고 기다릴 거예요!"

"나이즈 님! 꼭 돌아와요! 그리고 결혼해요! 약속!"

"그, 그래. 약속하— 잠깐, 은근슬쩍 결혼하자고 끼워 넣지 마!"

비탄에 젖어 다가오더니 은근슬쩍 욕망을 채우려는 극성맞은 자매 수샤 & 윤파 때문에 나이즈가 식은땀을 흘리며 얼어붙었다.

두 사람 다 기도하듯 가슴 앞에 손을 모으고 촉촉한 눈망울로 나이즈를 올려다봤다. 아직 열두 살과 열 살이라는 어린 나이로는 보이지 않는 어른스러운 표정이었다. 특히 언니 수샤는 아무리 봐도 소녀가 해선 안 될 수준의 『여성미』…….

서른이 다 된 나이즈가 당황하는 것도 당연했다. 하지만 그런 나이즈를 더 몰아붙이려고 수샤는 가뜩이나 가까운 거리를 더 줄이고 눈을 감았다. 밀착할 듯 가까운 곳에서 볼을 장밋빛으로 물들이며 입술도 쭉 내밀었다.

아무리 봐도 키스를 기다리는 얼굴이었다. 그런 언니를 윤파까지 따라 했다.

그림만 놓고 보면 완전히 범죄였다. 사회적으로 매장되기 일보 직전이었다.

참고로 한 달 전부터 자주 보이는 광경이기도 했다.

물론 상식적인 나이즈는 자매의 맹공을 모두 『어른스러운 대응』으로 지혜롭게 헤쳐 나왔다. 이번에도 자매의 마음이 상하지 않게 다그치려고 신중하게 말을 고르는데—.

"키~스! 키~스! 키~스!"

"밀레디, 너 이 자식!"

조금 전에 놀린 복수인가. 밀레디가 히죽거리면서 부추겼다. 리듬을 타고 스텝을 밟으며 박수까지 친다. 쓸데없이 역동적이라서 굉장히 짜증났다.

"오스카! 반! 저 멍청이를 말려!"

오스카와 반드르가 동시에 눈길을 피했다. 평소에는 견원지 간인 주제에 이상하게 호흡은 척척 맞았다. 나이즈는 믿던 도 끼에 발등 찍힌 표정이었다.

하지만 어쩌겠는가. 수샤가 째려보는데. 방해할 거냐며 소름 끼치게 어두운 눈으로. 따를 수밖에 없지 않은가!

그러는 사이에도 자매가 얼마나 나이즈를 사랑하는지 아는 여성들이 밀레디에게 편승했다.

"""키~스! 키~스! 로리콤! 키~스!"""

"누가 로리콤이야?!"

나이즈가 고함치건 말건 전직 해적 여제 메일 누님과 싸움이라면 빠지지 않는 혼혈 낭인족 슈슈까지 밀레디에게 합세해 일심동체가 되어 스텝 & 박수로 나이즈의 속을 벅벅 긁었다. 성원에 힘입은 수샤와 윤파가 입술 내민 얼굴을 점점 들이댔다.

나이즈의 눈이 마치 도축되기 직전의 가축 같았다.

차마 보다 못한 오스카가 도움의 손길을 내밀려고 하는데…… 뭔가가 가슴에 안기면서 그것을 가로막았다.

"응? 케티, 무슨 일 있어?"

오스카의 동생인 케티가 허리에 매달려 있었다.

또 다른 동생인 콜린이 후다닥 달려왔다.

"케티, 안 돼. 오빠도 바로 출발해야 한다잖아. 착하지?"

콜린은 케티의 옷을 잡아당기며 상냥하게 구슬렸다.

케티는 콜린을 힐끔 보더니…… 손을 탁 내쳤다. 그리고 고개를 팽 돌린 뒤 더 거머리처럼 달라붙었다.

콜린은 케티가 친 손을 잠깐 멍하게 보다가 뒤늦게 감정이 올라온 듯 볼을 확 부풀렸다.

"케티~! 요즘 왜 말을 안 들어! 너 그러면 안 돼! 오빠한테서 떨어져!"

이번에는 봐주지 않고 있는 힘껏 케티를 당겼지만 케티는 케티대로 절대로 안 떨어진다고 악을 썼다. 그것을 보고—.

"……흥. 역시 넌 어린애를 좋아하는 변태 안경이었군."

오스카와 왠지 죽이 안 맞는 반드르가 경멸의 눈빛을 보내며 그런 말을 뱉었다.

그러면 특별히 이유는 없지만 반드르가 마음에 들지 않는 오스카의 이마에 핏줄이 떠오르는 것은 필연.

"하, 본성을 드러내셨군, 이 가짜 예술가. 아주 자연스럽게 역겨운 사고방식으로 이어지는 건 너야말로 변태라는 반증이지. 그 하등 쓸모없는 목도리나 치우고 말해."

"내 목도리를 쓸모없다고 하지 마라! 쓸모없는 건 네 안경이겠지!"

"너야말로 내 안경의 위대함을 이해하라고!"

한 달 동안 몇 번이나 같은 이야기로 싸우는 거야. 너희 사실 사이좋지? 그렇게 생각하며 다른 멤버가 어이없어하는 것도 개의치 않고 물이 높은 곳에서 낮은 곳으로 흐르듯 자연스럽게 「뭐? 싸우자는 거냐, 이 자식아!」, 「어이구? 할 수 있으면 해 봐, 인마!」라며 두 사람은 눈싸움을 벌였다.

오스카의 안경이 임전 태세를 나타내듯 빛나고 반드르는 주변이 냉기로 얼어붙기 시작했다! 그리고 목도리도 휘날린다!

그곳과 조금 떨어진 곳에서도 다른 문제가 발생했다.

"······야, 딜런. 너, 정신이 돌아오면 분명히 죽고 싶을 거야. 난 알아. 그런 걸 흑역사라고 하지."

오스카의 남동생이자 연성사 후보 루스가 옆에서 멍하게 선 딜런에게 지긋지긋하다는 눈빛을 보내고 있었다.

케티와 딜런은 『신병 창조 계획』에 희생되어 혼수상태가 이어졌으나, 메일의 재생 마법으로 어렵게 의식만은 되찾은 상태였다. 다만, 혼까지 영향이 미친 탓에 완전히 회복되지는 않고 심신 상실 상태가 이어지고 있었다. 현재는 구두로 지시하면 간신히 일상생활 활동이 가능한 수준이었다.

그리고 이 애매한 상태의 폐해(?)로······ 두 사람 모두 평소 보이지 않던 무의식적 소망이 숨김없이 드러나고 있었다.

존경은 해도 솔직하지 못한 성격 때문에 직접적으로 어리광을 부리지 않던 케티는 한 달 사이 오스카에게 달라붙지 못해 안달이 났고, 진지하고 점잖던 딜런은 음흉한 일면을 노출했다.

지금도 스텝을 밟아서 호쾌하게 흔들리는, 청소년의 꿈과 희망으로 가득 찬 메일 누님의 쌍둥이 산을 응시하고 있었다.

그런 딜런의 머리를 마셜이 거칠게 만졌다.

"하하하! 남자라면 당연한 거지! 루스, 너도 참지 말고 구경하지 그러냐?"

네거티브 원인족 에이브와 마셜의 제자 토니도 맑게 갠 하늘을 방불케 하는 표정으로 쌍둥이 산을 감상하며 열 살 소년을 나쁜 길로 유혹했다.

"참으면 몸에 안 좋아, 루스. 부끄러워하지 말고, 그렇지, 예술품을 보는 눈으로 봐."

"메일 누님, 보고 싶으면 보란 식으로 당당하시잖아. 신경 쓸 필요 없어. 오히려 안 보면 실례지."

힘이 쭉 빠진 루스가 내 주변 어른은 왜 다 이 모양이냐며 어른스러운 일면을 보였다. 신사가 되고자 노력하는 루스는 흔들리지 않는다!

하지만 그 뒤에서는 정신적 피해로 흔들리는 사람이 있는데……

"마셜 씨는 메일 씨 가슴이 좋으신가 봐요……."

마셜과 남자들이 반사적으로 홱 돌아봤다.

어두운 목소리를 낸 사람은 미카엘라였다. 척 보기에도 얼굴에 그늘이 졌다.

"흑, 그러셨군요……. 저 같은 관음 변태는 기분 나쁘죠. 그야 메일 씨 같은 사람이 좋겠죠…… 흐흑."

"아아아아! 미카엘라, 울지 마! 난 신경 안 써!"

실은 바로 얼마 전, 공간을 넘어 임의의 장소를 볼 수 있는 고유 마법 『영혼의 눈』을 악용(?)해 미카엘라가 마셜의 사생활을 훔쳐보던 사실이 발각됐다.

배드의 소식이 도착하면서 흐지부지 넘어갔지만 나중에 떠올리고 자기 목을 조르기 시작했다.

"그런데 미카엘라 누님. 대장님을 좋아했어?"

루스의 순수한 질문에 미카엘라는 홍당무가 된 얼굴을 양손으로 가렸다.

맞았나 보다.

흐음, 허어, 하며 라이센 지부 멤버에게서 이해 반, 재미 반이 섞인 소리를 흘렸다. 비전투원— 특히 아주머니들은 다 알던 사실인지, 이제야 전해졌다는 분위기도 있었다.

마셜도 싫지는 않은지 볼이 살짝 빨개져서 엉뚱한 방향으로 고개를 돌렸다. 인생의 단맛, 쓴맛 다 본 마흔 줄 아저씨의 풋풋한 반응을 누가 보고 싶어 하냐며 남자들의 냉담한 시선이 꽂혔다.

그 순간, 느닷없이 번쩍 플래시가 터졌다.

"야, 밀레디. 왜 안경을 썼어? 그거 오스카가 너한테 만들어준 아티팩트 안경이지?"

"뻔한 걸 왜 물어…… 사진 찍으려고 썼지!"

"그걸 왜 찍어?! 아, 설마 배드냐?! 배드한테 보여줄 속셈이지?!"

"동료의 독신 탈출…… 배드라면 울면서 기뻐해 줄 거야!"

"그러고도 사람이냐! 에이, 귀찮은 일 늘리지 말고 그 안경 내놔!"

꺅 소리치며 도망치는 밀레디와 뒤쫓는 마셜.

미소녀 자매와의 공방으로 벼랑 끝에 몰린 나이즈와 자매의 응원단이 된 메일 및 여성들. 싸우는 오스카와 반드르, 큰 사람의 매력에 빠진 딜런과 아직 오스카에게 매달려 있는 케티, 그 둘을 말리는 루스와 콜린……

진지한 분위기는 다 어디로 갔을까. 전쟁에 나가기 전인데 그곳에 있는 것은 혼돈뿐이었다.

"어머나, 애들도 참. 마가레타 씨, 나 대신 혼 좀 내주세요."

"아, 알겠습니다, 모린 여사님."

『모두의 어머니』인 모린 엄마에게 부탁받고, 고생 많고 무척 진지한 전사장 마가레타는 잠깐 당혹감을 보인 후 표정을 진지하게 고쳤다.

그리고 자기 뒤에서 대단히 형용하기 어려운 표정을 지은 일족을 돌아보고 쩌렁쩌렁하게 호령했다.

"전원 주목! 모린 여사님의 명령이다! 이곳을 진압해…… 으음, 출발 전에 어울리는 『그럴싸한』 분위기로 돌려놓는다!"

"""""예, 예에……."""""

"버틀럼! 반 님을 포박해라! 쿠오우는 오스카 공을! 자, 실시!"

슈네 일족이 우르르 몰려왔다. 기본적으로 진지하고 우수한 사람이 많아서 진압은 신속했다. 광장에 엎어진 일당 앞으로 슈네 일족을 뒤에 거느린 모린 엄마가 나왔다.

"놀지만 말고 일하렴."

"넷, 죄송합니다!"

웃는 얼굴에서 묘한 박력이 느껴졌다. 잔소리를 들은 사람들은 각자 광장에서 도망치듯 흩어졌다.

정말로 긴장감 떨어지는 출발이었다.

그로부터 3일 후, 해가 중천을 조금 지났을 무렵.

밀레디, 나이즈, 메일은 【오디온 연방 앙그리프 총장국 수도 아그리스】에서 십수 킬로미터 떨어진 곳 상공에 있었다.

"저기가…… 백색 대수해."

"아직도 거리가 멀지? 이건 언니도 놀랐어……."

나이즈와 메일은 입을 다물지 못했다. 그들이 바라보는 곳에는 거대한 적란운 같은 안개가 산처럼 솟아 있었다.

높이는 천 킬로미터를 가뿐히 넘었다. 그리고 그 안개 거산을 중심으로 새하얀 운해가 끝없이 펼쳐져 있었다. 오는 길에 본 수해의 녹음은 고사하고 수해와 평원의 경계조차 보이지 않았다.

이게 『전시의 백색 대수해』란 말인가? 그 웅대함과 위용에 나이즈와 메일이 압도되었다.

"허억허억…… 나도 처음 봤어……. 그래도 다행이야. 안개 결계가 대수를 덮을 정도면 공화국이 아직 저항하고 있다는 뜻이야…… 허억허억."

창백한 안색으로 어깨를 들썩이는 밀레디가 진심으로 안도하고 미소 지었다.

중력 마법으로 나이즈와 메일도 띄워 수백 킬로미터를 날아왔다. 마력은 이미 고갈 직전이었다. 전이를 반복한 나이즈와 두 사람을 계속 회복시킨 메일도 사정은 비슷했다. 그러나 그 괴로운 여정도 마침내 끝났다.

"밀레디. 전이할 곳은 저 도시의 남부라고 했지?"

나이즈가 수해에서 눈을 떼고 저 멀찍이 보이는 【아그리스】를 돌아봤다. 도시 남쪽에 대군이 집결해 있고 멀리서도 알 수 있을 만큼 살벌한 분위기가 도시를 감싸고 있었다.

"응. 전시라서 도시 출입이 제한될 테니까 들어가려면 전이할 수밖에 없을 거야. 나즈, 가능하겠어?"

"잠깐만."

나이즈는 품에서 안경을 꺼냈다. 오스카 특제, 나이즈 전용 안경이었다. 최근 반드르가 하도 무시하는 바람에 안경 포교에 여념이 없었다. 엄청나게 편리해서 거절하지도 못하는 것이 더 밉살스러웠다.

"역시 검문하고 있군. 상당히 엄중해. 결계는…… 공간 마법을 막을 수준은 아니군. ……건물 옥상이라면 전이할 수 있겠어."

안경의 마력 감지 기능으로 결계를 확인했지만 기껏해야 침입을 감지하는 타입이므로 공간을 넘어 전이하면 문제는 없을 듯했다. 또한 망원 기능으로 전이 지점을 눈으로 확인할 수 있어서 십수 킬로미터라면 잔존 마력으로 아슬아슬하게 전이 가능했다.

밀레디는 「역시 나즈야! 믿을게!」라고 하며 엄지를 들었다.

그 직후, 세 사람의 시야가 전환됐다. 건물 위 옥상이었다.

도시를 에워싼 외벽과 근접한 건물이라서 외벽 위 경비병과 대화할 수도 있을 거리였다. 다행히 시선은 도시 밖으로 향해 있어 눈치채지 못했지만 순간 흠칫하고 말았다.

"윽, 카하, 하아. 골목에 사람은?"

나이즈가 거친 숨을 쉬며 묻자 메일이 옥상 반대편으로 이동해 아래를 확인했다.

"괜찮아, 이쪽엔 아무도 없어."

"나즈는 쉬어. 내려가는 정도라면 내가 할게."

자신도 비틀거리면서 나이즈를 부축하고 옥상 반대편으로 갔다.

그 직후, 외벽 위 경비병이 별생각 없이 돌아봤지만…… 간발의 차로 세 명이 함께 뛰어내려 목격당하지 않았다.

잠시 병사나 신전 기사가 달려오지 않을까 숨죽여 경계했다.

1분, 2분……

아무 일도 일어나지 않았다. 아무래도 침입은 발각되지 않은 모양이었다.

세 명이 동시에 크고 긴 안도의 한숨을 내쉬었다.

잠시 숨을 고르고 밀레디가 기대던 벽에서 등을 뗐다.

"나즈, 검을 차줄래? 이곳 지부는 무구점이야. 가지고 있는 편이 자연스러워. 이쪽이야."

밀레디는 새침한 얼굴로 큰길로 나갔다. 그 뒤로 『보물고』에서 쌍곡검을 꺼내 벨트 양옆에 찬 나이즈와 항상 장비하는 사복도를 재확인한 메일도 따라 나갔다.

"사람이 적네……"

"의외군. 신국이 주도하는 전쟁이라면 거점이 됐다고 흥분할 줄 알았는데……"

사람은 제법 있었지만, 일국의 수도치고는 지나치게 한산했다. 행인의 안색은 어두웠고 고개 숙인 사람이 많았으며 발걸음은 빨랐다. 밀레디 일행에게 관심을 보이는 사람은 한 명도 없었다.

도시 전체에 우울한 분위기가 만연했고 모두 뭔가를 숨죽여 피하는 것 같았다.

"……연방이 무리한 싸움을 강요받기라도 하나 봐. 생각보다 공화국 전사단이 강한 걸까?"

배드의 전보에는 자세한 상황은 아무것도 적혀 있지 않았다. 오로지 전쟁이 시작됐고 도움이 필요하다는 딱 두 가지 내용뿐이었다.

아마 편지를 도중에 빼앗길 것을 경계한 탓이다. 신국이 본격적으로 전쟁을 시작했다면 선전 포고를 한 시점에서 이미 정보 통제를 위한 감시망이 깔렸을 가능성이 컸다.

그렇지만 합류 장소도 적지 않은 것은 문제였다. 그래서 밀레디 일행은 『앙그리프 지부』가 있는 이 도시로 온 것이다.

배드가 편지를 보내려면 반드시 지부를 들러야 했다. 그럼 그곳에서 밀레디 일행이 오길 기다리거나 적어도 전언을 남겼을 것이라고 생각했다.

당분간 도시 상황을 살피며 걸었다.

얼마 가지 않아 큰 3층 건물이 보였다. 마치 작은 귀족 저택 같았다. 벽에 걸린 큰 철 세공 간판에는 갑옷 위로 교차한 검 문양과 『알메다 무구점』이라는 글자가 들어갔다.

"여긴 또 사람이 바글대는군……."

"모험가…… 아니, 용병인가?"

"메르 언니 말이 맞을걸? 모험가는 아마 다른 나라로 도망 갔을 거야."

그럼 이제 어떻게 할까……. 일행은 일단 걸음을 멈췄다.

『해방자』지부이기도 한 알메이다 무구점은 군사 대국 수도 에서도 굴지의 인기를 자랑하는 대상회였다.

설마 그곳이 교회에 저항하는 조직의 거점일 줄 누가 상상 이나 할까……라는 생각으로 거리낌 없이 장사에 매진해 발달 한 까닭에, 지금은 전시 수요로 돈을 벌러 온 용병들의 성지 가 됐다. 가게 안에 다 들어가지 못한 사람이 밖에까지 나와 있었다.

살기등등한 용병들 사이에 껴서 줄을 설 마음은 도저히 들 지 않았다. 밀레디와 메일은 누가 봐도 무구점을 이용할 손님 으로는 보이지 않아서 골치 아픈 미래가 머리에 저절로 그려 졌다.

그래서 뒷골목으로 몸을 숨기고―.

"나와라, 오 군의 만능 안경~!"

밀레디용 빨간 테 안경을 착용. 『영혼의 눈』을 응용한 투시 기능으로 점내를 엿봤다.

"오스카가 만든 안경은 점점 진화하는구나?"

"그래도 이 투시 기능은 좀 아니라고 봐. 오 군은 분명히 욕 망에 져서 밀레디 씨의 적나라한 모습을 훔쳐볼 게 뻔해!"

"그러게. 오스카, 걔 은근히 밝히더라."

나이즈는 남쪽을 아련한 눈으로 바라봤다. 없는 곳에서 험담을 듣는 친구를 같은 남자로서 동정하면서…….

"으음…… 건물 안에는 하우저— 지부장은 안 보여. 그렇다면 은신처에 있나? 나즈도 안경 써. 지하 은신처로 직접 전이해야 하니까. 아직 그 정도는 할 수 있지?"

"아슬아슬하지만, 괜찮을 거야."

"우후후. 나이즈도 마침내 엿보기 안경을 쓰는구나. 이쪽 보면 안 된다?"

"보라고 해도 안 봐. 수샤가 알면 어쩌려고? 끔찍해……."

"……나이즈. 왜 자연스럽게 한심한 소리를 하니?"

이건 이미 조교당한 게 아니냐며 메일은 나이즈에게 측은한 눈길을 보냈다.

그러는 사이에도 밀레디의 지시를 받은 나이즈는 투시로 전이할 곳을 찾았고—.

"아, 저기 있다! 저 외눈에 외팔인 마피아 보스 같은 무서운 사람! 어때? 보여?"

"그래. 얼굴에 상처 세 줄이 났고 와인색 셔츠를 입은 남자 말이지? ……강해 보이는군. 행동 부대가 아니라 지원자라고 들었는데."

"원래 유명한 용병단 리더였어. 교회에 고용돼서 싸울 때 버림받고 단원이 모두……."

"……그랬군."

전멸했겠거니 생각하고 나이즈는 잠깐 묵념했다. 그러고는 곧 밀레디와 메일의 어깨에 손을 올렸다. 다시 순간적으로 시야가 전환됐다.

"뭐, 뭐야?!"

지하 회의실 같은 곳에서 지도를 펼친 긴 테이블을 둘러싼 하우저 지부장과 앙그리프 지부 멤버 수십 명이 화들짝 놀랐다.

테이블 위로 사람 세 명이 불쑥 나타났으니 놀랄 만도 했다.

설마 신전 기사가 들이닥쳤나 싶어서 즉시 임전 태세로 돌입하는데—

"이 자식들, 누구…… 응? 리더잖아?!"

"안녕~, 하우저! 그리고 다른 사람들도 오랜만이야! 밀레디가 왔어!"

평소대로 한쪽 발을 휙 들고 왼손을 허리에 오른손으로 V자를 그리며 눈 옆에 대고 윙크! 어때, 기쁘지? 다들 사랑해 마지않는 리더랑 만나서 기뻐 미치겠지! 말로 하지 않아도 그런 생각이 전해지는 짜증나도록 우쭐한 얼굴이었다.

"이 짜증나는 느낌! 지부장님! 우리 리더가 분명합니다!"

"맞아, 짜증나는 게 신전 기사가 흉내 낼 수 있는 수준을 초월했어! 우리 밀레디가 확실해!"

"오랜만에 봤어! 짜증 리더!"

"짜증나게 난데없이 솟아나다니! 심장 떨어지는 줄 알았잖아! 역시 리더야!"

이렇게 짜증난다, 저렇게 짜증난다. 앙그리프 지부 멤버가 긴장감을 풀고 기쁘게 환성을 질렀다.

"밀레디는 정말로 어딜 가나 인기인이네."

"……아니야, 이게 아니야. 밀레디가 바라는 환영은 이런 게 아니야!"

땅에 엎드려 좌절했다. 조직의 리더인데 어딜 가나 멋질 정도로 짜증난다는 소리를 듣는다.

"거기서 그러지 말고 일단 테이블에서 내려와, 리더. 그리고 거기 덩치 큰 사내놈은 쓰러져서 경련하는데 괜찮아?"

"앗, 나즈?! 괜찮아?!"

나이즈의 마력이 완전히 고갈된 모양이었다. 테이블 위로 전이한 것도 마력이 부족해서 제어가 흐트러진 탓일 것이다.

지부 멤버들이 나서서 나이즈를 테이블에서 내리고 빛 속성 마법으로 마력을 나눠줬다. 그 옆에서 밀레디는 메일과 나이즈를 소개했다.

"일단 올 줄 알고 도시에 안내인을 뿌려 뒀는데 소용없게 됐군……. 그나저나 방금 그게 전이 능력이란 말이지? 리더와 동등한 사람이 나타났군그래."

이곳까지 온 과정을 들은 하우저는 그 비상식적인 이동 속도에 감탄한 표정으로 고개를 끄덕였다.

"하우저, 그런데 배드는? 지금 어떻게 됐어?"

오랜만에 재회해 마음 같아서는 회포를 더 풀고 싶었지만 사태가 사태인지라 시간이 촉박했다. 밀레디가 리더다운 분위기를 내기 시작하자 환희하던 지부 멤버의 표정도 진지해졌다.

"그 멍청이는 지금 공화국에 있어. 여왕의 조언자가 되어 버렸어."

"응? 뭐?! 여왕의 조언자?! 그게 웬 뚱딴지같은 소리야?!"

공화국에 조력한다고 해서 용병 일이라고 생각했는데 인간족을 믿지 않는 수인족의 성지에서 그런 중역을 맡았을 줄이야.

쉽게는 믿지 못할 말에 밀레디도 눈이 휘둥그레졌다.

"그 바보가 말하기로는, 여왕이……."

"여왕이?"

밀레디가 침을 꿀꺽 삼켰다. 무겁게 깔린 하우저의 표정에 안 좋은 예감이 스쳤다. 설마 이름만 조언자고 정보를 캐내는 포로가 된 것은 아닐까. 여왕의 수작으로 배드는 공화국을 떠나지 못하고 편지를 남긴 뒤에도 스스로 돌아가야만 했던 것은 아닐까.

그런 걱정이 밀려오는데…….

"이상형이래."

"……뭐?"

"그 멍청이가 편지랑 전언을 달랑 남기고 수해로 돌아가 버렸어. 멍청한 놈이 우리가 제지하는 데도 『나는 운명의 상대를 찾았어, 말리지 마!』라고 소리치면서 말이야. 어떻게 신용을 얻었나 몰라, 그 멍청이가."

하우저의 분노가 쏟아져 나왔다. 원래 인상이 나빴지만 지금은 그냥 악귀 같았다. 문장마다 멍청이란 말이 빠지지 않는다. 밀레디의 얼굴도 완전히 굳었다.

그때, 메일이 끼어들었다.

"그 바보 이야기는 일단 넘어가. 하우저, 애초에 교회가 무슨 목적으로 전쟁을 벌였는지 누나한테 말해줄래?"

"누, 누나라고?"

하우저는 55세였다. 자기 나이의 반도 안 될 메일이 초면인 자신을 어린애처럼 대하자 볼이 실룩거렸다. 지부 멤버가 넋이 나갔다가 이내 웃음을 터뜨릴 뻔했다. 하우저가 눈을 부릅뜨고 그들을 쏘아봤다.

"메르 언니가 이러는 건 어쩔 수 없으니까 무시해. 누구에게나 『언니』가 아니면 못 참는 거야. 이미 『언니』란 게 정체성이 됐어."

"쯧, 리더랑 같은 부류 아니랄까 봐."

"야, 하우저. 그거 무슨 뜻이야? 엉? 밀레디는 언제나 상식의 화신이라고. 알아들어?"

이야기가 진행되지 않는다며 지부 멤버가 떨떠름한 표정을 짓는데 마침내 깨어난 나이즈가 머리를 흔들고 정중하게 인사했다.

아, 이 사람이 제일 정상이다…… 그런 인식이 퍼지는 가운데, 나이즈가 다시 물었다.

"그래서 전쟁의 목적은?"

하우저는 한숨 쉬고 다시 분위기를 돌렸다. 그리고 밀레디, 메일, 나이즈를 순서대로 돌아보고— 답했다.

"공화국 여왕은, 리더와 같은 부류야."

"······신대 마법 사용자라는 뜻이지?"

그 말로 모든 것을 이해했다. 교회가 『신의 자식』을 손에 넣기 위해 이 전쟁을 일으켰다고······.

그 대의명분이 있는 한 어느 한쪽이 멸망할 때까지 물러나지 않을 거라고······.

그 후로 대략적인 전황, 양측의 전력, 그리고 이번 전쟁의 특이점— 안개 결계와 공화국 전사단의 상상을 뛰어넘는 강력함을 설명받았다.

"신전 기사단 총대장에 수광 기사단······ 게다가 백광 기사단까지 나왔는데 밀리지 않는다고······. 굉장한데?"

"그래. 물론 기사단은 아직 전력을 다하지 않은 모양이지만. 어쩐지 움직임이 미적지근해. 아마 신대 마법 사용자를 조사하느라 그렇겠지."

이해를 표한 밀레디 일행에게 하우저는 어깨를 으쓱이며 말을 이었다.

"배드가 전해달래. 『이야기는 해 뒀으니까 수해로 들어와라. 마중 나가겠다』라고 했어."

"수해 어디?"

"어디로든 오래. 들어오면 여왕이 무조건 탐지하니까."

"와······ 그럼 각 지부는 어떻게 움직이는 중이야?"

"주변 지부와 은신처의 행동 부대를 소집했어. 주된 부대는 북서쪽에. 살루스 영감 주도로 우르디아 공국에서 오는 보급선을 공격할 계획이야."

"응, 좋은 작전이야. 사루 할아버지는 역시 빈틈이 없어. 하지만……."

"왜? 불안 요소라도 있어?"

"제국이 조금……."

"……보고로 들은 마왕 말이군?"

밀레디가 무엇을 걱정하는지 안 하우저는 신음하며 인상을 찌푸렸다.

"보고는 받았지만, 그 이야기는 직접 듣고 싶었어. ……사실이야? 마왕의 배후에 있는 존재가 교회의 신과 한통속이라는 게."

인간족과 마인족. 대체 얼마나 오랜 세월 전쟁을 벌여 왔던가. 서로가 신봉하는 존재를 위하여 역사 위에 어마어마한 시체를 쌓아 오지 않았던가.

그런데 믿었던 존재들이 천상에서 시시덕거리며 구경하고 있다?

그게 사실이라면 무슨 말을 더 할 수 있겠는가. 감정 따위는 삽시간에 포화해 오히려 차갑게 식어 버린다.

하우저와 지부 멤버가 마른침을 삼키며 밀레디를 지켜봤다.

"사실이야. 역사상 전쟁도 모두 신의 손바닥 위에서 놀아난 거야. 하늘 위의 그놈은 어지간히 『사람』끼리 싸우는 꼴을 보고 싶은가 봐."

"……빌어먹을 놈. 그래서 교회 상층부는 지금 마왕국을 경계하지 않는 거군. 그렇다면 제국이 방파제 역할을 할 필요는 없지. 그래서 동원한 거야."

하우저는 짜증스럽게 머리를 벅벅 긁었다.

"하지만 리더, 지금 제국의 참전을 방해하자니 병력을 파견할 여유가 없어. 멀리 있는 녀석들까지 모으려면 반년은 걸릴 거야."

"그렇지……. 그냥 기우로 그칠 가능성도 있어. 교회 상층부가 진실을 알아도 제국에게 대 마왕국 체제를 풀라고 설득하긴 힘들어."

"강제로 명령하면 그만이지."

"불신감을 키울 거야."

실제로 제국의 참전 여부는 아직 미지수였다. 누가 뭐래도 현재 공화국과 대치한 것은 군사 대국 연방. 그들이 쉽게 와해되지도 않을 것이다.

"일단 공작원 소수를 침투시켜 놓긴 했는데……."

"뭐야, 벌써 손을 썼잖아! 역시 일 처리가 빨라."

"네가 직접 보낸 보고였으니까."

"정말~, 신뢰가 너무 두터워서 괴로워~!"

"어, 그래그래. 너 짜증난다, 됐냐?"

밀레디의 리더 모드도 한계에 달한 것 같았다. 완전히 짜증나는 밀레디로 변하기 전에 서둘러 필요한 이야기를 끝내려고 했다. 이것이 지부장의 대응력이었다.

"아무튼 리더, 그래서 일시적으로 이 지부를 포기하고 이동하려고 해."

본래대로라면 기사단이 도착하기 전에 옮겨야 했다. 전시에 신경이 곤두선 그들에게서 계속 숨어 있기란 어려웠다.

"아, 응. 그건 나도 말하려고 했어. 옮겨도 돼. 오히려 빨리 가줬으면 해. ……고마워, 우리를 위해 남아 있어 줘서."

"그게 우리 역할이야. 신경 쓰지 마."

하우저는 그렇게 말하면서 커다란 손으로 밀레디의 머리를 헝클어트렸다. 그만하라며 밀레디가 몸을 비틀었으나 표정은 고양이처럼 풀려 있었다.

회의장 분위기가 빠르게 부드러워졌다. 지부 멤버도 웃음을 보였다.

그 후 세세한 전황이나 정보까지 공유하고 임시 회의는 일단 끝났다.

밀레디는 바로 수해로 가고 싶었지만 피로가 극심했다.

게다가 가능하다면 전장을 피해 하늘에서 수해로 들어가고 싶으므로 눈에 띄는 낮 시간대는 피하고 싶었다. 그래서 휴식을 취할 겸 밤까지 기다리기로 했다.

지부 멤버가 준비해준 따뜻한 식사를 먹고 밀레디 일행은 잠시 눈을 붙이고자 침대에 몸을 누였다.

그로부터 약 한 시간이 흐르고 문득 밀레디가 눈을 떴다.

사실은 잠들지 못했다. 마력이 적어 피곤한데도 머리는 빙빙 돌아 좀처럼 잠이 오지 않았다.

옆에 나란히 놓인 두 침대에는 메일과 나이즈가 깊이 잠들어 있었다.

깨우기도 미안해 밀레디는 조심스럽게 침대를 빠져나왔다.

회의실에는 아직 하우저가 있었다. 편지를 쓰는 것 같았다.

"하우저, 잠깐 밖에 나갔다 올게."

"응? 뭐 하러?"

"내 눈으로 연방군을 보고 싶어서."

후드 달린 로브를 걸치는 밀레디에게 하우저는 눈을 가늘게 떴다.

"……너답지 않군. 뭘 그렇게 고민해?"

"따, 딱히 고민 없는데?"

"눈이나 피하지 말고 말하든가."

하우저는 피식 웃었다.

"그게…… 그냥, 전쟁이잖아? 좀 긴장돼서."

"헛소리하네. 네가 이제 와서 교회랑 싸운다고 잠을 못 자?"

험상궂고 거친 인상을 주지만 사실 하우저는 지부장으로 뽑힐 만큼 타인의 감정에 민감했다. 더불어 외눈, 외팔이 된 지금도 그는 여전히 강력했다.

그렇기에 많은 동료에게 사랑받았고 밀레디도 조직에 들어온 초기에는 많은 도움을 받았다.

당시 밀레디는 미숙하면서도 사람을 돕겠다며 무턱대고 이곳저곳을 돌아다녔고 무리하다가 다치기 일쑤였다. 그런 밀레디를 가장 많이 혼낸 사람은 아마 하우저였을 것이다. 밀레디의 머리를 난생처음 쥐어박은 사람도 바로 이 하우저였다.

에스페라도 지부 리건이나 본부 살루스 등 연장자는 대개 밀레디에게 물렀다. 배드는 예외로 치더라도…….

그래서 밀레디는 때때로 생각했다. 아버지란 이런 사람일까, 하고. 말괄량이 딸을 타박하면서도 언제나 신경 쓰는 무뚝뚝한 아버지란······.

그러나 잠들지 못하는 이유를 말하기는 주저됐다.

"어, 어쨌든! 잠깐 다녀올게!"

게슴츠레한 눈으로 바라보는 하우저를 피해 밀레디는 웃음으로 얼버무리며 냉큼 빠져나가려고 했다. 그때―.

"밀레디."

하우저의 무거운 목소리가 들렸다. 『리더』가 아니라 이름으로 불려 밀레디는 고개를 갸웃거리며 돌아봤다.

자기도 모르게 흠칫 떨릴 만큼 진지하고, 기가 죽을 만큼 각오가 깃든 눈빛이 밀레디를 뚫어지게 보고 있었다.

"세상이 움직이기 시작했어. 난 그렇게 생각해."

"하우저?"

의아하게 여기는 밀레디를 무시하고 하우저는 독백처럼, 혹은 밀레디에게 각인시키려는 것처럼 말했다.

"오래 견뎠어. 오래 숨죽이고 살았어. 버려진 생명을, 구할 수 있었을 사람을 버리면서도 조금씩 힘을 키웠어. 언젠가 부조리의 사슬에서 『사람』을 『해방』하기 위해서."

"······응."

하우저는 똑바로 돌아선 밀레디를 보며 심호흡했다. 그리고 결심한 것처럼 말했다.

"나갈 때가 됐어. 우리의 인고에 의미가 있었는지, 시험할 때가 된 거야."

이 전쟁은 서막이다. 『해방자』가 역사에 이름을 새길 첫걸음이다.

그러니까—.

"우리에게 마음 쓰지 마. 지키려고 하지 마. 우리는 밀레디 라이센과 함께 가기로 했어. 거리끼지 말고 명령해. 세상을 위해서. 미래를 위해서. 사람들의 자유로운 의사를 위해서."

—설사 앞으로 무슨 일이 있더라도.

살을 찌르는 침묵이 감돌았다. 밀레디와 하우저는 서로를 노려보다시피 응시했다.

질타이자 배려이기도 하며 각오를 촉구하는 하우저의 말.

밀레디는 그 말을 곱씹었다. 그리고 주먹을 꽉 쥐었다.

"……응. 알아, 하우저. 밀레디를 우습게 보지 마!"

엄숙하게 고개를 끄덕인 직후, 바로 활짝 웃으며 엄지를 들었다.

하우저는 콧방귀를 꿰어 무거운 분위기를 날려 보냈다.

"위로 가서 5번 탈의실로 들어가. 최근에 만든 비밀 문이 뒷골목으로 이어져 있어."

그러고는 다시 편지를 쓰려고 돌아앉았다.

밀레디는 그 모습을 잠깐 바라보고 간지러운 듯한, 곤란한 듯한 표정을 지으며 시키는 대로 비밀 문을 써서 밖으로 나갔다.

다른 사람 눈에 띄지 않게 뒷골목을 골라서 내키는 대로 걸었다.

방금 들은 하우저의 말이 머릿속에서 반복됐다.

'속마음을 들킨 기분이야.'

잠들지 못한 이유. 그것은 백광 기사단이 참전했다고 들었을 때, 아니, 전쟁 소식을 들었을 때부터 머릿속 한쪽에 자리 잡은 생각 때문이었다.

"……라우스 번. 또 당신과 싸워야 해."

서쪽 바다에서 마지막에 그와 교전한 오스카가 전해준 말.

어쩌면 밀레디의 『세상에서 가장 소중한 언니』의 목숨을 구해준 사람이 라우스일지도 모른다는 추측.

언질을 얻지는 못했다. 하지만—.

'신대 마법 사용자니까 불가능하지는……. 무엇보다 전혀 교회 인간 같지 않기도 하고…….'

그래서 반쯤 확신했다. 하고 말았다.

라우스가 교회의, 신의 결정을 거스르면서까지 벨타에게 미래를 준 사람이라고…….

그것은 바꿔 말하면 지금의 밀레디를 있게 해줬다는 뜻. 밀레디를 『처형인 일족의 차기 당주』에서 『인간 소녀』로 바꾸어준 은인이라는 의미.

이것이 바로 하우저에게도 털어놓지 못한 이야기였다.

벨타는 『해방자』의 누구에게나 『희망의 빛』이었다.

그녀는 죽어서도 모든 이의 마음속에 강하게 살아 있었다.

『자유로운 의사를 가지고』라는 말과 함께.

그런 벨타의 은인이 백광 기사단의 단장이라고 말하면 얼마나 많은 동료가 당황하고 전투에서 망설임을 떠안을까.

 괜찮다고 믿고 싶다. 하지만 아닐지도 모른다.

 마음속에 피어난 그 걱정을 도저히 입 밖으로 꺼낼 수 없었다. 확신은 있어도 확증은 없으니까. 함부로 동료의 마음을 어지럽히는 위험을 저지르고 싶지 않았다.

 실제로 지금 자신도 『이야기하고 싶다』고 생각하고 있으니까.

 '라우스 번. 당신은 무슨 생각을 하는 거야? 왜 벨과 함께 도망치지 않았어? 신에게 거역하면서도 지키려고 했으면서, 왜…… 왜! 아직 『그쪽』에 있어!'

 으아아, 뭐가 뭔지 모르겠어! 열 받아아아! 밀레디가 머리를 쥐어뜯었다.

 우연히 골목으로 들어온 주부 같은 여성이 화들짝 놀라더니 곧 부리나케 도망갔다.

 후드로 얼굴을 숨긴 수상한 사람이 발광하면 그게 당연한 반응이었다.

 주부의 뒷모습을 보고 정신을 차린 밀레디는 땅이 꺼지게 한숨을 뱉고 어떻게 라우스와 이야기할 기회를 얻을지 고민했다.

 끙끙대고 머리를 굴리며 뒷골목을 어슬렁거렸다.

 그렇게 한 시간, 두 시간이 지나 해가 제법 기울었는데도 눈치채지 못할 만큼 생각에 몰두하던 밀레디는—.

 "앗."

 "꺅"

고민의 원인과 현실에서 부닥치고 만 것이었다.

"……그렇다면 해치울 뿐이다."

"—윽."

라우스의 전혀 억양이 느껴지지 않는 말에 밀레디는 회상의 세계에서 돌아왔다.

하지만 그때는 이미 라우스가 등을 돌려 그 눈동자에 담긴 진의를 엿볼 수 없었다.

"너도 여기서 나와 자웅을 겨룰 생각은 없을 테지? 가라. 다음에 전장에서 만났을 때, 결판을 내자."

라우스가 발을 내디뎠다. 명확한 거절 의사를 보였을 텐데 그 등을 보고 밀레디는 생각했다. 마치 뭔가를 뿌리치려는 것 같다고. 그래서 물었다.

"왜 벨을 구했어?"

라우스가 우뚝 멈췄다. 언어의 사슬에 묶여 움직이지 못하는 것처럼…….

대답은 돌아오지 않았다. 라우스 본인도 그 답을 알지 못하는 것일까?

"당신은…… 무엇을 위해, 누구를 위해 싸워?"

"당연히, 최대 다수의 최대 행복을 위해."

기계적인 답이었다. A라는 물음에 B라고 반응하는 방정식 같은 답.

그래서 밀레디는 웃었다. 자연스럽게 미소가 떠올랐다.

"신을 위해서, 라고는 하지 않네?"

"······신의 의지다. 그걸 실행하는 게 나다."

"그래? 그게 진심이면, 내 눈을 보고 말해."

혼내는 사람과 혼나는 사람, 입장이 역전된 것 같았다. 거짓말을 용서하지 않는 엄한 눈빛이 라우스의 등을 찔렀다. 보지 않고도 느껴지는 그 시선을 라우스는 차마 돌아볼 수 없었다.

그 모습에서 밀레디는 만신창이가 된 고고하고 거대한 늑대를 연상했다. 사실은 긍지가 있고 강직하며 약자를 지키기 위해서 싸우지만, 목줄에 졸려 짖지도 못한 채 사슬에 끌려다니며 개처럼 복종할 수밖에 없다.

그래도 지킬 것이 있다고 스스로를 타일러 바라지 않는 싸움에 몸을 던졌고······ 그리고 언젠가부터······.

"희망을, 잃었구나."

"큭, 네가 뭘 안다고—"

아는 척 떠들지 말라며 라우스가 격분해서 고개를 뒤로 돌렸다. 그리고 얼이 빠졌다.

밀레디의 푸른 눈에 사로잡혀서······. 그곳에 있는 것은 황당함도 경멸도 실망도 분노도, 하물며 적을 보는 눈도 아니었다.

"만약 이 전쟁에서 내가 누구에게도 지지 않는다고 증명하면, 당신의 희망이 될 수 있다면······."

—내 손을 잡아줄래?

밝은 희망의 빛. 라우스의 안에서 뭔가를 발견하고 밀레디의 눈동자는 희망으로 반짝였다.

둘도 없는 보물을 발견한 것처럼—.

손을 뻗으면 닿는다고 확신한 것처럼—.

"대체, 뭘……."

목소리가 갈라졌다. 보이지 않는 목줄에 졸린 탓일까. 아니면 이해할 수 없는 막대한 감정의 파도가 마음 밑바닥에서 흘러넘치려고 하기 때문일까.

그런 라우스에게 밀레디는 씩 웃으며 선언했다.

"약속할게. 반드시 되찾겠다고. 당신의, 라우스 번의 자유로운 의사를!"

"……."

말문이 막혔다. 그냥 서로를 바라봤다. 라우스는 노려보듯, 밀레디는 당당하게.

그때, 두 사람은 동시에 엉뚱한 방향으로 눈길을 돌렸다.

"……아라임인가."

아무래도 라우스를 찾는 모양이었다. 이미 가까운 곳까지 와 있었다.

부단장이 직접 찾으러 나서다니…….

긴급한 용무인가. 아니면 아라임의 개인적인 걱정 때문인가.

라우스는 눈을 감았다.

그 눈이 뜨였을 때 눈동자에 깃든 것은 냉철한 감정뿐이었다.

"당장 꺼져라. 내 마음이 변하기 전에."

"응."

밀레디는 냉큼 몸을 돌려 뒷골목을 달려갔다. 하지만 금방 멈춰 서더니 돌아보고는—.

"라우스 번. 고마워! 벨을 구해줘서! 당신 덕분에 난 내가 됐어!"

갈등의 안개가 걷힌 것처럼 환하게 웃고 그렇게 말했다.

라우스가 아무 말도 하지 못하는 사이 밀레디는 고양이처럼 뒷골목 안쪽으로 사라져 버렸다.

거의 교대로 다른 골목에서 아라임이 나타났다.

어두운 의구심이 떠오른 눈동자가 자신을 바라보고 있었다. 라우스는 마음 한쪽의 감정을 채 눌러 담지 못하고 살며시 한숨에 실어 내보냈다.

운명과 같은 우연으로 라우스와 재회한 밀레디는, 그 후 망설임이 사라진 상쾌한 표정으로 지부로 돌아왔다.

그리고 하우저에게 머리를 쥐어박히고 바로 울상이 됐다.

잠깐 산책한다고 나가 놓고 몇 시간이나 돌아오지 않았으니 걱정할 만도 했다. 평소라면 모를까 지금은 전시였다. 심지어 밀레디는 피로가 덜 풀린 채로 나갔다.

밀레디는 꿇어앉아서 호랑이처럼 으르렁거리는 하우저에게 리더로서 자각을 가지라는 잔소리를 들어야만 했다.

"흐에엥, 죄송해요~! 훌쩍."

"그립군."

"4년 전에는 자주 봤지."

"시간이 지나도 어린애야."

"못 말려. 아직도 조그맣고 귀엽기만 해."

엉엉 우는 밀레디를 보고 지부 멤버들은 그리움에 그윽한 눈길을 보냈다.

그렇게 밀레디가 다리가 저리고 아파서 덜덜 경련하기 시작할 즈음—.

"……왜 넌 가만히 자는 것도 못해?"

깨어난 나이즈가 두통을 참듯 관자놀이를 누르며 어이없게 말했다. 그제야 겨우 잔소리도 끝났다.

하우저는 빨리 회복이나 하라며 밀레디의 목덜미를 잡아 침대로 던졌다. 근심을 털어낸 밀레디는 금방 잠들 수 있었다.

그로부터 수 시간 후, 밤의 어둠이 완전히 내리깔렸을 무렵.

"그럼 이제 출발할게, 하우저. 다른 사람들도 잘 있어."

체력도 마력도 어느 정도 회복한 밀레디가 폐점한 가게에 모여 지부 멤버에게 인사했다.

옆에는 나이즈와 이불에 둘둘 말린 메일도 있었다.

"깨우고 가는 게 낫지 않냐?"

하우저 지부장이 지극히 당연한 의견을 냈다.

"안 일어나."

아니, 일어나 있긴 하다. 반쯤은……. 시험 삼아 밀레디가 바닥에 굴러다니는 이불말이 메일의 볼을 꼬집으며 「일어나! 메르 언니! 출발이야!」라고 소리치자 메일은 머리를 이불 속으로 쏙 집어넣었다. 거북이가 따로 없었다.

"메르 언니, 장난치지 말고."

"……일진일퇴하는 중이라며? 그럼 아직 괜찮아, 밀레디. 그냥 내일 출발해."

"되도 않는 소리 말고 이불에서 나와."

"싫어."

싫다고 하신다. 사실 메일 누님은 이미 여덟 시간 넘게 이불에서 나오지 않았다. 이곳 이불이 어지간히도 마음에 들었나 보다.

대상회인 이 지부의 이불은 최고급이었다. 그것뿐이라면 호텔인 에스페라도 지부에서도 경험한 바 있으나, 이곳 이불에 쓴 지방 특산물의 촉감이 메일의 마음에 쏙 든 모양이었다.

"밀레디. 언니는 원래 그렇게 부지런하게 사는 사람이 아니야. 슬로 라이프를 사랑하는 사람이야."

"해적 여제가 뭐래? 열심히 쿠데타 준비했으면서."

"그건 디네 때문이잖니. 동생을 위해서라면 언니는 힘이 나."

"밀레디도 동생이거든?! 힘내 봐!"

"밀레디 ⟨ 이 이불 ⟨ 넘을 수 없는 벽 ⟨ 디네야."

"입만 살았어!"

밀레디는 이불을 빼앗으려고 했지만 그 순간 허공에서 날아든 물이 얼굴에 직격했다. 쓸데없이 정밀한 물총 마법으로 저항해 왔다.

보다시피 메일은 멍석말이당한 것이 아니었다. 스스로 이불이라는 이름의 낙원에서 농성 중인 것이었다. 도우러 왔는지 방해하러 왔는지 모르겠다.

홀딱 젖은 얼굴이 실룩실룩 경련했다. 나이즈에게 받은 손수건으로 닦으며 밀레디는 하우저에게로 빙글 돌아섰다.

"이 꼴이니까 이대로 끌고 갈게. 이불을 가져가서 미안."

"아니, 그건 딱히 상관없는데…… 그런 사람을 언니로 둬도 괜찮냐?"

"……괜찮아, 아마도. 이래 봬도 할 때는 하는 사람이니까……."

이미 새근새근 편안한 숨소리가 들리고 있었다. 밀레디는 땅이 꺼지도록 한숨을 쉬며, 그리고 하우저와 지부 멤버에게는 실소를 사며, 이불말이 메일을 끌어안았다.

"이번에는 진짜 갈게! 하우저도 빨리 이동해!"

"알았어. 이쪽 걱정은 하지 말고 배드 그 멍청이나 잘 도와줘. 나이즈, 네가 두 사람을 잘 챙겨야 해."

"그래. 너희도 조심해라."

나이즈가 힘차게 대답한 직후, 전이가 발동했다.

이렇게 밀레디 일행은 앙그리프 지부를 떠났다.

수해 안은 소문처럼 짙은 안개로 차 있었다.

오늘 밤은 구름이 많고 달도 가려 새하얀 안개는 어둠에 드리운 베일이었다. 하지만 들었던 이야기와 다른 점도 있었다.

"나즈, 감각이 이상해졌어?"

"……아니, 그런 느낌은 안 드는군. 아마도 정상이다."

수해 안개의 가장 큰 난점을 두 사람은 실감하지 못했다.

밀레디가 시험 삼아서 바람 탄환을 쏴 봤지만 노린 그대로 나뭇잎을 맞혔다.

"아아, 말해 뒀다는 게 이런 뜻이었나?"

"수해가 우리를 거절하지 않는다는 건가?"

"이러면 대수에서 1킬로미터나 떨어진 곳에 내릴 필요는 없었네."

공화국 수도나 거점이 대수 부근에 있을 것은 자명했다. 그렇다면 아마 배드도 그곳에 있으리라. 하지만 갑자기 하늘에서 떨어지면 수인 전사들을 괜히 자극할 것이다. 그렇게 생각해서 조금 떨어진 곳에 내려왔다.

"신중해서 나쁠 건 없어. 우리는 원래 인간이 발을 들여선 안 될 영역에 있으니까. ……게다가, 이미 눈치챘지?"

"……응. 묘한 기척, 아니, 시선이 제법 느껴져."

고요한 수해 안은 밖과의 차이가 극명해 이계라는 느낌을 줬다. 더불어 확실하진 않지만 누군가 지켜보는 느낌이 들었다.

밀레디와 나이즈는 긴장하며 『마중』을 기다렸다. 그런데―.

"……이 상황에서 잘도 자네. 신경이 얼마나 굵은 거야?"

"나도 궁금하군."

이불말이 메일을 봤다. 세상모르고 새근새근 주무신다. 『촉감이 최고인 이불』에 말려서 세상 행복해 보인다.

언제 어디서든 누우면 바로 잠들고, 그냥 분위기만으로 즉석 기상하는 특기를 가진 메일 누님…….

안 좋은 버릇 드는 것 아니냐며 밀레디와 나이즈는 이불 처분을 검토했다. 그때 멀리서 흐릿한 목소리가 들려왔다.

"……! 나즈! 지금!"

"들었어. 비명이군."

톤이 높았다. 아마 여성이나 아이다. 두 사람은 눈빛을 교환하자마자 달려 나갔다. 나이즈는 이불말이 메일을 옆구리에 끼고…….

달리기 힘든 울창한 숲 속을 가능한 한 빠르게 달렸다.

시간으로는 20초 정도. 갑자기 시야가 트였다. 안개가 침범하지 못하는 돔 형태의 공간이었다.

그 중심에는 잘 만든 울타리로 둘러싸인 마을이 있고 짐승세 마리와 싸우는 수인 다섯 명이 보였다. 그들 뒤에는 주저앉은 견인족 소녀도 있었다.

아마 소녀가 마을로 들어오려는 마물과 맞닥뜨렸고 비명을 들은 어른들이 구하러 온 상황 같았다. 하지만 조금 열세로 보였다. 그 마물이 특이한 탓이었다.

"빛을 띤 호랑이 마물?"

"아니야! 성수(聖獸)야! 호광 기사단의 성수!"

왜 수해 안에 성수가……? 의문을 품을 여유도 없이 성수한 마리가 몸의 빛을 폭발시켜 수인들을 날려 버렸다.

한 사람은 버티고 돌진해 온 성수와 부딪쳤지만 다른 두 마리가 우회해서 질주했다. 목표는 싸울 수단이 없는 어린아이. 마치 어느 쪽이 먼저 먹이를 잡을지 경쟁이라도 하듯 좌우에서 덤벼들었다.

"나즈! 오른쪽!"

"알겠다!"

밀레디가 수평으로 자유 낙하하고 나이즈도 동시에 전이했다.

"어딜!"

성수의 뒤통수를 잡고 그대로 땅에 처박아 뇌를 뒤흔드는 공간 진동을 일으켰다. 땅에 크레이터가 생기며 성수가 박살 났다.

"밀~레~디~ 키이이이익!"

중력장으로 더욱 가속한 밀레디의 킥이 다른 성수의 머리에 꽂혔다. 뼈가 부러지는 끔찍한 소리를 내며 날아간 성수는 속수무책으로 마을 울타리에 격돌했다. 그대로 미끄러져 떨어진 성수는 눈과 귀에서 피를 뿜으며 죽었다.

갑작스러운 사태에 수인들은 넋이 나갔다. 마지막 성수가 그들에게 뛰어들었지만 곧바로 초중력에 잡혀 수직으로 낙하하고 함몰된 바닥의 피 얼룩이 되었다.

소란을 듣고 마을 사람들이 모이는 가운데, 밀레디는 멍한 견인족 소녀 곁에 무릎 꿇었다.

"괜찮아? 안 다쳤어?"

부드럽게 미소 짓고 물었다. 그러자 견인족 소녀의 시선이 밀레디 위에서 아래로 내려가고, 이어서 옆으로 온 나이즈와 그 옆구리에 들린 것을 보고는 새파랗게 질렸다.

"꺄아?! 인간이야! 살려주세요!"

"엥?!"

소녀가 엄청나게 떨었다. 머리를 끌어안고 파들파들 떨며 눈물까지 머금었다.

미소 지었다가 소녀가 경기를 일으키자 밀레디는 어쩔 줄을 몰랐다.

그제야 마을 사람들도 제정신을 차렸다. 그들도 밀레디를 보고, 나이즈를 보고, 옆구리에 들린 것을 보고— 똑같이 새파랗게 질렸다.

"이, 이놈들! 아이를 납치할 셈이냐?!"

"인간이 어떻게 이렇게 깊숙이 들어왔어?!"

"젠장, 전사는 아직 안 와?!"

"그 해인족 여자를 풀어줘!"

"이불로 말았을 줄이야, 잔인한 인간들!"

"역시 인간은 피도 눈물도 없— 응? 이불로 마는 게 잔인한가? 엄청 행복해 보이는데…… 아, 아무튼 동포는 넘기지 않겠다!"

밀레디와 나이즈는 이해했다. 이해하고 봤다.

"우웅, 아이참, 왜 이렇게 시끄러워~?"

이불말이 메일을…….

확실히 해인족 여자를 납치하는 인간 2인조로 보였다.

참고로 수해에도 해인족이 있다는 것은 유명한 사실이었다. 수해 동쪽은 바다에 면해 있고, 그곳에 있는 큰 도시에서 어업에 종사하며 수해의 식량 공급에 혁혁히 공헌하는 종족이다. 당연히 공화국에서는 그들도 소중한 동포다. 상황이 대단히 안 좋다.

"메르 언니, 일어나! 오해로 큰일 날 거 같으니까 지금 당장 일어나!"

메일의 머리가 이불 속으로 쏙 들어갔다.

"아, 제발! 장난 받아줄 상황 아니야! 분위기 보고 일어나는 특기는 어디 팔아먹었어?! 지금이 그때라니까!"

메일 누님이 농성에 들어갔다. 계속 이불 안에서 살 거야! 라며 떼를 썼다. 역시 이 이불은 위험하다. 안 그래도 게으른 메일을 밑도 끝도 없이 타락시킨다.

좌우지간 밀레디는 급한 마음에 마침내 욱하고 말았다.

"에라잇, 그만하고 나와!"

이불 속으로 손을 쑤셔 넣고 억지로 끌어내리려고 했다.

그때 때마침 무장한 수인이 약 열 명 달려왔다. 아무래도 방금 싸우던 수인들은 전사가 아니라 마을 자경단이었고 이쪽이 진짜 전사 같았다.

그들은 밀레디 일행과 주민들을 번갈아보고 상황을 파악하지 못해 곤혹스러워했지만—

"안 돼~! 이러지 마! 언니한텐 소중한 거야! 뺏어가지 마~!"

"없애 버리겠어! 반드시 없애 버리겠어!"

소중한 것(이불)을 빼앗긴다고 비명을 지르는 동포.

눈에 쌍심지를 켜고 없애 버리겠다며 불길한 소리를 연발하는 인간족.

오케이, 이해했다.

"동포를 구해라아아아아아아아!"

"저 인간을 죽여!"

전사들이 포효했다!

"오스카, 반. 빨리 합류해줘. 속 쓰려 죽겠어."

나이즈는 죽은 생선 같은 눈으로 두 사람을 잡고 전이했다. 눈 깜짝할 사이에 전사들 뒤로 돌아가서 처음부터 이렇게 했어야 했다며 이불은 **자기** 『보물고』에 넣어 버렸다.

"앗."

"그 방법이 있었구나! 나즈, 나이스! 나이즈가 나이스!"

바닥에 떨어져 슬퍼하는 메일과 흥분해서 이상한 개그를 하는 밀레디에게 나이즈는 얼어붙은 눈길을 보냈다.

"어서 오해를 풀어. 메일, 네 입으로 설명해. 두 번 말 안 해. ……알겠지?"

"아, 알았어. 미안. 이불이 너무 편해서 머리가 좀 이상해졌을 뿐이야. 그러니까 나이즈, 누나를 그렇게 벌레처럼 보지 말아 줄…… 아, 아니야. 그냥 가만히 있을게."

평소 화내지 않는 사람이 화내면 무섭다 & 조용히 화내는 사람이 제일 무섭다를 더블로 보여주는 나이즈에게는 해적 여제도 쩔쩔맸다.

물론 분노한 수인 전사들이 돌진해 오므로 가만히 있을 수는 없었다.

메일은 밀레디와 나이즈 앞에 나가서 양팔을 벌려 두 사람을 감쌌다. 그리고 마왕성에서 싸운 이래 볼 일이 없었던 진지한 얼굴로 입을 열었다.

"메일 누나 말을 들어—."

그 직후였다.

—사사사사사사사사사삭.

본능적으로 등이 오싹해지는 소리가 났다.

"아, 메르 언니, 아래."

"응?"

내려다보자 검은 물체가 하나 있었다. 수인 전사들을 향해서 날개를 부우웅 떨고 있었다. 마치 『싸우면 안 된다!』라며 메일을 감싸는 것처럼…….

그러나 그 검은 물체가 살아 있기만 해도 만인의 정신력을 깎아 먹는 어떤 방면의 최강 생물이지만 혼자서는 전사들을 막을 수 있을 리 없었다.

그래서 당연히 많이 있었다.

메일 발치에서 검은 연기가 치솟았다. 동시에 부우우우우우웅, 하고 무수한 날갯소리를 내며 더 많은 검은 연기가 안개를 뚫고 날아들었다.

그것들은 순식간에 검은 회오리가 되어 밀레디 일행을 둘러쌌다.

"아, 잠깐, 이거 설마 바○벌레—."

"나이즈—."

전이! 라고 말하기 전에 메일 얼굴에 찰싹찰싹 달라붙는 것이……. 그리고 아름다운 쌍둥이 산에도 여러 마리가 불시착했다.

메일 누님이 얼굴에 붙은 한 마리를 손으로 잡았다. 손바닥 위에서 빠르게 움직이는 그것을 보고—.

"홋."

왠지 웃고 쓰러졌다. 눈을 까뒤집었다. 미녀가 하면 안 될 얼굴로 기절하셨다.

"메르 언니이이~!"

밀레디의 통곡이 메아리쳤다. 하지만 도우러 가진 않았다. 왜냐면 잔뜩 붙었으니까.

"밀레디, 좀 진정해."

"나즈?!"

동요하지 않는 사나이 중의 사나이— 나이즈. 밀레디가 매달리는 눈으로 돌아봤다.

"검정깨라고 생각해라. 나는 흑임자 빵을 좋아하지."

"얘도 글렀어, 이미 제정신이 아니야!"

나이즈의 눈빛이 죽었다. 어딘가 먼 곳을 보고 있었다.

그러면 당연히 모두의 리더도 빠질 수 없었다.

"자, 잠깐! 오지마제발부탁할게하지마, 꺄아아아아아!"

그날, 마왕 군단조차 정면에서 꺾은 신대 마법 사용자 세 명은 검은 악마들 앞에 패배했다.

"리더~, 마중 나왔어. ……응? 이게 무슨 상황이래?"

마침 찾아온 배드가 비참하게 쓰러진 동료를 보고 굳어 버린 것은 굳이 말할 필요도 없으리라.

그로부터 얼마 후.

"헉?! 여긴 어디?! 나는 미소녀?!"

정신이 든 밀레디가 쓸데없는 자신감을 표출했다.

"야, 자칭 미소녀 리더. 그만 정신 차려."

"어? 뭐야? 배드?"

옆에서 어깨를 콕콕 찔러 돌아보니 낯익은 부리더가 있었다.

자신은 왠지 평범하게 걷고 있었고 나이즈는 메일을 안아 들고 옆에 있었다. 그리고 자신들 뒤로 미심쩍은 눈빛을 보내며 따라오는 수인 전사들도 보였다.

"어느새 합류했어? 응? 기억이 흐릿해……. 악몽이라도 꿨나?"

"기억 안 나면 그냥 잊어버려. 모르는 게 약이야."

"아니, 그렇지만……."

밀레디는 당최 영문을 모르겠다고 당황했다. 그러고는 도움을 요청하듯 나이즈를 봤다.

"배드 말이 맞아. 세상에는 잊어야 하는 일도 있지. ……가능하다면 나도 잊고 싶었는데."

"그, 그래? 그런데 메르 언니는 왜 다소곳이 안고 가? 바람났어? 바람난 거야? 수랑 윤한테 일러줄까~?"

처음 보는 광경에 밀레디는 평정을 되찾으면서 히죽댔다.

하지만 평소 같으면 수샤의 이름을 듣자마자 과잉 반응했을 나이즈가—

"수인들 앞에서 함부로 할 수 없으니까. 게다가…… 이 녀석이 제일 심각했어. 솔직히 좀 불쌍해."

아주 태연했다. 그리고 상냥했다. 그게 오히려 의심스러웠다. 밀레디가 대체 무슨 일이 있었냐며 어리둥절해하는데, 메일이 신음하면서 천천히 깨어났다.

"으응, 악몽을 꾼 것 같은데…… 어머? 나이즈? 바람났니?"

동생과 반응이 완전히 일치했다. 나이즈는 신물 난다는 양 메일을 던졌다.

가벼운 몸놀림으로 착지한 메일은 밀레디와 마찬가지로 기억이 흐릿한지 어리둥절하게 주위를 돌아봤다.

"으음? 뭐가 어떻게 된 거야?"

"메르 언니. 나도 같은 심정인데, 배드랑 나즈가 모르는 편이 낫대."

"무슨 소리야?"

글쎄? 라며 고개를 갸웃거리는 두 사람에게 배드가 쓴웃음을 섞어 말했다.

"오, 댁도 깼어? 그럼 자기소개부터 다시 해야겠군. 내가 부리더인 배드야. 우리 조직에 온 걸 환영해. 앞으로 친하게 지내자고."

나이즈와는 이미 통성명했기에 두 번째 자기소개였다.

배드가 가벼운 말투로 인사하자 나이즈는 고개를 끄덕였고 메일은 빤히 배드를 쳐다봤다.

"안녕, 배드? 나는 메일 누나야. 잘 지내자. 그건 그렇고 신붓감은 찾았어? 원판은 나쁘지 않은데 지지리도 인기가 없다며? 역시 성격 때문인가?"

"와, 인사 정말 예쁘게 하시네. 지금 싸우자는 거지?"

배드의 이마에 핏줄이 솟았다. 거기에 지체 없이 추가타가 들어왔다.

"배드, 배드. 실은 마셜이랑 미카엘라 말인데, 요즘 분위기가 좋아."

"……?! 젠장! 젠장할! 그 자식, 새치기를 해?! 독신이 편하다고 떠들던 주제에, 변절자 자식. 다음에 만나면 처형해주마!"

배드는 그 자리에 엎드려 땅을 퍽퍽 때렸다. 그의 등에 있는 『마식 대낫 에그제스』에서 거무튀튀한 오라가 피어올랐다.

마흔도 넘은 남자가 사력을 다해 질투하는 모습은 정말로 추했다.

"아하하, 소문대로 재미있는 사람이구나? 누나는 마음에 들었어."

"푸푸풉. 신붓감 찾느라 가출이나 하니까 뒤처지는 거야~. 배드, 배드, 지금 기분이 어때? 응? 응? 여기 서로 신경 쓰는 두 사람 사진도 있는데, 이거 보면 기분이 어떨 거 같아? 말 좀 해 봐~! 푸하아아앗!"

미녀와 미소녀에게서 죽도록 놀림받는 배드에게 수인 전사조차 동정 어린 눈길을 보냈다. 하지만 오해는 완전히 풀렸다. 아, 저 해인족 여자는 분명히 이자들의 동료다, 우리 동포일 리 없다, 라고…….

"둘 다 그쯤 놀려."

세 명만 남은 이후 급속도로 위벽이 얇아지는 나이즈가 피곤한 말투로 둘을 말렸다.

"배드. 여왕 폐하께서 기다리시지? 빨리 안내해줘."

"그래, 가자. 말려줘서 고마워. ……응? 그런데 넌 미소녀 자매에게 사랑받는다는 보고가……. 퉷, 결국 가진 놈이 여유 부리는 거지. 이 로리코—."

조용히 투덜댄 배드의 귀에 얼음 같은 목소리가 꽂혔다.

"한 글자만 더 말하면 상공 3천 미터에서 추락하게 될 거다."

"앗, 네. 죄송합니다."

역시 나이즈의 조용한 분노는 몹시 무서웠다.

불필요한 시간을 빼앗긴 탓에 일행은 걸음을 재촉했다.

적이 수해로 침공했을 경우 방향이나 도시의 위치를 알리지 않기 위해 길은 없었지만, 수인족만 알 수 있는 표시라도 있는지 얼마 걷지 않아 거대한 벽이 나왔다.

짙은 안개로 자세히 보이지는 않아도 착 달라붙어 자란 거목들이 끝없이 이어져 있었다.

공화국 수도를 지키는 외벽일까? 분명히 인공적인 배치였다. 하지만 솔직히 밀레디의 중력 마법이라도 없는 한 사람이 설치할 수 있는 크기로는 보이지 않았다. 또 모든 거목이 기묘할 정도로 비슷하여 볼수록 신기한 광경이었다.

그 꼭대기도 보이지 않는 거대한 외벽 아래, 밀레디 일행 정면에는 아치형 문이 있었다.

다만 그 입구에는 몇 백, 몇 천에 달하는 두꺼운 가지가 겹쳐 완전히 막혀 있었다.

배드가 신호를 보내자 가시덩굴처럼 얽힌 가지 문이 희미하게 빛났다. 그리고 가지가 스르륵 풀리며 땅이나 주변 나무 속으로 들어가고 길이 열렸다.

감탄사를 꺼낸 것도 잠시. 문을 지나서 눈에 들어온 광경에 밀레디 일행은 압도되고 말았다.

"……대단해. 이게 공화국……."

"어쩜……."

"……."

사람은 정말로 감동하면 말이 나오지 않는다. 세 사람의 반응은 그것을 증명했다.

광대한 공간이었다. 짙은 안개는 거짓말처럼 걷히고 공기는 황홀할 만큼 맑았다.

트리 하우스라고 하던가? 바깥세상에서는 상상하기 힘든 거목들이 우뚝 솟았고 거목을 중심으로 수백 미터 높이까지 목조 가옥이 붙어 있었다.

그리고 그 거목들에서는 두꺼운 가지가 사방으로 뻗어 나가 무수한 공중 회랑을 이루고 있었다. 숲 속에 있으면서도 공화국 수도는 놀라울 만큼 입체적인 3차원 도시였다. 지금은 밤인 탓인지, 형형색색의 빛을 내는 식물로 희미하게 밝혀져 도시 전체가 환상 속 세계 같았다.

하지만 정말로 놀랄 만한 것은 그 도시 가장 안쪽에 선 존재였다.

"저게 대수 우아 아르트야. 감동했지?"

배드가 자기 일처럼 가슴을 펴고 자랑했다.

누구든 경외감을 품지 않을 수 없는 위용.

높이 천 미터. 하늘을 찌르는 세계에서 가장 거대한 나무. 수백 미터 떨어진 곳에서 봐도 벽으로밖에 보이지 않는 거대함. 하늘을 덮는 가지의 두께만 해도 주변의 거목만 했다. 무성하게 자란 잎은 멀리서 봐도 싱그러웠고 어린아이를 통째로 감쌀 만큼 컸다.

그런데 믿어지지 않을 만큼 압박감이 없었다. 오히려 감싸 안고 지켜준다는, 무조건적 안심감을 줬다. 이루 말할 수 없는 포용력이었다.

"수인들은 『어머니 나무』라고도 부르나 봐. 대수의 가지와 잎이 이 도시를 모두 감싸고 있지. 아니, 그 크기에 맞춰 도시를 만들었다고 해야 하나?"

배드의 설명에 밀레디 일행은 겨우 정신을 차렸다.

그리고 수인 전사들에게 둘러싸인 사실도 뒤늦게 알아챘다. 도시에 들어온 직후 안내 겸 감시를 위해 모였지만 밀레디 일행은 도시의 아름다움에 넋이 나가서 전혀 눈치채지 못했다.

그러나 그들의 실수는 수인들에게 호감을 줬다. 누구나 자랑스럽게 가슴을 펴고 있었다.

조금 쑥스러워져서 조용히 안내를 따라갔다.

그렇게 대수 뿌리 부분까지 왔다.

올려다보자 나선을 그리는 가지 계단과 대수를 따라서 층층이 존재하는 공중 회랑, 도르래를 이용한 승강기 따위가 있고 믿기 힘들게도 대수 안으로 이어진 출입구도 여럿 보였다.

작은 구멍도 수없이 나 있었다. 빛이 새는 것을 보아 십중팔구 창문이었다.

"설마 대수 안에?"

"맞아. 참고로 파낸 게 아냐. 대대로 공화국의 왕이 된 사람은 어느 정도 대수에 간섭하는 힘을 얻는다고 해. 다시 말해, 대수에게 부탁하면 살기 좋은 구멍을 만들어준다, 이거지."

"대, 대수는 대단하네……. 의지가 있는 것 같아."

"전승에서는 있었다고 하더군. 지금은 못 하지만, 먼 옛날에는 대수와 교신하는 무녀가 있었대."

그런 대화를 나누며 신비롭고 비상식적인 대수를 승강기로 올라갔다.

100미터 정도 올라왔을까?

밀레디 일행을 태운 승강기는 목각 조각이 아름다운 테라스 앞에 멈췄다.

척 보기에도 알현실이었다. 대수 안 공간은 눈이 휘둥그레질 정도로 넓어 마왕성의 알현실과 비교해도 손색이 없는 크기였다.

하지만 그곳보다 더 신성한 분위기가 감돌았고 장식은 적으나 나무 도구는 눈길을 빼앗길 정도로 아름다웠다.

안쪽에는 중앙에 길을 내고 수인들이 도열했다. 문관보다 강인하고 눈빛이 험악한 무관 같은 이들이 많은 것은 일행을 향한 경계일까?

아무튼 그녀는 그 앞에 있었다.

대수로 형성된 제단 같은 곳 위. 나뭇가지와 잎이 뒤엉켜 만들어진 호화로운 왕좌에 앉아 새하얀 옷에 꽃 왕관을 쓴 여성. 무의식적으로 눈길을 사로잡는 미모의 소유자.

길고 가는 눈이 더욱 가늘어지며 비취색 눈동자가 밀레디를 응시했다.

압도적인 위엄과 품위가 밀레디를 꿰뚫었다.

숨이 막혔다. 다리가 멈출 뻔하고 눈을 뗄 수 없었다. 그래도 애써 앞까지 걸어가 자연스럽게 무릎 꿇고 젊은 여왕에게 경의를 표했다.

배드, 메일, 나이즈도 엄숙한 분위기로 무릎 꿇고 예를 다했다. 밀레디의 대각선 뒤쪽에서. 밀레디를 자신들의 리더라고 보여주는 위치 선정이었다.

삼인족의 상징인 긴 귀를 확인하고도 대수의 화신이 아닐까 의심하게 되는 그녀—【하르치나 공화국】당대 여왕은 잠시 밀레디를 빤히 바라보기만 했다.

밀레디는 무릎을 꿇었으나 머리는 숙이지 않았다.

그것을 불손하게 보는 주변의 압력이 심해졌지만 밀레디는 알면서도 여왕에게서 눈을 떼지 않았다.

보고 싶었다. 여왕의 비취색 눈동자를. 그녀라는 『사람』의 본질을. 자신과 같은 신대 마법 사용자의 마음을······.

그리고 봐주었으면 했다. 자신이라는 『사람』을. 마음속 깊은 곳까지, 훤히.

비취와 창궁이, 『수해의 여왕』과 『해방자 리더』의 눈이 본인들밖에 모를 정도로 깊이 이어졌다.

이윽고 말이 없는 여왕 때문에 주변이 수군거리기 시작할 무렵, 뭔가 이해한 것처럼 표정을 푼 여왕은 조용히 입을 뗐다.

"어서 오세요, 세계에 저항하는 사람. 제가 공화국의 여왕, 류티리스 하르치나예요."

"예, 여왕 폐하. 『해방자』 리더, 밀레디 라이센이라고 합니다. 이 성역에 초대해주셔서 진심으로 감사드립니다."

메일과 나이즈가 눈을 동그랗게 떴다. 존댓말도 할 줄 알았어? 라고 말하고픈 눈이었다.

그 분위기를 느낀 밀레디의 입꼬리가 살짝 실룩거렸다. 밀레디도 필요할 때는 백작가 딸답게 행동할 줄 안다. 다들 그 사실을 인정하지 않을 뿐이다.

한편, 류티리스에게는 재미있는 광경이었는지, 무례하다고 꾸짖지 않고 입을 소매로 가리며 소리 죽여 웃었다.

"후후후. 배드 공 말대로 평소에는 말괄량이인 모양이네요."

밀레디 아이가 어깨 너머로 째려봤다. 배드가 고개를 휙 돌렸다.

밀레디는 한숨을 쉬고 다시 류티리스를 봤다.

"폐하, 돌려서 말씀하시지 않아도 됩니다. 보나 마나 『거지 같은 꼬맹이』라느니 『짜증나는 리더』라고 했겠지요."

"네, 맞아요. 여러 남성에게 구애받는 인기가 샘난다고도 하셨죠."

"여, 여왕 폐하께 대체 무슨 이야기를…… 배드의 무례를 용서해주십시오. 조직을 대표해서 사과드리겠습니다! 그리고 오해하진 마십시오! 그냥 노총각의 꼴사나운 시기입니다!"

"뭐라고, 인마? 매번 남자들이랑 놀았다는 보고서만 보낸 건 사실이잖아!"

"재밌게 잘 지낸다는 보고서에 웬 트집이야! 그런 거로 질투나 하니까 아직도 독신이지! 왜 그걸 모를까~?"

"처형한다?"

"해 보든가."

여왕 앞에서 갑자기 싸우기 시작한 저항 조직의 리더와 부리더.

수인들은 눈만 깜빡거렸고 류티리스는 또 재미있다며 웃었다. 하지만 곧 엄숙한 분위기를 내고 물었다.

"배드 공에게 『해방자』에 관해 들었습니다. 그곳의 이념도, 당신이 저처럼 신대 마법을 쓰고 우리를 돕고 싶어 한다는 것도, 그리고 당신들이 아니면 저항할 수 없는 『적』이 있다는 사실까지."

말을 한번 끊은 류티리스는 다시 험악한 분위기를 내는 신하들을 돌아봤다. 그리고 그들의 마음을 대변하듯 차가운 음성으로 뒷말을 이었다.

"우리의 대답은 『믿기 어렵다』예요. 숨김없이 말하자면 이곳에 있는 그 누구도 당신들 말을 믿지 않아요."

안개 결계는 절대적이었다. 실제로 기사단도 물리쳤다.

"같은 『사용자』로서 고백하죠. 제 힘은 『승화』. 모든 힘을 일시적으로 진화시키는 마법이에요. 그렇기에 이 성역의 수호와 우리나라의 전사들, 그리고 숲의 가호가 있는 한 우리가 패배할 리 없다고 믿어요."

공화국에 들이닥칠 전쟁의 위험을 사전에 감지하고, 인간족에게는 사지나 다름없는 수해에 단신으로 뛰어들어 그 정보를 전해준 사람은 배드였다.

그리고 구속되어 교회의 첩자로 오해받아 심한 심문을 받으면서도 기사단과 교회에 관한 정보를 알려주며 조력한 것도 그였다.

그 각오와 헌신을 평가해 일단 여왕의 조언자로 인정받았다. 한 번만 리더와 만나달라는 부탁도 들어주기로 했다.

하지만 아직 완전히 믿을 수는 없었다. 실제로 배드에게는 밀정 부대가 붙어서 경계했고 전투에도 위기에 내몰리기 전까지 참전하지 못했다. 그만큼 종족 간 불신의 골은 깊었다.

밀레디도 인간족이었다. 교회에 저항하는 조직이라고 하지만, 그것을 어떻게 증명하겠는가? 첩자가 아니라고 어떻게 단언하겠는가? 심지어―.

"당신은 설령 전쟁이라도 교회 관계자가 아니면 죽이지 않는다. 연방군은 무력화할 수밖에 없다. 그렇죠?"

『해방자』는 교회가 망가트린 세계에서 사람들을 해방한다는 이념 아래 결성된 레지스탕스다. 교회 사람이 아니면 죽일 수 없다.

어지간히 길에서 벗어나지 않은 한 그들 또한 해방자가 지켜야 할 사람이니까.

지금 당장 공격받고 있는 공화국 입장에서는 복장 터지는 유치한 이상론이었다.

고견을 떠들지만 사실은 동족을 해치기 싫은 것 아니냐? 아직 가치관을 강요하진 않지만 막상 싸우면 인간 편을 드는 것 아니냐?

그런 의혹을 남긴 채 어떻게 믿고 기댈 수 있겠는가?

그렇다면 이렇게 답하는 것이 자연스러운 귀결.

"우리 조국은 우리 손으로 지키겠어요. 그래도 힘이 되어주시겠다면, 『바깥세상』에서 적군의 뒤라도 쳐주시겠어요?"

어렴풋이 떠오르는 류티리스의 웃음은 무척 차가웠다.

모든 수인족을 대표해 인간족에 대한 불신감을 표현한 듯했다.

배드를 일단 받아준 것은 적이라도 무난하게 대응할 수 있기 때문이었다. 그래도 여왕과 같은 신대 마법 사용자 여러 명은 위험부담이 너무 컸다.

인간족에 대한 불신을 생각하면 그건 합리적인 판단이었다.

"그건 분명 지당한 의견입니다."

밀레디의 목소리가 당차게 울렸다. 류티리스의 눈이 가늘어졌다. 계속 말해 보라는 식으로……

"그래도 한 말씀 올리자면— 안이해도 너무 안이하십니다. 적의 강대함을 전혀 이해하지 못하셨군요."

이번에는 밀레디가 엄하게 되받았다. 닫힌 세계에서 살아왔으면서 근거도 없이 자기네 힘을 과신한다고. 당연히 공화국 측은 분개했다.

"네 이놈, 우리를 무시하는 거냐?!"

"어차피 인간이군. 우리를 깔보고 있어!"

특히 큰 목소리를 낸 것은 낭인족 발프와 류티리스의 가장 가까이에 선 근위병 같은 표인족 남성이었다. 다른 이들도 당장에라도 달려들 분위기였다.

하지만 그런 가운데서도 밀레디는 조용히 말을 이었다.

"저는 혼자서 백광 기사단 단장, 라우스 번과 호각으로 싸울 수 있습니다."

"그게 어쨌다는 거냐! 그 정도는—."

"그런 제가, 아니, 신대 마법 사용자 세 명이 덤비고도 목숨 부지하기 급급했던 자가 있습니다. 혼이 없고, 살아 있지만 살아 있지 않은, 사람의 탈을 쓴 존재."

정체 모를 위압감을 느끼고 수인들이 입을 다물었다.

"은색 수녀. 교회의 조커인 신의 사도."

"신의…… 사도."

류티리스가 되뇌었다. 밀레디는 그녀의 눈을 뚫어지게 바라보고 말했다.

"단호히 말씀드리겠습니다. 그자가 나온 시점에서 공화국은 멸망합니다. 그건 신위(神威)의 구현입니다."

"그 정도, 인가요?"

"예. 신대 마법 사용자가 아니면 대적할 수 없는 적입니다."

밀레디는 덧붙여 마왕에게 빙의했던 『신역의 존재』도 언급했다. 그 재앙이 류티리스를 덮치지 않으리라는 법은 없었다.

밀레디의 눈빛, 분위기, 목소리. 그 모든 것이 소녀라고 생각할 수 없는 무게를 가졌다. 진중한 호소는 사람들을 침묵시키기에 충분했다.

알현실은 쥐 죽은 듯 조용해졌다. 아직 불만과 분노는 남았지만 그것을 웃도는 당혹감이 떠돌았다.

"보상은? 목숨을 거는 대가로 무엇을 원하나요?"

류티리스가 정적을 깼다. 조금 전 냉엄한 분위기가 거짓말처럼 사라졌고 그 음성은 아주 차분했다.

밀레디는 그런 생각이 들었다. 혹시 류티리스는 처음부터 받아들일 생각이지 않았을까, 라고…….

진실은 알 수 없으나 아무튼 상대가 인간족이라는 이유만으로 거절하지 않고 이렇게 대화할 기회를 줬다. 그래서 밀레디는 여왕에게 그저 우직하게 최대한의 성의와 진정성을 담아 마음을 전했다.

"아무것도 필요 없어. 당신이 앞으로도 계속 그대로 있어 준다면 그걸로 충분해."

말투가 평소처럼 돌아왔지만 비난하는 사람은 아무도 없었다. 허식 없는 진심이라고, 그 깊이 내비치는 눈을 보면 알 수 있었으니까.

밀레디가 어색하게 웃음 짓고 볼을 긁적였다.

"사실은 동료가 되려고 쭉 당신 같은 사람을 찾아다녔지만…… 수인들의 소중한 여왕님에게 가입 권유를 할 수는 없으니까. 그러니까 당신이 교회 손아귀에 넘어가지 않고 자유로운 의사를 가지고 살아준다면, 그걸로 충분해."

그러니까, 그러기 위해서—

"당신을 지키게 해줘."

설령 받아주지 않고 쫓겨나더라도—

"내가, 우리가 모든 걸 걸고 당신을 지킬 테니까."

대가는 바라지 않는다.

아, 하지만……이라며 밀레디는 눈길을 어깨 너머로 돌려 나이즈, 메일, 배드를 보고는 더 먼 곳을 보듯 하늘을 우러렀다. 그것은 바깥세상, 그곳에 사는 사람들, 저항하는 동료들을 보는 것이라고 누구나 알 수 있는 절실한 눈빛이었다.

"만약 바람이 있다면 하나뿐이야."

"……말씀해 보세요."

다시 류티리스와 밀레디의 시선이 서로 얽혔다.

몇 초를 바라보다가 밀레디는 차분하게 소원했다.

"우리는 세상을 바꿀 거야. 사람들이 서로를 더 인정하는 세상으로. 의심해도 좋아. 경계해도 돼. 그래도 그런 미래가 오면 처음부터 『거절』하지만은 말아줘. 당신들과 친해지려고 노력하는 사람들의 말을 들어주면 좋겠어."

지금 이렇게 내 말을 들어주는 것처럼…….

흔들림 없는 푸른 눈동자로 몽상 같은 이야기를 입에 담는 소녀를 보고 수인들은 모두 희한한 생물이라도 목격한 양, 혹은 몹시 난해한 문제라도 주어진 양, 말로 설명하기 어려운 표정을 지었다.

다만, 누구나 경멸이나 분노는 보이지 않았다. 아니, 희석되어 있었다.

밀레디는 다시 말투를 고쳤지만 조금 전보다 훨씬 친근하게 말을 끝맺었다.

"물론 바로 믿어 주리라고 생각하진 않아요.『기사 사냥꾼』에 더해 신대 마법 사용자를 세 명이나 곁에 두는 걸 위험하다고 판단하는 것도 자연스러운 생각이죠. 체류를 허가할 수 없다면 나갈게요. 대신 그자가 나타나거나 폐하께 이상이 생겼을 때 저희에게 신호를 주세요. 당장 날아올 테니까! 나즈가 있으면 가능해!"

마치 어떤 판단을 내려도 괜찮다고 안심시키듯이 웃었다.

그것을 보고 류티리스는 고개를 끄덕이고 눈길을 옮겼다.

그 눈이 바라보는 곳에는 기력 정정한 묘인족 할머니가 있었다. 엄격한 분위기를 내는 그녀는 여왕의 눈짓에 똑같이 고개를 끄덕였다. 그것을 확인하고 이번에는 웅인족 전사— 전사장 심에게 눈길을 돌렸다.

심은 잠시 고민하더니 이곳에 있는 전사들을 훑어보고 마지막으로 밀레디를 봤다. 밀레디는 시선을 부드럽게 받아내듯 마주 보았다. 심이 이내 고개를 끄덕이며 말을 꺼냈다.

"폐하.『해방자』가 말하는 위협이 어떠한 것인지 저는 모릅니다. 하지만 전사단을 책임지는 입장에서 전 저 말을 무시할 수는 없습니다."

"그럼 체류에 동의하겠다는 말씀인가요?"

"아닙니다, 폐하. 전제가 옳은지 확인해야 할 것입니다."

"전제…… 힘을 증명하라는 말씀이군요."

"바로 그렇습니다."

심은 밀레디를 보고는 한 걸음 앞으로 나갔다.

"시합을 신청한다. 우리 호국 전사들을 능가한다는 그 말, 허풍이 아니라고 증명해라."

밀레디는 이해했다고 고개를 끄덕였다. 사도의 위협도 지켜 주겠다는 말도, 힘없는 자가 말하면 웃어넘길 이야기였다.

"시합을 받겠습니다."

밀레디의 망설임 없는 대답에 심은 입꼬리를 살짝 끌어올렸다. 그리고 패기 있게 앞으로 나가려는데—

"잠깐만, 전사장. 그 역할, 나한테 양보해줘."

"흠? 왜지, 발프?"

심을 가로막고 앞으로 나온 사람은 발프였다.

"백병전에선 내가 최고잖아? 게다가—."

"게다가?"

"마음에 안 들거든."

그러면서 발프가 노려본 사람은— 메일이었다. 메일이 의아한 표정으로 갸웃거렸다.

"넌 왜 인간 따위랑 같이 있냐? 왜 그런 꼬맹이한테 따르냐고! 폐하와 같은 엄청난 힘을 가지고 태어났다면서?! 그럼 조국을 위해 힘써야 하는 거 아냐?!"

발프는 메일이 『해방자』에 있는 것 자체가 마음에 들지 않는 모양이었다.

"으응? 그치만 누나 고향은 서쪽 바다인걸?"

"무슨 상관이야? 이 수해는 모든 수인족의 고향이다! 그곳이 침략받고 있다고! 동족으로서 힘이 되고 싶다는 생각도 안 들어?! 네가 있을 곳은 거기가 아니야! 여기잖아!"

그의 소속감이 특별히 강하기도 하겠지만 그 이상으로 발프라는 남자는 동포들과 조국을 사랑하는 것이 분명했다. 그래서 해인족인 메일이 인간 조직에 속해 협력하는 것이 믿어지지 않았고 참을 수 없었으리라.

발프의 심정을 짐작한 밀레디는 곤란하게 물었다.

"음…… 그럼 당신은 어떻게 하고 싶어?"

"나랑 싸워. 그리고 내가 이기면 그 여자는 조직에서 나와 공화국에서 산다. 그리고 두 번 다시 관여하지 않겠다고 맹세해."

발프는 말했다. 자신이 이기면 당연히 약한 너희는 수해에 있을 수 없다. 있어 봤자 의미가 없으니까. 하지만 메일까지 내쫓자니 마음이 내키지 않는다. 메일은 동포와 함께 수해에서 사는 것이 가장 행복하다. 그게 당연한 것이다.

분명히 메일을 생각해서 하는 말이었다.

그러나 그것은 몹시 편견으로 가득한 독선적인 생각이었다.

밀레디의 이마에 핏줄이 불룩 솟았다.

"엉? 밀레디한테서 메르 언니를 빼앗겠다고? 하하, 이 녀석,

건방진 소리를 하네."

이러니저러니 해도 메르 언니가 좋은가 보다. 좋아하는 언니의 미래를 조건으로 내걸자 아주 당연하게 분노했다. 마치 한 여자를 두고 싸우는 남자들처럼 발프를 노려본다!

"우후후……."

거기서 뜬금없이 흘러나오는 웃음소리……. 메일이었다. 왠지 황홀한 얼굴이었다. 밀레디를 보고 엄청나게 기뻐하고 있었다.

"나이즈, 밀레디가 날 뺏기지 않으려고 애쓰는 것 좀 봐. 귀여워! 나이즈도 그렇게 생각하지?"

"몰라."

"여기선 『그만해! 날 위해 싸우지 마!』라고 해야 할까?"

"나한테 묻지 마…… 그리고 상황을 복잡하게 만들지 마."

"어머, 쌀쌀맞아라. 밀레디는 저렇게 열렬한데."

메일은 그런 농담을 하고 자리에서 일어났다. 왠지 보는 사람의 등이 오싹해지는 미소를 짓고서…….

"거기 멍멍이는 누나가 놀아줄 테니 울면서 기뻐하렴."

그리고 발프를 도발했다. 밀레디 옆에 서서 머리를 쓰다듬으며 다른 한 손을 뻗어 검지를 까딱거렸다.

"이 자식이, 해인족이 백병전에서 낭인족한테 이길 줄 알아?!"

"멍멍 잘도 짖는구나? 입 말고 손을 움직여야 하지 않겠니, 멍멍아?"

뭔가 뚝 끊기는 소리가 났다. 두말할 필요도 없지만 발프의 인내심이 끊어지는 소리였다. 눈이 경련하고 송곳니를 드러내고 있었다.

"좋지. 그 건방머리를 뜯어고쳐야겠어. 친히 공화국의 예절을 알려주마."

"우후후, 좋아. 이런 거 오랜만이야. 요즘은 말 안 듣는 아이가 적어서 누나가 너무 심심했어."

밀레디가 허둥대고, 나이즈와 심이 똑같이 미간을 주물렀고, 류티리스는 왠지 눈망울을 반짝였다.

"저, 저기! 내가 싸울게! 응? 그러니까 메르 언니랑 싸우진 마."

"나도 부탁하지. 밀레디로 불만이라면 내가 싸울 테니까 메일과는 싸우지 마."

밀레디와 나이즈가 함께 간청했다. 발프는 그것을 『신대 마법 사용자라도 근접 전투는 못 하니까 당황한 것』으로 해석했다.

그 유쾌한 착각은 여러 사실에서 기인했다. 류티리스가 전투에서 전형적인 후방 지원형이며 해인족이 육지에서 잘 싸우지 못한다는 편견, 그리고 근접 전투를 하는 신대 마법 사용자는 라우스밖에 모르지만 심이 대적할 수 있었다는 점……

하지만 라우스가 조사를 위해서 아직 진심을 다하지 않았다는 것도, 눈앞에 있는 해인족이 다양한 의미로 가장 위험한 신대 마법 사용자란 것도 모르는 발프는 자신만만하게 웃으면서 앞으로 나왔다.

나와 버렸다. 비극의 무대로……

"여, 여왕 폐하! 제가 싸울게요!"

밀레디가 발버둥쳤다. 불행한 미래를 피하기 위해!

"위험해지면 멈출게요. 발프도 목숨까지 빼앗지는 않아요. 그쪽도 그렇게 할 생각 아닌가요?"

그건 맞지만, 그게 아니야! 목숨보다 소중한 것을 빼앗길지도 몰라! 밀레디는 그렇게 말하고 싶었으나 공화국 쪽은 발프를 선출하기로 결정한 듯했다. 그는 이미 넓은 알현실 중앙에 서 있었다.

그리고 메일도 마주 서 있었다. 둘 다 남의 참견을 용납하지 않는 분위기를 풀풀 풍겼다.

"나, 나즈으으~!"

"틀렸어. 기도해. 공화국과의 관계가 악화되지 않길."

"포기가 빨라!"

오스카가 있었더라면……. 나이즈는 허공을 바라봤다. 현실 도피라고도 한다. 그리고 배를 문질렀다. 속이 쓰린가 보다.

"이, 이봐, 리더. 그렇게 위험해? 보고에 따르면 상당히 강하다며? 게다가 재생 마법도 있잖아. 뭐가 문제야?"

쭉 입을 다물고 상황을 지켜보던 배드가 결국 당혹감을 감추지 못하고 물었다.

"그런 뜻이 아니야! 메르 언니는 나쁜 버릇이 있어서…… 아아, 안 돼, 시작했어! 메르 언니! 제발 자제해! 자, 제! 알았지?! 밀레디랑 약속!"

밀레디가 사정사정하자 메일 언니는 실로 해맑은 얼굴을 하고 엄지를 척 들었다.

"안심해, 밀레디. 메일 언니의 절반은 상냥함으로 이루어져 있단다."

"남은 절반이 뭔지 굉장히 궁금한데…… 믿고 있을게!"

"그래. 밀레디를 『따위』라고 한 똥개를 제대로 조교— 예절을 알려줄게."

"다 들렸거든?!"

그리하여 해방자의 실력을 증명하는 시합이 개최됐다. 규칙은 단순했다. 어느 쪽이 전투 능력을 상실하거나 패배를 선언해 상대방의 승리를 인정하는 것.

메일은 입성하며 맡겼던 사복도를 돌려받았고 발프도 갈고리 손톱을 장비했다.

심이 조금 전까지는 조직 리더답게 당당하던 밀레디의 변모를 의아하게 생각하면서도 심판 역을 맡았다.

"쌍방, 치명상이 될 공격은 피하도록! 시합 개시!"

신호가 떨어진 순간, 발프가 사라졌다. 아니, 그렇게 보일 정도로 빠르게 돌진해 왔다. 그리고 눈 깜짝할 사이에 그는 메일 뒤에서—

"하! 입만 살았군. 벌써 끝이냐?"

메일의 목에 갈고리 손톱을 들이댔다. 언뜻 보면 승패가 확정된 순간이었다.

너무나도 허무하게, 심도 어떻게 판단해야 할지 망설이는 가운데—

"어머? 그런 규칙은 못 들었는데? 전투 불능이나 패배 선언을 할 때까지 아니었어? 그래서 선공은 양보한 거야."

"뭐야? 그게 변명이냐? 급소에 무기를 들이댔어. 이미 끝……."

"순진한 애구나?"

메일은 비웃고 확 다가섰다. 예리한 세 개의 손톱 쪽으로. 당연히 날은 목을 파고들어 희고 부드러운 목에 핏물이 맺혔다.

"앗, 이 멍청이가?!"

메일의 예상치 못한 행동에 발프는 황급히 손을 뺐다. 놀라서 멀찍이 뒤로 뛰었다. 하지만 정말로 놀랄 일은 그다음이었다.

"어머, 무슨 소리?"

"응? 어? ……상처가, 없어?"

그랬다. 상처가 없었다. 피로 더러워진 목도 깨끗해졌다.

"멀뚱히 서서 뭐 해? 누나한테 이기겠다며? 가만히 있어 줄 테니까 마음대로 공격해 봐. 그리고 죽일 생각으로 덤비렴. 안 그러면 싸움도 안 되니까."

"이, 이 자식이 듣자 듣자 하니까!"

방금 피는 잘못본 걸까? 발프는 그렇게 생각하고 다시 움직였다. 이번에는 무기를 들이대고 끝내지 않는다. 치명상이 되지 않을 정도로 베어 항복을 받아내겠다.

그런 의도로 보통 사람은 눈으로 좇을 수도 없는 속도로 육박했다.

'큭, 이 녀석! 정말로 피할 생각도 안 해?!'

메일 옆을 지나치며 팔을 벤다. 하지만―.

"또 상처가 없어?! 분명히 벴는데?!"

"우후후."

요염한 웃음소리가 불길하게 울렸다. 시합을 지켜보던 이들이 모두 식겁했으나 발프는 눈치챌 여유도 없이 연속 공격을 감행했다.

"우오오오오!"

어깨, 팔, 옆구리, 허벅지. 치명상까지는 아니더라도 당장 치료가 필요할 만큼 깊이 벴다. 분명히 살을 찢는 감각이 손으로 전해졌다. 하지만 이번에도 결과는 마찬가지.

"말했지? 죽일 생각으로 덤비라고. **치명상 정도**로는 부족하니까."

"대체, 어떻게……."

상처가 없었다. 피 흔적조차.

이유는 단순명쾌했다. 벤 순간 재생한 것이었다. 모르는 사람이 보면 베고 또 베도 멀쩡하니 괴기 현상이 따로 없었다.

알현실이 얼어붙은 것처럼 조용해졌다.

메일은 일부러 공격을 맞고 있었다. 그것이 무의미하다고, 정신적으로 고문하려는 속셈이었다. 그 속내를 아는 밀레디와 나이즈는 머리가 아팠다.

한 걸음, 메일이 앞으로 나왔다. 웃으면서. 발프가 무심결에 한 발자국 물러났다.

"자, 누나의 심장은 여기 있어. 전력을 다해서 덤벼."

"지, 진심으로 하는 소리냐?"

"물론이지. 경험은 없지만 목이 잘려도 괜찮을 테니까 취향 껏 고르렴."

모두 받아주겠다며 양팔을 벌린 모습은 마치 생명을 끌어 안는 바다 같았다. 하지만 동시에 몹시 두려웠다.

웃는 얼굴로 심장을 찌르라고 하질 않나, 목을 치라고 하질 않나……. 그건 다시 말해 순식간에 소멸시키지 않는 한 절대 로 죽지 않는다는 의미가 아닌가?

그건 이미 사람이 아니다……. 포용력 있는 누나 같은 분위 기와 그 공포의 갭 때문에 발프에게는 눈앞에 선 여자가 악마 의 화신처럼 보였다.

"안 덤벼?"

발프가 주저하자 메일은 마침내 사복도를 뽑았다. 스릉, 맑 은소리가 울렸다. 아름다운 소리일 텐데 모두가 움찔했다.

"안 덤비면…… 내가 간다?"

메일의 동공이 확 수축했다. 정신을 차리자―.

"우, 우오오오오오!"

"아, 안 돼. 발프! 멈춰!"

발프는 사신을 앞에 둔 전사처럼 바짝 긴장한 얼굴로 돌격 했다. 그 모습에서 메일을 걱정한 심이 당황해서 외쳤지만 이 미 멈추기에는 늦었다. 둔탁한 소리를 내면서 갈고리가 메일 의 가슴에 꽂혔다. 누가 보나 심장을 꿰뚫었다.

발프가 제풀에 놀라 앗 소리를 냈다. 돌이킬 수 없는 짓을 저질렀다는 생각에 얼굴이 새파랗게 질렸다. 그러나―.

"그럼 슬슬 누나가 시작해도 되지?"

발프의 손을 덥석 잡았다. 치명상을 줬을 텐데도 오싹할 정도로 차분한 목소리였다. 그대로 주르륵 빠져나가는 갈고리 손톱을, 희미한 아침놀 색으로 빛나고 아무는 상처를, 발프는 멍하게 바라보고만 있었다.

"이, 이런 걸, 어떻게 상대하라고……."

"뭘 어떡해."

휘청거리며 뒷걸음친 발프에게 메일은 사복도를 분리시키며 말했다.

"뭘 해도 소용없어."

바로 그것이 신대 마법 사용자. 세상에 일곱 명밖에 없는 불합리의 화신. 아무리 뛰어난 전사라도 평범한 사람은 저항할 수 없는 하늘 위에 있는 존재.

"하하!"

발프가 웃음을 터뜨렸다. 그래, 이건 격이 다르다. 주제 모르고 떠든 것은 자신이었다.

그렇지만 발프에게도 자존심이 있었다. 백병전에 있어서 공화국 최강을 자부하는 그였다. 아무것도 못 하고 지면 나라의 위신이 서지 않는다.

'저것도 엄연한 마법이야. 그럼 마력이 떨어지면 더는 못 쓰겠지!'

적어도 한 방은 먹인다! 그 여유 만만한 웃음을 경악과 초조함으로 바꿔주겠다! 발프가 전의를 불태우고…….

"그럼 시작할까?"

"응? 푸헥?!"

휙 꺾인 사복도의 마디가 발프의 귀싸대기를 때렸다. 대충 휘둘렀다고는 생각할 수 없는 속도에 발프가 날아갔다.

게다가 뱀처럼 휘고 믿어지지 않을 만큼 늘어난 사복도에 감겨 착지도 못 하고 또 던져졌다. 벽에 격돌하고 신음하면서도 간신히 한쪽 무릎을 꿇고 버텼지만, 그 후 무심결에 힉 소리를 내며 떨었다.

"누나가 사랑하는 밀레디를 『따위』라고 욕한 대가는 치러야지?"

"어, 아니, 그건—."

말은 중간에 끊겼다. 무척 환한 메일 누님의 웃음과—.

"자…… 돼지 같은 비명을 들려주렴."

멋진 대사에 의해서…….

그 뒷일은 굳이 말하지 않아도 될 것이다.

처음에는 발프도 함성을 지르며 있는 힘을 다해 싸웠지만 『계속 누나의 턴♪』이라고 하며 사디스트처럼 웃는 메일에게 모조리 정면에서 파훼당했다. 게다가 사복도와 무수한 물 채찍으로 난타당하고, 끝내는 옛날 상처까지 재생해 버리니 함성은 점차 『깨갱』이라는 슬픔과 탄식 섞인 비명으로 변했다.

돔 모양 물 벽에 막혀 패배 선언도 바깥에 들리지 않고 외부에서 말리러 들어갈 수도 없었다.

종국에는—.

"밀레디는 귀여운 아이지?"

"네! 귀여운 아이입니다!"

"내가 그렇게 가르쳤니? 멍 말고 다른 말은 하지 말랬지? 이 똥개야."

"멍♪ 헉?! 내가 무슨 짓을?!"

자신의 추태를 깨달은 발프의 눈에 빛이 사라지고 정신을 차린 심이 「제발! 이제 그만해!」라고 애원하고, 밀레디가 「메르 언니, 너무 지나쳐!」라며 중력 마법을 써서 간신히 시합을 중지시켰다.

발프는 먼 곳을 보고 있었다. 긍지나 존엄, 목숨보다 중요한 것을 빼앗긴 것처럼 그 모습은 처량했다. 이대로 모래가 되어 푸스스 사라져 버릴 것 같았다.

"……이봐, 나이즈. 저거 어떻게 된 거야?"

"그 많은 흉악한 해적들을 순종적인 부하로 만든 『해적 여제식 조교술』이지. 평소에는 이다음에 당근을 줘서 결국 사이 좋게 패밀리가 되는 거야."

"……같은 신대 마법 사용자라지만, 용케 동료로 삼을 생각이 들었군그래."

"밀레디한테 말해."

배드가 비극의 현장을 목격한 것처럼 끔찍한 표정을 지었다. 그도 그럴 수밖에. 처음 봤을 때는 밀레디나 나이즈도 분명히 같은 얼굴이었을 것이다.

그건 그렇고, 수인들이 어떻게 반응할지가 무서운데…….

"야, 스이! 네가 한번 도전해 봐! 나라의 위신이 걸렸다고!"

"네?! 싫어요! 스이는 아직 죽기 싫은걸요!"

"네 은신 기술이면 괜찮아!"

"안 괜찮아요! 방금도 기척을 없앴는데 절 보고 있었다구요! 저기 있는 오빠도 처음부터 절 알아채고 있었어요!"

알현실 구석에서 숙덕대는 소리가 들렸다. 만약의 사태에 대비해 은밀 전사단 전사장 스이가 모습과 기척을 숨기고 대기하던 모양이었다.

참고로 두 사람이 스이를 눈치챈 이유는 메일의 경우 공기 중 수분의 흔들림, 나이즈의 경우 공간 파악 능력을 통해서였다.

메일이 스이에게 싱긋 웃음을 날렸다. 스이는 힉 비명을 지른 후 냅다 도망쳤다. 소중한 여왕 폐하와 동료들을 두고……

심은 한숨을 푹 쉬고 실로 복잡 미묘한 표정을 지으면서도 메일의 승리를 인정했다.

너무했다는 느낌도 들지만 일단 규칙 위반은 하지 않았고 시합을 신청한 것은 자신들이었다. 무엇보다 메일이라는 위험한 동포…… 동포(?)에게 함부로 불만을 표출했다가 발프 꼴이 나고 싶진 않았다.

그런 고로 일단 목적은 달성됐다.

해방자의 실력은 의심의 여지 없이 증명됐다.

하지만…… 「뭐? 저렇게 맛이 간 녀석을 받아준다고? 위험한 거 아냐?」라는 분위기가 자연스럽게 조성됐다. 힘은 증명했으나 이번에는 다른 의미로 받아들일지 말지 고민했다.

대단히 어색한 분위기 속에서 밀레디는 쭈뼛쭈뼛 류티리스에게 말을 걸었다.

"저, 그게, 여왕 폐하. 저희 메르 언니의 과한 행동은 사과 드립니다. 하지만 이것도 절 생각해서 한 일, 달리 말하면 동료를 생각해서 한 일이니 그…… 너그럽게 봐주시면……."

"인정할게요."

류티리스가 말도 다 듣지 않고 답했다. 그곳에 있는 모두가 「네?!」 하고 놀라서 소리쳤다.

"그건, 체류를 허락하신다는……."

"인정할게요. 이건 이미 결정된 상황이에요. 언…… 어흠, 메일 공은 마음껏 그 힘을 발휘해주세요. 그러면 이의가 나올 리 없습니다. 없고말고요."

오잉? 폐하의 상태가…….

왜일까? 이상하게 말이 빠르고 몸도 앞으로 쭉 빼고 있었다. 뺨도 붉었다. 게다가 본인이 싸운 것도 아니면서 왠지 호흡도 거칠었다.

그렇게 시합 내용에 감동했나?

그리고 언……이란 대체 뭘까? 무슨 말을 하려고 했던 것일까?

"파샤. 언…… 메일 공에게, 아니, 모두에게 방을 마련해주세요. 저를 호위해야 하니까 당연히 왕궁 내부여야 해요. 가능한 한 저랑 가까운 곳으로요. 행여나 실수하지 않도록, 궁녀들에게 단단히 일러두세요."

"폐하, 너무 부주의하고 대우가 후하신 건—"

"이건 왕명이에요!"

"……예. 분부대로 시행하겠습니다. 하지만 그 전에 저희를 소개하시는 것이 옳을 줄 압니다."

조금 전 묘인족 노인— 공화국 재상이자 공사를 막론하고 류티리스의 오른팔 역할인 파샤 미르가 복통을 참듯이 대답했다.

류티리스는 어딘지 모르게 귀찮아 보이는…… 그럴 리가 없지만, 이상하게 그렇게 보이는 태도로 알겠다며 고개를 끄덕였다.

"이 사람은 우리나라의 재상 파샤 미르. 오른쪽부터 순서대로 전사장 겸 보병 전사단 전사장 심 가토. 유격 전사단 전사장 발프 루갈. 비공 전사단 전사장 닐케 주크, 근위 전사단 전사장 크레이드 울스…… 그리고 은밀 전사단의 스이……는 도망갔으니까 넘어가죠. 다른 사람들도 다음 기회에 소개할게요."

정성이라고는 찾아볼 수 없는 소개였다. 중진들이 참으로 슬퍼 보이는 찜찜한 표정을 짓고 있었다.

하지만 류티리스 여왕 폐하는 신경 쓰지 않았다.

"저는 지금부터 메일 공……이 아니라 해방자 여러분에게 왕궁을 안내해드릴 거예요. 개인적으로 같은 신대 마법 사용자로서 이야기를 나눌 생각이니 근위병은 거리를 두세요. 파샤는 곁에 있어도 돼요. 그럼 갈까요? 언…… 메일 님. 여러분."

지적인 분위기의 표범 수인— 근위 전사장 크레이드가 그 분위기를 잃을 만큼 당황했지만 말릴 여유도 없었다. 그야말로 막무가내였다. 은근슬쩍 메일 공이 메일 님으로 바뀌었으나 아무도 따지지 못했다.

하고 싶은 말도 많고 묻고 싶은 말도 많았지만 여왕 폐하의 명령이었다.

측근들은 내키지 않았는데 파샤 재상이 곁에 있고 배드가 쓰게 웃으며 인질 삼아 자기가 남겠다고 하여 일단 물러났다.

류티리스는 결과에 만족한 듯 미소 지었다. 이상하리만치 혈색 좋은 얼굴이었다.

"오늘의 멋진 만남에 감사하죠."

그러고는 분위기를 수습할 생각도 없이 사뿐사뿐 알현실을 뒤로했다.

저런 여왕 폐하는 처음 본다는 신하들의 수군거리는 소리는 들리지 않는 것처럼…….

그 후, 어째선지 여왕이 친히 안내하는 파격적인 대우를 받게 된 밀레디 일행은 『수해의 여왕』이 가진 힘을 생생히 목격할 수 있었다.

왕궁, 대수 우아 아르트 내부는 그야말로 여왕의 영역이었다. 그녀가 항상 가지고 다니는 『왕의 증표』― 30센티미터 길이의 지팡이 『수호장(守護杖)』을 지휘봉처럼 흔들기만 하면 자유자재로 형태가 바뀌고 길이 열렸다.

통로는 있으나 마나였고 층 이동도 언제 어디서나 가능했다. 한 번 휘두르면 나뭇가지가 뻗어 어딘가로 옮겨줬다. 그녀와 나무는 마치 한 몸이나 다를 바 없었다.

설명에 따르면 그 수호장은 대수의 나뭇가지와 특수한 결정의 복합물이며 먼 옛날에 만들어진 아티팩트였다. 그리고 그것은 스스로 주인을 고른다고 했다.

　즉, 공화국의 왕이 되어 『왕의 증표』를 얻는 것이 아니라 『왕의 증표』에 선택된 자가 공화국의 왕이 된다는 뜻이었다.

　그렇게 왕이 된 자는 대수에 간섭하고 안개를 조종하며 수해를 재생할 수 있을 뿐만 아니라, 일광 조절부터 일광 시간에 상관없이 작물이 자라는 토양 생성 등 폭넓은 권능을 행사하게 된다.

　그 외벽으로 보이던 나무들도 사실 대수의 뿌리 일부가 지하에서 솟아난 것이었고 필요할 때 언제든 늘리거나 재생하거나, 혹은 땅으로 넣을 수도 있었다.

　『수해의 수호자가 지니는 지팡이』란 이름은 결코 과장이 아니었다.

　거기에 류티리스 본인의 신대 마법 『승화』가 더해져서 역대 최강의 권능을 발휘하니 수인들이 자신감을 가질 만도 했다.

　참고로 밀레디 일행이 수해에 들어왔을 때 싸우던 성수는 안개 효과를 무시하던 것이 아니었다. 그것은 교회가 부리는 심술이라고 했다. 아무 마물이나 잡아서 간이 성수화했을 뿐이므로 전사라면 능히 대처할 수 있는 수준이지만 수를 불리기 쉽고 잃어도 교회 측은 아쉬울 게 없었다.

　딱히 전과를 기대하지도 않았다. 그냥 수해 안에 풀어 놓고 우연히 발견한 마을에 피해를 주면 요행, 그게 아니더라도 전사단의 기력을 빼놓기만 하면 충분하다는 심산이었다.

물론 류티리스는 성수가 침투하면 바로 파악해 내므로 전사단도 효율적으로 움직였다. 그래서 정말로 심술을 부리는 것 이상의 의미를 갖지 않는다.

그런 이야기를 류티리스의 입으로 직접 들으면서 일행은 그녀가 꼭 보여주고 싶다는 대수 정상으로 안내받았다.

새하얀 돔으로 덮인 그곳은 그루터기처럼 깨끗한 원형이었다. 지름은 약 5미터. 그곳에서 꽃잎처럼 펼쳐진 두꺼운 나뭇가지가 사방으로 뻗어 실제로는 더 넓어 보였다.

이곳은 수인족 중에서도 극히 일부의 인물밖에 들어올 수 없는 곳이었다. 밀레디와 나이즈는 그곳에 사상 처음으로 발을 들인 인간이 되었다. 파샤 재상이 두통에 시달리는 표정을 보고 괜히 미안해졌다.

하지만 일행이 그러거나 말거나 무시하는 사람이 한 명 있었다.

류티리스가 수호장을 경쾌하게 휘둘러 안개를 지휘했다. 소용돌이치는 돔이 걷히고 하늘이 드러났다. 밖에서는 위용을 드러내던 안개 산의 정상이 갑자기 사라진 것처럼 보일 것이다.

그곳으로 보이는 경치는 절경이었다. 어느샌가 구름 사이로 얼굴을 내민 달이 휘영청 빛나고 있었다. 그 달빛이 수해의 안개에 반사되어 반짝이는 모습은 보석을 뿌린 바다 같았다.

밀레디와 나이즈는 탄식을 흘리며 대수 위의 전망을 즐겼다. 근사한 접대를 하면서도 류티리스는 힐끔힐끔 메일을 곁눈질했다.

"언…… 메일 님, 어떠신가요? 이곳 경치는 제 자랑거리 중 하나예요."

"으, 응. 신비롭고 멋져."

"언…… 메일 님이 마음에 드셨다니 기쁘네요."

"그, 그래? 그런데 여왕님? 너무 가까이 붙는 거 아니야?"

"어머, 메일 님. 태어난 곳은 달라도 우리는 동포 아닌가요? 류티리스라고, 아니, 류라고 불러주세요."

"으, 응? 그래도, 다른 사람들이 화내지 않을까? 그러면 귀찮잖아."

……게다가 언니의 본능이 속삭여. 더 깊이 관여하면 위험하다고.

메일이 굳은 얼굴로 소리죽여 중얼거렸다.

하지만 류티리스에게는 들리지 않았는지 긴 귀를 축 늘어뜨리면서도 왠지 더 바싹 다가왔다. 그리고 메일의 팔을 끌어안아 아예 밀착해 버렸다.

"서운한 말씀 하지 말아주세요. 저랑 메일 님 사이에……."

"무슨 사이?! 방금 처음 만난 사이잖아?! 그리고 왜 이렇게 달라붙어! 좀 떨어져!"

"싫어요! 언…… 메일 님이 류라고 불러주실 때까지 안 떨어질 거예요! 못 떨어져!"

"갑자기 왜 이래?! 조금 전 위엄은 다 어디 갔어! 아예 딴 사람이잖아!"

"공은 공이고 사는 사예요. 구분은 확실하게 해야죠. 자, 류라고 불러 보세요."

"알았어, 알았다니까! 류, 이제 됐지? 이제 빨리 떨어—"

"……기뻐요. 그럼 저도 메일 님을 『언니』라고 부를게요."

"왜?!"

별일이 다 있다. 언제나 여유를 잃지 않는 차분한 누님이 밀렸다. 쩔쩔맸다. 거머리처럼 떨어지지 않는 류티리스에게 기겁했다.

그리고 매번 나오던 정체불명의 『언』은 『언니』였나 보다. 시합 직후부터 메일을 『언니』라고 부르고 싶었던 것일까…….

서로 밀고 당기는 메일과 류티리스를 조금 떨어져서 지켜보던 밀레디가 초조하게 외쳤다.

"어, 어쩌지, 나즈! 메르 언니를 뺏기겠어!"

"나한테 묻지 마."

쌀쌀맞게 대꾸한 나이즈는 의아함을 얼굴에 드러내며 파샤 재상을 봤다.

"파샤 재상님. 폐하가 왜 저러시는 겁니까? 분위기가 너무 다르고 메일에게 집착하는 것 같습니다만."

"음, 뭐라고 설명을 해야 좋을지……. 이건 국가 기밀일세."

파샤 재상은 두통과 속 쓰림을 동시에 참는 시늉을 보였다. 노인인데 아직 일선에서 고충을 겪고 있는 것 같았다. 그것도 산더미처럼……. 나이즈는 무척 친근감이 들었다.

"국가 기밀…… 그럼 묻지 않는 게 좋겠군요."

"아니, 말하겠네. 어차피 저 모양이면 숨기긴 틀렸어. 전쟁이 시작되고부터 스트레스도 많이 쌓였을 테고. 자네들이 찾아온 건 어쩌면 요행일지도 모르겠군. 하지만 가능하다면 다른 이들에게는 비밀로 해주게."

"전사장들에게도 말입니까?"

"그래. 사기에 지장이 생겨."

나라를 지키는 전사들의 대장에게도 밝힐 수 없다면 극비 중의 극비였다.

설명에 따르면 류티리스는 일찍 부모를 여의고 지인이던 파샤 재상에게 거두어져 그녀와 극히 일부의 시녀만이 아는 사실이라고 했다.

전사들의 사기에 영향을 주는 국가 기밀 수준의 비밀을 들으면 제아무리 밀레디라도 진지해질 수밖에 없었다.

"몇 번이나 **치료하려고** 했네. 하지만 역부족이었지. 난 해결할 수 없었어……."

회개 혹은 현실 도피 하는 것 같은 표정으로 오랫동안 공화국을 지탱해 온 노인 재상은 심정을 토로했다. 그것을 보고 밀레디는 짐작했다.

"병이, 있는 거지? 그것도 엄청 **고치기** 어려운. 그래서 메르 언니의 재생 마법을 보고 저렇게 흥분한 거야……."

"그, 그래. 흥분했지. 메일 공을 보고. 난치병이란 것도 틀린 말은 아니야."

말하기 꺼리는 눈치였다. 그렇게 증상이 심각한가?

그렇다면 전사들에게 말하지 못할 만도 했다. 수해를 보호하는 요체이자 경애하는 왕이 언제 쓰러질지 모른다. 그건 분명히 국가 기밀이 될 사안이었다.

그래서 밀레디와 나이즈도 진지한 눈빛으로 말했다.

"괜찮아. 메르 언니라면 분명히 고칠 수 있어! 그러니까 알려줘, 파샤 씨. 폐하가 앓는 병이 대체 뭔지."

"메일의 재생이라면 가능성은 있지. 알려주십시오. 여왕님의 문제가 뭡니까?"

시야 한쪽에서 메일에게 악착스럽게 달라붙으려는 류티리스가 보였다. 뒷걸음치다가 가장자리까지 내몰린 메일도. 왜 이다지도 필사적일까.

밀레디와 나이즈는 연민을 느끼면서 침을 삼키고 파샤 재상을 바라보았다.

그녀는 죽은 생선 같은 눈으로 고백했다.

"변태일세."

분위기가 얼어붙었다. 밀레디가 고개를 갸웃거리고 나이즈가 귀를 팠다. 응? 잘못 들었나? 이상한 말이 들린 것 같은데. 그러니까 한 번 더 말해줘.

"변태일세!"

변태일세~, 변태일세~, 변태일세……. 파샤의 말이 아름답게 메아리쳤다.

"교육이 어디서 어떻게 잘못됐는지! 대체 왜 이렇게 된 거야?! 깨달았을 때는 이미 늦어서 나는, 나는! 마류와 제이드에게 뭐라고 사과해야 해! 그리고 이런 비밀을 대체 언제까지 안고 살아야 해! 앞으로 몇 개나! 내 위장에 구멍을 내야 속이 시원하냔 말이다!"

"파, 파샤 씨, 진정해!"

"아, 안 돼. 과호흡 발작이야!"

파샤 재상은 이성을 잃고 추가 정보를 쏟아냈다. 그리고 과호흡 발작이 일어났다. 여왕의 비밀을 지키던 중책은 범인이 감히 헤아리기 어려웠다.

참고로 마류와 제이드란 류티리스의 돌아가신 부모님이었다. 두 사람은 지극히 정상적인 사람들이었다.

밀레디가 시키는 대로 히히후, 하며 호흡을 가다듬는 박복한 노인 재상의 절규는 당연히 메일과 류티리스에게도 들렸다. 메일이 녹슨 양철 인형처럼 목을 돌려 아직 자기 팔에 매달린 류티리스를 봤다.

"허억허억. 파샤도 참. 아무리 인기척이 없는 곳이라도 그렇지, 오늘 처음 만난 사람들 앞에서 갑자기 모욕을…… 하응!"

엄청나게 헉헉댔다. 여왕의 위엄은 존재하지 않았다. 그곳에는 오로지 변태라고 욕먹고 흥분하는 변태가 있을 뿐이었다. 차라리 이중인격이라고 말하는 게 신빙성이 있을 정도의 변모였다.

그 변태 여왕의 뜨거운 눈빛이 코앞에 있는 메일을 포착했다. 왠지 발그레 물드는 볼. 그리고 메일의 귓가에 닿은 뜨거운 숨결.

"떠, 떨어져, 이 변태!"

"아항?!"

일국의 여왕에게, 맙소사 따귀를 날렸다. 짝! 하고 위험한 소리를 내며 얼굴을 얻어맞은 류티리스는 스핀을 돌며 날아가서 그대로 철푸덕 쓰러졌다.

옆으로 넘어진 그녀가 팔을 짚고 상체만 일으켰다. 그리고 촉촉한 눈망울로 볼에 손을 대고 황홀해했다.

"빠, 뺨을 맞았어요. 여왕인데, 전 여왕인데! 이런 건 지금까지 아무도 해준 적 없어요!"

그야 그렇겠지. 댁은 여왕이니까. 마음속으로 대답하는 밀레디와 나이즈가 보는 앞에서 류티리스는 헉헉거리며 메일에게 열정적으로 외쳤다.

"제 생각이 맞았어요! 역시 메일 언니야말로 제 운명의 상대!"

"진짜 징그러워."

시합에서 벌인 사디스트 행각을 보고 마조 정신이 공명한 모양이었다. 메일은 진심을 다해 거부 반응을 보였지만 이 여왕은 강했다. 오히려 기쁨을 느낀 듯 눈이 가늘어지고 메일 곁으로 설설 기어 왔다.

"저는! 저는 사실 쭉! 모두 저『로』 놀아주길 바랐어요! 그래도 다섯 살 때는 이미 승화 마법을 각성해서 계속 특별 취급 받아 왔어요! 차기 국왕이라며 공경하고, 아무도 놀아주지 않았어요!"

"안 궁금해! 야, 다리 놔!"

메일이 다리에 달라붙은 류티리스를 물 채찍으로 찰싹찰싹 때렸다.

언제나 여유로운 누님의 모습은 이미 없었다. 메르지네 해적단 패밀리가 보면 분명히 턱이 빠질 정도로 놀랄 것이다.

사실 해적 시절에도 메일 누님에게 벌 받으며 「감사합니다!」라고 기뻐하는 인간은 꽤 많았다.

하지만 메일이 보기에 이건 달랐다. 해적들에게는 반성하는 마음이 있었다. 선장을 향한 경애심이 있었다. 하지만 류티리스는……

메일 본인에게는 전혀 득이 없는 성적 흥분에 일방적으로 이용당하는 감각도 문제지만, 뭐랄까…… 엄청나게 끈적거렸다. 말로 표현하기 어려운 혐오감이 몸에 엉겨 붙었다.

"꾸, 꿈에도 그리던 채찍질! 아아, 저 평생 믿고 따를게요! 언니! 아니, 주인님!"

"주인님이라고 하지 마."

"그럼 여왕님!"

"여왕님은 너고!"

찰싹찰싹, 하윽! 감사합니다!

채찍을 맞고 등을 꾹꾹 밟히면서 황홀경에 빠지는 공화국의 여왕님. 그것은 마치 오랜 세월 계속된 고통에서 해방된 모습 같았다.

……벌써 여왕님은 『해방』된 것 같았다.

기어코 눈물을 머금는 더욱 진귀한 표정을 보인 메일이 밀레디에게 구조 요청을 보냈다.

그래서 밀레디는 한 호흡 후 충격적인 사실을 받아들이려고 눈을 감고…… 분위기가 바뀌었다. 왼손을 허리에 오른손 검지로 볼을 콕 찌르고 반짝이는 웃음으로 윙크!

"천, 생, 연, 분이네♡"

평소대로 깜찍하게 깐족대는 밀레디였다. 메일의 눈이 죽었다.

"밀레디 공은 저랑 언니 사이를 인정해주시는군요…… 정말로 친절한 분. 밀레디 공도 저를 류라고 불러주세요. 괜찮아요. 사람들에겐 같은 신대 마법 사용자끼리 신뢰하기로 했다고 설명할 테니까."

"알았어, 류라고 부를게! 앞으로 잘 지내! 나도 밀레딩♡이라고 해!"

"류…… 그렇게 불러주시는 인간은 처음이야……. 기뻐요…… 밀레딩."

오잉? 류티리스의 상태가…….

밀레디는 딱히 가학적인 성격도 아닌데, 오히려 친근할 뿐인데 이건 이것대로 기뻐 보였다.

"얘는 나즈야!"

"앗, 아니, 나는―."

"나즈 씨군요?"

"더 꼬아 버렸군."

"남성분을 애칭으로 부르다니…… 이것도 처음이야……. 드디어 저한테도 『보이프렌드』란 게 생겼네요. 우후후."

"이 녀석도 사람 말을 안 듣는 녀석인가……."

이 여왕, 안 좋다. 엄중하고 기품 있는 것은 겉모습뿐이었다. 실체는 머리에 나사가 살짝 풀린 얼굴값 못하는 변태……. 정말로 지금까지 신하들에게 안 들킨 게 용하다……. 그리고 왜 신대 마법 사용자는 성격에 문제 있는 사람이 많을까……?

나이즈는 머리를 쥐어뜯고 싶었지만 아직 놀라기에는 일렀다.

―사사사사삭

―부우우우웅

응? 어디서 많이 듣던 소름 끼치는 소리가…….

"언니, 밀레딩, 나즈 씨. 이번에는 제가 친구들을 소개하고 싶어요."

"저, 저기, 잠깐만, 류. 뭔가 이상한 소리가 나는데……."

"어, 어머? 언니는 자꾸 닭살이 돋네? 류가 만져서 이미 돋았는데 더 오싹해졌어."

"이건…… 설마?!"

똑똑히 기억하는 나이즈만 소리의 정체를 예상했다. 새파란 안색으로 파샤 재상을 휙 돌아봤다.

파샤 재상의 표정은 맑았다. 이러니저러니 해도 지금까지 절대 말하지 못했던 비밀을 토해 내고 그것을 받아들여 줄 사람들을 만나 무거운 짐을 내려놓은 분위기였다. 덧붙이자면 이왕 받아줄 거면 전부 받아들이라는 분위기였다.

"전 승화 마법 말고 따로 천직이 있답니다."

류티리스는 아직 메일에게 밟힌 상태로 자랑스러운 표정을 지었다.

"아니, 류. 그러니까 지금은 그런 소리를 할 때가―."

"특별히 여러분께도 알려드릴게요. 우리는 친구인걸요!"

"느낌이 안 좋아. 별로 듣고 싶지 않아."

"어머, 언니! 사양하실 필요는 없어요! 제 천직은 『충심사(蟲心師)』― 곤충에 관련해서 특출한 관찰력과 이해력을 발휘하고 곤충에게 무척 사랑받는 희귀한 직업이에요. 거기에 승화 마법을 더해주면…… 후후, 저는 100만 마리의 친구가 있답니다."

점점 불길할 소리가 커졌다. 기억의 솥뚜껑이 열릴 것 같았다. 달그락달그락 들썩이는 그것을 밀레디는 마음속에서 필사적으로 찍어 눌렀다. 그래도 본능은 알고 있었다. 그것이 지옥의 솥뚜껑임을……. 그래서 이미 냉정한 판단도 불가능한 상태에서 망연히 서 있을 뿐이었다.

"전 특별하니까요……."

사람 중에는 대등하게 대해주는 이가 없었다. 애초에 친구를 만드는 법도 몰랐다. 이야기하면 왠지 모두 표정이 굳으니까.

여왕님은 웃는 얼굴로 슬픈 이야기를 들려줬다.

이 여왕님은 어릴 적부터 외톨이였으리라. 그런 류티리스의 마음을 위로해준 것은 언제나 사람이 아닌 『친구』였다.

그것이 바로―.

"소개할게요! 자랑스러운 저의 첫 친구! 아니, 마음의 벗!"

류티리스가 메일의 다리에서 뱀처럼 기어 일어나더니 두 팔을 벌렸다.

그 순간, 우렁찬 소리를 내며 검은 안개가 분출한다! 게다가 대수 기둥을 타고 올라왔는지 검은 악마들이 해일처럼 밀려와 모습을 드러낸다!

삽시간에 검은 회오리와 검은 파도에 먹힌 대수의 꼭대기에서 류티리스는 메일과 밀레디에게 천상의 미소를 지어 보이며 손을 내밀었다.

그곳에 검은 무언가가 날아와 안착했다.

"깊은 숲을 다스리는 경이로운 득도자, 존귀한 칠흑의 현왕(賢王)— 준동암흑의 우로보로스예요! 친밀감을 담아 우라고 불러주세요."

다들 만나서 반갑소! 라고 말하듯 더듬이를 척 세우는 우. 누가 봐도 바ㅇ벌레다.

아마, 아마도 수해에서 오해를 사고 공격받을 때 막아준 아이겠지만…….

그 쓸데없이 거창한 칭호는 뭐냐?

솔직히 본인 소개가 아니라 네가 직접 붙였지?

유일한 친구가 바ㅇ벌레인 건 어떻게 된 인생이냐?

배드가 수해 어디에 있어도 알 수 있다고 한 게 설마 이런 뜻이냐? 그때 바퀴 떼를 보낸 범인은 너냐?

하고 싶은 말은 참으로 많았지만, 일단—.

""꼬르륵.""

"밀레디이이이! 메이이이일!"

기억을 되찾은 밀레디와 메일은 사이좋게 현실을 내던졌다.

나이즈는 가급적 주변을 보지 않고 열심히 두 사람을 간호하면서…… 정확히는 이 끔찍한 현실에 나만 두고 가지 말라고 왕복 따귀를 날리면서 마음 한쪽 구석으로 생각했다.

『외모 사기』, 『어벙함』, 『극도의 마조 변태』, 『외톨이』, 『친구는 벌레뿐』, 『작명 센스 오글거림』…… 속성을 너무 쑤셔 넣었잖아, 이 글러 먹은 여왕이라고…….

"우웅, 베엘~, 아직 거기로는 못 가~."

"디네! 아아, 내 마음의 오아시스!"

"이, 이 녀석들, 언제까지 현실 도피를! 오스카, 반, 더는 못 참겠어! 빨리 와줘어어어!"

꿈틀대는 100만 마리 친구에게 둘러싸인 나이즈의 절박한 외침이 메아리쳤다.

그것을 본 류티리스는 우와 함께 고개를 갸웃거렸고 파샤 재상은 한숨을 쉬었다.

【백색 전쟁 평원】상공. 흰 불과 폭풍으로 안개가 옅어진 곳에서 막대한 두 힘이 몇 번이나 충돌했다.

하나는 창궁.

또 하나는 야음.

"으랴아아아아아!"

"하아아아아아압!"

대기가 진동하며 검게 회오리치는 거대한 구체— 중력 마법 『흑옥』이 날아갔다. 공간을 비트는 충격파가 그것을 정면으로 받아쳤다.

두 힘이 충돌한 순간, 구체가 공기를 날려 버렸다. 주위에 모인 백광 기사단 정예 부대가 공중 발판에서 자세를 낮춰 버렸다. 함께 모인 수광 기사단 단장 직속의 정예 성수 부대도 균형을 잃지 않으려고 안간힘을 썼다.

"큭, 신손님의 힘을 빌렸다고 이 정도일 줄이야!"

말을 내씹은 사람은 성룡왕 아도라에 탄 무르무였다. 아도라의 브레스를 쏘려고 해도 대상인 소녀, 밀레디가 마치 매처럼 자유롭게 하늘을 누비는 통에 제대로 조준을 할 수 없었다. 무턱대고 쏘면 포위한 아군을 맞출지도 몰랐다.

필중, 필살의 성궁으로 엄호 사격을 했지만 아무리 화살을 쏴도—.

"방해하지 마!"

밀레디 주위를 항상 떠다니는 검은 구체가 닿기 직전인 화살을 엉뚱한 방향으로 꺾거나 집어삼켜 분해했다. 그리고 그 대가로―.

"『비창 천륜』!"

자릿수가 다른 화염 창이 빗발쳤다. 위협용으로 양만 늘렸나 싶었으나 하나하나가 오싹할 정도의 열량을 가져 명중하면 삼광 기사단의 기사라도 무사하지 못할 수준이었다.

그것을 준비 시간도 없이 교회 최강 격인 라우스 번을 상대하면서 날린 것이다. 전율하지 않을 수 없었다.

그러나 『수광』, 『백광』 양 기사단의 포위 및 엄호가 무의미하냐면 그렇지만도 않았다.

"오오오오―『제8 한계 돌파』!"

"으윽?!"

찰나의 틈. 그 틈을 놓치지 않고 라우스는 공중을 딛고 돌격했다. 대기가 폭발했다는 착각이 드는 격렬한 돌격으로 순식간에 밀레디에게 육박해 거대한 성퇴를 옆으로 휘둘렀다.

"크으윽?! 아아아앗!"

상식을 초월한 파괴력이 오른팔과 옆구리를 엄습하고 밀레디의 입에서 비명이 터져 나왔다.

오스카 특제, 밀레디 전용 방어형 아티팩트 『호천 날개옷』으로 완충하고 순간적으로 마법 장벽을 펼치고도 다 없애지 못한 충격에 의식이 끊어질 뻔했다.

뻑 소리를 내며 밀레디가 수평으로 대포알처럼 날아갔다. 대기하던 백광 기사들이 그런 밀레디를 찢어발기려고 뛰어들었다.

"막아라! 엄호 사격!"

안개 너머에서 수많은 화살이 비래했다. 거기에 더해 바람 포격도. 주위 안개에 숨어 있던 닐케와 비공 전사단이었다. 견제는 성공적이었다. 백광 기사들이 순간적으로 움츠러들었다.

그사이 밀레디는 공중에서 자세를 틀었다.

"—『괴겁』!"

추가타로 날아들던 성룡 부대의 폭풍 같은 광염 브레스를 범위형 초중력장으로 모조리 격추했다. 그곳으로 드리우는 그림자. 밀레디가 눈을 크게 떴다. 찰나의 순간 등 뒤로 돌아온 라우스에게—.

"『극대 흑옥』!"

"뭉개라—『성퇴』!"

돌아보는 동시에 중력 탄을 만들어 방패처럼 들지만, 막대한 파괴력이 머리 위에서 떨어졌다.

다시 공기가 폭발하고 공 모양 충격파가 쌍방의 아군과 함께 안개를 날려 버렸다. 너무나 강렬한 충격에 기술을 쓴 밀레디와 라우스까지 핀 볼처럼 공중으로 튕겨 나갔다.

밀레디는 중력 조종으로, 라우스는 공중 발판을 여러 장 파괴하면서 가까스로 정지했다. 거친 호흡을 내쉬며 두 사람이 서로를 노려봤다.

"하아하아, 여전히 끈질기군……."

"헉헉, 당신이야말로."

두 사람에게 동시에 빛이 쏟아졌다. 라우스에게는 하얀 빛. 밀레디에게는 아침놀 빛.

라우스의 빛은 무르무와 아도라가 쓴 최상급 회복 마법과 100마리 성룡이 쓴 상급 회복 마법. 밀레디의 빛은 물론 메일의 재생 마법이었다.

"『승화』했는데도 뭐가 이렇게 강해? 안디카에서는 힘을 아꼈어?"

"진심으로 싸웠다. 하지만 힘이 부족했지. 그래서 단련했다. 그게 다다. 한계 따위 뛰어넘으면 그만이니까."

"죽어라 연습만 했어? 몇 개월 사이에 너무 강해졌잖아."

밀레디는 혀를 쭉 빼물고 싫은 표정을 지었다. 하지만 그 직후 인상을 팍 찡그렸다.

"하지만 그게 다가 아니지? 분명히 개인 역량도 강해졌지만, 그 사기적인 스펙 상승은 신대 마법으로 리미터를 해제했으니까…… 반동, 심하지?"

인간의 한계를 몇 번이나 뛰어넘는 기술에 아무런 위험도 없을 리 없었다.

류티리스의 승화 마법을 받은 밀레디와 비등하게 싸우는 것은 서쪽 바다에서 패배한 후 라우스가 끊임없이 훈련에 매진했기 때문이기도 하겠지만, 말 그대로 『목숨도 돌보지 않고』 싸움에 임하기 때문이었다.

"그게 어쨌다는 거지? 널 방치할 수 없고 대적할 자가 나쁜 이라면, 나는 끝까지 싸우겠다. 내 생명이 다할 때까지, 몇 번이고 한계를 뛰어넘겠다."

우웅. 라우스에게서 밤의 어둠 같은 마력이 나선을 그리며 치솟았다. 하늘을 찌르고 땅을 가를 듯한 그것은 틀림없이 라우스가 발하는 혼의 빛이었다. 자신의 목숨을 돌보지 않고 그가 한평생 지켜 온 것을 위해 바치는 생명의 빛. 하지만―.

"……미련한 사람."

그 빛이 밀레디에게는 어쩐지 슬퍼 보였다.

그래서 눈에 힘을 주며 창궁색 빛을 뿜었다.

그렇게 다시 두 거성이 부딪치는가 싶던 그때―

"라우스, 퇴각해! 연방군이 와해됐어! 이대로 가면 릴리스 쪽이 포위당해!"

지상에서 기사단을 엄호하는 성수 부대에게서 연락이 온 것 같았다. 무르무가 허공에 귀를 기울인 채 답답한 표정으로 바락 소리쳤다.

"……곧 가지."

어둠색 빛이 사그라들고 라우스는 창궁색 빛을 거둔 밀레디와 눈길을 마주쳤다. 그러나 그것도 한순간이었다. 라우스는 백광 기사단에 호령을 내리고 걸음을 돌렸다.

추격을 경계하는 기사들의 시선을 무시하고 밀레디는 떠나가는 라우스만 바라보고 있었다.

그들의 모습이 짙은 안개 너머로 완전히 사라지자마자 몸에 충만했던 힘— 승화 마법의 효과가 사라지고 그 자리를 대신 채우듯 극심한 피로감이 몰려와 밀레디는 허공에서 비틀거렸다.

라우스의 『한계 돌파』와는 달리 승화 마법에는 사용 후 허탈감이나 육체적 피해는 없었다. 하지만 정신은 별개였다. 그 귀기 서린 라우스의 맹공과 백광 기사단의 보조, 무엇보다 무르무와 아도라는 밀레디의 정신력에 엄청난 부담을 안겨줬다.

아도라의 광염이든 무르무의 성궁이든 정통으로 맞으면 밀레디라도 즉사할 파괴력을 지녔다. 어떻게 긴장되지 않겠는가.

살얼음 위에서 탭댄스를 추는 기분이었다.

참고로 나이즈와 메일은 뭘 하고 있냐면…….

나이즈는 류티리스를 호위 중이었다. 가장 경계해야 할 것은 사도이므로 밀레디를 귀환시키거나 최대한 빠른 도주를 가능케 하는 나이즈를 붙여 둔 것은 필연적인 대책이었다.

메일은 전선에 가까운 수해 외곽의 구호 전용 거점에 있었다. 부상자를 한꺼번에 치료하기 위해서였다. 귀환하지 못한 사람은 통신 및 감시용 공간 마법인 작은 창문 크기의 『게이트』—『홀』로 전장을 파악하는 나이즈와 연계해, 안개비를 매개로 재생 마법을 거는 등 후방 지원에 전념했다.

"밀레디 공, 무사합니까?"

실눈 익인족 닐케 전사장이 다가왔다. 미세하게 보이는 눈동자에서는 순수한 걱정이 엿보였다. 처음 만났을 때의 의구심 가득한 눈과는 천지차이였다.

밀레디가 알현실을 방문한 지 거의 한 달이 되었다.

그사이 밀레디는 몇 번이나 교회에 맞서 싸웠다. 밀레디가 전쟁터에 나서면 기사단의 병력이 그만큼 집중되기 때문이었다. 메일이 가공할 회복력으로 전사단을 받쳐주기도 하여 류티리스는 소모가 극심한 **짙은 안개**를 전장 전체에 깔 필요가 없어졌다. 그 덕에 피로로 짙은 안개를 깔지 못하는 위험도 사라졌고 더 안정적으로 결계를 운영할 수 있었다.

그리고 그런 중요한 역할을 맡은 밀레디의 주 무대가 하늘인 관계상 비공 전사단이 엄호를 맡게 됐는데, 밀레디의 싸움을 쭉 지켜본 그들의 평가는 자연스럽게 좋아졌다.

밀레디는 그것을 기쁘게 생각하면서 익인 전사들에게 엄지를 세우고 웃음을 돌려줬다.

"완전 쌩쌩하지~. 닐은 괜찮아? 엄호는 고맙지만, 성룡 부대와 백광 기사 수가 만만찮았잖아."

"걱정하지 마십시오. 결원은 없습니다. 메일 공의 재생 덕분이죠."

"그래? 그렇다면 다행이야."

"네. 그건 그렇고 닐이라고 부르지 말아 주시면 안 될까요?"

"싫어! 밀레디의 애정을 받아!"

"……그, 그러시다면야, 감사합니다만……."

부하들이 옆에서 키득대자 닐케는 싫은 표정을 지었다. 하지만 이것도 이제는 익숙해졌다. 바로 인상을 푼 닐케는 표정으로 경의를 나타내며 말을 이었다.

"밀레디 공, 이곳은 저희가 맡겠습니다. 쉬고 오십시오. 폐하의 힘도 잃으시지 않았습니까?"

"응, 그렇게. 상대도 소모가 심하니까 당장 오지는 않겠지만…… 류의 힘이 없으면 죽음을 불사하는 라우스 번이나 삼광 기사단 최정예를 상대하긴 힘들어."

"『힘들다』로 그치는 것이 어디입니까? 역시 폐하와 같은 힘을 가진 분이시군요. 감탄했습니다."

신대 마법 사용자가 얼마나 세상의 이치에서 벗어난 존재인지 전혀 이해하지 못했었다며 닐케는 자조적으로 웃으면서 고백했다. 다른 이들도 전적으로 동감하면서 조금 전 격전을 떠올리고 몸서리쳤다.

그리고 아직 자신들이 존경하는 여왕 폐하를 『류』라고 애칭으로 부르는 점에 참을 수 없는 어색함을 느끼고 몸을 떨었다.

당연히 처음에는 무엄하다며 공분을 샀지만 류티리스 본인이 인정했고 심지어 기쁘게 미소까지 지으니 이제 와서 따지기는 어려웠다.

정작 류티리스도 『밀레딩』이니 『나즈 씨』니 하며 그들을 애칭으로 불렀다. 전 국민이 감히 불만을 표할 수 없는 사태였다.

심지어 그 엄격하고 기품 넘치는 존경하는 폐하(26세)께서 메일(21세)을 황홀하기 그지없는 얼굴로 『언니』라고 부르는 게 아닌가! 도무지 이해할 수 없다!

일단 측근의 8할, 그리고 심 전사장이 게거품을 물고 기절했다. 그 후, 아마도 지친 것 같다며 자주적 요양에 들어가는 이들이 속출하기도 했다.

참고로 파샤 재상이 위벽에 구멍이 나고 재생 마법을 받기를 반복하면서도 분투한 결과 여왕의 특수한 취향는 아직 들통나지 않았다.

최근 1개월간 새로운 바람을 넘어 폭풍을 일으킨 밀레디 일행을 회상하는 사이, 전령인 익인 청년이 날아왔다.

"보고합니다. 적 전군, 후퇴하기 시작했습니다. 폐하께서 귀환하라고 하십니다."

"오케이. 지상은 어떻게 됐어? 피해 상황은?"

"안심하십시오. 손해는 극히 경미합니다. 메일 님의 재생으로 빈사 상태인 전사도 회복 중입니다. ……정말로 경이로운 힘입니다."

"그래? 좀 마음이 놓이네."

"네, 넷!"

생글 웃는 밀레디에게 익인 청년은 볼을 살짝 붉히고 보고를 이어갔다.

"그, 그리고…… 메일 님에게서도 전언이 있었습니다. 「근처에서 산책 좀 하고 갈게. 찾지 마」라고 하십니다."

아, 류랑 만나기 싫어서 잠적할 생각이다, 라며 밀레디는 쓴웃음을 지었다. 그리고―.

"좋아, 그럼 찾으러 갈까!"

전언을 무시해 버렸다. 의기양양하게 날아가는 밀레디를 닐케와 익인들은 복잡한 표정으로 지켜봤다.

군사 회의장은 현재 귀하신 분의 장례 행렬처럼 침통한 분위기로 충만했다.

이유는 뻔했다. 공화국 전력을 소모시키는 장기전으로 방침을 정한 뒤 벌써 한 달이 지났다.

결과는 좋지 않았고 오히려 아군이 소모되고 있기 때문이었다.

"보고하십시오."

바란이 조용하게 말을 꺼냈다. 표면상으로는 언제나 온화한 미소를 유지했지만…… 눈 깊은 곳에 어린 노기는 숨길 수 없었다.

그것은 다름 아닌 신명을 달성하지 못하는 짜증에서 온 분노였다. 눈빛을 받은 사제 한 명은 자기도 모르게 마른침을 삼켰다. 지금부터 보고해야 할 내용을 생각하자 목이 절로 타들어갔다.

"예, 보, 보고하겠습니다. 우르디아 공국에서 오기로 한 보급에 관해서는…… 그게, 뭐라고 말씀드려야 좋을지, 예정보다 조금 늦어질 것으로 전망하며…… 앗, 하지만 절대로 문제가 될 정도는 아닌—"

"진정하십시오. 간결하게, 현재 상황을 보고하십시오."

"죄, 죄송합니다. ……현재 보급 물자 축적량은 예정의 30퍼센트를 밑돕니다."

웅성거림이 퍼졌다. 빠르게 굳어 가는 분위기에 식은땀을 뻘뻘 흘리며 사제는 보고를 계속했다.

"조사 결과, 조직적인 방해를 받은 것으로 판명됐습니다."

회의장이 다시 웅성거렸다. 공화국과 전쟁을 치르는데 보급 부대를 조직적으로 방해한다? 그것인즉 대의에 대한 모독. 더 나아가서는 신의 의지에 반하는 행위. 그런 행동을 하는 나라가 있을 리 없다.

"짐승들이 수해 밖에 부대를 보낸 겁니까?"

"……아뇨, 정무 추기경 예하. 범인은…… 인간입니다. 인간 이면서, 이상하리만치 실력이 뛰어난 부대라고 합니다."

"어떻게 단언하십니까?"

"습격자는 물자를 파괴하거나 강탈할 뿐 인적 피해를 내지 않기 때문입니다. 목격 증언 또한 한둘이 아닙니다."

이번에는 불편한 침묵이 깔렸다. 누구나 그 습격자의 정체를 알았다. 이 시대에 신을 두려워하지 않는 인간들이라면 하나밖에 없었다. 지금도 그 집단의 대장이 나서서 전쟁을 질질 끌고 있는 판국이었다.

"―『해방자』인가요?"

바란이 테이블 위에 둔 두 손을 꽉 쥐고 어깨를 부들부들 떨었다. 그의 마음속에서 지금 분노와 증오가 휘몰아치고 있는 것은 보지 않아도 뻔했다.

그 불똥이 튈세라, 사제들이 주특기『책임 소재 추궁』을 시작했다.

"버, 번 경! 대체 어떻게 된 겁니까! 그 가증스러운 이단자를 왜 빨리 처단하지 못하냐는 말입니다!"

"이렇게 지지부진해서야! 그러고도 백광 기사단 단장입니까!"

"설마…… 일부러 봐주는 것은 아니겠지요?"

평생을 우아하고 편하게만 살아온 이들이었다. 위기에 약한 정신은 금방 추태를 드러낸다. 지위를 무엇보다 중시하면서 자신들의 무례함을 깨닫지 못할 정도로…….

예전이라면 라우스의 부관이자 신봉자이기도 한 아라임이 분개했겠지만…… 왠지 지금은 무표정으로 라우스를 빤히 바라보았다.

그 대신인지 언제나 밝은 무르무가 웬일로 불쾌감을 드러냈다.

"그 이상 무례하게 굴면 나도 가만히 안 있어. 각오는 하고 떠드는 건가? 사제님들."

차가운 음성에 정신을 차린 사제들이 입을 꽉 다물고 움츠러들었다. 무르무가 한숨 쉬었다.

"라우스가 봐주지 않았다는 건 내가 보증해. 타락했다고 해도 엄연히 신의 기술을 이어받은 자. 라이센의 고아가 난적일 뿐이야."

"왜 그렇게 단언하시나 모르겠군요, 올릿지 단장님."

음습하고 끈적거리는 목소리로 물은 사람은 제3 군단장 제바르트였다. 그는 그 나름대로 짜증이 난 상태였다. 버릇인지 테이블을 툭툭 치는 손가락이 멈추지 않았다.

"나와 아도라조차 개입할 수 없는 싸움이니까."

"……성궁의 소유권을 인정받은 당신이, 말입니까?"

"그래. 기껏해야 엄호나 하는 형국이야. 상성이 나쁘다는 이유도 있지만…… 나는 라이센의 고아에게 못 이길 거야. 당장 죽고 싶을 정도의 굴욕이지만."

교회 최강자 중 한 명이 한 달 동안 싸우고 인정한 사실. 한밤중 묘지처럼 조용해진 회의장에서는 무르무의 목소리만 들렸다.

"……솔직히 말해서 난 부끄러워. 라우스와 어깨를 나란히 하는 전우라고 자부했는데, 그건 내 자만이었어. 이 녀석은 차원이 다르다고 뼈저리게 깨달았지. 나는, 아니, 우리는 지금까지 라우스의 진짜 힘을 본 적조차 없었던 거야."

"……호들갑 떨지 마라, 무르무."

라우스가 눈살을 찌푸리며 제지했으나…… 무르무는 처음 본 라우스가 진심으로 싸우는 모습에 분함과 동시에 동경을 품었는지, 그만둘 생각이 없었다.

동의를 바라는 눈빛이 아라임을 향했다.

"아라임, 넌 서쪽 바다에서 한번 진심으로 싸우는 라우스를 봤지? 이번 전쟁에서 싸운 라우스와 비교하면 어때? 봐주고 있는 것처럼 보여?"

질문받은 아라임은 눈을 미세하게 가늘게 떴다. 한 호흡 쉬고 고개를 저었다.

"아뇨, 그렇게는 보이지 않았습니다. 오히려 예전보다 명백히 강해지셨지요. 게다가……."

"게다가?"

반사적으로 릴리스가 물었다. 역할 상 전장에 함께 설 일이 없고 안개 결계로 서로의 모습도 확인할 수 없는 그녀는 이 전쟁에서 라우스의 싸움을 직접 본 일이 없었다. 굉장히 흥미가 있는 눈치였다.

"라우스 님이 사력을 다하셨다는 건 망가진 몸을 보시면 일목요연합니다."

"망가져?"

릴리스뿐 아니라 무르무와 아라임을 제외한 모두가 자다가 벼락을 맞은 표정이 됐다. 생각지도 못한 말이었기 때문이었다. 겉으로는 아무런 이상도 느껴지지 않았다.

"아무런 문제도 없다, 아라임. 괜한 소리는 하지 마라."

"괜한 소리가 아닙니다. 그 불경한 이단자를 치려면 당신의 힘이 필요합니다. 당신의 상태 파악은 이번 전쟁의 승패와 직결한 최고 중요 사항입니다."

"이번에는 아라임의 말에 전적으로 동의해. 우리가 모를 줄 알았어?"

무르무가 만든 성수는 빛 속성에 막강한 적성을 얻는다. 성룡이 사용하는 상급 회복 마법의 강력함은 굳이 말할 필요가 없고, 아도라의 최상급 회복 마법은 결손 부위를 복원하지는 못할지언정 빈사 상태의 사람을 되살릴 정도였다.

"네가 한계 돌파의 후폭풍으로 쇠약해지는 건 누구나 다알아. 그래서 내가 엄호하고 성룡 100마리와 아도라가 회복을 담당했지. ……하지만 그건 로테이션을 돌려 만전을 기하기 위해서였어."

"올릿지 단장. 그렇다는 말은⋯⋯."

"그래. 지금 라우스를 뒷받침하려면 성룡이 한꺼번에 회복에 매달려야 해. 이대로 고레벨 한계 돌파를 계속 쓰면 100마리를 더 붙일 필요가 있어. 이 녀석의 몸은 이미 쉽게 회복되지 않아. 이건 더 근본적인 문제야."

서쪽 바다에서 싸우기 전, 라우스의 『한계 돌파』는 모든 스펙을 두 배로 높이는 것이 한계였다. 하지만 지금은 몸을 축낼 정도의 단련을 거쳐 다섯 배까지 끌어 올릴 수 있게 됐다. 당연히 부작용은 비례해서 커졌고 세 배 이상을 계속 쓸 경우 그대로 기력이 쇠해 죽을 위험성까지 있었다.

그런데도 불구하고 이번 전쟁에서 라우스는 제6 한계 돌파에서 제8 한계 돌파— 즉, 네 배에서 다섯 배 강화를 계속 써왔다.

말 그대로 혼을 깎아 사력을 다하는 투쟁이었다.

회복 마법 100개를 중첩해도 완쾌하지 못하는 몸 상태를 누가 상상이나 하겠는가.

"그렇군요. 역시 번 경이야말로 진정으로 신께 사랑받는 『신의 자식』입니다."

바란의 말을 부정하는 사람은 아무도 없었다. 그러나 아무리 라우스가 사력을 다해도 전황이 좋지 않다는 사실은 바뀌지 않는다.

"번 경, 승산은 있습니까?"

정말로 중요한 것은 그 점이었다. 『졌지만 잘 싸웠다』라는 말로 넘어갈 수 있는 사안이 아니었다.

"메일 메르지네를 어떻게든 한다면."

"재생 마법 사용자…… 전황이 고착되는 원인이 그 한 명에게 있다고 해도 과언이 아니겠지요."

정말로 가증스럽다.

밀레디라는 일기당천의 전략 병기를 막기 위해 라우스라는 비장의 카드가 묶여 버린 것은 크나큰 손실이었다. 하지만 그것은 공화국도 마찬가지. 상황은 비슷했다.

그래서 현재 가장 성가신 요소가 무엇이냐면…… 장기전 방침에서 전쟁 지속력을 높여주는 자일 것이다.

그 점에서 재생 마법만큼 무서운 마법은 없었다. 가뜩이나 강한 수인 전사들이 거의 불사신이 되어 버렸으니 악몽이 따로 없었다.

"올릿지 공, 엄호하면서 수색을 함께 진행하지 않았습니까?"

"전사장급은 공간 마법으로 보조받고, 그 외에는 안개에 섞인 안개비를 매개로 원격 발동이야. 어딘가에 부상자를 모아 치료하는 거점이 있겠지만…… 안개 때문에 아직 찾지 못했어. 거점이니까 전선 가까이 있을 거라고 예상은 하는데……."

설마 여왕처럼 수해 안쪽에 있으면서 마법을 쓸 수 있으리라고는 생각하지 않았다. 솔직히 말하면 그렇게 생각하고 싶지 않다며 무르무는 머리를 긁었다.

심정은 누구나 같았다. 역시 문제를 파고들면 결국은 『안개 결계』에 다다랐다.

무거운 침묵이 다시 회의장에 퍼졌다.

잠시 후, 바란이 입을 열었다.

"매일 메르지네가 있는 한 적군을 소모시킬 수 없고, 밀레디 라이센이 있는 한 매일 메르지네를 타도할 수 없다……."

조용히, 분노의 바다에서 얼굴을 내민 바란이 질문을 던졌다.

"그럼 다른 자들은? 생성 마법 사용자와 공간 마법 사용자는 어디에?"

모두 옆자리 사람과 얼굴을 돌아보는 가운데, 라우스가 답했다.

"여왕을 호위……한다고 생각하는 게 타당하겠지요."

"바로 그렇습니다. 왜 전쟁터에 나오지 않고 호위에 전념하는지 이해하기 힘들지만, 제 생각도 같습니다. 그리고 만약 그렇다면 대규모 공격에 신손님이 말려들 걱정은 없지 않겠습니까?"

여기저기서 숨을 헉 들이쉬는 소리가 들렸다. 지금까지 공중 폭격이나 광역 섬멸 마법은 어디 있는지 모를 『신의 자식』인 여왕이 말려들까 봐 쓸 수 없었다.

하지만 신대 마법 사용자가 두 명이나 붙어 있다면 대규모 마법을 쏴도 지켜줄 것이다. 공화국이 파괴되고 수해 재생도 따라가지 못하며 수인족이 괴멸적 피해를 입어서 절망할 때까지…….

"디스터크 경…… 불경하지 않습니까?"

라우스가 몹시 억양 없는 어조로 말했다. 그러자 바란은 고개를 돌렸다. 목과 몸이 따로 노는 듯한 이상하게 기분 나쁜 동작이었다.

"예, 불경합니다. ―여왕은 우리의 존귀하신 신께 무척 불경한 짓을 벌이고 있습니다."

"그건……."

"우리도 도달하지 못한 여왕 곁에 왜 해방자들이 있는 거죠? 어떻게 도달한 겁니까? 기사 사냥꾼의 안내로? 분명 그럴 테죠. 이번 사건으로 놈도 해방자란 사실이 명백해졌습니다. 하지만 상대는 공화국입니다. 짐승 놈들이 여왕 곁에 그런 강력한 존재를 둘 리 없습니다. 믿을 리가 없지. 그런데 지금 놈들은 손을 잡았어. 손을, 잡았다고! 해방자와, 신손께서! 이게 배교가 아니면 뭐란 말이냐?!"

광기가 말에 실려 공간을 지배했다. 하지만 말 자체는 옳았다. 여왕이 해방자를 받아들여서 이 상황이 벌어졌다. 그렇다면 여왕도 해방자들과 같은 신의 적이었다.

이렇게 되기 전에 총본산에 맞이해 천천히 신의 사랑과 신앙을 가르칠 계획이었는데…….

사악한 해방자들에게 세뇌됐을 것은 뻔하다. 그렇다면 조금 강한 충격으로 눈을 뜨게 해줄 필요가 있다.

"모든 책임은 제가 집니다. 신손님을 모신 후 제 결정의 시비는 교황 성하께 판단을 맡기지요. 신명만 완수할 수 있다면 이 목은 아깝지 않습니다."

조금 전 광분은 온데간데없이 사라지고 바란의 얼굴에는 다시 평온한 미소가 자리 잡았다.

라우스는 소름이 돋는 것을 느꼈지만 이곳에서는 자신이

극소수파 같았다.

"훌륭합니다…… 훌륭한 각오, 아니, 신앙심입니다! 디스터크 경!"

처음 박수친 사람은 릴리스였다. 초롱초롱한 눈동자는 진심으로 바란의 결단에 감동했다고 말해줬다. 릴리스의 칭찬을 계기로 모두 입을 모아 바란을 칭송했다.

바란은 미소를 지은 채로 정숙하라고 손짓하고 말을 이어나갔다.

"이제 장기 소모전은 불가능합니다. 단기전입니다. 공폭과 동시에, 그것을 방해받지 않도록 결사의 각오로 동원 가능한 전 병력을 투입하겠습니다. —데틀레프 공."

"……옛."

"전 병력입니다. 무슨 뜻인지 아시겠죠?"

"……알겠습니다. 모든 지국에서 예비병을 소집하겠습니다."

무표정으로 대답하는 데틀레프에게 바란은 대조적으로 활짝 웃으며 말했다.

"안심하십시오. 계획은 하나 더 있습니다."

"계획, 말씀입니까?"

"네. 실은 본국에서 급사가 도착했습니다. 희소식을 전해주더군요."

그 『희소식』의 내용을 듣고 군사 회의장의 분위기가 단번에 밝아졌다. 이번 작전의 승산을 크게 높여줄 소식이었다.

하지만 그래도 도박이란 사실에는 변함이 없었다. 상대는 다수의 신대 마법 사용자였다. 그것도 여왕이 신대 마법으로 보조하는 자들. 라우스와 마찬가지로 전원 순교를 각오하고 덤빌 각오가 필요했다.

처음에 대체 누가 이렇게 고난의 길이 될 것이라 예상했을까. 마법도 쓸 수 없는 신에게 버림받은 짐승들을 유린하고, 불행하게 더럽혀진 『신의 자식』을 탈환할 뿐인 임무였을 텐데. 대체 기사들이 몇 명이나 목숨을 잃었을까…….

물론 희생을 당연하게 여기는 이들에게는 대수롭지 않은 이야기였다.

"명예로운 순교의 길이 열렸습니다. 우리는 이곳에서 죽을 겁니다!"

바란의 말에 이의를 제기하는 사람은 아무도 없었다. 공포나 불만도 없었다.

―오오오오오오!

있는 것은 오직 광기. 신의 뜻을 이루기 위해 목숨을 바친다는 광기에 찬 기쁨뿐이었다. 회의장이 라우스와 데틀레프를 제외한 자들의 열기로 가득 찼다.

그런데 그때, 아무 예고도 없이, 무시무시하게 아름다운 목소리가 들렸다.

"훌륭합니다."

누구나 의표를 찔려 소스라치듯 방 출입문으로 시선을 돌렸다.

그리고 그곳에 언제부터인가 서 있던 존재를 목격하고 도취

된 듯 표정이 녹아내렸다.

교회 최강자들이 모인 이곳에서 아무도 눈치채지 못하게 문을 열고 나타난 절세미인, 『신탁의 무녀』를 보고……

단 한 명, 냉수라도 뒤집어쓴 것처럼 얼어붙은 라우스에게 는 누구도 주시하지 않았다.

바란이 동요하면서도 간신히 입을 뗐다.

"무, 무녀님? 어찌하여 이곳에……"

희고 아름다운 무녀복을 입고 이 세상 사람 같지 않은 미모 에 옅은 웃음을 띤 그녀가 보석을 뿌린 것처럼 빛나는 은발을 흩날리며 실내로 들어왔다.

그 압도적인 『미』를 보면 그것만으로 의식이 흐릿해졌다. 마 치 백일몽 속에 사로잡힌 착각이 들었다. 처음 배알의 영광을 얻은 사제들과 데틀레프를 포함한 연방 간부가 모두 침을 삼 켰다. 그저 존재하기만 해도 일순간에 공간을 지배했다.

한순간 자신을 향한 시선에 라우스는 식은땀이 솟아나는 것을 자각했다. 누구나 아름답다고 칭송하는 은색 눈동자에 서 참을 수 없는 공포를 느꼈다. 그런 공허한 눈동자를 어떻 게 아름답다고 말할 수 있는가. 인형이 억지로 얼굴 부품을 일그러뜨린 미소에 어떻게 도취될 수 있는가. 도무지 이해되 지 않았다.

라우스가 맹수 앞에서 숨죽인 토끼 같은 심경을 맛보는 사 이, 무녀는 바란 옆에 섰다. 당연하다는 듯이 바란이 공손하 게 자리를 양보해 그녀의 부관처럼 뒤에 서서 대기했다.

우아하게 자리에 앉은 무녀는 실내를 돌아보고 잔뜩 뜸을 들인 뒤—.

"신명을 위한 순교. 결사의 각오. 정말로 훌륭합니다. 여러분이야말로 신도의 모범입니다."

"아…… 너무나도 황송한 말씀을……."

바란은 감격에 겨워 말문이 막혔다. 아니, 그뿐 아니라 라우스를 제외한 모두가 신의 대변자에게서 받은 찬사에 감동해 몸을 떨었다. 데틀레프조차도…….

"주께서는 언제나 여러분의 신앙을 사랑하고 지켜보고 있습니다. 주는 경건한 자들을 결코 버리지 않으십니다."

"그게…… 무슨 말씀이신지……?"

당황하는 바란에게 무녀는 말을 한 차례 끊고 눈을 감았다. 그리고 무슨 말이 나올지 긴장하던 이들에게 고했다.

"수해를 덮는 안개 결계를 깰 방법이 있습니다."

시간이 멈춘 것 같은 정적이 잠시 감돌고 곧 환성이 흘러나왔다.

"무, 무녀님, 그건, 그건 대체 어떤 방법입니까?!"

흥분한 나머지 바란은 말이 제대로 나오지 않았다. 수백 년 동안 깨지지 않은 불가침의 절대 요새를 함락할 방법이라니? 다른 이들도 의자를 밀치고 일어나 얼굴을 상기시켰다. 라우스도 경악해서 멍하니 눈을 크게 떴다.

그런 그들에게 무녀는 눈을 작게 뜨고 몽환적으로 웃었다.

그러고는 기사회생의 작전을 설명하고 그것을 이루기 위해 부여받았다는 무녀의 힘 일부를 보여줬다. 회의장은 열광의 도가니로 변했다.

신은 우리를 지켜보고 계셨다. 순교의 길을 걷기로 한 우리에게 아직 살아라고 손을 내밀어주셨다. 그것을 실감하고 행복감에 취했다.

무녀는 마지막으로 다시 찬찬히 회의장 내부를 돌아보고─.

"부정한 땅에 정화를. 새로운 성지를 우리 손에. 신의 이름 하에 이단자들에게 신벌을!"

고양된 분위기에서 낭랑하게 신의 의지를 외쳤다.

한 명의 예외도 없이 일제히 무릎을 꿇었다. 그리고 우렁차게 복창했다.

'밀레디 라이센. 절망이, 왔다. 너는 저항할 수 있는가? 나는 봐주지 않겠다. 최대 다수 최대 행복. 이것이 옳은 선택이야. 만약 틀렸다면……'

조용히 눈을 감은 라우스를 신경 쓰지 않고…….

─내 시체 위에 그 증거를 세워 보아라.

그 마음을 덮는 절망과 한 조각 희망을 눈치채지도 못하고…….

한편, 적군의 불온한 분위기와는 달리 수해에서는─.

"저기~, 메일 누님? 스이는 언제까지 이러고 있어야 할까요?"

"계속?"

전선에서도 수도에서도 적당히 떨어진 수해 속 작은 공터에

쭈뼛대는 스이와 그런 스이를 뒤에서 끌어안고 그루터기에 앉은 메일이 있었다.

"계, 계속……."

"왜? 스이는 언니랑 같이 있기 싫어?"

"아, 아니, 그런 건 아니고요……."

말에 기운이 없었다. 토끼 귀도 산만했다. 마치 암살자에게 위협받는 사람처럼 전전긍긍이었다. 공화국 제일가는 암살자면서…….

"누님, 슬슬 돌아갑시다. 폐하와 밀레디도 분명 찾고 있을 거라고요."

마찬가지로 옆에 있던 발프가 난감한 표정으로 말했다.

그런데 메일은 싱긋 웃으며 말했다.

"어머, 아직 있었니?"

"윽……."

넌 부른 적도 없는데 왜 있냐는 뜻이 함축된 말이었다. 발프는 비수에 찔린 것처럼 아파하더니 기가 죽었다. 근사한 늑대 귀와 꼬리가 축 늘어졌다.

"와아, 다 큰 남자가 시무룩한 거 진짜 꼴 보기 싫네요."

"뭐라고, 짜샤?!"

"엄마야?! 아무것도 아니에요~."

꼭 한마디가 많아서 탈이라고 유명한 스이가 진심으로 징그럽다는 투로 말하자 발프가 발끈했다. 하지만 메일이 「발프. 얘가 누구 건데 그렇게 노려보니? 비틀어 끊어 버린다?」라고 웃으며 말하니 바로 볼품없이 꿍 소리를 내면서 스스로 꿇어앉았다.

"와~, 정말로 조교당했네요……. 완전히 멍멍이잖아요? 스이는 이렇게는 되고 싶지 않아요."

"괜찮단다, 스이. 언니는 여자애한테는 착한 사람이야."

"그, 그런가요? 그럼 이제 돌아가면 안 될까요? 저 정말로 일 때려치우고 하루 종일 집구석에서 뒹굴거리고 싶은 사람이라……."

"후후, 멋지게 나태한 아이구나? 나 그런 애도 좋아해."

그러면서도 메일은 도망치려는 스이를 끌어안아 자기 품에 가둬 버렸다. 놓아줄 생각은 전혀 없어 보였다.

하지만 이것도 어쩔 수 없는 일. 이대로 대수 왕궁으로 돌아가면 반드시 녀석이— 류티리스가 달라붙는다. 진득하게. 그 마수에서 벗어날 때 스이의 힘은 유용했다.

스이의 고유 마법은 물리적으로 모습을 감추고 기척 조작은 닿기만 해도 타인에게 적용되는 신기에 가까운 능력을 자랑했다.

그러니까 스이를 이렇게 안고 있으면 여왕님의 100만 마리 친구들의 감시망에서 벗어날 수 있다!

그것을 깨달은 후로 스이는 거의 항상 메일에게 붙잡혀 있던 탓에 두 사람은 부쩍 친해졌다.

설령 알현실의 그 조교……가 아니라 폭거……도 아니라 시합에서 발프를 웃는 얼굴로 두들겨 패는 광경을 보았다고 해도. 그리고 자신의 은신술을 간파한 것도 포함해 사실 메일이 엄청나게 두렵다고 해도! 지금도 미세하게 떨고 있다고 해도! 아무튼 친해졌다!

참고로 발프는 정말로 자발적으로 따라왔다. 그날부터 그는 왠지 메일 곁을 서성거렸다. 말투도 메일에게만 똘마니처럼 공손하게 굴고, 쌀쌀맞게 대하면 기가 죽고, 관심을 주면 꼬리를 흔들었다. 명령받으면 좋다고 멍멍 짖어대는 꼴은 스이 말마따나 완전히 주인에게 복종하도록 길들여진 개였다. 『해적 여제식 조교술』, 참으로 무서운 기술이었다.

"그런데 발프, 넌 정말로 돌아가 주면 좋겠는데? 너는 스이의 은신이 안 걸렸으니까 누나 위치가 들키잖아."

"으, 윽…… 이래 봬도 기척 조작은 잘하는 편인데요……."

쭈인님! 더 같이 있고 시펴여! 라고 눈으로 말하는 30대 전 사장. 독 뿌리기가 특기인 스이가 「우웩, 진짜 역겨워!」라며 독 설을 뿌렸다.

그런 그때, 문득 시선을 느꼈다.

메일은 화들짝 놀라 고개를 돌렸고— 그것을 보았다.

나무 뒤에서 얼굴을 반만 내밀고 빠아안히 자신을 응시하는 여왕님을…….

"힉?!"

"꺅, 왜 그러세, 엄마야?! 폐하?!"

메일과 스이에게서 비명이 튀어나왔다. 발프는 바로 고개를 숙였다. 무릎을 꿇은 탓에 의미도 없이 큰절을 하는 모양새였다. 전사장의 위엄은 이미 털끝만큼밖에 남지 않았다.

류티리스가 흰옷을 나풀거리며 조용히 다가왔다. 그 뒤에는 호위인 나이즈와 근위 전사단 전사장— 표인족 크레이드가 따랐다.

"큭, 어떻게 여기를! 밀레디의 강하 급습도 벌레 추적도 뿌리쳤을 텐데!"

메일 누님은 위기에 몰린 범인처럼 스이를 붙잡고 뒤로 물러났다.

스이는 스이대로 「스이는 관계없어요! 전부 메일 누님이 시킨 거예요!」라며 몸에 밴 처세술을 행사하면서 도망치려고 발버둥 쳤다.

그럴 만도 했다. 그 이유가 이것이다.

"언니…… 제가 있는데 또 그 아이를! 그렇게 스이가 좋으세요?!"

"응, 좋아."

"흑흑. 스이, 이렇게 저를 배신하나요? 이 불여우!"

"폐하, 전 잘못 없어요! 믿어달라니까요! 그리고 굳이 말하면 스이는 불토끼예요!"

류티리스는 메일의 매정한 대답에 볼을 살짝 붉히면서도 부하 앞에서 변태성을 간신히 억눌렀다. 부하 앞에서 헉헉댈 수는 없다. 파샤 재상이 엄청 인자하고 다정해진다. 그런 고문은 견딜 수 없다. 그래서 불토끼를 째려볼 수밖에 없었다.

"으아아, 폐하가 노려봐……. 스이가 뭘 했다고 그러세요~! 스이는 그냥 적당히 농땡이 치면서 적당히 적을 죽이고, 적당히 단물 빨면서 편하게 살고 싶을 뿐인데~!"

"스이도 참, 말할 때마다 쓰레기 같은 성격만 드러나는구나? 정말 멋져."

"스이! 또 당신만 언니한테 칭찬받고!"

분하고 억울해! 저런 활기차게 독살하는 것밖에 장점이 없는 토끼한테 내가 지다니!

……실제로 그렇게 생각하는지는 알 수 없으나 스이에게 질투하는 것은 사실이었다.

스이는 심장이 떨려 환장할 노릇이었다. 전 국민이 존경하는 여왕에게 원수로 찍혀 버려 정말로 울고 싶은 기분이었다.

"엎드려 빌까요? 아니면 발 핥을까요? 봐주시면 뭐든 할게요오!"

스이는 애걸복걸했지만 한 달 사이 사과를 받아준 적은 없었다.

더불어 메일도 문제였다.

전사들을 계속 치료하고 전쟁 전부터 중증이나 부상 후유증을 앓던 사람들까지 치유한 그녀의 인기는 폭발적이었다.

여왕이 『언니』라고 부르며 진심으로 따르고(제삼자가 보기에는) 여왕과 동격의 힘을 가진 동족에(비교되지 않게 공격적이지만) 미소가 아름다우며 상냥한 누님(본성은 사디스트 해적)…….

이미 그 인기는 여왕과 어깨를 견주며 경의를 담아 『치유의 성녀』라고 불릴 정도였다.

즉, 스이는 여왕에게 미움받고 성녀에게 사랑받는 아이란 말이었다.

필연적으로 류티리스를 따르는 사람들에게는 이번엔 또 무슨 사고를 쳤냐며 의분을 샀고, 메일을 따르는 사람들에게는 왜 그 녀석만 사랑받냐고 질투를 한 몸에 샀다.

그나마 성실하고 진지한 성격이었다면 해명의 여지가 있었겠지만 스이의 정격은 정반대였다. 평소부터 「적으로 돌리면 위험하고, 사람의 신경을 긁는 천재」라고 알려져서 동포들의 눈은 마냥 냉담했다.

그런 이유로 언제 습격당할지 몰라 흠칫거리며 살아가는 탓에 스이의 위장은 매일 쿡쿡 쑤시는 통증에 시달렸다.

"다들 그만~! 류도 스이도 밀레디 씨를 잊으면 곤란하지! 메르 언니는 전~부 이 밀레디 씨 거니까!"

너무 소란을 피워서 그런지 메일을 찾던 밀레디도 합류했다. 둥실둥실 떠서 메일을 뒤에서 끌어안았다.

"밀레디! 갑자기 나타나서 혼란을 가중시키는 재능이 대단해!"

"아, 또 귀찮은 사람이 튀어나왔어. 이런 천진난만한 사람 싫은데~. 인생 즐기면서 사는 것 같아서 보기만 해도 재수 없어……."

"어머, 밀레딩. 언니를 독점하면 안 돼요. 자꾸 그러면 우를 부를 거예요?"

싸우는 고양이들처럼 시끄럽게 떠드는 여자 네 명. 옆에는 아직도 땅에 머리 박은 발프. 그리고 여왕을 찾으러 왔다가 이 상황에 갈팡질팡하는 전사들. 혼란은 점점 심해진다…….

그것을 조금 거리를 두고 지켜보던 크레이드가 중얼거렸다.

"폐하…… 많이 변하셨어……."

"좋은 의미로 하는 말인가? 아니면 충격받고 하는 말인가?"

나이즈의 질문에 크레이드는 먼 곳을 바라봤다.

위엄과 기품으로 찬 아름다운 여왕 폐하. 동경과 경애의 마음을 바치던 나날. 말수는 적고 표정 변화도 거의 없지만 그 숙연한 분위기가 신비로움을 자아냈고 곁에 있으면 자연스럽게 몸에 힘이 들어갔다.

그랬는데 지금은 이 모양 이 꼴……. 아니, 즐거워 보이니까 좋은 일이다. 표정이 획획 바뀌고 아름다움에 귀여움도 더해져서 보고 있으면 흐뭇해진다. 그런데 저 사람, 우리 동경의 대상이었는데…….

"마땅한 말을 못 찾겠군."

"그래……?"

정말로 복잡하다! 동격인 이들과 우의를 맺어 지금까지 억압하던 마음이 가벼워졌다면 아주 기쁜 일이다. 기쁘긴 한데…….

그 신비로운 여왕님의 이미지가! 너무 복잡하다!

말로 하지 않아도 크레이드 씨의 기분은 전해졌다. 그리고 그것은 심을 포함한 수인 대부분의 심정과 같았다.

그래서 나이즈는 마음을 굳게 먹었다. 왜냐? 이유는 뻔했다.

'이 녀석이 사실 진성 변태인 걸 알면…… 공화국은 그대로 무너지는 게 아닐까?'

상상만 해도 두려웠다. 나이즈는 크레이드의 어깨에 살포시 손을 얹었다.

"아껴 둔 과일주가 있어. 붉은 대사막에 있는 오아시스산(産)이야. 나중에 가볍게 한잔하지."

"대륙 반대쪽의 술이라…… 고맙게 마시마."

마음 안정에는 친구와 마시는 술이 효과적이다. 이렇게 크레이드를 필두로 근위병들과 나이즈의 우의는 점점 깊어 갔다.

그 후, 일행은 또 도망가려던 메일을 붙잡아(스이는 기회를 틈타 도망쳤다) 알현실로 돌아왔다.

최근 분위기가 부쩍 밝아진 여왕을 보고 파샤 재상이나 심 전사장을 포함한 측근들이 형용하기 힘든 복잡한 표정을 보이는 가운데, 이번 전투에 관한 상세한 보고가 이루어졌다.

"역시 언니예요. 『치유의 성녀』란 호칭이 정말 잘 어울려요. 전 무척 기뻐요."

"설마 대륙 반대편에 와서 그 이름을 얻게 될 줄은 몰랐어."

서쪽 바다에서는 동생 디네를 지키기 위해 스스로 『치유의 성녀』 전설을 퍼뜨렸다. 이런 우연이 다 있냐며 메일은 쓴웃음을 지었다.

"하지만 실제로 귀공 덕분에 우리는 무서울 것이 없어. 즉사만 피하면 바로 전선 복귀가 가능하니까…… 정말 진심으로 감사한다."

심의 깊이 숙인 머리가 그의 감사함을 나타내는 것 같았다. 그것은 다른 전사들도 마찬가지였다. 그들의 눈동자에도 깊은 경의가 담겨 있었다.

메일은 미소 지으며 겸손—.

"그래, 죽을 만큼 감사하렴. 누나는 감사하는 마음을 행동이나 물건으로 보여주는 사람을 좋아해."

할 리는 없고, 대놓고 생색을 냈다. 성녀의 미소를 지으면서 목숨줄을 붙잡고 대가를 청구하는 자세는 영락없는 해적이었다.

물론 심도 익숙해져서 기분 나빠하지 않고 그냥 웃어 버렸다. 정말로 사람이 됐다. 메일은 곰 발바닥의 때만큼이라도 그를 본받아야 한다.

"야, 메일. 이왕이면『해방자』에 도움이 되는 대가를 바라야지……."

배드가 개인적인 사례를 바라는 메일에게 쓴소리를 했지만 메일은 오히려 어이없다는 듯이 배드를 불쌍하게 쳐다봤다.

"후, 안 돼. 배드는 정말 안 되겠어. 누나는 실망이야."

"뭐? 무슨 소리—."

"밀레디가 해방자는 대가를 바라지 않는다고 했는데, 넌 하필 그런 소리를 하니? 그러니까 연애도 못 하는 거야."

"연애랑 무슨 상관이야?! 아니, 대가 이야기는 맞지만!"

"그러니까 여자를 보는 눈도 없는 거야. 처참하게 없는 거야."

"그것도 무슨 상관이야?! 그리고 있어! 나한테도 여자 보는 눈쯤은 있다고!"

배드가 소리치고 이마에 핏대를 세우면서도 류티리스를 힐끔 봤다.

밀레디, 나이즈, 파샤 재상의 시선이 한순간 교차하고 동시에 고개를 끄덕였다.

보는 눈이 없는 게 확실하다고.

배드는 아직 모른다. 류티리스의 특수해도 너무 특수한 취향을……

이유를 묻는다면 물론 비밀을 공유하는 이들이 그럴 기회를 주지 않기 때문이었다. 결혼 욕구가 폭발해서 가출할 정도로 벼랑 끝에 내몰린 사람이었다. 수해에서 운명적인 만남(착각)을 이룬 노총각에게 신비롭고 가냘프지만 나라를 굳세게 짊어진 여왕(착각)의 진실은 너무나도 가혹했다.

그럴 리는 없다고 생각하지만…… 이 아저씨, 또 자포자기해서 자살 특공이라고 벌이면 큰일이었다. 당장 지금만 해도—.

"큭, 류가 조금 좋아해 준다고 까불기는……"

메일 때문에 부쩍 줄어든 두 사람만의 시간을 그리워하며 질투로 이글거리는 눈길을 보내고 있었다.

참고로 애칭으로 친근하게 부르는 이유는 류티리스의 희망 사항이었다. 그녀도 배드를 『배디』라고 애칭으로 부르고 싶어 했지만, 사실 그 이름은 옛날 밀레디가 부르던 이름이라 끈질기게 정정을 요구한 전적이 있어서 본인의 강한 희망으로 거부됐다.

"배드도 고마워요. 기사단 총대장을 막아주셔서……"

"그, 그쯤이야, 뭐. 이길 수 없어서 자랑은 못 하겠지만."

"배드, 그건 번개의 화신 같은 거야. 함부로 설치지 못하게 하는 것도 대단해. 그사이에 은밀 전사단이 주변을 암살해서 병력을 줄이니까 그 정도로 만족해."

최전선에서 싸우는 배드와 발프도 끈끈한 전우애를 키워 가는 중이었다. 다른 간부급 기사들— 제바르나 릴리스를 막 는 다른 전사장들도 마찬가지였다.

인간과 수인이 타산과 이해관계를 초월해서 살기 위해 손을 잡아 신뢰를 키운다.

그것은…… 그것은 해방자가, 밀레디가 바라 마지않던 아름 다운 광경이었다.

"음훗후후후~."

북받치는 기쁨에 그만 이상한 웃음이 새어 나오고 말았다. 그 웃음을 들었는지 류티리스의 눈이 밀레디에게 돌아갔다.

"밀레딩. 당신에게는 가장 부담을 주고 있죠. 두 단장을 포 함해 최정예 부대가 상대예요. 비공 전사단이 보조하겠지만, 무리는 하지 말아주세요."

"괜찮아! 걱정하지 마, 류. 류의 승화 마법으로 능력이 엄청 올라갔고 메르 언니의 엄호도 있는걸."

밀레디는 손가락으로 브이를 그리며 웃었다. 하지만 곧 표 정을 고치고는—.

"게다가 그 사람…… 라우스 번은 나밖에 상대할 수 없어. 그 사람은 지금 생명을 깎아 가며 싸우고 있어. 교회 최강자 가 한계를 넘어서 악귀가 되어 싸우는 거야."

그러니까 자신이 눈을 떼면 어마어마한 피해가 나온다고, 밀레디는 단언했다.

"수광 기사단과 나는 상성이 좋아. 원래 성룡 부대는 위협적이지만, 중력을 조종하는 난 그들에게 천적이나 다름없어."

"그건 그러네요."

"게다가 지금은 무리할 때가 아니기도 해."

"원군 말이군요?"

"응. 오 군과 반, 게다가 행동 부대도 몇 명 올 거야. 그러니까 지금은 고착 상태면 충분해. 상대는 힘을 소모하고 우리는 전투력이 폭발적으로 올라. 그 후에 『놈』만 확실하게 막는다면……."

밀레디의 강하게 빛나는 눈이 알현실에 있는 모두를 비추었다. 그리고…….

─이길 수 있어, 이 전쟁.

확신과 함께 고한 말에 모두 똑같이 눈을 빛내며 희망을 붙잡은 것처럼 주먹을 강하게 쥐었다.

알현실의 분위기가 밝아졌다.

그로부터 몇 가지 보고와 정보 공유가 이루어진 후 류티리스는 해산을 명했다. 밀레디, 나이즈, 메일은 남으라고 하며…….

최근 정기회가 된 『신대 마법 사용자의 티타임』이었다.

지금은 해방자에 대한 믿음도 강해졌고 여왕이 『동등한 친구와의 교류』를 무엇보다 즐기는 것은 주지의 사실이었다. 측근들은 쓴웃음 지으면서도 즐거운 시간을 방해하지 않도록 예를 올리고 자리를 떴다. 파샤 재상은 일이 쌓여 쉴 수 없다는 이유로 밀레디와 나이즈에게 제발 좀 부탁한다며 필사적으로 눈짓하고 떠났다.

"……저기, 류. 나도—."

"배드, 왜 그러나요? 피곤하시죠? 푹 쉬도록 하세요."

"어, 아니, 딱히 그렇게 피곤하지는……."

우물쭈물. 힐끔힐끔. 아저씨가 티타임에 초대받고 싶은 듯이 이쪽을 보고 있다!

"배드, 눈치 없이 굴면 안 돼. 자, 누나랑 같이 쉬러 갈까?"

"아니, 너랑 같이 있으면 못 쉬어. 마음이."

메일이 배드의 목덜미를 잡고 은근슬쩍 같이 나가려고 했다. 물론 류가 가장 함께 있고 싶은 사람은 메일 언니이므로 저지에 나섰다.

부우웅! 준동암흑의 우로보로스가 등장! 메일을 향해 일직선으로 돌진해 온다! 마치 「기다리시오, 메일 공! 티타임에 꼭 참가해주었으면 하오!」라고 말하는 것처럼…….

당연히 메일은 웃는 얼굴로 굳었고 배드를 밀친 뒤 잽싸게 원위치로 돌아왔다.

"배드, 뭐 해? 빨리 안 나가고."

"메일, 너 인마! 얼마나 날 방해해야……."

"뭐야, 배드~. 여자들 노는데 눈치 없게~."

"시끄러워, 리더! 그럼 나이즈는 왜 있어!"

말려들기 싫은 나이즈는 엉뚱한 방향을 보고 있었다.

반한 여자와 꼭 차 한 잔을 하고픈 아저씨가 제법 질기게 물고 늘어졌으나, 그 반한 여자가 이 상황에 종지부를 찍었다.

"배드. 전 언니와 즐거운 시간을 보내고 싶어요."

"어? 그럼 딱히 내가 있어도—"

"배드가 있으면 언니랑 즐길 수 없어요!"

"……네."

아저씨는 치명상을 입었다. 급속도로 패기가 사라지고 그냥 아저씨만 남았다.

그런 그냥 아저씨에게 류티리스는 자애로운 눈빛을 보내면서 자상하게 말을 건넸다.

"괜찮아요, 배드. 심과 발프에게 말해 둘게요. 배드가 차를 마시고 싶어 한다고. 분명히 친구들을 모아 재미있는 티타임을 열어줄 거예요."

"……네."

아저씨는 비 맞은 들개처럼 처량하게 알현실에서 퇴실했다.

"나즈, 밀레디 씨는 가끔 상냥함이 흉기가 된다는 걸 알았어."

"둔감함은 무섭군. 친구가 없던 폐해인가. 류의 말은 때로로 칼처럼 예리하군."

"이제 그만 배드한테 진실을 알려줘도 괜찮지 않을까? 적군에게 돌진해도 내가 재생할게."

세 사람이 조직 부리더의 애수가 철철 흐르는 모습을 보고 수군거리는 사이, 왕좌에서 일어선 류티리스가 외쳤다.

"언니! 밀레딩! 나즈 씨! 티타임이에요!"

더없이 즐거운 표정을 하고 아무도 오지 않는 곳으로 이동했다.

일행이 도착한 곳은 정기 티타임 장소가 된 호숫가였다.

희미한 인광을 내는 신비롭고 고즈넉한 호수에 서서 눈을 감고 수호장을 휘두르는 류티리스의 모습은 역시 몇 번을 봐도 신성할 정도로 아름다웠다.

흰 안개가 휘돌아 호수 주위를 더 짙게 감쌌다. 수인이라도 쉽게 들어오지 못하도록. 절대로 류티리스의 본성을 들키지 않기 위한 장치.

"이것만 보면 정말 예쁜데 말이야."

"왜 첫『친구』가 저게 아니었을까."

대단히 안타깝게 말하는 나이즈에게 밀레디와 메일이 격렬하게 동의했다. 그들이 바라보는 앞에는 어느샌가 모여든 형형색색의 아름다운 나비 무리가 있었다. 하늘하늘 어리광부리듯 류티리스 주위를 날고 있었다.

류티리스를 총천연색으로 장식하는 그 나비들도 그녀의『친구』였다. 우 다음으로 사귄 친구라고 했다. 이름은『극채만사(極彩万死)의 디트릭스』. 수해에 서식하는『개체별로 조금씩 다른 맹독 인분』을 가진 위험한 나비였다. 위험하지만 생김새는 예뻤다.

"후후, 이제 문제없겠네요. 언니……."

"다가오지 말아 줄래?"

"아흑~. 갑작스러운 포상, 감사합니다! 헉헉."

류티리스는 더 참을 필요가 없다며 거침없이 헉헉댔다. 그리고 비틀비틀 촉촉한 눈으로 언니에게 다가갔다.

"내가 헉헉대면서 다가오지 말라고 했지?"

짝! 다짜고짜 날아든 따귀. 요염한 교성을 내며 쓰러지는 류티리스를 메일은 웃는 얼굴로 찼다. 그리고 발로 밟아 비볐다.

"대체 몇 번 말해야 이해하겠니? 네 머리는 장식이야? 아니면 귀가 안 좋아?"

"그, 그건…… 전 그저 언니와 더 친해지고 싶어서……."

"누가 말해도 된다고 허락했어? 네 주제를 알아야지. 아니면 꽁꽁 묶여서 바다에 처박히고 싶어서 그래?"

밟히고 심하게 매도당하면서도 류티리스의 표정은 더없이 행복해 보였다. 『신의 사도』에게도 밀리지 않는 지혜롭고 아름다운 얼굴이 형편없이 칠칠찮게 변했다.

"에헤헤~. 언니, 류는 나쁜 아이예요. 제발 벌을 주세요."

"싫어. 네가 좋아하잖아."

"아앗, 너무해요! 아, 하지만 방치당하는 것도 나름대로……."

"큭, 요즘은 뭘 해도 기뻐하네. 뭐야, 이 기괴한 생물은."

"류티리스예요. 언니 전용인."

"응? 뭐라고? 너 『류티리스』라는 신종 생물이야? 끔찍하네, 존재 자체가."

"감사합니다!"

"쳇…… 다정하게 한다?"

"불시에 찾아오는 언니의 다정함…… 너무 행복해요."

"큿, 밀레디, 도와줘! 얘, 정말로 무적이야! 언니는 이제 어떻게 해야 할지 모르겠어!"

메일이 머리를 신경질적으로 흔들며 도망치려고 했다. 하지만 그 앞길을 맹독 나비들이 막았다. 그러는 사이 류티리스가 기어 와서 발그레한 얼굴로 네발로 엎드려 대기했다.

언니 전용 의자예요. 써주세요. 그런 기대의 눈빛이 메일을 직시했다.

"메르 언니는 무지막지 싫어하면서도 결국 류가 기뻐하는 행동을 하더라~?"

"류의 취향 때문이기도 하겠지만…… 환상의 단짝이군."

결국 『의자 류』에 앉아 류티리스에게 검열 삭제 모자이크가 들어갈 것 같은 황홀한 표정을 짓게 만든 메일을, 밀레디와 나이즈가 훈훈한 눈빛으로 바라봤다.

최근 한 달 사이, 싫다 싫다 하면서도 벌을 주고 때때로 당근도 주는 메일은 분명히 류티리스에게 최고의 『주인님』 아니, 언니였다.

밀레디와 나이즈는 그런 대화를 나누며 『보물고』에서 티 세트를 꺼냈다. 메일은 구해주지 않는 동생에게 경악하고 류티리스는 그 마음속 틈새로 미끄러져 들어왔다.

전쟁을 잊게 하는 잠깐의 평화로운(?) 시간이었다.

느긋하게 차를 즐기는 가운데, 문득 밀레디는 남쪽으로 눈을 돌렸다. 정말로 별생각 없이 부지불식간에 나온 행동이었다. 그렇게 멍하니 허공을 보는데…….

"후후, 밀레디도 정말."

류티리스와의 공방을 포기하고 그녀를 의자 삼아 테이블 앞에 앉은 메일이 갑자기 그런 소리를 했다. 꼭 꿀이라도 머

금은 듯한 표정이었다.

"응? 왜? 뭐가?"

진심으로 무슨 말인지 몰라 묻는 밀레디에게 메일은 미소 짓고 말했다.

"분명히 곧 올 거야. 오스카라면."

그 순간, 밀레디의 동공에 지진이 일었다. 손에 든 컵과 컵받침이 동요해서 달그락달그락 소리를 냈다.

"뭐? 메르 언니, 뜬금없이 무슨 소리? 난 그런 생각 안 했는데? 별 희한한 소리를 다 듣겠네!"

"밀레디, 너무 당황했어."

"나즈는 가만히 있어!"

눈치 있는 나즈는 가만히 있었다. 다만, 눈치가 있어도 일부러 무시하는 언니는 당연히 공격해 왔다. 딱히 조금 전에 버림받은 것 때문에 삐친 건 아니었다.

"요즘 수시로 남쪽만 보면서?"

"아, 안 봤거든요~?"

"봤어. 누굴 기다리는 사람처럼."

"……그, 그야 뭐, 당연한 일 아닌가? 『모두』 합류하기만 하면 전쟁을 금방 끝낼 수 있잖아. 기대하는 게 정상이지. 밀레디 씨가 세계를 걱정하는 마음이 무의식적으로 남쪽을 보게 해도 이상한 일이 아니야. 아~, 빨리 반이 와주면 좋겠다~."

이미 마음은 추슬렀다. 정말로 그렇게 생각하는 것처럼 새침한 얼굴이다. 물론 메일과 나이즈는 오히려 흐뭇하게 웃었지만.

"밀레딩과 오스카 씨는 사랑하는 사이인가요?"

갑자기 폭탄이 날아들었다. 테이블 아래에서…….

"아니거든? 그리고 류. 이제 평범하게 앉아."

"하지만 그러면 언니의 의자가 없어지는걸요……."

"있어! 의자, 여기!"

"……그래요? 준비성도 좋네요."

"왜 갑자기 목소리가 빙점 아래로 내려가?! 아니, 이유는 알
지만!"

류티리스는 퍼뜩 『보물고』에서 꺼낸 의자를 얄밉게 노려봤
으나 메일에게 명령받고 긴 귀를 파닥거리며 자리에 앉았다.

분위기를 전환하고 류티리스가 초롱초롱한 눈망울로 밀레
디를 봤다.

"제 꿈 중 하나가 『친구와 연애 이야기』였어요. 우랑 디는
다 남자애여서요."

"아, 응. 더 근본적인 문제가 있다고 말하고 싶지만, 참을게."

"밀레디, 이미 말했어."

벌레와 연애 이야기를 나누는 여왕님……. 분명히 문제가
있었다. 여러 가지 문제가…….

"나즈 씨가 어린아이를 좋아해서 어린 자매의 마음을 완전
히 빼앗았다는 이야기는 들었지만……."

"미안하군, 류. 잠시 자리를 비울게. 밀레디와 메일은 영영
돌아오지 않겠지만 양해해줘."

살기가 굉장했다. 완전히 살인자의 눈이다. 밀레디와 메일이 곧바로 머리를 숙였다. 그리고 허겁지겁 화제 전환을 시도했다.

"그, 그러고 보니 밀레디는 오스카랑 이렇게 떨어진 적 처음 아니야?"

"어? ……응. 아마도."

곰곰이 생각해 보면…… 그 말이 맞았다. 만난 후로 지금까지 하루 이상 떨어진 적조차 없었다. 따로 행동해도 기껏해야 한나절. 이렇게 월 단위로 떨어진 것은 처음이었다. 무심코 손가락이 어떤 물건을 슥 문질렀다.

메일과 나이즈의 눈이 가늘어졌다. 그 시선을 깨닫고 정신을 차린 밀레디가 뭘 보냐며 뾰로통하게 눈을 흘겼다.

"어울려, 밀레디. 그치? 나이즈."

"그래. 요즘 쭉 쓰고 있더군."

"……편리해서 쓰는 건데? 무슨 불만 있어?"

딱히? 메일과 나이즈가 함께 픽 웃었다.

점점 밀레디의 눈이 반달처럼 되어 갔다. 밀레디 전용 빨간 테 안경을 낀 그 눈이. 오스카가 포교한 그것을 밀레디는 최근 항상 쓰고 다녔다.

분명히 무서울 정도로 편리하긴 하지만…… 왠지 메일과 나이즈에게는 그것이 외로움을 달래려는 행동처럼 보였다.

그렇게 스스럼없는 세 사람을 보고 류티리스는 조금 전의 변태성을 집어넣었다. 그리고 어른스러운 표정으로 입을 열었다.

"한 달 사이에 많은 이야기를 들었어요. 수해 안쪽밖에 모르는 전…… 여러분의 고뇌, 고통, 함께 뛰어넘은 고난의 크기를 알고도, 눈이 부시게 강렬한 삶을 살아온 여러분이 부러울 정도예요."

"……여왕으로 있는 게, 싫어?"

말투에서 장난기가 사라지고 밀레디가 진지한 표정으로 물었다.

지금까지 밀레디와 메일, 나이즈는 그들의 태생부터 여행을 하며 있었던 일까지 모든 것을 이야기했다. 하지만 그들은 한 번도 류티리스의 인생이나 속마음에 관해 캐내려고 하지 않았다.

기다리고 있었으니까. 신뢰를 쌓고 언젠가 그녀가 직접, 그야말로 친구에게 그러듯 말해주기를…….

밀레디의 질문은 류티리스가 지금 자기 이야기를 하려고 한다는 것을 예상했기 때문이었다.

어때? 이야기해줄래? 자신을 보여줘도 된다는 생각이 들었어?

밀레디는 그런 생각이 고스란히 엿보이는 눈으로 똑바로 쳐다봤다. 류티리스는 메일이 동생으로 생각하고 귀여워하는 이유를 알겠다며 웃음을 흘렸다.

"아뇨. 싫다고 생각한 적과, 이 지위를 내던지고 싶었던 적은 한 번도 없어요. 이 힘을 갖고 태어난 것, 백성을 지탱하는 것, 그들의 기대와 모든 것이 저의 긍지예요."

그녀에게는 왕에 어울리는 위엄이 있었다. 미소 속에 깃든 강인한 의지. 한 나라의 운명이라는 무거운 짐을 스스로 짊어지는 강건한 마음.

"조국을, 수해를, 그곳에서 사는 모든 생명을 마음속 깊이 사랑하니까요."

그렇기에—.

"다툼을 멈출 수 있다면, 이 한 몸은 아깝지 않아요."

그녀는 그렇게까지 생각하는 것이다.

"류! 아니, 폐하! 그건 안 돼—."

"후후. 네, 알아요. 이미 배드가 깨우쳐주었는걸요."

세 사람은 간 떨어지는 줄 알았다고 안도의 한숨을 쉬었다. 정말로 좋은 사람들이라고…… 다정한 눈빛을 보내며 류티리스는 뒷말을 이었다.

"긍지. 그래요, 긍지. 이 땅에 사는 것도, 이 땅을 지키는 것도 제 긍지예요. 그렇지만……."

눈 안쪽에 강한 빛이 깃들었다.

"그것만으로 괜찮을까…… 그런 생각은 대관식을 치르기 훨씬 전부터 있었어요."

"그게, 무슨 소리야?"

"세상을 등지고 폐쇄된 낙원 속에서만 완결되는 삶을 긍정해야 할까…… 그런 뜻이에요."

"바깥세상에 대한 환상이 있다는 거야?"

"아니에요. 메일, 전 개인적인 감정을 말하는 게 아니에요. 우리 수인족이 이 세계에서 사는 한 종족으로서 가진 『사명』

을 말하는 거죠."

"류티리스…… 혹시 넌 처음부터 교회와 싸울 생각이었나?"

나이즈는 놀라서 물었지만 류티리스는 희미하게 웃으며 고개를 저었다.

"그런 거창한 얘기가 아니에요. 말했죠? 이 한 몸으로 다툼이 사라지면, 이라고."

"……그래. 단순한 자기희생을 말하는 게 아니구나……. 아하하, 미안. 내가 널 잘못 봤어."

밀레디는 미안해하고 과소평가했다며 머리를 숙였다. 류티리스는 밀레디의 금색 머리칼에 손을 뻗어 다정하게 쓰다듬었다.

"……징검다리가 되려고 했구나? 당신은 수인족의 왕. 교회와 함께하며 인간과 수인이 손을 맞잡는 미래를 만들어 갈 수 없을까, 그렇게 생각한 거지? 교회를 내부에서 바꾸어 보려고."

"우리와는 다른 방식으로 싸우려고 했었나……. 미안하다. 나도 잘못 봤던 것 같군."

"아니에요. 지금은 순진한 생각이었다고 반성하니까 그렇게 사과하지 마세요. 얼마나 생각이 얕았는지, 다시 생각하면 창피해서 낯이 뜨거워요."

그러면서 류티리스는 볼을 붉혔지만 아무도 그녀를 무시할 수 없었다. 그럴 수가 없었다. 여왕의 각오, 강한 의지, 미래를 생각하는 넓은 마음에 탄식이 저절로 나왔다.

특히 밀레디의 감동은 남들 이상이었다. 해방자 말고 종족에 상관없이 손을 맞잡는 미래를 생각해주는 사람이 있었으니까.

"그래. 그래서 배드의 제안을 받고 우리를 이곳에 초대해줬
구나……."

인간족에게 불신과 증오밖에 없을 수인족의 왕이 왜 배드를
받아줬는가. 그의 말을 듣고『해방자』를 초대했는가. 그것이
대답이었다. 모든 국민이 거부했을 생각을 표면상으로는 엄격
한 태도를 취하면서도 처음부터 받아주려고 했던 것이다.

"그럼, 그 이야기를 해준 이유를…… 들려줄래?"

흘러넘칠 것 같은 고양감을 가슴속으로 집어넣고 밀레디는
류티리스를 봤다. 여왕의 얼굴인 채로 류티리스는 엄숙하게
운을 뗐다.

"이번 전쟁, 밀레디는 이길 수 있다고 했어요. 그렇다면 전
그다음을 생각하겠어요. 당신들『해방자』가 교회와 결판을 낸
그때, 우리 수인족은 어떻게 해야 할지."

대답은 정해져 있었다.

대가는 필요 없다고 했지만, 그냥 호의만 넙죽 받을 만큼 공
화국과 수인족은 후안무치하지 않았다. 그래서 그 대답은……

"꼭 함께해주세요."

이번에는 해방자들을 위해, 아니, 세계의 일원으로서 미래
를 위해 함께 싸우겠다.

여왕의 그 말을 듣고 밀레디는 눈물을 머금었다.

처음이었다. 상대방이 먼저 함께하자고 말해준 것은. 언제
나 밀레디는 필사적으로 마음을 전하고 함께 가자고 무작정

부탁해야 했으니까.

메일과 나이즈의 눈빛이 따뜻했다. 그것이 낯간지럽고 쑥스러웠다.

밀레디는 왠지 마음이 진정되지 않았다. 하지만 현실적인 문제를 무시하지 못하고 조심스레 물었다.

"그래도, 괜찮겠어? 공화국 사람들이 찬성할지는……."

"할 거예요. 그러기 위해서 지금까지 시간을 들였는걸요."

"그러기 위해서……?"

"이제 제가 애칭으로 부르는 분들은 교회 최강 병력으로부터 전사들을 지키고, 치유의 성녀라고 불리며 저만큼, 혹은 그 이상으로 사랑받고 있어요. 나이즈도 근위병들과 제법 친분을 쌓으신 것 같고요. 피곤한 여왕 때문에 공감대를 얻기 쉽지 않았나요?"

"노, 노렸던 거야……?"

모든 국민에게 이해를 구하긴 어렵겠지만 그것은 당연했다. 하지만 나라의 간부뿐 아니라 여왕에게 절대적으로 충성하는 근위병까지 신뢰하는 이들을 인간이라는 이유만으로 거절할 수는 없을 것이다. 적어도 크고 새로운 바람을 일으킬 기반은 마련했다.

그렇게 말하며 미소 지은 류터리스는 우아하게 찻잔을 입가로 가져갔다.

"아하하…… 머리는 썩었어도 여왕이야."

메일의 말대로 그녀는 처음부터 강인한 『여왕』이었다.

"머, 머리가 썩어……? 썩은 여왕…… 여왕인데…… 하윽."

오잉? 총명하고 강인한 여왕님의 상태가…….

밀레디는 허둥댔다. 잠깐만! 진지한 분위기, 숨 좀 쉬어!

"류티리스 하르치나 여왕 폐하. 당신의 결단에 깊이 감사드립니다. 해방자 리더, 밀레디 라이센은 폐하의 뜻을 받들겠습니다. —정말로, 고마워."

"오히려 제가 할 말이에요. 깊은 수해 속에 새로운 바람을 가져와 줘서 정말로 감사해요."

그렇게 말하고 일어난 두 사람은 평온한 미소와 함께 굳게 손을 잡았다.

손을 잡은 채…….

"그럼 더 친해진 김에 묻고 싶은데, 밀레딩과 오스카 씨는 실제로 어떤 관계인가요?!"

"또 그 얘기야?! 그냥 동료야! 그것뿐이라고!"

"하지만 사실은?"

"사실이고 뭐고 없어!"

진지한 분위기는 숨을 거뒀다. 평소의…… 평소의(?) 류티리스로 돌아왔다. 친구와 나누는 첫 연애 이야기. 들뜬 마음에 눈은 벌써 초롱초롱 빛났다.

메르 언니~, 도와줘~! 눈을 글썽이며 손을 풀려고 하지만, 묘하게 강한 악력에 붙잡혀 벗어날 수 없었다. 왜 변태들은 유독 스펙이 높을까.

"류, 밀레디가 싫어하잖니. ……더 꽉 잡으렴."

"메르 언니?!"

"네, 언니!"

"왜 순종적이야! 이 바보!"

"여왕인데 바보라고 욕먹었어요…… 후후."

이 상태의 류티리스는 무적이었다. 뭘 해도 기뻐하고 모든 것을 쾌감으로 바꾼다.

"나즈~!"

"……하아. 류, 그러는 너는 어때?"

나이즈가 기특하게도 도우러 나섰다. 류티리스는 고개를 갸웃거렸다.

"저요?"

"지위로나 능력으로나, 사람들이 후사를 바랄 텐데?"

"맞아맞아! 그거야, 류! 너야말로 혼담이 오가지 않아? 그 목석같고 『인생에 즐거운 일 따위 없다』고 믿을 법한 라우스 번조차 기혼자에 애까지 딸려 있었다고!"

가만히 있다가 얻어맞는 라우스. 길거리에서 귀라도 후비고 있지 않을까.

아무튼 질문받은 류티리스는 덧없이 웃었다.

"물론 파샤가 『진짜 저』를 받아들여줄 남성을 찾아줬어요."

"오호! 그래서 어떻게 됐어?!"

밀레디도 역시 소녀였다. 다른 사람의 연애에 흥미진진이었다.

"이 나라에서 진짜 저를 아는 사람이 몇 명인지, 잊으셨나요?"

파샤 재상과 극히 일부의 시녀뿐이라고 했다. 그렇다면 답은 간단하다. 나라를 백방으로 뒤져 봤지만, 결국 찾지 못한 것이다…….

너무했다. 세 사람은 모두 인상을 찌푸렸다.

류티리스의 시선이 갑자기 메일에게 고정됐다. 그리고 볼을 발그레 붉혔다.

"자, 잠깐만. 왜 언니를 보고 얼굴을 붉혀?"

"……언니. 전 그런 생각을 해요. ……사랑만 있으면 성별은 문제되지 않는다고."

메일은 바로 도망쳤다.

"앗, 어디 가시나요?! 언니, 기다려주세요~!"

두다다다다다닥! 류티리스가 그 뒤를 징그럽게 빠른 발걸음으로 쫓았다. 게다가 우가 이끄는 검은 친구들과 징그럽게 빠른 디의 극채색 나비 무리도 우르르르 뒤를 쫓았다.

호숫가에 썰렁한 바람이 불었다.

"나즈, 배드라면 받아줄 수 있을까?"

"그 녀석한테 가학 취향이 있어?"

"없지."

"그럼 안 되겠군."

"그렇지? ……그래도 좋아하는 사람이 동성을 노리는 걸 알면…… 그건 그것대로 못 받아들일 거 같아."

"……힘내, 리더."

생각만 해도 지친다며 어깨를 늘어뜨린 밀레디는…… 갑자기 표정을 험악하게 바꿨다.

"……신국은 이미 이해할 거야. 우리가 있는 한 공화국을 무너뜨릴 수 없다고."

"그래. 틀림없어."

"그럼 슬슬 나올지도 몰라."

"……그놈인가?"

두 사람의 뇌리에 스친 교회의 비밀병기. 『신의 사도』에르스트.

"안개 결계는 대단해. 말 그대로 철벽이야. 하지만……."

"놈이 상대라면 불안하군. 안디카에서 변장했을 때는 누구도 의심조차 못 할 수준이었지. 그것 때문에 내가 전쟁터에 나가지도 못하고 호위로 붙어 있고……."

"계속 좀 부탁할게, 나즈."

밀레디는 진지한 얼굴로 회상했다. 【붉은 대사막】에서 지형이 바뀔 정도로 싸웠던 그때를…….

그건…… 패배였다. 마력도 체력도 고갈 직전이었던 밀레디 일행에 비해 에르스트는 만신창이지만 여력이 있었다. 그대로 계속 싸웠으면 결과는 안 봐도 뻔한 상황이었다.

그래도 어떻게 된 노릇인지 에르스트는 물러났다.

봐준 것이다. 그렇기에 그 싸움은 밀레디에게 살아남았다는 승리임과 동시에 변명할 여지도 없는 패배였다.

"류는 우리가 지켜. 공화국에도 손대지 못해."

"그래."

"그리고—."

나이즈는 밀레디를 봤다. 하늘을 노려보는 리더의 눈은 만물을 꿰뚫는 창처럼 날카로웠다.

평소 깐족대는 분위기는 찾아볼 수 없었다. 밀레디는 어금니를 꽉 물고 패기와 전의와 결의를 불태우며 말했다.

"이번에는, 이길 거야. 증명하고 말겠어. 나는, 밀레디 라이센은 신의 의지를 타도할 수 있다고."

도망치지 않는다. 도망치게 두지 않는다. 다음에 만날 때는 밀레디 라이센과 신위의 구현자인 『신의 사도』 중 누가 더 뛰어난지 결정할 때다. 세상에 그것을 알릴 때다.

그렇게 선언한 밀레디의 작은 어깨에, 나이즈는 자신들도 같이 있다며 다정하게 손을 얹었다.

그리고 남쪽으로 시선을 돌려 믿음직한 두 동료를 마음속으로 불러봤다.

'빨리 와, 오스카, 반. 결전이 머지않았어.'

하지만 그들의 경계와 강해지는 전의와는 별개로 다음 날부터 전장에는 기묘한 분위기가 감돌았다. 기사단과 연방군은 침공을 늦췄고 마치 숲을 뒤지다가 맹수가 나오면 부랴부랴 도망치는 듯한 싸움을 이어갔다.

신국, 교회의 의지가 꺾였을 리 없었다. 포기할 리는 더욱 없었다.

그렇다면 뭔가 꿍꿍이가 있을까?

나이즈는 류티리스 곁을 떨어지지 못하지만 『게이트』는 만들 수 있었다.

그래서 보름 정도 지났을 즈음, 밀레디는 위험을 감수하고 다시 【아그리스】에 잠입하기로 결심했다.

　그러나 그 시도는 실행하기 전에 취소됐다.

　―연방군 잔존 병력, 약 17만 대군의 총공세.

　앞뒤 생각 없이 밀어닥친 자살에 가까운 돌격.

　지칠 대로 지친 그들의 눈은 한 사람의 예외도 없이, 광기로 형형히 빛나고 있었다.

제4장 ◆ 밀레디 라이센의 진수

그날, 기이한 기류가 전장을 감싸고 있었다. 여기저기서 광인의 포효와 절규가 울리며 눈사태처럼 밀려드는 병사들의 군홧발에 대지가 진동했다.

"젠장, 이 자식들!"

"떨어지라고!"

수인 전사들에게 달라붙은 것은 눈이 충혈된 연방병들이었다. 수인 전사 한 명당 네 명 이상이 달려들어 온몸의 힘을 쥐어짠 듯한 괴력으로 무작정 매달렸다. 칼로 찌르고 뼈를 부숴도 통증을 전혀 느끼지 않는 것처럼 죽기 살기로 덤볐다. 게다가—

"잠깐, 또 아군까지……."

시야에 들어온 광경에 수인 전사는 초조함을 느꼈다. 창을 든 다른 연방병들이 짐승처럼 절규하며 돌진해 왔다. 그리고 그대로 망설임 없이—

"크악?!"

"이것들이 미쳤어?! 컥!"

아군과 함께 사방에서 수인 전사들을 꿰뚫었다.

"신께서 우리와 함께하신다!"

"순교의 영광을 누리리!"

연방병들은 아군의 창에 관통당해 피를 토하면서도 비장한 얼굴에 회심의 미소를 떠올렸다.

수인 전사들은 온몸의 털이 곤두서는 느낌이었다. 평소에도 그들의 근저에 깔린 신앙심은 알고 있었다. 그것이 역겨웠고 사람에 따라서는 연민마저 느꼈다.

그래도 그전까지는 분명히 인간미가 있었다. 신앙심은 있어도 죽음의 공포, 무참히 목숨을 잃은 동료에 대한 비탄, 분노…… 사람다운 감정이 있었다.

'그런데 이건…… 이건 뭐야?! 이게 정녕『사람』인가?!'

의식이 몽롱해져 갔다. 일그러진 표정으로 대소하며 죽은 아군 너머로 창을 내지르는 연방병을 보고 수인 전사는 전율했고―.

"비켜, 이것들아!"

그때 달려온 자는 배드였다. 파성퇴 같은 날아차기로 연방병을 날려 버리고 착지와 동시에 회전시킨 대낫으로 주변 일대를 쓸었다. 남색 섬광이 원을 그렸다.

대상의 체내 마력을 증발시키는 마력 칼날이었다. 해방자인 배드는 연방병을 죽일 수 없었다. 대신 연방병들은 마력이 고갈되어 눈을 까뒤집고 털썩털썩 쓰러졌다.

그 직후, 몇 초만 늦었어도 목숨을 잃었을 수인 전사들 머리 위에『홀』이 열리고 아침놀 빛이 쏟아졌다. 치명상들은 삽시간에 사라져 갔다.

"커헉, 덕분에 살았어! 배드 공!"

"방심하지 마! 놈들은 모두 여기서 죽을 생각이야! 자폭병까지 있어. 자살특공대라고 생각해!"

언제나 능청맞은 배드가 식은땀을 뻘뻘 흘리며 긴박한 표정을 보였다.

"메일도 풀가동 중이야! 류의 힘이 있어도 마력이 오래는 못 버텨!"

"우리도 알아! 하지만 이놈들이—."

연방병들이 또 짙은 안개를 뚫고 미친 말처럼 막무가내로 돌격해 왔다. 안개 결계는 건재하지만 수가 너무 많았다. 전술이고 뭐고 없이 안개 속을 달려 눈에 들어온 적을 모조리 습격할 뿐인 자살 특공.

그리고 그것은 연방병뿐 아니라…… 갑자기 우렛소리가 고막을 때렸다.

"으악?!"

날아온 것은 발프였다. 흩뿌린 피가 안개를 끔찍하게 물들였다. 낙법도 취하지 않는 것은 기절했기 때문일까?

"빌어먹을!"

배드가 신체 강화를 최대로 높여 뛰어들다시피 발프를 받아냈다.

그 순간, 팡! 하고 공기가 파열한 듯 메마른 소리가 울렸고— 조금 전 구한 수인 전사들의 목이 날아갔다. 아니, 그뿐 아니라 주위에 있던 연방병 십수 명까지 전부 목이 달아나 있었다.

마치 공처럼 하늘을 나는 머리들. 그 중심에는 번개를 두른 신전 기사단 총대장 릴리스가 서 있었다. 고개 숙이고 기사

검을 힘없이 늘어뜨린 모습이 까닭 모를 불안감을 부추겼다.

"―『단뢰(斷雷)』."

나직한 소리와 함께 그녀의 몸에서 전 방위로 전격이 터져 나왔다. 굉음이 귀를 마비시키고 강렬한 섬광이 시야를 차단했다.

"거둬라― 에그제스!"

배드는 한 손으로 발프를 안은 채 대낫을 방패처럼 회전시켰다. 뻗어 온 전격 폭풍이 그 능력에 먹혀 사라져 갔다.

시간으로는 불과 몇 초.

하지만 효과는 막강했다. 시야가 돌아왔을 때, 그곳에는 연방병도 수인 전사도 없었다. 모조리 잿더미가 된 것 같았다.

"피아 식별도 안 하냐……. 교회 놈들이 그럼 그렇지."

배드는 굳은 얼굴에 식은땀을 흘리면서도 빈정거렸다. 그런 배드에게 릴리스가 눈을 휙 돌렸다. 소름 끼치게 형형한 눈빛이었다.

"이것이 최선이다."

짙은 안개에서 방향 감각이 망가진다? 공격 조준도 제대로 되지 않는다?

그게 뭐 어떻단 말인가? 보이는 모든 것을 없애면 그만이지 않은가.

아군에게는 순교의 축복을. 적에게는 신벌을. 모든 것은―

"존귀하신 신을 위하여!"

이것이 릴리스 아카인드의 본질. 아니, 교회를 섬기는 『신의 권속』— 모든 신전 기사의 근간!

팡, 하고 공기가 터졌다. 그리고 배드의 등 뒤에 나타난 릴리스. 자력을 이용한 유사 순간 이동은 보통 사람에게는 육안으로 확인하기도 어려웠다. 하지만 배드는 보통 사람이 아니었다.

"—에그제스!"

뒤로 돌면서 휘두른 대낫에서 남색 마력 칼날이 날아갔다. 하지만 그 마력 칼날이 릴리스에게 닿기 전에 다시 팡 소리를 내며 그녀가 사라졌다.

그러더니 아예 엉뚱한 방향에서 출현해 또 연방병과 힘 싸움을 벌이던 수인 전사를 같이 베어 버렸다. 그렇게 유사 순간 이동을 반복하며 안개 속을 거침없이 나아가 눈에 들어오는 대로 피아 관계없이 확실하게 숨통을 끊었다.

안개의 영향을 받지 않는 배드가 그 기척을 또렷하게 느끼는데, 아침놀 빛이 발프를 회복시켰다.

"크윽, 배드! 미안. 그 녀석은?!"

"잠깐 기다려."

배드가 제지하고 밀레디에게 받은 귀고리, 예비 통신용 아티팩트를 기동했다.

"류! 릴리스 주변 안개를 해제해!"

『괜찮나요?』

"상관없어! 저 여자, 무차별 공격을 하고 있어! 무작위로 이동하는 게 귀찮아!"

『알겠어요. 무사하셔야 해요.』

통신이 끝나고 200미터 범위의 돔 모양 안개가 걷혔다. 범위 안에 있던 수인 전사들이 기겁하며 정지했다.

숨을 들이켠 배드는 릴리스의 우렁소리에도 지지 않는 큰 소리로 외쳤다.

"대피! 여긴 우리가 맡는다! 다른 기사가 못 오게 해!"

그것만으로 의사 전달이 끝났다. 이 안개 돔은 양 진영 최강자들의 투기장이라고.

수인 전사들은 상대하던 연방병을 억지로 떼어 놓고 신전 기사를 한꺼번에 밀쳐 돔 밖으로 쫓아냈다. 그런데—.

"으아아아아악?!"

신전 기사를 안개로 몰아냈으나 전사들만 마치 벽에 부딪친 것처럼 안쪽으로 튕겼다. 그리고—.

"흐갹?!"

스이도 피를 뿌리며 안쪽으로 날아들었다. 퍼뜩 뛰쳐나간 발프가 받았고, 즉시 『홀』이 열려 아침놀 빛이 쏟아졌다.

"정말 발프 씨, 뭐 하는 거예요! 스이를 두고 엄어터져서 날아가거나 하고! 어차피 엄어맞을 거면 스이 대신 맞으라구요! 죽는 줄 알았잖아요!"

"미안하다, 자연산 쓰레기야."

스이는 배에 커다란 구멍이 뚫려 죽을 뻔한 주제에 재생하면서 속사포처럼 불만을 토했다. 발프는 이마에 핏줄을 세우며 일단 사과했다. 강적 앞에 혼자 남겨둔 것은 사실이니까.

"안개를 거뒀나? 멍청한 것들."

안개 벽에서 불쑥 인간의 형상이 붉어졌다. 안개 같던 몸은 차차 흔들리는 물로 변하고 곧 실체를 갖췄다. 고유 마법 『액화』 사용자, 제3군 군단장 제바르였다.

"제바르. 기사는 밖에 둬라! 계속 무차별 공격을 감행하도록! 연방병만 안에 들여라!"

"알겠습니다!"

릴리스에게 명령받은 제바르가 두 팔을 수평으로 벌렸다. 그러자 투명한 무색 액체로 변한 팔이 공기 중 수분까지 빨아들여 촉수처럼 구불댔고, 그것이 이 투기장 외곽을 링처럼 포위했다.

직속 부하인 기사를 들이지 않고 왜 연방병만? 그 의문을 입 밖에 꺼낼 틈도 없이 투기장 안에 남은 수인 전사들에게 릴리스의 전격이 튀었다.

"보고만 있을 줄 아냐?"

"네 상대는 나였잖아."

"이젠 싫어~! 나 집에 갈래~!"

배드가 전격을 대낮으로 지우고, 발프가 자세를 최대한 낮춰 제바르에게 초고속으로 돌진, 스이는 모습을 감췄다.

제바르에게 갈고리발톱이 날아든다. 아울러 고유 마법 『부신』도 발동했다. 백병전에서 균형 감각을 상실시키는 치명적이며 굉장히 무서운 능력이었다.

하지만 그 능력에 대해 제바르는 상성이 좋았다. 즉시 전신을『액화』. 자유롭게 공중을 흐르는 액체에 균형 감각 상실은 의미가 없었다.

없지만…… 그래도 괜찮았다.

"죽어!"

"이게 또!"

예고 없이 스이가 나타났다. 가볍게 던진 작은 병에서 녹색 액체가 튀어나와『액화』상태인 제바르의 몸에 섞여 들려고 했다.

물론 그것은 독이었다. 수해의 식물과 마물에게 얻은 여러 독을 혼합한 스이 특제 독. 그 위력은 한 방울만 맞아도 5미터가 넘는 마물을 즉사시킨다.

『액화』상태라도 제바르의 몸이란 사실에 변함은 없었다. 물리 공격은 통하지 않지만 체내에 직접 독이 섞이면 실체화한 순간 죽음에 이른다.

제바르는 잽싸게『액화』를 풀어서 그런 사태를 피했다. 그리고 그곳으로 다시 날아드는 갈고리발톱.

제바르가 능력만으로 지금의 지위를 얻지 않았다는 것은 그 교묘한 격투술과 단검술을 보면 명백했다. 신체 능력이 훨씬 뛰어난 발프의 공격을 막는 것을 보면 말이다.

그래도 더 이상 허튼짓을 할 수 없는 것도 사실이었다.

"너희는 빨리 탈출해! 연방병이 못 들어오게 막아!"

"예, 옛!"

그래서 제바르는 명령을 수행하지 못하고 투기장 내에 있던 수인 전사들의 탈출을 허락하고 말았다.

"못 간다!"

배드와 대치하던 릴리스가 등을 보인 수인 전사들 곁으로 유사 순간 이동을 하려고 했다.

"어이쿠, 어딜 가시려고!"

"큭, 기사 사냥꾼! 끝까지 방해를!"

기선 제압. 그 말을 완벽하게 실행했다. 발을 디디려는 곳으로 대낮이 빠르게 훑고 지나가자 릴리스는 당황해서 회피했다. 노리던 사냥감은…… 그사이 안개 너머로 대피해 버렸다.

그래도 릴리스는 아직 남은 수인 전사를 한 명이라도 많이 없애기 위해 움직였다.

"글쎄, 어디 가냐니까?"

"네 이놈!"

역시 한순간 빠르게 배드의 대낮이 진로를 베었다. 틀림없이 움직임을 파악당했다.

"대체 몇 번 싸운 줄 알아? 그 순간 이동이 발동하는 전조쯤은 깨달을 때도 됐지."

진로로 튀는 미약한 스파크였다. 그것은 릴리스가 이동할 위치를 의식하는 순간 나타나는 버릇이었다. 안개 효과가 없으면 그녀의 높은 기량에 맞춰 전조 또한 뚜렷해졌다.

"네 따위 게 뭘 안다고!"

릴리스의 표정은 언짢았다. 배드의 실력을 인정할 수밖에 없어서 미칠 것 같았다.

하지만 동시에 배드도 속이 타들어 갔다. 결정타가 없었다. 신전 기사단 총대장 아니랄까 봐 나름대로 틈을 찔러도 간발의 차로 대응했다. 다른 곳에 피해가 나지 않게 막는 것이 고작이었다.

'이래서 기사 사냥꾼이라는 이름이 과장이란 거야.'

그만 자조하고 말았다.

고유 마법은 없고 마법 재능도 없었다. 배드 버처즈라는 남자는 범부였다. 다만, 고문 같은 훈련과 지옥 같은 사선을 겪은 끝에 천재들과 싸울 수 있는 경지에 도달했다. 그는 그런 남자였다. 그렇기에—

"발프~! 잠깐만 도와줄래?"

"도움은 내가 필요해, 멍청아!"

스위칭. 릴리스와 제바르를 유도해 자신들이 상대에게 묶여 있다고 착각하게 하고, 배드와 발프는 거울에 비친 듯 회전해 서로의 위치를 바꿨다.

"웅?!"

"기사 사냥꾼!"

발프의 『부신』이 릴리스의 균형 감각을 최고의 타이밍에 망가뜨렸고, 배드의 대낫이 『마식』이라는 이름값을 하듯 『액화』 상태인 제바르를 갈랐다. 이어서—

"초과근무 반대!"

"윽."

스이는 스이대로 항의하며 완벽하게 제 역할을 수행했다.

허공에서 스며 나오듯 출현한 스이가 독을 듬뿍 바른 나이프로 릴리스의 옆구리를 벤 것이었다.

릴리스와 제바르는 깊은 상처를 입고 휘청거렸다. 세 사람은 해냈나 싶어 더 파고들었지만—.

"누굴 우롱해! —『만뢰』!"

"—『순수화(純水化)』!"

릴리스가 피를 토하면서도 기사 검을 하늘로 쳐든 순간, 그녀를 중심으로 허공에서 수만 개의 벼락이 떨어졌다. 뇌성과 섬광만으로 시각과 청각이 망가지려고 했다.

"발프, 스이!"

공기조차 태우는 맹렬한 폭풍 속에서 배드는 대낮을 머리 위로 들었다. 남색 오라를 두르고 회전해 라운드 실드로 변한 에그제스가 벼락을 막았다. 그 방패 아래로 발프와 스이가 미끄러져 들어왔다.

"어랍쇼? 방금 독이면 치명상일 텐데?! 저 고릴라 여자는 뭐예요?!"

즉효성 맹독이 주입되고도 만뢰를 떨어뜨리는 릴리스에게 스이가 기겁했다.

해답은 벼락 사이로 보였다. 릴리스도 제바르도 은은한 푸른색 액체를 복용하고 있었다. 그러자 흙빛이던 릴리스의 안색이 순식간에 회복됐고, 제바르의 중상도 역재생이라도 한 것처럼 치유됐다.

설마 그것이 교회가 단장급에게만 지급한다는 전설의 비약,

신수일 줄은 아무도 상상하지 못했다.

비장의 수단을 써 버린 릴리스와 제바르의 속마음은 마그마도 미지근하게 느낄 수준으로 끓어올랐지만 심정은 배드 일행 쪽도 똑같았다. 어렵사리 만들어 낸 결과가 시작점으로 돌아가자 스이는 눈빛이 죽었고, 발프는 이를 갈았다. 배드는 그럴 여유조차 없었다.

"크으, 으아아아아아!"

"배드! 무조건 버텨!"

"다 틀렸어~! 죽을 각오로 스이를 지켜달라구요~!"

악문 이 틈새로 고통에 찬 신음이 새어 나왔다. 에그제그로도 릴리스의 번개를 다 흡수하지 못했다. 그러므로 먹으면서 도로 뱉는다!

"학살할, 시간이다— 에그제스!"

만 개의 벼락을 만 개의 칼날로 받아쳤다. 게다가 릴리스에게 가는 길을 강제로 열었다.

"발프!"

"좋아!"

상쇄로 길이 열렸다. 발프가 크라우칭 스타트로 그곳을 달려 나갔다. 그를 저지하려고 『순수화』로 절연 상태가 된 제바르가 달려들었다.

"총대장님껜 못 간다!"

"아, 짜증나! 빨리 좀 죽어, 스이를 위해서!"

히스테릭하게 뛰어든 스이가 제바르와 정면에서 충돌했다.

두 사람의 스타일은 모두 쌍수 단검. 쇠를 긁는 소리가 뇌성에 섞여 들었다.

발프도 한 줄기 그림자로 보일 속도로 릴리스에게 접근해 갈고리발톱 연격과 『부신』으로 겨우 만뢰를 저지했다.

하지만 산 넘어 산이라고 했던가.

—우오오오오오오오오!

무수한 포효가 메아리쳤다. 안개를 뚫고 들어온 것은 수많은 연방병이었다. 『솟아난다』는 표현이 딱 들어맞는 공세였다.

"죄송합니다, 발프 전사장님! 이 자식들— 막을 수가 없어요!"

"동료 시체를 방패로 세워서 돌진해 와!"

"뼈를 부쉈다고! 고통을 못 느끼나?!"

수인 전사들이 무시하지 못할 상처를 입고도 쫓아 들어왔다. 일심동체가 되어 돌격하는 연방병을 뒤에서 공격해 발프를 방해하지 못하게 막았지만, 그사이에도 사방팔방에서 연방병이 밀려와 설탕에 몰려드는 개미 떼처럼 수인 전사들을 덮쳤다.

필연적으로 수인 전사들과 난전이 벌어졌고 마침내 돌파한 연방병들이 릴리스와 제바르의 싸움에 난입했다.

"기사 사냥꾼을 노려라!"

"윽, 이 자식이!"

릴리스는 고함과 함께 발프에게 무수한 뱀 같은 번개를 날렸다. 발프가 회피할 수밖에 없는 상황에 놓이자 연방병은 배드만을 노리고 돌진했다.

그래도 배드는 에그제스의 회전을 멈추지 않았다. 대신 손아귀의 자루를 굴려 대낫을 칼등 방향으로 회전시켰다. 그러자 연방병은 강렬한 **타격**에 치여 날아갔고, 계속해서 의식을 빼앗는 마력 칼날까지 맞아 쓰러졌다. 릴리스가 그런 연방병을 붙잡고 방패로 내세워 돌진해 왔다.

"연방병은 못 죽인다지! 겁쟁이 자식!"

"시끄러워! 그러는 넌 개자식이야!"

이게 부하 기사를 보내고 연방병만 들이라고 명령한 목적이겠지.

배드는 회피를 선택했다. 하지만 당연히 그것을 예상한 릴리스는 연방병을 밀친 뒤 유사 순간 이동으로 앞길을 막고 번개 참격을 휘둘렀다.

'아차!'

쳐낼 수 있다. 치명상은 되지 않는다. 하지만 스파크를 일으키는 참격은 공격 범위가 너무 넓다. 완전 회피는 불가능. 순간적인 경직은 불가피하다. 전광석화처럼 날아들 두 번째 공격은 피할 수 없다. 그렇게 판단한 순간—

"차앗!"

번개 뱀 무리를 모두 떨쳐 낸 발프가 끼어들었다. 슬라이딩으로 릴리스가 내디딘 다리를 약하게 찢었다. 그로 인해 참격의 궤도가 약간 틀어졌다. 배드에게는 충분하고도 남을 실수였다.

몸을 억지로 돌리고 에그제스로 바닥을 때린 반동으로 릴리스의 사정권을 이탈했다. 선물로 파낸 흙무더기도 뿌렸다.

운 좋게 흙이 눈에 들어갔는지 릴리스가 순간 멈칫했다. 그 사이에 의식을 빼앗는 마력 칼날을 날려 주변 연방병을 싹쓸이했다.

릴리스가 호흡을 가다듬기 위해서 멈춘 틈에 배드도 모았던 숨을 푸 뱉었다. 그 옆에 발프가 섰다. 스이는 모습을 감췄다. 어디선가 기회를 엿보고 있으리라.

배드는 릴리스와 제바르에게서 눈을 떼지 않으며 겸연쩍게 말했다.

"……미안. 우리 사정 때문에 발목을 잡아서."

전쟁을 하면서 죽일 상대를 고른다. 아무리 타인에게 강요하지는 않아도 보통은 어이없어하거나 경멸할 법했다.

하지만 함께 호흡을 가다듬던 발프는 배드의 사과에 코웃음 쳤다.

"『사정』이 아니지. 절대로 양보할 수 없는 『신념』이잖아? 그럼 관철해. 쉽게 말을 바꾸는 녀석한테 내 목숨을 걸진 않아."

"……말은 고맙네."

배드의 입꼬리가 씩 올라갔다. 발프의 입가에도 같은 미소가 번졌다.

주장도 신념도 달랐다. 그래도 서로를 인정하고, 전우로서 목숨을 걸고, 함께 서는 인간과 수인. 그것은 해방자가 목표로 하는 미래의 모습이었다.

"이런 모독이 있나."

"역시 존재 자체가 죄군."

릴리스와 제바르는 당장에라도 토할 것처럼 보였다.

그 모욕을 보고 배드와 발프는 웃었다.

"어이, 배드. 요즘 이것들만 상대하느라 꽤 오래 기사 목을 못 땄지? 기사 사냥꾼이라는 이름이 듣고 울겠어."

"그러게 말이다. 교회 대책 도우미를 자처했는데, 한심하게 됐어."

구태여 농담조로 주고받는 말은 아마 도발이었다. 실제로 그 능청스러운 태도에 릴리스와 제바르의 이마에 핏줄이 떠올랐다. 지금 당장 굴복시켜 용서를 구하게 하고 싶었다.

그러나 굉장히 짜증스럽게도 이 이단자들은 강했다. 압도할 수 없었다.

용서받지 못할 이단자도 이단자지만 그들에게 애먹는 자신들에게 이루 말할 수 없는 역겨움을 느꼈다.

하지만 그것도—

"엉? 뭐야?"

처음 깨달은 사람은 배드였다. 안개 돔 천장이 조금 밝아진 느낌이 들었다. 강렬한 빛을 뿜는 뭔가가 머리 위를 지나간 것처럼…….

그 직후였다.

굉음, 폭음. 흔들리는 대지, 대기로 전해지는 충격파.

그것들이 **동쪽에서** 퍼졌다.

"뭐야, 이건?!"

"이건 설마?!"

배드와 발프, 그리고 이곳에서 연방병을 막던 수인 전사들이 눈을 휘둥그렇게 떴다.

릴리스가 웃었다.

"자, 끝을 낼 때가 됐다. 신의 이름으로!"

수해 공습.

소재를 파악할 수 없는 『신의 자식』을 배려해 실행하지 못했던 폭거가 마침내 포문을 열었다.

한편, 조금 떨어진 전장에서는 심 전단장이 지휘하는 공화국 전사단 주력 부대와 데틀레프 총수 휘하 연방군 주력 부대가 치열하게 맞붙고 있었다.

이쪽도 역시 목숨을 돌보지 않는 해일 같은 군세를 죽기 살기로 막는 수인 전사들의 포효와 절규가 울려 퍼졌다.

그런 상황에서 그 소음을 날려 버릴 만큼 우렁찬 기합이 메아리쳤다.

"크아아아아아!"

"우오오오오오!"

한쪽은 심, 다른 한쪽은 데틀레프였다.

두 사람 모두 근 3미터의 키에 온몸이 근육 갑옷으로 덮인 거한이었다. 그 둘이 정면에서 격돌하는 박력은 흡사 괴수들의 싸움을 방불케 했다.

데틀레프의 무기는 자신의 키만 한 터무니없이 큰 대검이었다. 그 질량은 인간족이 휘둘러도 될 수준을 아득히 넘었다.

그것을 근육과 신체 강화 마법으로 휘두르면 일격에 폭풍이 일었다. 필연적으로 심의 핼버드와 부딪칠 때마다 귀를 찢는 굉음과 폭격 같은 충격파가 퍼졌다.

"흐압!"

데틀레프의 내려 베기를 심이 핼버드로 막았다. 승화 마법을 받고도 팔 근육이 파열할지 모를 파괴력에 심이 고유 마법 『전진』을 발동해 충격을 대부분 땅으로 흘려보냈다.

"크라앗!"

자기 대신 금이 간 땅을 딛고 이번에는 심이 횡 베기를 날렸다. 설령 막아도 충격에 간섭해 상대 무기를 통해 내상을 입히는 필살의 일격.

하지만 데틀레프도 엄연히 군사 대국의 우두머리를 맡는 실력자였다. 그것을 증명하듯 순간 초인적인 몸놀림을 선보였다.

놀랍게도 거구로 공중 옆 돌기를 한 것이었다. 상하가 반전된 시야로 머리 위를 스치는 핼버드를 똑바로 바라봤다. 그뿐 아니라 그대로 자연스럽게 카운터까지 날렸다.

심은 그것을 핼버드 자루로 막았다. 하지만 데틀레프는 그자루에 대검을 미끄러뜨려 심의 손가락을 자르려고 했다.

"쳇."

심이 혀를 차며 얼른 핼버드에서 손을 뗐다. 무기가 없으면데틀레프의 다음 공격을 견딜 재간이 없었다. 그래서 앞으로돌진했다. 거구와 각력이 낳는 돌진의 충격은 막대했다. 그 충격에 간섭해 자신의 팔로 끌어올렸다.

"우욱."

주먹은 데틀레프의 명치에 명중했다. 하지만 데틀레프는 또 거구에 어울리지 않는 거동을 보였다. 주먹의 미는 힘에 맞춰 뒤로 뛰어, 잠깐의 체공 뒤 안전하게 착지했다.

"……놀라워. 실력이 대단하군. 인간."

핼버드를 주운 심이 격렬한 전투와는 별개로 조용하게 말을 건넸다.

비아냥거리는 말은 아니었다. 실제로 심은 놀랐다. 이 기이한 총력전의 전장에는 이미 최대 농도의 안개가 깔렸다. 이미 근접 전투에서도 명확한 의지가 개입한 시점에서 인식이 망가진다. 그런데도 불구하고 방금 그가 보여준 섬세하고 호쾌한 기술들…….

앞에 있는 남자가 무의식 수준으로 싸운다는 증거였다. 셀 수 없는 전투 경험과 훈련이 반사 반응으로 완벽한 방어를, 찰나에 최적의 공격법을 이끌어냈다.

그것은 말 그대로 무념무상의 무(武)였다.

근접 전투라는 조건은 붙지만 순수한 무력으로 절대적 결계를 무시하는 실력은 경악스러웠다.

"그런 무력이 있는데 왜 지금까지 전선에 나오지 않았지?"

"훗. 전군을 지휘하는 대장이 최전선에서 싸우는 게 특이한 거다."

돌아온 것은 쓴웃음과 조용한 목소리였다. 그의 부하들—

지금 광란해 돌격하는 연방병과는 정반대였다.

"……역시 제정신으로 보이는군. 제정신으로 이 미친 돌격을 감행할 줄이야……."

믿어지지 않았다. 동포를 대체 뭐라고 생각하는가? 적군을 걱정해서가 아니었다. 하지만 무인으로서 너무나도 도리를 벗어난 행동에 분노를 느꼈다.

"이미 주사위는 던져졌다. 신께서…… 그러길 원하신다."

데틀레프는 지칠 대로 지친 노인이 연상되는 표정으로 그렇게 답했다.

심은 눈살을 찌푸렸다. 이자는 자신처럼 뼛속까지 무인이다. 심지어 그는 배드와 같은 인종이며 재능은 없어도 오로지 수련으로 힘을 쟁취한 자다.

그런데, 그런데도…….

그런 남자가 체념의 바다에 몸을 던졌다.

"불쌍하군……."

"그렇게 말하지 마라. 오히려 마음은 한결 가벼워진 기분이니까."

데틀레프는 미모의 무녀를 떠올렸다. 그녀의 모습과 말이 연방병의 주인을 바꿨다. 이상하리만큼 싱겁게…….

이미 데틀레프에게 지휘권은 없었다. 지금 그는 일개 병사와 다를 바 없었다. 그렇기에 데틀레프는 이곳에서 죽기로 각오했다. 한 명의 병사로서, 무인으로서.

"자, 무기를 들어라, 수인 장군. 나는 너를 해치우고 동포에게 길을 열겠다."

"좋다. 하지만 그 전에, 이름을 듣고 싶군, 강자여."

데틀레프의 표정이 조금 무너졌다. 설마 서로를 증오하고 경멸하는 수인이, 그중 가장 강력한 적이 이름을 물을 줄은 몰랐다.

동시에 왠지 몹시 이상한 기분도 들었다.

군사 회의장에서 짐승이니 이단자니 하며 오만상으로 욕을 퍼붓던 사제들을 떠올렸다. 그런 사제들에게 거역할 생각은 하지도 못하고 자기도 덩달아 『짐승 따위』라고 생각했는데…….

그런데 어떤가? 그 짐승은 자신의 마음을 헤아리고 무인으로 인정해 정면에서 싸우려고 하지 않는가? 우스웠다. **자신이 우스워서 참을 수 없다!**

종족 구별 따위 의미가 없다. 그저 누가 강한지 증명한다. 무인이라면 그것이 최고의 신조가 아닌가. 가슴 속에서 몇 년이나 느끼지 못했던 감정이 끓어올랐다.

그 심정이 전해진 것일까?

"데틀레프. 내 이름은 데틀레프 에른스트. 단순한 무인이다."

"심 가토. 공화국 전사단 전단장이다."

사나운 미소가 떠올랐다. 데틀레프와 심, 쌍방에게…….

그곳에 종족의 구별은 없었다. 그딴 것은 두 사람의 머리를 떠났다.

타도한다.

이유는 달라도 오로지 그 일념만으로 서로의 단짝인 무기를 부러뜨릴 기세로 세게 쥐었다. 두 사람의 패기가 무시무시하게 솟구쳤다.

하지만 막상 두 사람이 부딪치려고 했을 때—.

"정화하라—『성염』."

"깨물어 부숴라, 밴디스!"

"참회하라—『속죄의 화살』!"

백염이 돔 모양으로 퍼지고 불과 지름 10미터 범위지만 최대 농도의 안개가 걷혔다. 게다가 깨달았을 때는 이미 심 뒤에서 새하얗게 빛나는 거대 늑대가, 옆에서는 강철 화살이 날아들고 있었다.

돌아본 심의 시야를 흰 늑대의 입이 뒤덮었다. 얼른 핼버드를 들어 막았지만 거대한 이빨은 심의 어깨와 옆구리에 닿았다. 이어서 날아든 강철 화살은 왼쪽 다리 대퇴부를 뚫고 그대로 오른쪽 대퇴부까지 관통해 피 꼬리를 그렸다.

"크, 아악!"

핼버드가 튼튼한 덕분에 흰 늑대의 입이 완전히 닫히지 않았으나 다리에서 힘이 빠지는 것은 어쩔 수 없었다. 버틸 방법이 없는 심의 몸이 허무하게 공중으로 던져졌다.

심은 허공에서 위아래가 바뀐 시야로 적을 봤다.

아름다운 활을 든 여기사— 백광 기사단 여단장 레라이에 애거슨과 힘을 쥐어짰는지 거친 숨을 쉬는 부단장 아라임 오크맨이었다.

그리고 흰 늑대 등에 올라탄 남자를. 짧은 군청색 머리에

뺨의 상처, 치켜 올라간 눈매가 특징인 30대 중반의 수광 기사단 기사. 그는 어마어마하게 큰 창을 뒤로 쭉 빼고 있었다.

"회개해라—『광창』!"

바람도 따라오지 못하는 속도로 거창을 앞으로 높이 찔렀다. 그러자 창끝에서 발사되는 굵은 광선. 막강한 빛 속성 적성과 창술에 천부적 재능을 가진 수광 기사단 부단장 게테르고트의 일격 앞에 꿰뚫지 못할 것은 없었다.

길게 늘어진 감각 속, 심도 위험을 예지하고 전율했다. 그 일격은 너무나도 예리했다. 자신을 뚫고 목숨을 앗아가기에는 충분한 위력. 심이 죽음을 각오했을 때—.

"전단장니이임!"

화살 하나가 날아들었다. 레라이에가 쏜 고유 마법『속죄의 화살』에도 밀리지 않는 속도로 날아온 그것이 심의 어깨를 강하게 뚫었다. 살을 찢고 뼈에 박힌 화살은 중상을 입혔지만 심을 빛의 창 사선 밖으로 절묘하게 밀어냈다.

"나시스, 잘했다! 덕분에 목숨을 건졌어."

등 쪽으로 떨어지면서 낙법으로 한쪽 무릎 꿇기를 한 심이 칭찬과 감사의 말을 보냈다. 그 말을 받은 사람은 식은땀을 흘리면서도 당당하게 활을 든 삼인족 청년— 보병 전사단 궁병대 천인장 나시스 플루크였다.

"전단장님을 엄호한다! 제1에서 제3부대! 백염 기사, 궁수 및 늑대 기병에게 일제 사격!"

나시스는 잇따라 지시를 내리고 눈에 보이지 않는 속도로 활을 연사했다.

순식간에 쏜 화살은 총 아홉 발. 각각 아라임과 레라이에, 그리고 게테르에게 다른 궤도로 정확히 날아갔다. 그것은 거의 마법이었다. 부대의 궁수들도 나시스에 맞춰 연사를 개시했다.

동시에 화살의 표적에서 벗어난 기사들이 나시스 부대에 달려들었다.

"야, 전부 긴장해! 죽어도 궁수들 쪽으로 못 가게 해!"

벽력같이 호령한 것은 토인족 노인이었다. 하지만 노쇠한 기운은 찾아볼 수 없었다. 키는 작을지언정 온몸의 근육은 터질 것처럼 힘차게 부풀어 있었다.

보병 전사단 중갑 방패 부대, 고우 벅스 천인장. 『철벽』이라는 별명을 가진 그의 명령에 따라 빠르게 대열을 바꾼 중갑 방패 부대의 수인 전사들은 옆 사람과 타워실드를 빈틈없이 맞춰 세웠다.

그것은 이미 낱개의 방패가 아니라 수백 개의 방패로 이루어진 성벽이었다.

아니나 다를까, 안개 속이라 조준이 되지 않지만 물량으로 밀어붙이는 빛의 참격— 기사들이 일제히 쏜 수백 줄기 『천상섬』은 모조리 막혔다.

돌격해 온 연방병들도 밀집한 수인 전사의 각 부대가 대응했다.

즉석 요새에 막혀 저지할 수 없는 나시스 부대의 공격을 아라임이 백염으로 소각, 레라이에는 같은 화살로 격추, 게테르는 늑대의 곡예 같은 고속 이동과 회전시킨 창으로 튕겨 냈다. 화살 수백 발이 비처럼 쏟아지는 곳에서 한 번의 공격도 용납하지 않는 역량은 과연 대단했다.

그러나 회피에 전념해야 하는 것도 사실이었다. 게테르는 분노에 찬 얼굴로 고함쳤다.

"데틀레프! 뭐 하나! 빨리 그 짐승을 처치해!"

무인으로서 명예롭게 싸우겠다고 생각한 찰나 방해가 들어와 넋을 놓고…… 있지는 않았지만 망설이던 데틀레프는 호통을 듣고 한숨 쉬었다.

심은 안개비를 매개로 아침놀빛 샤워를 받으며 눈 깜짝할 사이에 부상을 치유했다. 그 모습을 지켜보면서 데틀레프는 대검을 어깨에 올리고 자세를 낮췄다.

"……미안하군. 이것도 전쟁이다."

"신경 쓰지 마라. 이건 전쟁이다."

심의 대답에 데틀레프는 씁쓸하게 웃었다. 아, 역시…… 수인족이 훨씬 『인간』답지 않은가. 입에 담았다가는 이단으로 지정될 그 말을 마음속으로 조용히 중얼거렸다.

"뜻대로 되지 않는군."

그러고는 땅을 가를 듯이 바닥을 찼고 그 직후 안개 천장을 가로지른 섬광을 보고 발을 멈췄다.

심도 천장을 올려다봤다. 게테르와 아라임도 드디어 때가 왔다며 광기 어린 웃음을 지어 보였다.

그 후, 고막을 찌르는 충격음이 발생했다.

나시스와 궁수들은 무심코 사격을 멈췄고 다른 수인 전사들도 굳어 버린 가운데, 심은 평정심을 잃은 것처럼 소리쳤다.

"설마, 폭격인가?!"

말하는 사이에도 연달아 폭음이 울려 퍼졌다. 수인의 뛰어난 청력은 그 소리가 나는 방향과 대기의 진동으로 대략적인 착탄 지점을 파악했다. 그리고 그것이 다름 아닌 대수 부근이란 것을 알 수 있었다.

"말도 안 돼…… 결계 범위 밖에서 공격해?! 그런 장거리 공격이……."

머리 위를 지나친 것은 섬광이었다. 그렇다면 수광 기사단 성룡 부대가 대수로 날아가 폭격한 것은 아니었다. 그리고 안개 안에서는 제대로 조준이 되지 않는다. 착탄 지점이 집중될리 만무했다. 수해 외곽이나 전장 평야에도 공격이 떨어져야 정상이었다.

그럼 어떻게 수해 안쪽을 집중 포화했는가? 안개 결계 밖에서 초장거리 공격을 했다고밖에 생각할 수 없었다.

광범위 고위력 마법이라면 몰라도 수 킬로미터 밖에서 날리는 폭격은 무르무의 성궁과 성왕룡 아도라의 브레스 정도일 텐데…….

그들은 밀레디를 막는 핵심 전력이었다. 밀레디가 가만히 뒀을 리가 없다.

그렇다면 이 폭격은 대체…….

그런 전율과 당혹감에 허점을 보인 심과 전사단에게 교회 측은 기뻐하며 달려들었다.

시간을 조금 거슬러 오른다.

지상에서 싸움이 벌어지던 그때, 밀레디도 하늘 위에서 격렬한 전투에 몰두하고 있었다. 상대는 평소대로 직접 상대하는 라우스와 그를 엄호하는 무르무 & 아도라, 그리고 백광 기사단과 성룡 부대였다.

'……조금 멤버가 달라. 대장급이 몇 명 빠진 대신 일반 백광 기사와 성룡 부대가 배로 늘었어.'

격화하는 라우스와의 싸움에 정신을 빼앗긴 상태에서도 밀레디는 냉정하게 분석했다.

대규모 공세에 동반한 기사들의 무차별 공격을 피하기 위해 배드 쪽과 마찬가지로 안개 결계는 구 모양으로 해제했다. 그래서 『성염』으로 안개를 걷을 필요도 없었고 레라이에의 화살도 솔직히 무르무의 하위 호환이므로 딱히 필요치 않았다.

그렇지만 자꾸만 안 좋은 예감이 들었다. 라우스와 충돌하고 튕겨 나온 타이밍에 화살들이 레이저처럼 날아들었다. 밀레디는 그것을 중력 마법으로 격추하며―.

"어떡해~! 기사가 그새 배로 늘었어! 이래서 미소녀는 괴로워! 기사 여러분~, 밀레디가 너무 귀엽다고 엉덩이만 쫄래쫄래 따라다니면 안 돼요~♡"

치마를 살랑살랑 흔들며 도발해 봤다. 히죽대는 웃음도 빼먹지 않았다.

아니나 다를까, 몇몇 기사의 이마에 핏줄이 섰다. 「건방진 놈」이라느니 「떠들 수 있는 것도 지금뿐이다」라느니 비난의 소리가 들렸다.

'지금뿐? 무슨 말이지? 나를 막을 대책이라도 있나?'

"허점을 보였군."

"앗—."

정말로 그랬다. 생각에 빠져 생긴 허점을 찔러 라우스가 오른쪽 옆에서 나타났다. 밀레디가 당황한 소리를 냄과 동시에 보름 전처럼 늑골이 부러져 날아갔다.

그곳으로 하늘을 뒤덮는 화살 세례가 쇄도했다. 성궁이 낳은 억수와 같은 마법의 화살이 천공으로부터 밀레디에게 쏟아졌다. 중력 마법으로 격추당한다면 곡사가 더 낫다고 판단했으리라.

이어서 퇴로를 막듯 성룡 200마리에게서 일제히 『용의 포효』가 쏟아졌다. 그 중심에 있는 것은 굵기가 10미터는 될 광염— 성룡왕 아도라의 브레스였다.

"미소녀가 우습냐! —『절화』!"

언제나 주위를 떠다니는 두 개의 중력구만으로는 피할 수도 막을 수도 없었다. 그렇다면…… 즉시 발동한 특대형 중력 소용돌이로 광염을 집어삼킨다.

빨아들인 에너지가 막대해 『절화』가 파열할 것 같았지만…… 견뎠다. 그리고 죽음의 빛을 막은 사이 지상으로 낙하했다.

쏟아지는 화살과 일대를 휩쓸며 쫓아오는 대량의 브레스를 중력구로 막으며…….

시야 한쪽에 추격해 오는 라우스가 보인 순간 급속히 방향을 반전, 통신용 귀고리를 키고 믿음직한 언니를 불렀다.

"메르 언니!"

『알겠어! 밀레디!』

수천에 이르는 마법의 화살과 난발하는 수백의 브레스. 일격필살의 광염. 그것들에 숨어 육박하는 라우스. 구형으로 안개가 걷힌 천공 투기장을 포위하고 링에 다가오면 즉시 강력한 공격을 퍼부어 안개 속으로 도망치지 못하게 하는 백광 기사 300명.

단 홀로 그 폭력 속을 누비면서 시간을 벌었다.

그러자 안개비가 다친 몸을 부드럽게 감싸고 아침놀 빛이 재생의 기적을 선사했다. 평소대로 완벽한 보조였다.

그렇지만 메일의 입에서 비명 같은 말이 튀어나왔다.

『밀레디! 가능한 한 다치지 마! 언니, 지금 엄청 바빠!』

"전황이 어떤데?!"

메일 대신 대답한 사람은 『홀』로 전장 전체를 감시하는 나이즈와 곁에 있는 류티리스였다.

『밀리고 있어. 전선이 남북으로 수 킬로미터 확대됐어. 대부분이 자살 돌격 중이야.』

"자살 돌격…… 그들한테 무슨 일이……."

『우리 쪽 부상자도 늘었어요. 퇴각할 여유도 없어서 언니가 있는 구호 거점으로 귀환하지 못하는 사람도 속출 중이에요.』

"메르 언니가 바쁘다고 난리칠 만하구나…… 아차차?!"

실시간으로 회복 마법을 받아 빛나는 라우스의 강공과 덩달아 날아든 『충혼』을 아슬아슬하게 피하고 광범위 중력장으로 주변 물체를 떨어뜨렸다. 『충혼』으로 마력이 조금 흐트러져 끊길 뻔한 통신을 고치며 전 방위로 『천상섬 천익(千翼)』을 뿌렸다.

『천상섬』은 자신들의 대명사와 같은 기술. 하지만 하나하나의 크기는 작아도 위력은 거의 똑같은 그것을, 동시에 천 명분 구사하니 기사들은 자기 눈을 의심했다. 동시에 분노했고 혼란을 겪었다.

덕분에 조금 흐트러진 공격 사이사이를 누비며 밀레디는 위기를 탈출했다.

『밀레딩. 전선을 물릴게요.』

"수해에 상당한 피해가 날 텐데? 수해 재생은 마력 소비가 심하다며?"

『지금은 언니가 있으니까요. 수해 안에 거점을 만드는 건 내키지 않지만, 어쩔 수 없죠.』

"……알았어. 그래도 내가 할 일은 변함없지만! 이 녀석들을 한 명이라도 많이 묶어 두고—."

『너무 방심하는군.』

"어—."

라우스였다. 방심 따위 하지 않았다. 쭉 그에게 의식을 집중했다. 실제로 라우스는 조금 떨어진 곳에서 자신을 노려보고 있었다.

하지만 목소리는…… 뒤에서 들렸다.

모골이 송연해져 돌아봤다. 그 찰나, 가슴에 퍼지는 충격.

보인 것은 반투명한 라우스가 장타를 날린 순간이었다.

『─정불(淨祓)!』

"윽?!"

귓가에서, 혹은 멀리서 나이즈와 류티리스가 뭐라고 외치는 소리가 들렸지만 알아들을 수 없었다. 청각뿐 아니라 모든 감각이 모호했다. 말 그대로 앞뒤 분간도 되지 않았다.

그런 상태에서도 하나 확실한 것은─.

'저건, 나?'

자신이 보인다는 것이었다. 밀레디는 지금 자신을 뒤에서 내려다보고 있었다.

영문을 알 수 없었다. 그래도 자신의 몸이 꼼짝도 하지 않고 무방비해진 것은 알았다. 초조함이 폭발처럼 치밀어 어떻게든 움직이려고 했지만 중력 마법까지 해제됐는지 밀레디의 몸은 추락하기 시작했고─.

"드디어 잡았다."

어느샌가 반투명 라우스는 흩어져 사라졌고 진짜 라우스가 빛의 사슬로 밀레디의 몸을 묶고 있었다. 그리고 어둠색 사슬은 또 한 명의 밀레디도 붙잡았다.

바로 반투명한 밀레디를…….

『어? 아? 응?』

두 손, 몸, 다리가 희미한 창궁색으로 빛나고 반대편이 비쳐 보여 혼란에 빠질 뻔했다.

『대, 대체 이건―.』

"혼이 빠졌다."

상반되는 빛을 내는 두 사슬을 한 손에 쥐고 라우스가 거친 숨을 내쉬며 간략하게 말했다.

혼백 마법『정불』― 대상의 육체에서 강제로 혼을 떼어 놓는 마법.

스스로 혼백 마법『유현』으로 유체 이탈한 후 육체를 미끼로 혼백 상태에서 접근해 그 기술을 멋지게 직격시킨 것이었다.

『그런 기술, 지금까지 한 번도!』

"어제 겨우 습득했다. 보름간 놀고 있을 줄 알았나?"

라우스의 말에 밀레디는 이를 갈았다. 자신의 멍청함에 욕을 퍼붓고 싶었다.

무엇보다 라우스의 눈. 실망한 기색을 감출 수 없는 눈이었다. 희망을 보여주겠다고 하고, 라우스 번의 자유로운 의지를 되찾겠다고 큰소리치고 이 꼴이라니!

지금까지 교회 최강 전력에 홀로 맞서며 대등하게 싸워 온 경력, 오히려 이제는 익숙해지기까지 했다는 자신감, 그리고 오늘따라 비정상적으로 흘러가는 전쟁의 향방. 이유는 많았지만 변명은 되지 않았다. 작디작은 틈을 정확하게 찔리고 말았다!

밀레디는 필사적으로 자기 몸으로 돌아가려고 했지만 어둠색 사슬 — 아마 혼을 구속하는 혼백 마법 — 때문에 움직일 수가 없었다.

앞쪽에서 환호하며 다가오는 무르무와 백광 기사들이 보였다.

『나를—.』

어떻게 할 생각이냐. 그렇게 물으려고 했지만 그 전에 라우스는 억양이 사라진 목소리로 남쪽을 봤다.

"끝났다. 결국 『자유로운 의사』란 건…… 불필요한 희생자를 낼 뿐이었군."

반박하려던 말은 남쪽에서 날아온 절망에 의해 지워졌다.

안개에 커다란 구멍을 내고 공기를 날려 버리며 위를 지나간 것은…… 푸르게 타오르는 불덩이들. 무시무시한 크기의 유성우 같은 그것들은 가뿐히 10미터를 넘는 불 속성 최상급 공격 마법 『창천』이었다.

하지만 단순한 『창천』이 아니었다. 마법 전문가인 밀레디는 보기만 해도 알았다. 그것들이 『창천』 수십 발의 힘을 내포했고, 바람 속성 최상급 마법으로 초장거리 유도를 받은 초고난도 복합 마법임을…….

그리고 그런 군대나 성을 공격할 때나 쓸 마법 술식을 사용한 것이 누구인지.

『제국…… 그랜더트 제국!』

조국이기에 안다. 그 마법 대국에서 중요한 지위를 맡았던 백작 가문의 차기 당주였기에 모를 리 없었다.

"남은 해방자들이 여왕을 지키고 있겠지. 수해를 불태워도 너희라면 여왕을 지킬 거다."

『크…… 그런, 생각을! 나즈! 막아!』

밀레디의 유체가 외친 소리였다. 귀고리는 본래 몸에 있어서 기동하지 않았다. 목소리는 전달되지 않았다.

그 직후, 전장에 굉음이 퍼졌다. 격한 충격이 전해졌다.

그러자 밀레디가 있는 고도보다 높은 곳에 있던 안개가 폭발하듯 걷혀 버렸다.

"윽, 으윽. 밀레디! 무사해?! 응답해! 적은 남쪽에 있다! 보여?!"

『홀』로 직접 목소리가 전달됐다. 밀레디의 바람대로 나이즈는 공간 차단 장벽으로 첫 공격을 막아준 모양이었다. 안개도 밀레디에게 적을 보여주기 위해 류티리스가 의도적으로 해제한 듯했다.

그 앞, 안개가 걷혀 드러난 먼 남쪽에 그것이 보였다.

상하 3단, 횡렬 종대로 날아오는 100기의 비공선. 그 주돛대의 돛에는 【그랜더트 제국】의 문양이 위용을 과시하고 있었다.

그 돛에 거대한 마법진이 출현했다. 모든 배의 돛이 찬란히 빛났다. 저것이 바로 마법 대국이 자랑하는 전략급 복합 마법.

"밀레디?! 잡혔어?! 어떻게 된 거야?!"

첫 공격을 가신히 막아 낸 나이즈는 그제야 『홀』을 통해 밀레디의 상태를 확인했다.

『나즈! 나는 됐으니까 도시를 지켜!』

밀레디에게 혼백 상태에서 말을 전할 수단은 없었다. 그저 자기 몸을 지키는 것만 해도 벅찼다. 힘은 혼에 깃든다지 않는가. 힘을 쥐어짜라! 탈출해라! 자신을 질타하며 내면에 깃든 힘의 근원에 의식을 집중했지만 그렇게 쉬운 일이 아니었다. 뭔가 느껴지기는 하지만……

어쨌거나 밀레디의 표정에서 속내는 전해진 듯했다. 나이즈는 순간 이를 악물었으나……

"거기에 있군."

라우스가 『홀』을 통해 류티리스의 존재를 감지한 것을 깨닫고 바로 해제했다.

"라우스! 굉장해, 드디어 이단자의 우두머리를 잡았군! 자, 지켜봐 줄게! 신벌을 내려!"

무르무와 기사들이 곁으로 왔다. 기쁨 그득한 표정으로 밀레디를 돌아보며 죽여라! 죽여라! 신의 분노를 알려줘라! 이단자를 죽여라! 라면서 원성을 높였다.

빛나는 사슬이 밀레디의 본체와 유체를 라우스 앞으로 끌어내렸다. 그것은 마치 교수대로 올라온 사형수 같았다. 아니면 십자가에 매달린 중죄인.

라우스와 밀레디가 마주섰다. 시야 한쪽에 찬란히 빛나는 제국 비공선단과 100개가 넘는 거대한 마법진이 들어왔다. 2차 공격이 발동 직전이었다.

"남길 말은 있나?"

라우스의 감정이 사라진 눈이 밀레디를 바라봤다.

밀레디의 본체는 고개를 숙인 채였다. 하지만 그 뒤에는 몸이 비치는 밀레디가 라우스를 똑바로 쳐다보고 있었다.

그 눈을 보고 라우스는 눈을 찌푸렸다.

죽음을 앞에 뒀을 텐데 너무나 당당했으니까. 흐릿한 유체로도 밀레디의 푸른 눈동자는 오히려 실체보다 빛나 보였으니까.

『딱히 없는데~?』

게다가 평소처럼 뻔뻔하고 짜증나는 웃음까지 지었다.

"내가 죽이지 않을 줄 아나?"

『설마.』

밀레디는 웃었다. 주변을 둘러싼 기사들이 절망하지 않는 이단자에게 분개하는데, 밀레디는 갑자기 온화한 미소를 짓더니 말을 이었다.

『죽을 각오는, 언제나 하고 있었어.』

대수 주변에 3킬로미터는 될 빛나는 돔 장벽이 출현했다. 대지를 연상케 하는 나이즈의 흙색 마력광이 깃든 공간 차단 결계였다. 류티리스의『승화』를 받은 결계는 도시를 넘어 대수와 주변 부락까지 통째로 덮어 버렸다.

다음 공격도 분명히 막을 것이다. 그다음도, 그다음도.

그런 믿음을 표정에 드러내고 말했다.

『그래도 나는 아직 안 죽어. 분명히 괜찮아.』

왜 단언하냐고, 이제야 당황한 눈빛으로 묻는 라우스에게……

『왜냐고? 뻔하지!』

대답해줬다. 최고로 당당한 표정과 함께.

『나한테는! 세계 최고의 동료가 있으니까!』

그 직후였다.

엄청난 폭음을 내며 제국군 비공선단이 40퍼센트 가까이 박살났다. 그것도 명백히 형태가 다른, 기함을 포함해 주력으로 추정되는 으리으리한 비공선만. 전략급 복합 마법의 중추인 주돛대가 부러지고 추진용 마법 장치가 있는 선미에서 폭염이 치솟았다. 기우뚱 기운 비공선들이 완만하게 땅으로 떨어져 갔다.

동시에 하늘에서 다운 버스트처럼 떨어진 눈 폭풍과 달빛 섬광이 남은 비공선 절반의 돛대를 얼려 버렸다.

그리고 쐐기를 박듯 떨어진 마검 폭우가 얼어붙은 부분을 순식간에 깨뜨렸다. 그리고 덤으로 화를 면한 비공선을 따라가서 주돛대와 선미를 석화시켰다.

운 좋게 살아남은 비공선은 불과 스무 척뿐. 가까스로 복합 마법을 쏘는 데 성공했지만 지금 나이즈의 장벽을 부수기에는 턱도 없었다. 아니나 다를까, 불덩이는 수해로 떨어지기 전에 공간의 벽에 충돌해 허무하게 흩어지고 말았다.

그 충격적인 광경은 라우스뿐 아니라 무르무를 필두로 한 기사들의 얼을 빼놓았다. 그러는 사이 『게이트』에서 믿음직한 언니가 날아왔다.

"내 소중한 동생을 돌려내!"

"……?!"

허공에 대질량의 격류가 출현했다. 주위 기사를 집어삼키며 라우스와 밀레디도 거대한 물 구슬 속에 가뒀다.

수중은 메일의 독무대였다. 호흡이 막히고 몸이 둔해진 라우스로는 칼날을 머금은 워터 커터를 피할 수 없었다.

"푸헉?!"

공기가 새고 물이 입으로 들어와 더 숨이 막혔다. 그러면 제아무리 라우스라도 마법 제어를 유지하기란 어려운 법. 그 손에 있던 빛나는 사슬이 사라지고 말았다.

『밀레디! 괜찮아?!』

『움직여! 아니, 빨려 들어가고 있어!』

육체와 혼은 서로를 잡아당기는 모양이었다. 가만히 있어도 밀레디의 유체는 육체로 빨려 들어갔다. 혼과 몸이 겹쳤다. 메일은 그것을 확인하고 물 구슬을 해제했다. 그러고는 물줄기 위에 서서 밀레디를 팔로 안아 들었다. 밀레디는 물을 찍 뱉더니─.

"밀레디, 부활~! 메르 언니, 사랑해!"

"그래그래, 메일 언니도 사랑해~."

공중에 두둥실 떠서 검지를 하늘로, 한 손을 허리에 대고 포즈를 잡았다.

그리고 남쪽을 돌아보는데…….

남은 비공선이 마검 폭우와 절대 영도의 브레스에 당해 떨어졌다.

그것을 갑자기 나타난 거대한 골렘이 받고 순서대로 땅에 내리거나 팔에서 거대한 사슬을 날려 떨어지는 배를 잡아서 추락을 막았다.

이어서 100마리가 넘는 비룡 무리가 나타나 낙하 속도가 빠른 배에 무더기로 달라붙어 착륙을 도왔다.

당연히 비공선에서도 반격으로 마법이 날아왔다. 하지만 추락 중에 혼란에 빠진 상태에서 하는 공격은 하늘에 있는 자들에게 스치지도 않았다.

태양을 등지고 날개를 펼친 웅장한 빙룡과 그 등에 탄 검은 옷의 청년에게는……

"아하, 아하하하하! 늦었잖아! 밀레디 씨는 기다리다가 목 빠지는 줄 알았어!"

밀레디가 만감이 담긴 목소리로 그들을 불렀다. 세계 최강의 동료를…….

"오 군! 반!"

환희에 찬 목소리가 들린 것처럼 빙룡 반드르와 그에게 올라탄 오스카 태그팀은 단숨에 비상해 남은 선단을 정리했다.

빙룡 반드르의 날아오르는 힘과 마왕도 위기감을 느끼고 물러나게 한 브레스 앞에서 비공선단은 너무나도 느리고 약했다.

그리고 그를 노리고 대공 공격을 해도 오스카가 전개하는 검은 우산 10식 『성절』과 게이트 기능을 가진 중력, 공간 복합 아티팩트 『검은 방패』 여섯 장이 철벽처럼 막았다. 게다가 카운터로 마검이 비가 되어 쏟아졌다.

"오스카 오르크스에…… 새로운 신대 마법 사용자인가? 처음부터 수해에 없었나?"

격류에서 탈출한 기사들이 밀레디와 메일을 둘러쌌다. 오른쪽을 라우스, 왼쪽을 무르무가 맡았다.

기사들의 핏발 선 눈과 분노로 일그러진 표정과는 대조적으로 라우스는 몹시 냉정하게, 멀리서 날뛰는 오스카와 반드르를 힐끗 보고 중얼거렸다.

"어쩔래~? 계속할래~? 밀레디는 컨디션 최고니까 얼마든지 상대해줄게~."

엉덩이를 살랑대며 사람 열 받게 하는 웃는 얼굴로 도발해댔다.

일단 전사단이 수해 안으로 전선을 물리는 사이, 기사들을 유인하기 위해 도발한 것인데…….

"어머, 밀레디. 오스카랑 반이 왔다고 거들먹거리는구나! 우세에 서자마자 우쭐대다니, 정말 양아치 같아!"

"후하, 후하하하! 더 칭찬…… 야, 밀레디 씨가 왜 양아치야!"

메일 언니에게 눈을 부라렸다.

그 콩트에 기사들의 이마에는 더욱 핏줄이 늘어갔다.

그야말로 일촉즉발. 메일은 퇴각을 지원하러 돌아갈 틈을 노렸고, 밀레디는 자신만만하게 웃으며 제2 라운드의 공이 울리기를 기다렸다.

그러나 그럴 필요는 없을 듯했다.

"……! 무르무, 들렸지?"

"큭, 이 기회를 놓친 건 화나지만, 어쩔 수 없군."

뭔가 지령을 받은 것처럼 라우스와 무르무가 눈빛을 교환했다.

"후퇴한다."

라우스의 갑작스러운 명령. 기세가 올랐던 기사들에게는, 그것도 비상식적인 돌격을 감행하던 작전 중에는 믿지 못할 명령이었다.

당연히 서쪽 바다에서 그런 것처럼 누군가 반발하리라 생각했지만—.

"어? 그냥 가?"

밀레디가 눈을 동그랗게 뜰 정도로 싱겁게 기사들은 후퇴했다. 스스로 후미를 맡은 라우스가 대답했다.

"불만인가?"

"그런 건 아니지만…… 무슨 꿍꿍이야?"

라우스의 대답을 듣기 전에 나이즈에게서 통신이 들어왔다. 미친 듯이 돌격하던 연방군까지 철수를 개시했다는 내용이었다.

"제국만 믿고 이랬던 거야? 그게 막혀서 후퇴를?"

"……알아서 판단해라."

"끙…… 저 인두겁."

라우스 뒤에서 무르무와 아도라가 언제든 도울 수 있도록 날카롭게 노려봤고, 밀레디 뒤에서는 메일이 똑같이 물줄기를 휘감고 있었다.

그런 가운데, 밀레디와 라우스의 눈빛이 부딪쳤다.

"더는 실망시키지 않을게."

"……다음엔, 끝내겠다."

서로 상대방에게만 전해질 만큼 목소리를 낮춰 포부를 주고받았다.

잠시 후, 라우스는 등을 공격당하리라고는 추호도 생각하지 않는 양 돌아섰다. 그 등을, 밀레디는 물끄러미 바라봤다. 짙은 안개 너머로 사라질 때까지.

"밀레디, 괜찮아? 아저씨한테 잡혀서 몸을 농락당했잖아."

"메르 언니, 말은 골라서 하자."

틀리지는 않았지만 메일의 말만 들으면 라우스가 마치 변태 같지 않은가.

밀레디는 진지한 분위기를 말 한마디로 흘려보낸 메일을 떨떠름하게 바라봤다. 하지만 곧 자신의 실수와 이해하기 어려운 돌격 및 퇴각에 무거운 한숨을 쉬며 다시 남쪽 하늘을 봤다.

살아남은 비공선이 철수하고 있었다. 지상에 불시착한 선단에서도 제국군이 우르르 몰려나와 【아그리스】 방면으로 가는 것이 보였다.

그곳 상공에는 빙룡 반드르가 유유히 떠 있었다. 그리고 그 등에서 검은 기사왕을 『보물고』에 넣으며 늠름하게 선 오스카는 도망가는 제국군을 바라보다가 밀레디 쪽으로 몸을 돌렸고— 꼬리에 퍽 얻어맞은 뒤 추락했다.

"앗."

"어머나."

아파하는 소리가 들릴 것만 같았다. 그리고 빙룡 반드르가

「언제까지 타고 있을 거냐, 멍청한 안경잡이」라고 욕하는 소리도 들린 것 같았다.

　밀레디가 놀라서 눈을 깜빡거렸고 메일은 볼에 손을 대며 재미있어했다. 그리고 이어지는 오스카의 반격. 검은 부츠로 빙룡 반드르의 정면으로 오더니…… 안경 빔 발동! 빙룡 반드르가 앞발로 두 눈을 잡은 채 「내 눈, 내 눈!」이라고 소리치며 공중에서 몸부림쳤다. 거기에 무자비한 추가타가 들어갔다. 오스카가 혼신의 검은 우산 풀스윙으로 빙룡 반드르의 머리를 때려 그 거구를 날려 버렸다.

　한 대 더 많이 돌려주지 않으면 진 기분이 든다는 오스카의 마음속 소리가 들리는 것 같았다.

　거기서부터는 진흙탕 개싸움이었다.

　—이 망할 안경잡이, 죽어라!

　—너야말로 뒤져, 머저리 도마뱀!

　브레스를 뿜고 마검이 날아다녔다. 그러는가 싶더니 반드르가 『빙룡화』를 푼 순간 공중 육탄전이 벌어졌다. 묵직한 충격음까지 전해졌다.

　"아니! 저 둘은 왜 맨날 저 모양이야! 싸울 힘이 있으면 밀레디 씨 걱정이나 해~!"

　공기가 터질 듯한 속도로 밀레디는 싸우는 오스카와 반드르에게 돌진했다. 합류해서 기뻤는데 감동의 재회를 제쳐놓고 싸우기 바쁜 두 사람에게 화가 나기도 하고 빨리 이야기하고 싶기도 하고……

그런 밀레디는 귀여운 마음(?)을 담아서~, 『화천』!

덩그러니 남은 메일은 같이 땅에 떨어지는 오스카와 반드르, 그리고 그런 둘에게 낙하해 와락 안겨든 밀레디를 안경의 망원 기능으로 흐뭇하게 구경하는데, 느닷없이 통신이 들어왔다.

『으아아, 배드?! 뭐 하는 짓이야?! 너 미쳤어?! 왜 칼부림이야?!』

『닥쳐, 이 배신자야!』

『배신?! 무슨 소리야?!』

『시치미 떼지 마! 아니면 속으로 비웃고 있냐, 이 자식! 미카엘라랑 결혼할 때는 불러주마, 푸하하! 라고 생각하지? 젠장!』

『아, 아니, 미카엘라와는 아직 그런…….』

『다 늙은 아재가 뺨 붉히지 마아아아아아아아!』

『우왁?! 진짜로 죽이려고 해?! 방금 기사 총대장한테서 간발의 차로 지켜줬는데?! 누가 배드를 말려! 이 자식, 질투로 괴물이 됐어!』

아무래도 미카엘라의 유도로 구원하러 온 마셜이 배드를 위기에서 구했고, 배드의 질투가 폭발해서 공격받은 모양이었다. 이게 무슨 소리인가 싶지만 현실이었다.

"정말 남자들은 나이를 먹어도 애야."

『거기서 나는 빼.』

『언니, 역시 시대는 여자 커플을 원하는 거 같아요.』

나이즈의 불복 의사와 류티리스의 헛소리를 무시하고, 메일은 배드에게 벌을 준 뒤 부상자를 치료하기 위해 땅으로 내려왔다.

통신 아티팩트 너머로 최근 듣지 못했던 밀레디의 진심 어린 웃음을 듣고 자신도 즐겁게 웃으면서…….

"잘 왔어! 만나고 싶었어, 오스카! 반!"

메일이 부상자를 한꺼번에 치유하고 전선 재정비가 일단락 되어 주요 인물들이 알현실에 모였을 때, 처음으로 메아리친 소리가 그것이었다.

나이즈였다. 감동의 눈물을 글썽이고 계셨다. 여왕님이 입을 열려던 것도 무시하고 두 팔을 벌려 달려가서 오스카와 반드르를 와락 끌어안았다. 몇 십 년이나 생이별한 가족과 기적적으로 상봉한 사람 같았다.

"나, 나이즈? 대체 무슨 일이야?"

"어이, 나이즈. 너 원래 이런 성격이었나?"

당황하는 오스카와 별종을 보는 듯한 반드르에게서 나이즈는 한발 물러나 순수한 미소와 함께 말했다.

"밀레디와 메일을 혼자 상대하는 건, 무척 힘들었어."

"".......""

오스카와 반드르는 무심코 서로를 돌아봤다. 그리고 조금 전 싸운 사이라고는 믿기지 않게 마주 고개를 끄덕이더니 나이즈의 어깨에 손을 톡 얹었다. 함께 부드럽게 미소까지 더해서.

"나이즈, 잘 버렸어."

"대단하군, 나이즈. 네 용기는 인정하마."

"너희…… 고맙다. 속 쓰림이 가시는 것 같아."

남자 세 명이 단결한 아름다운 광경(?)이었다.

남자들의 우정이여, 영원하여라.

"밀레디, 저거 들었니? 너무 예의 없지 않아?"

"그러게 말이야. 밀레디 씨가 혼자 삼광 기사단 최정예를 막았다고! 빨리 칭찬해! 잘했구나, 밀레디. 역시 우리의 대천사! 아니, 여신님이야! 라고 떠받들고 귀여워하란 말이야!"

"맞아, 맞아! 언니도 지금까지 부상자를 고치다 왔어! 머리가 터질 정도로 열심히 일하고 여기저기 전부 치유했다고! 더 존경해! 숭배해! 엎드려 절해!"

왠지 여성들에게서 비난이 쇄도했다. 남자들은 밀레디와 메일을 힐끔 보고 잠시 후 다시 힘차게 어깨동무를 했다.

남자의 의리여! 굳건할지어다!

"에휴, 부러워라~. 저게 남자의 우정이지. 나한테도 저런 친구가 있었는데. 결국 우정보다 여자를 잡더라~."

"아아아, 짜증나아아아! 아까부터 종알종알 더럽게 시끄럽네! 다 큰 남정네가 계집애처럼 굴지 좀 마!"

"뭐라고, 인마?! 마셜, 너 여자 생겼다고 까불지 마라, 알았냐?"

남자의 의리여…… 굳건할지어다…….

배드의 질투와 열등감이 폭발하자 마셜은 곁눈질로 미카엘라를 봤고 미카엘라도 마셜을 힐끔 돌아봤다. 그리고 동시에 쑥스러워서 고개를 돌렸다.

"아, 아직 그런 관계가 아니래도 그러네……."

"마, 맞아요, 배드 씨! 그냥 제가 마셜 씨를⋯⋯."

"미카엘라⋯⋯."

"마셜 씨⋯⋯."

"크아아악! 못 해 먹겠어! 이 달콤한 분위기는 대체 뭐야! 누가 보면 청춘 남녀인 줄 알겠다, 엉?!"

구경하던 사람들은 생각했다. 반한 여자— 류티리스 앞에서 저런 추태를 잘도 보인다고. 저러니까 인기가 없는 거라고.

"흠흠⋯⋯ 이제 이야기를 시작해도 되겠습니까?"

일단은 여왕님 앞이었다. 파샤 재상이 헛기침하며 분위기를 전환하려고 했다.

이제 밀레디 일행과 류티리스의 은밀한 관계(?)는 공공연한 비밀이므로 측근들도 쓴웃음을 지을 뿐, 동료와 재회한 그들을 배려해 아무 말도 하지 않았다. 그러므로 믿을 사람은 그녀뿐이었다.

파샤 재상과 눈이 마주쳐 처음으로 격식을 차린 사람은 오스카였다.

"실례했습니다. 처음 뵙겠습니다, 여왕 폐하. 저는 『해방자』오스카 오르크스. 신대 마법 중 하나, 생성 마법을 사용합니다. 이 성역에 초대해주셔서 정말로 황송할 따름입니다."

한쪽 무릎을 꿇고 가슴에 손을 얹었으나, 예전 밀레디가 그랬던 것처럼 머리는 숙이지 않고 눈빛으로 경의를 표했다. 그 옆에 반드르도 섰다. 다만, 그는 무릎을 꿇지 않고 심장 위에 주먹을 대는 경례로 최고 예우를 갖추었다.

"『해방자』의 반드르 슈네. 변성 마법 사용자다. 이미 신분을 버렸으나, 내 몸의 절반에는 이그돌 마왕국 당대 마왕 라수르 알바 이그돌과 같은 피가 흐른다. 마왕의 아우로서 무릎을 꿇지 못하는 것을 용서하시오."

지나친 생각일지는 몰라도, 마왕국이 공화국에 무릎을 꿇었다는 식으로 해석되면 형을 볼 면목이 없다. 그런 반드르의 마음을 동료들은 미소를 지으며 받아들였다.

한편 류티리스와 공화국 쪽은 어떨까, 아마 괜찮겠거니 하면서도 상황을 살폈다.

"어머…… 마왕 폐하의 아우분이셨군요. 이해했어요. 그 피부색을 포함해 신체적 특징은 마인족인데 용화를 해서 신기하게 생각했어요."

류티리스는 위엄과 기품을 품은 여왕의 얼굴이었지만 따스함이 분명히 느껴지는 미소를 지어 답했다.

"걱정하실 필요 없어요. 예를 다하시는 건 눈을 보면 아니까요. 두 분 다 말이죠."

오스카는 안도했고 반드르는 묵례했다.

"저는 공화국 여왕 류티리스 하르치나. 승화 마법을 사용해요. 만나서 기뻐요. 그리고 무엇보다도 제국의 폭격을 막아주셔서 진심으로 감사드려요."

"저희는 해방자입니다."

"조력은 당연한 것. 감사는 필요 없다— 우리 리더라면 그렇게 말하겠지."

오스카와 반드르의 시선이 밀레디에게 돌아갔다. 왠지 밀레디가 콧김을 기운차게 뿜으며 거만하게 웃었다. 그것을 본 류티스는 입가를 소매로 가려 품위 있게 웃음을 흘렸다.

오스카와 반드르는 여왕과 선행한 동료들이 상상 이상으로 친밀해진 것을 알고 안도했다. 그리고 동시에 밀레디의 친화력에 감탄했다.

"그런데 두 분은 어떻게 불러야 할까요?"

"호칭, 말씀입니까? 평범하게—."

"역시 오 군 씨와 반 씨겠죠?"

""왜 그게 그렇게 돼?""

음? 사실 오스카와 반드르는 친한가? 라고 모두 생각할 정도로 완벽하게 말이 겹쳤다. 엄격해 보이는 여왕이 갑자기 친근하다 못해 상식이 의심되는 소리를 하니까 어쩔 수 없었다.

하지만 아직 잽 수준이었다. 심과 측근들도 최근에야 알게 됐지만 이 여왕, 사실 꽤 나사가 빠졌다. 그 사실을 뒤이은 말 한마디가 알려줬다.

"밀레딩, 그들에게 어울리는 호칭은 뭔가요?"

""밀레『딩』?!""

역시 네가 범인이냐! 일국의 왕에게 뭘 시킨 거야!

오스카와 반드르의 말이 또 완벽하게 겹쳤다. 그리고 밀레디를 확 돌아봤다. 분명히 짜증나는 얼굴을 하고 있으리라 반쯤 확신하며…….

하지만 의외로 밀레디는 무슨 영문인지 눈을 이리저리로 굴리고 있었다. 장난을 치다가 들킨 어린애 같다……라고 보기에는 다소 심하게 동요한 기색이었다.

바로 빙그레 웃어서 신경 쓰지는 않았지만.

"음~, 글쎄~? 역시 나즈처럼 『오스 씨』랑 『반드 씨』가 좋지 않을까?"

왠지 밀레디를 보고 메일이 흐뭇해했지만 오스카와 반드르는 친구를 걱정하느라 그쪽에는 관심도 주지 않았다.

"나이즈…… 너 여왕 폐하에게 『나즈 씨』라고 불려?"

"그래."

"예명 같군, 나이즈."

"그래."

나이즈는 먼 곳을 바라봤다. 어디를 보는 것일까. 일단 현실은 아닌 듯하다.

"후훗, 밀레디. 그러면 평범해서 재미가 없잖니."

"어이, 메일. 우리 이름에서 재미를 왜 찾지?"

알현실은 점점 혼돈으로 빠져들었다. 반드르가 분위기를 바로잡으려고 이야기를 끊으려고 하나, 그 정도로 멈추면 나이즈의 위장은 지금 이 꼴이 나진 않았을 것이다.

"음, 그래! 그럼 『귀축 안경』이랑 『츤데레 왕자』는— 앗?!"

밀레디의 마지막 비명은 물론 오스카에게 안경 빔을 맞고 반드르에게 아이언 클로를 당했기 때문이었다.

"폐하. 오스카라고 불러주십시오. 여기 있는 반드르도 마찬가지입니다."

안경이 반짝 빛났다. 「평범하네요……」라며 류티리스는 살짝 실망하는 기색이었다. 친구가 되고 싶어 말을 걸었다가 무참히 거절당한 사람…… 같은 분위기였다.

하지만 실망했다고 그냥 물러날 여왕이 아니었다. 본성을 숨기고 살다가 최근에야 『대등한 친구』의 매력에 푹 빠진 여왕님은 새로운 친구를 사귀고 싶은 욕심이 대단했다.

그런 그녀의 시선이 다른 표적을 찾았다. 오스카와 반드르 뒤에서 자신들이 끼어들 자리가 아니라고 조용히 무릎만 꿇고 있던 마셜과 미카엘라였다.

"두 분 이야기도 들었어요. 후후, 두 분의 『연애담』을 꼭 들려주세요."

갑자기 화살이 돌아온 데다가 한 나라의 왕이 어떻게 사귀게 됐는지 말해 보라고 하니, 아직 연인 관계도 아닌 마셜과 미카엘라는 눈만 동그랗게 떴다. 더불어 배드의 눈은 질투로 암흑에 휩싸였다.

이럴 때만 눈치를 발휘하는 류티리스는 입가에 손을 대고 볼을 붉혔다.

"어쩜, 배드 공이 두 사람을 저런 눈으로 보다니…… 이게 항간에서 말하는 『삼각관계』란 거네요!"

"뭐? 아니, 잠깐만! 그게 아니ㅡ."

"미카엘라 공은 인기가 많으시네요. 두 남성에게 구애받다니."

"네?!"

"멋진 여성이네요. 꼭 친구가 되고 싶어요. ……미카라고 불러도 될까요?"

"네?!"

여왕의 맹공에 미카엘라가 허둥대기 시작했다. 상대는 누가 뭐래도 여왕. 일국의 왕이었다. 본래 미카엘라의 신분으로는 알현조차 불가능하며 자신은 조직 대표인 밀레디에게 동행했을 뿐이었다.

그런데 왠지 신분 높은 수인들까지 포함해 알현실 전원에게 주목받고 있다!

미카엘라는 텔레파시를 보냈다. 뭘 어떻게 해야 할지 모르겠어! 밀레디! 도와줘! 라고……

밀레디는 괜찮아! 맡겨줘! 라며 힘차게 고개를 끄덕였다.

"미카 언니. 밀레디도 더 편하게 미카라고 불러도 돼?"

그게 아니야! 미카엘라는 더 혼란에 빠졌다!

"어머, 그럼 마셜은 『마샤』라고 할까?"

"나?"

"언니, 좋은 생각이에요!"

"뭐어?!"

마셜도 혼란에 빠졌다. 오스카와 반드르는 여왕이 메일을 『언니』라고 부르는 점에 놀란 눈치였다. 배드는 짝사랑에게 애칭으로 불린 마셜에게 질투를 넘어 살기를 품었다. 『배디』이라고 불리길 거부한 사람은 본인이면서…….

완전히 혼돈의 도가니였다. 친구가 많이 생길 것 같아서 류티리스가 무척 기뻐 보였다. 가면은 벗겨졌다. 아니, 이미 『엄격한 여왕』의 가면은 벗겨졌지만 이대로는 가장 안쪽에 숨긴 『변태』의 민낯까지 드러날 판국이었다.

"이렇게 되면 오스카 씨와 반 씨에게도 애칭을—."

"폐하. 시간은 한정되어 있습니다. 친목 도모는 일단 미뤄주시기 바랍니다. 두 분은 그냥 평범하게 부르시면 되겠지요. 아니, 그렇게 하셔야 합니다. 아시겠습니까?"

"네……."

파샤 재상의 압박이 굉장했다. 오히려 그녀가 여왕 같았다. 얼마나 무서우면 진짜 여왕이 바로 꼬리를 내렸다. 밀레디와 메일도 길게 째진 고양이 눈을 부라리자 얌전해졌다.

그 후 파샤 재상의 수완으로 긴장된 분위기가 돌아오고 이번 전투의 피해 상황, 적군의 양상, 적들의 의도 분석 결과 등 정보 공유가 이루어졌다. 거기에 더해 류티리스가 여왕으로서 가진 권능과 안개 결계의 힘도 알려줬다.

밀레디는 오스카에게 물었다.

"오 군, 이게 우리 상황이야. 그리고 방금 살짝 들었는데, 슈슈랑 다른 사람들은……."

"응, 여기 온 건 마셜과 미카엘라뿐이야. 남은 행동 부대는 제국으로 갔어."

오스카가 이곳까지 오는 데 한 달 반이나 걸린 이유는 제국에서 불온한 움직임이 포착되어 그 나라에 잠입했기 때문이었다.

그 비공선단의 기함을 포함한 주력 함대 대부분이 갑자기 폭발한 이유도 오스카 일행이 사전에 정박소에 숨어들어 공작한 덕분이었다.

사실은 첫 공격을 쏘기 전에 터뜨릴 예정이었지만 사자로 타고 있던 수광 기사단(본국에서 대기하던 인원) 한 부대와 후방에서 교전이 벌어져 조금 늦어지고 말았다.

그리고 조사에 의하면 그 비공선단은 속도를 중시한 선봉 부대였다. 슈슈, 토니, 에이브, 마가레타와 슈네 일족, 그 외 인근 지부에서 파견된 행동 부대는 제국에 머물며 2차 부대인 육군을 막기 위해 지금도 공작과 게릴라전을 펼치고 있었다.

한편, 반드르의 종마들은 이미 수해에 들어와 있었다. 버틀럼만은 분체 대부분이 수해에 있고 본체는 축소해서 지금 반드르의 품속에 있었다.

"그래…… 그럼 제국 육군을 오래 묶어 둘 수 있을까?"

마셜이 대답했다.

"불가능해도 연락은 올 거야. 여기 오는 길에 하우저랑 만났어."

"하우저랑?! 아, 다들 무사히 거점을 옮겼나 보구나?"

"그래. 이쪽 사정을 설명하니까 제국 쪽 부대와 연락을 취해준다는군."

뜻하지 않은 희소식에 밀레디의 표정이 밝아졌다. 그 후 서로 공유할 정보를 다 나누고 류티리스가 여왕의 얼굴이 되어 말했다.

"그들이 제국의 공폭을 믿고 그렇게 돌격했다고 생각하면 그 계획을 파탄 낸 셈이지만…… 밀레딩."

호칭은 그대로였다. 여왕의 얼굴과 너무 안 어울렸다. 정말로 진지할 때는 제대로 이름을 부르지만…… 그런 사실을 모르는 오스카 일행은 몹시 오묘한 표정을 지었다. 그래도 류티리스는 개의치 않고 더없이 진지하게 뒷말을 이었다.

"전에 밀레딩이 말하던 승리의 조건이 갖춰졌네요. 이제부터 어떻게 할지, 당신의 의견을 들려주시겠어요?"

"응……."

잠깐 생각하는 시늉을 했으나 대답은 이미 정해둔 것 같았다. 밀레디는 곧 앞으로 한 발 나왔다.

"류, 우리는—."

""""류?""""

"너희는 잠깐 조용히 해!"

지금은 진지해야 할 때였다. 밀레디가 헛기침했다.

"나즈는 계속해서 류를 경호하고, 메르 언니는 치료에 전념할 거야. 그리고 이번에 도착한 동료들은 전선으로 나갈 거고."

라우스 번은 분명히 피폐해졌다. 그런 상황에서도 새로운 기술을 습득해 와서 식은땀을 흘렸지만, 오스카라는 전력이 더해지면 힘의 균형은 무너진다.

수광 기사단도 반드르가 상대하면 완전히 막을 수 있다. 『빙룡화』한 반드르의 힘은 성룡왕 아도라 이상이며 우루루크의 비룡 부대와 쿠오우의 마랑(魔狼) 부대도 성룡, 성수 부대에 밀리지 않는다. 릴리스와 기타 대장급 기사들은 마셜과 미카엘라가 합세하면 지금보다 훨씬 편하게 상대할 수 있을 것이다.

"시작은 빠를수록 좋을 거야. 이번에는 우리가 치고 나가야 해. 적어도—"

조용하고 진중하게, 살을 찌르는 패기가 밀레디의 작은 몸에서 피어올랐다.

"해방자는 공세에 나설 거야. 이 전쟁에서 교회가 『절대』가 아니란 사실을 세상에 증명하기 위해."

조용해진 알현실에서 밀레디가 오스카와 반드르에게 시선을 줬다.

오스카는 안경을 손가락으로 올렸고 반드르는 목도리를 고쳐 맸다.

"리더의 뜻에 따를게."

"네가 명령하면 난 완수할 뿐이다."

둘은 당당하게 웃으며 호응했다. 배드나 마셜도 똑같이 하늘을 찌를 듯한 투지를 눈빛에 담아 보여줬다. 그런 동료들을 자랑하듯 밀레디가 가슴을 펴고 류티리스를 돌아보자 류티리스 또한 미소 짓고 결심을 굳혔다.

"그럼 함께 갑시다. 우리 공화국은 해방자와 함께 신국을 타도하고, 그들의 대의를 무너뜨리고, 연방이 정신을 차리도록 힘을 보탤게요."

"예, 류티리스 하르치나 여왕 폐하. 저희 해방자는 공화국과 운명을 함께하겠습니다."

왕좌에서 일어나 단상을 내려온 류티리스가 손을 내밀었다. 마주 선 밀레디는 그 손을 힘주어 잡았다.

공식 석상에서 손을 잡은 두 사람에게 모든 수인은 환성과 뜨거운 박수를 보냈다.

그 후 아침까지 쉬기로 한 일행은 우선 더러운 몸을 씻어 내려고 각자에게 마련된 개인실로 돌아갔다.

류티리스가 또 신대 마법 사용자끼리 티타임을 갖고 싶다—다시 말해, 결전 전에 마음껏 본성을 드러내고 싶다고 해서 몸단장 후 다시 그 호수에 모이기로 했다.

오스카는 안내를 맡은 고양이 귀 메이드에게 안경을 반짝이며 안개가 짙게 깔린 호수 앞에 도착했다. 왠지 억지웃음을 짓는 고양이 귀 메이드와 헤어져 안개를 뚫고 호수까지 간 오스카는 뜻밖의 광경을 보게 됐다.

"응? 밀레디, 일찍 왔네? 너뿐이야?"

여성은 준비에 시간이 걸린다고 하던데, 1등은 의외로 밀레디였다. 나이즈와 반드르도 아직 보이지 않았다.

"왜 이렇게 늦어? 밀레디만 따돌리는 줄 알고 슬퍼서 투신할 뻔했다고."

니 삭스와 신발을 벗고 가느다란 다리를 호수에 담가 물장구를 치고 있었다. 그냥 쉬고 있었을 테지만, 그게 투신한다는 어필인가 보다.

"하하, 퍽이나."

오스카는 일단 웃어 봤다.

"야, 오스카. 너 그거 무슨 뜻이냐? 엉?"

너한테 그런 섬세한 마음이 퍽이나 있겠다고 간접적으로 지적하자 밀레디가 아니꼽게 쳐다봤다. 그 표정 그대로 옆자리를 탁탁 때렸다.

리더의 명령이라면야……. 오스카는 어깨를 으쓱이고 밀레디 옆에 앉았다. 샤워하고 또 물에 젖기는 싫어서 호수에 발을 담그지 않고 책상다리를 했다.

얼마간 대화는 없었다. 하지만 어색한 분위기는 아니었다. 오히려 놀라울 만큼 평온하고 편안했다. 단둘이 나란히 앉아 멍하니 시간을 보냈다.

얼마나 그러고 있었을까? 문득 밀레디가 입을 뗐다.

"벨을 구한 사람, 역시 라우스 번이 맞나 봐."

"……그래? 고맙다고 했어?"

"응. 그리고 약속도 했어."

"그럼 증명해야지. 밀레디 라이센은 누구에게도 지지 않는다고."

"응."

"내가 도울게."

"응."

어떤 약속인지 말하지 않아도 오스카는 알았다. 적과 내통한다고 무턱대고 비난하지 않고 당연한 일인 양 긍정하고 조력을 약속했다.

밀레디의 묶은 머리가 살랑살랑 춤췄다. 마치 심경을 드러내는 것처럼. 그리고 다리도 흔들흔들. 물도 주위로 튈 정도로 첨벙첨벙.

"앗, 잠깐, 밀레디. 안경에 물 튀잖아."

"참으셔."

"횡포야."

"밀레디는 미소녀니까. 미소녀 이쯤 횡포야."

"세상 모든 미소녀에게 사과할래?"

조금 전까지 언짢아 보이던 밀레디가 지금은 기분 좋게 물장구를 쳤다.

기분도 표정도 휙휙 바뀌는 건 언제나 있는 일이었다. 오스카는 바뀐 게 없다며 어깨를 으쓱였다.

그렇다, 언제나 있는 일이었다.

한 달 반— 밀레디와 만나고 이렇게 오래 떨어진 적이 없었고 본격적인 전쟁도 처음이었다. 그래서 행여 불안에 떨지는 않을까 걱정했지만…… 아무래도 괜한 걱정이었나 보다. 밀레디는 평소 그대로였다.

그 점에 진심으로 안도했다. 그 순간, 물보라가 오스카의 얼굴을 직격했다. 튄 수준이 아니었다. 명백히 노리고 끼얹은 양이었다.

"……밀레디, 이게 무슨 짓인지 알려줄래?"

자연스럽게 목소리가 낮아졌지만 밀레디 딴에도 이유는 있는 것 같았다.

"이, 이상한 눈으로 남의 얼굴을 빤히 보니까 그렇지! 쳐다보지 마!"

"날 변태 취급해? 배짱 하나는 인정할게."

이상한 눈— 보통은 음흉한 눈이라는 의미이므로 오스카의 해석은 자연스러웠다. 그래서 자신이 아주 다정한 눈길로 바라보는 바람에 밀레디가 수줍어서 그런다고는 미처 생각하지 못했다.

"뭐야, 해보자는 거야? 오 군 주제에."

퍽퍽. 몸을 틀어 젖은 다리로 오스카를 찼다.

"야, 하지 마. 옷이 젖잖아."

"그냥 맞기나 해. 이건 밀레디가 주는 벌이기도 하니까."

"벌? 내가 대체 뭘 잘못했다고?"

말하는 동안에도 퍽퍽 차 댔다. 물에 담가 수분을 보충해 또 맨다리 공격. 두 사람 모두 앉은 상태라서 너무 다리를 들면 치마 안이 보일지도 몰랐다.

그것을 아는지 모르는지, 오스카는 되물으면서 밀레디의 다리가 너무 올라가지 않게끔 손으로 막았다.

"늦게 왔어."

호수에 늦게 왔다는 뜻은 아닐 것이다. 이 땅에 오는 것이 늦었다는 말이리라.

"이유는 설명했잖아?"

"몰라."

왜 떼를 쓰는 걸까. 보드라운 밀레디의 다리를 막으며 오스카는 난감한 표정을 지었다. 그런 오스카의 손을 밀레디가 다리로 꾹꾹 밀어냈다.

보통은 팔보다 다리가 강하지만 단련한 남자와 근접전은 전문이 아닌 소녀의 차이가 있었다. 아무리 밀어도 오스카는 미동조차 하지 않았다.

"오 군 주제에 건방져."

"그래그래, 내가 잘못했어. 자, 곧 사람들이 올 테니까 신발 신어."

그러면서 오스카는 주머니에서 손수건을 꺼냈다. 그러더니 밀레디의 다리를 잡고 부드럽게 물기를 닦아줬다.

"아, 됐어! 내가 할래!"

"그래?"

말은 그렇게 하면서 오스카는 손을 멈추지 않았다. 밀레디가 손수건을 빼앗으면 그대로 뒀겠지만…… 왠지 밀레디도 그대로 가만히 있었다.

"조, 좋다. 마음이 기특하여 봐주겠다."

"그래그래."

"아, 미소녀는 괴로워. 안 그래도 된다는데 자꾸 뭘 해준다고 하네. 괴로워~, 미소녀는 괴로워~."

"그러게~, 미소녀는 괴롭겠어~."

"귀여운 게 죄지~. 미안, 오 군! 밀레디의 매력이 주체가 안 돼서!"

"그래. 주체가 안 되네, 주체가 안 돼."

"……."

다리를 내민 채 밀레디는 빨라진 말투로 뇌까렸지만 차차 기세가 수그러들었다. 눈은 엉뚱한 방향으로 돌리고 볼은 어렴풋이 상기되었다.

"자, 끝."

"으으."

다리를 찰싹 치자 밀레디가 이상한 소리를 냈다. 왠지 불만스러운 눈으로 오스카를 노려보면서 니 삭스와 신발을 신으려고 일어났다.

그리고 손을 뻗은 곳에서— 봤다. 칠흑색 그 생물을. 밀레디의 니 삭스 안에서 살금살금 기어 나오는 모습을…….

"끄에에에엑?!"

분위기 깨는 비명을 지르고 밀레디가 펄쩍 뛰어올랐다. 그리고 초고속 백 스텝을 하며 공중에서 몸을 휙 돌려서 믿음직한 동료— 오 군에게 달라붙었다.

"우오 구운~!"

"으악, 잠깐, 진정해."

호숫가였다. 그런 곳에서 갑자기 등에 사람의 체중이 실리면 어떻게 될지는 자명한 일. 예상대로 오스카와 밀레디는 같이 호수에 빠져 버렸다.

참고로 이 호수는 얕은 가장자리라도 밀레디의 가슴까지 올 수심이었다. 당연히 넘어지면 물에 빠지게 마련이었다. 두 사람이 급하게 얼굴을 내밀고 숨을 푸하 토했다.

"쿨럭쿨럭. 밀레디, 그렇게 나를 화나게 하고 싶어? 아무리 그래도 너무했어."

오스카 이마에 파란 핏줄이 섰다. 밀레디는 콜록거리면서 신발을 척 가리키며 변론했다. 흠뻑 젖어 알기 어렵지만 아마 눈물이 고였을 것이다.

"아, 아니야! 있었다고! 우가! 준동암흑의 우로보로스가!"

"누구야?"

"바퀴오레!"

"바퀴오레한테 이름을 붙였어?! 밀레디, 지금 당장 쉬어! 너 피로가 쌓인 거야."

"아니라니까! 우는 특별해, 류의 친구란 말이야!"

"무례한 것도 정도가 있지! 여왕님이 바퀴오레 친구라니! 정말 그러면 정신 나간 괴짜잖아!"

응? 안개 반대편의 상태가……. 이상한 신음 같은 소리가 들린 기분이? 두 사람은 떠드느라 못 들은 모양이지만…….

"우으, 그야 보통은 직접 보지 않으면 못 믿겠지."

"무슨 소리야?"

"나중에 알게 될 충격적인 사실이 있어."

"정말 무슨 소리인지 모르겠어."

여왕님은 괴짜 정도가 아니다. 변태다. 그렇게 말해도 보지 않고는 못 믿을 내용이었다. 한 나라의 여왕님께서 이미 구제 불가 변태 마조히스트라니, 누가 상상이나 했겠는가.

"밀레디, 이상한 소리 하지 말고 어서 나가자. 바퀴벌레도 도망간 것 같으니까. 알았지?"

"어? 정말이네. 우가 아니었나? 나는 분간을 못 하니까……."

아무래도 평범한 바퀴벌레가 우연히 들어간 모양이었다. 우라면 『놀라게 해서 미안하오!』라고 말하듯 두 발로 설지도 몰랐다.

첫날 소동이 살짝 트라우마가 됐다는 자각이 들었다. 극복해야겠다고 한숨 쉰 밀레디는 호수에서 나가려고 등을 돌린 오스카를 따라가다가…… 문득 오스카의 웃옷 주머니에서 떨어지려고 하는 액세서리를 발견했다.

"오 군. 그거 떨어지려고 해."

"응? 아차, 큰일 날 뻔했네."

허둥대며 잡는 모습이 제법 소중해 보였다. 푸른 광석을 마름모꼴로 가공한 목걸이인데, 오스카가 만든 것치고는 조금 거칠어 보였다.

그렇다면 받은 물건일까……. 밀레디는 그렇게 짐작했다.

"알겠다. 여자지? 이번에는 어떤 가엾은 여자가 짝퉁 신사에게 걸려들었을까?"

"오해 살 소리 하지 마."

흥, 콧방귀를 치며 오스카를 제치려고 했다. 하지만 그 팔을 오스카가 붙잡았다.

"이건 네 거야."

"……어?"

오스카가 내민 목걸이를 보고 밀레디의 눈이 동그래졌다.

"다들 모이면 주려고 했는데 딱히 기다릴 필요도 없으니까."

"이거……."

당황한 밀레디에게 오스카는 눈을 부드럽게 뜨고 말했다.

"콜린과 루스가 주는 거야."

"아……."

"전쟁이라니까 다들 걱정하더라. 그래서 준 부적이야. 콜린이 소재를 발견하고 루스가 연성했어."

새로운 은신처는 산에 있었다. 광물이 풍부한 지역이었다. 그곳에서 콜린이 우연히 푸른 광석을 발견했고 그 푸른빛이 밀레디의 눈동자로 보였다고 한다. 그래서 아무것도 못 하는 대신 하다못해 부적을 만들자며 루스와 협력한 것이었다.

"그랬구나…… 그 애들이…… 그래."

헤헤, 에헤헤, 하며 밀레디가 얼굴을 헤벌쭉거렸다. 오스카가 만든 아티팩트처럼 강력한 효과는 없었다. 그래도 그『푸른 부적』에 담긴 마음은 분명히 강하게 밀레디를 지켜주고 지탱해 줄 것이다.

"역시 내 동생들이야. 잘 만들었지?"

"아하하, 응! 최고야! 오 군보다 잘 만드는 거 아냐?"

"질 수 없지. 나도 더 노력해야겠어."

두 사람 다 아이들의 마음과 성장을 생각하면 웃음이 멈추지 않았다.

"오 군. 이거 걸어줄래?"

"원한다면."

동생들이 준 선물을 형에게 달아달라고 한다.

밀레디의 표정이 기쁨으로 차올랐다.

오스카가 밀레디와 마주 보고 한 발 거리를 좁혔다. 목걸이를 걸기 위해 밀레디를 끌어안듯 팔을 둘렀다.

걸어준 뒤에도 거리는 그대로였다.

"어때?"

"어울려. 안 어울릴 리가 없지."

"헤헤."

잘못하면 살과 살이 닿을 거리에서 서로를 바라봤다. 호수가 내는 희미한 빛에 비쳐 물을 떨어뜨리면서 웃는 두 사람은 아주 환상적인 그림이었다.

이곳에 저명한 화가가 있었다면 반드시 이 순간을 화폭에 담아 영원히 남기고 싶었으리라는 확신이 들 정도로…….

그래서 영원히 남기기로 했다. ……찰칵.

"응?!"

"지금 건?!"

두 사람이 동시에 소리가 난 방향을 확 돌아보자, 있었다. 안경 쓴 메일이. 안경테를 꾹꾹꾹꾹! 찰칵찰칵찰칵찰칵! 안경 촬영 버튼을 미친 듯이 연타한다!

그 옆에는 황홀하게 볼을 물들인 류티리스도 있었다. 어깨에는 우와 디도 타고 있었다. 역시 방금 본 것은 우였나 보다.

그리고 그런 류티리스를 혐오스럽게 곁눈질하며 살짝 거리를 둔 반드르와 오스카에게 말리지 못해 미안하다는 표정을 짓는 나이즈도 함께였다.

"멋져, 밀레디! 언니는 가슴이 터질 것 같아!"

"언니! 저도예요! 역시 두 분은 그런 관계셨군요!"

아무래도 처음부터 지켜본 분위기였다. 부자연스럽게 모두 늦게 온 것도 일부러 시간차를 뒀기 때문이리라. 오스카와 밀레디를 단둘만 있게 하려고.

그리고 이렇게 가까이 올 때까지 눈치채지 못한 것은 틀림없이 류티리스의 안개 때문이었다. 주범이 메일인 것은 말할 필요도 없다. 의심의 여지도 없다.

마치 스캔들 현장을 찍힌 아이돌처럼 얼이 빠졌던 밀레디는 뒤늦게 그런 사실들을 이해하고는—.

"아, 아니야아아앗! 그런 거 아니야아아앗!"

중력 마법으로 수평 낙하했다. 꺅꺅 소리치는 메일과 류티리스를 향해 더블 밀레디 킥이 명치에 적중했다.

""우헉?!""

두 사람이 여성이 내면 안 될 소리를 내며 날아갔다. 그러고 배를 끌어안은 뒤 웅크리고는—.

"미, 밀레디…… 지금 건 아팠어. 언니, 내용물이 나올 거 같아……."

"허억허억. 이, 이런 통증은 처음 느껴……. 밀레딩, 좋아여어……."

정반대의 이유로 신음하는 메일과 류티리스를 놔두고 밀레디는 어깨 너머로 오스카를 돌아본 후 손가락으로 척 가리켰다.

한껏 자아도취한 표정으로 훗 웃고는 머리를 쓸어 올리면서…….

"오 군. 아무리 밀레디가 세계 최강으로 귀여워도 이상한 생각하면 안 돼! 알겠어? 뭐, 오 군이 처음부터 밀레디한테 반한 건 누구나 아는 사실이지만~!"

"아, 응. 네 짜증나는 얼굴을 보면 누구나 그럴 마음이 사라지니까 걱정 안 해도 돼. 그보다 나는 거기 배 끌어안고 뒹구는 여왕님이 걱정인데."

심상치 않게 헉헉대니까 걱정이 될 만도 했다. 게다가 누가봐도 황홀한 표정으로 말이다. 알현실에서 만난 인물과는 다른 사람으로밖에 안 보였다.

"오스카, 마음에 새겨들어. 반도 놀라지 말고 들어줘."

나이즈가 심각한 표정을 짓고, 희망이 없다고 절망한 분위기로 설명했다.

"공화국 여왕 류티리스는…… 극도의 변태 마조히스트야!"

"감사합니다!"

"심지어 『친구는 벌레뿐인 외톨이』에 나사도 빠졌고, 작명 센스가 오스카와는 다른 방향으로 말아먹은…… 성격에 끔찍한 문제가 있는 여왕이야!"

"쉴 새 없는 언어폭력! 아, 안 돼. 몸에서 뭔가 올라와요오오!"

류티리스가 움찔움찔 경련하면서 허리를 꺾었다. 듣던 대로 끔찍했다. 아니, 끔찍한 문제가 있었다.

"알고 싶지 않았어…… 이런 현실."

자신과 같은 왕족이 설마 이 모양일 줄이야……. 형님, 다시

한 번 진심으로 존경합니다. 분명 형님이 세상에서 제일 훌륭한 왕입니다.

그리움에 사무친 표정으로 반드르는 먼 남쪽을 바라보았다.

한편, 지독한 진실을 알아 버린 오스카는…….

"나이즈. 이건 수샤랑 윤파가 보냈어. 둘 다 너한테 부적을 만들어줬어."

"그, 그래?"

없었던 일로 치려는 모양이었다. 앞으로 오래 알고 지낼 사이니까 소용없는 짓이지만 오스카도 그것을 갑자기 받아들일 도량은 없나 보다.

나이즈는 분위기를 전환하고 끈으로 묶인 작은 금속 케이스를 조심히 건네받았다.

"케이스는 루스가 연성한 거야. 루스가 이 말을 전해 달랬어."

"……? 뭐지?"

"—「나이즈 형. 형을 위해서 하는 말이야. 열어 보지 마」라고 했어."

금속 케이스를 확 내려다봤다. 안에 대체 뭐가 들었기에…….

"착각일지도 모르지만…… 이걸 만들고 수샤랑 윤파의 머리카락이 살짝 짧아진 느낌이—."

"더는 말하지 마!"

뭔가 불길한, 강한 사념 같은 것이 느껴지니까! 이럴 때는 생각하면 안 된다. 그냥 자매가 나이즈를 생각하는 마음이 담겼다는 것만 알면 된다.

오스카와 나이즈는 서로 고개를 끄덕였다. 그리고 자신들 주위에 정상적인 여자가 없다는 동병상련의 아픔도 나눴다. 그러다가 문득 생각했다.

밀레디의 목걸이는 매우 평범했다. 애초에 부적을 보내자는 것은 콜린의 제안이었고 밀레디뿐 아니라 메일에게 줄 몫도 받아 왔다. 숲 은신처에서도 콜린은 열심히 사람들의 뒷바라지를 했고 아무리 힘들 때라도 언제나 포근한 미소를 보여줬다. 남을 배려할 줄 아는 착한 아이, 조금 소심하지만 필요할 때는 제 의견도 똑바로 말할 줄 아는……

"어? 내 동생, 천사 아니야?"

"이견은 없다."

콜린 대천사설. 남자 두 명은 왠지 뜨거운 악수를 나눴다. 그리고 왠지 「오빠랑 나이즈 오빠! 파이팅!」이라고 콜린이 격려하는 소리도 들린 것 같았다.

그 후 간신히 분위기를 수습하고 신대 마법 사용자들의 티타임이 시작됐다.

오스카와 반드르가 류티리스를 애칭으로 부르게 되고, 하지만 두 사람은 애칭을 결사 거부하고, 류티리스가 경련하고, 모두 소름 끼쳐 하고……

대단히 소란스럽지만 즐거운 시간이 흘러갔다.

전시인 와중에도 그곳에는 한때의 평화와 희망이 있었다.

그리고 폭풍전야의 고요함은 갑작스럽게 끝을 맞이했다.

"""""".....?!"""""

여섯 명이 일제히 마비된 것처럼 경직했다. 폭발적으로 발생한, 막대하며 무시무시한 마력으로 인해……

공간이 진동하고 대지가 흔들렸다. 너무나도 폭력적이고 압도적인 힘에 수해의 모든 생명이 숨을 멈췄다.

밀레디, 오스카, 나이즈가 눈을 번쩍 뜨고 메일과 반드르가 식은땀을 흘리는 가운데, 류티리스가 비명처럼 외쳤다.

"설마, 설마 이럴 리가?!"

그녀의 시선이 도시의 중심, 대수로 돌아갔다.

그 찰나, 시야가 트였다.

수백 년 동안 수인들의 성역인 수해를 불가침의 영역으로 만들었던 절대적 수호, 『안개 결계』가 폭탄이 떨어진 것처럼 퍼져 사라졌다.

우뚝 솟은 『어머니 나무』가 하늘 아래에 오롯이 모습을 드러났다. 기이한 빛을 내며 무지개로도 보이는 신비한 색의 마력을 맥박처럼 방출하고 있었다. 마치 무언가에 필사적으로 저항하는 것 같기도, 혹은 견디기 어려운 고통에 몸부림치는 것 같기도 했다.

대수 우아 아르트가 비명을 지르고 있다.

이상 사태를 깨달은 밀레디가 겨우 정신을 차렸다.

"이 기운, 틀림없어! 오 군, 나즈!"

"그래. 놈이야."

"설마 대수에? 류가 목적이 아니었어?!"

대화는 급박하게 오갔다. 그것을 듣고 다른 이들도 이상 사태의 원인을 이해했다. 동시에 반드르가 혀를 차며 서쪽으로 눈을 돌렸다. 그 어깨에 작은 버틀럼이 올라가 있었다.

"버틀럼 분체의 보고다. 수해 전체에서 안개가 사라졌어. 그리고 총공격이 개시됐다는군."

완벽한 타이밍에 이루어진 재침공. 모두가 혼란에 빠졌다. 류티리스는 대수의 이상에 동요하면서도 달려가려고 했다. 메일의 호통이 그것을 막았다.

"전부 정신 차려! 비상사태에 일일이 동요하지 마!"

엄한 눈빛을 받고 모두의 눈에 침착한 기색이 돌아왔다. 밀레디는 감사의 뜻을 담아 눈짓하고 심호흡했다.

"류. 방금 뭐에 놀란 거야?"

밀레디의 질문을 받고 류티리스도 차분하게 답했다.

"대수는 강인해요. 설령 줄기가 부러지는 한이 있어도 안개 결계가 순식간에 사라지지는 않아요."

그 정도로 권능은 사라지지 않는다. 시간을 들이면 재생할 수도 있다.

그런데도 불구하고 이 사태가 벌어졌다는 것은—

"깊은 지하, 견고한 광석과 첩첩이 겹친 뿌리로 보호하는 최심부. 마법에도 물리력에도 굉장히 강한 내성을 가졌고, 이 수호장에 선택받은 자만 들어가고 다른 이를 인도할 수 있는 곳— 대수의 중추. 그곳을 손상시키지 않는 한 이렇게 되지 않아요."

그렇다는 말은…….

"사도는, 그곳에 있다?"

하지만 대수에게도, 대수와 통하는 류티리스에게도 들키지 않고 어떻게 침입했는지 알 수 없었다.

그때, 근위 전사장 크레이드가 낯빛을 바꾸고 달려왔다.

"폐하!"

"알아요. 다른 전사장들은 어디 있죠?"

"출격했습니다. 해방자들도 동행했습니다."

"잘하셨어요. 전장은 심에게 일임할게요. 크레이드, 근위 전사단도 심의 지휘에 따르세요."

"허, 허나 저희에게는 폐하를 지키는 역할이—"

"이미 대수 안에서 보호받는 시간은 끝났어요. 총력전입니다. 우리도 이 이변을 해결하는 대로 전장으로 나갈 거예요. 크레이드, 문답할 시간은 없어요. 칙명입니다. 가세요!"

"……옛!"

류티리스가 외친 명령에 크레이드는 각오를 다진 눈빛으로 고개 숙였다. 그리고 나이즈에게 폐하를 지켜달라고 눈짓한 뒤 근위병을 끌고 돌아갔다.

류티리스가 밀레디와 눈을 마주쳤다. 의도를 남김없이 읽어 낸 밀레디는 고개를 끄덕였다.

"오 군, 반. 지상은 맡길게."

"사도 상대로 우리를 빼고 간다고?"

"안개 결계가 없으면 기사단을 방치할 수 없어. 게다가 어차피 대수의 심부에서 녀석과 싸울 순 없어. 어떻게든 밖으로 빼낼게."

작전의 핵심은 물론 나이즈였다.

"메르 언니는 같이 와줘."

"알았어."

"류, 우리를 안내해줘!"

"알겠어요. 알현실로 가죠."

"나즈, 시간이 아까워. 옮겨줘."

"그러지."

나이즈를 중심으로 밀레디, 메일, 류티리스가 서로의 몸에 닿았다. 전이 직전, 밀레디는 오스카와 반드르에게 다시 한 번 눈길을 줬다.

"부탁할게."

"맡겨만 줘."

"너희야말로 실수하지 마라."

함께 씩 웃으며 두 큰 주먹과 하나의 작은 주먹을 톡 부딪쳤다.

그리고 밀레디의 모습이 사라졌다. 동료들이 떠난 후 반드르는 바로 『빙룡화』했다. 오스카가 그 등에 거리낌 없이 올라탔다. 단숨에 비상한 빙룡이 수해 상공에 올랐다.

멀리 노도처럼 밀려오는 적군이 보였다. 그리고 그 위를 덮은 무수한 검은 점도. 하늘을 누비는 백광 기사단과 수광 기사단이었다.

수해 끝에서 전사단이 총출동하는 모습도 보였다. 수해에 숨어 있어도 안개 결계가 없으면 마법으로 집중 포화당할 뿐이었다.

그래서 『쏘기 전에 죽인다』를 선택했고 그것이 정답이었다. 난전으로 끌고 가며 가능한 한 수해로 유인할 작정이었다.

틀림없이 사투가 된다. 그 어렵고도 유일한 작전의 성공 여부는 『백광』, 『수광』에게 얼마나 대항할 수 있느냐에 달렸다.

"반, 네 상대는 세계 최고봉의 조련사야. 승산은?"

『누구한테 하는 소리냐. 나는 세계 제일의 조련사다. 너야말로 교회 최강의 기사단 상대로 승산은 있는 거겠지?』

"힘닿는 대로 해 봐야지. 저것들은 전채에 불과해. 메인 디시는 비교도 안 되게 가혹할 거야."

『그렇다면 빨리 먹어치우도록 하지.』

"실망시키지 마, 짝퉁 예술가."

『그건 내가 할 소리다. 안경잡이.』

위험천만한 전쟁을 앞에 두고 견원지간인 둘은 티격태격하고, 웃었다.

반드르에게서 용의 포효가 터졌다.

거기에 호응해 수해에 흩어져 경비하던 우루루크와 비룡 부대가 날아올랐다. 동시에 수해 나무들 틈으로 질주하는 흰 거대 늑대 무리— 쿠오우의 마랑 부대도 보였다.

우루루크가 나란히 날았다. 그 등에서 수많은 슬라임이 옮겨 탔다. 그것이 반드르의 등에 있는 버틀럼의 본체와 합류해 맹렬하게 출렁거렸다.

거기에 맞춰 수인 전사들의 함성도 대기를 진동시켰다.

위기에 직면했어도 투지와 기개는 하늘을 찔렀다.

고양되는 전의를 느끼면서 오스카는 검은 안경의 망원 기능으로 라우스 번을 찾았다. 강철도 뚫을 눈빛으로 그를 응시하며 오스카는―.

"밀레디가, 그리고 우리가 가진 희망을 전부 보여주마."

―우리의 소중한 리더를 위해서.

그렇게, 힘주어 말했다.

밀레디 일행은 대수의 중추로 가기 위해 우선 알현실로 전이하려고 했다.

하지만 그들의 초조함과는 별개로 계획은 처음부터 차질을 빚었다.

"욱?!"

"나즈?!"

시야가 전환됐다. 눈앞에는 왕좌가 있어야 하건만 보이는 것은 나무 벽뿐. 전이한 곳은 대수 아래였다. 뒤를 보니 대수의 이변에 백성들이 우왕좌왕했고 공황에 빠진 소리가 울려 퍼졌다.

전이 실수인가 싶어 나이즈는 다시 한 번 전이하려고 했다. 그러나―.

"마력을 튕겨 내!"

"……아마 대수의 방어 능력이에요. 외부의 간섭을 모조리 튕겨 내고 있을 거예요."

신대 마법조차 간섭하지 못하는 힘. 류티리스가 사도의 침입을 믿지 못한 이유가 있었다.

"……안 되네요. 제 힘도 현저히 제한됐어요."

대수를 조종해 봤지만 불간섭 능력을 해제할 수는 없었다. 그만큼 대수가 지금 위기 상황이라는 뜻이겠지.

그것을 증명하듯, 격하게 박동하며 마력을 방출하고 땅이 흔들리는 와중에 대수는 또 다른 이변을 보였다.

"아…… 안 돼…… 대수의 잎이……."

그렇게 파릇파릇하고 생기 넘치던 잎이 한 장, 또 한 장 떨어졌다. 대수가 시들어 간다. 더군다나 아래에서 쳐올리는 듯한 격진까지 일었다.

일행과 도시 주민이 모두 비명을 지르고 땅에 넘어졌다. 조금 전 진동과는 비교도 되지 않는 충격이 지축을 뒤흔들었다.

그리고…… 격한 땅울림과 함께 대수가 꺼지기 시작했다. 속도는 느리지만 땅에 균열이 생기며 분명히 가라앉고 있었다.

"류! 수호장으로 여기서 직접 『중추』로 못 가?!"

"불가능해요."

대수의 중추는 설령 수호장에 선택받은 사람이라도 정해진 규칙에 따라서만 입장할 수 있었다. 그 길의 봉인을 해제하는 열쇠가 바로 수호장이니까.

"알았어. 다들 가자!"

이를 악물 시간도 아깝다. 그런 뉘앙스로 밀레디는 중력 마법을 사용해 전원을 하늘로 낙하시켰다. 대수에 너무 붙지 않게 조심하며, 시들어 떨어지는 입을 피하면서 알현실을 향해…….

"폐하! 무사하십니까?!"

테라스에서 반겨준 이는 부하들에게 쉴 새 없이 지시를 내리던 파샤 재상이었다.

착지하자마자 류티리스는 왕좌로 달려갔고 옆으로 따라오는 파샤 재상에게 명령했다.

"저는 괜찮아요. 그보다 대수 중추가 공격받았어요. 안개 결계는 당분간 기능하지 못해요. 파샤, 한시라도 빨리 백성들을 동쪽으로 피난시키세요!"

"이미 그러고 있습니다. 폐하께서 백성들에게 성명을 발표해주셨으면 했지만, 그럴 여유는 없어 보이는군요. 도시는 포기한다고 봐도 되겠습니까?"

"파샤, 당신에게 피난에 관한 전권을 위임합니다. 제가 싸움터에 나간 사이, 여왕의 대리자로서 백성들을 지켜주세요."

"뜻을 받들겠습니다. 무운 장구하시기를……. 류, 무사해야 한다."

"네. 파샤도, 몸조심하세요."

마지막으로 할머니와 손녀의 얼굴로 서로를 보고 파샤 재상은 걸음을 멈췄다. 그리고 기민하게 돌아섰다. 지나치며 보내온 시선의 의미를 이해하고 밀레디 일행은 고개를 끄덕였다.

류티리스는 반드시 지키겠다는 결의였다.

왕좌에 도착한 류티리스는 집중하며 수호장을 휘둘렀다. 그러자 나뭇가지로 엮인 왕좌가 스르륵 풀리더니 거꾸로 된 나무 문장으로 형태를 바꾸었다. 그 직후, 바닥에 구멍이 나고 아래로 이어진 나선 계단이 드러났다. 중앙에 뚫린 구멍은 깊어 바닥이 보이지 않았다.

"시간이 아까워요. 대수에 간섭하지만 않으면 괜찮을 테니까, 밀레디, 부탁드릴게요."

"오케이! 간다!"

네 명은 나선 계단을 쓰지 않고 중앙 구멍으로 뛰어내렸다. 순식간에 바닥이 보였고 밀레디가 중력 마법으로 감속하려던 순간, 착지할 시간도 아깝다는 듯 류티리스는 공중에서 수호장을 휘둘렀다.

그러자 다시 바닥이 풀리며 구멍이 생겼고, 더 깊은 지하로 이어진 길이 열렸다. 그게 다섯 번 반복됐다. 한 번도 착지하지 않고 약 300미터 이상을 낙하해 다다른 곳은 지하의 작은 공간이었다.

지금까지 대수 안을 통과했는데 그곳은 전면이 검은 광석과 그 광석에 얽힌 굵다란 뿌리로 되어 있었다.

"이거…… 오 군이 쓰는 걸 봤어. 아잔티움 광석이라고 했던가?"

"세계 최고의 내구성을 자랑하는 광석 말이군."

"응. 그래도 색이 좀 이상해……. 이 느낌, 라이센 저택에 있던 때 많이 본 봉인석도 상당히 섞인 것 같아."

중추로 가는 길을 막은 그 벽은 물리, 마법 쌍방으로 세계 최고의 내구도를 자랑하는 광석이었다. 그것에 얽힌 뿌리도 기묘한 힘을 발했다. 아마 광석처럼 특이하고 강인한 방어력을 자랑할 것이다.

"밀레디, 나이즈. 저기 있어."

"알아."

메일의 이마에 식은땀이 맺혔다. 정면에 선 벽, 거꾸로 된 나무 문장이 작게 새겨진 그 안쪽을 들여다본 것처럼. 강인한 벽 너머로도 알 수 있었다. 이 앞에 무시무시한 존재가 있다. 말도 안 되게 강한 힘이 범람하고 있다고.

"열려요! 각오를 다지세요!"

류티리스가 똑같이 식은땀을 흘리며 자기에게 들려주듯 외쳤다. 드디어 마지막 봉인이 풀렸다.

쿠구구궁. 광석 문이 양측으로 밀려 열렸다.

그 순간, 눈을 태우는 착각이 들 정도로 강렬한 『은광』이 뻗어 나왔다. 그리고 물리적인 충격마저 느껴지는 막대한 압박감도……

보통 사람이라면 이 시점에서 기절해도 이상하지 않았다. 그런 상식을 벗어난 빛의 폭풍 속을 향해 일행은 팔로 얼굴을 감싸고 뛰어들었다.

그리고 다시 마주했다.

"오셨나요."

은색 발키리. 교회의 비밀 병기. —신의 사도. 그 아름다움은 여전히 다른 세상의 것처럼 느껴졌지만, 눈동자에 있는 것은 허무뿐이었다. 말 그대로 비인간적인 아름다움.

은색 날개와 은백색 드레스 갑주를 휘날리며 우아하게 팔을 털었다. 공간을 꽉 채웠던 은색 빛이 흩어졌다. 그제야 겨우 전모를 확인할 수 있었다.

돔 형태의 크지 않은 공간이었다. 문과 같은 아잔티움 광석과 봉인석의 복합 금속 같은 벽에 둘러싸이고 두꺼운 뿌리가 사방에서 뻗어 공간을 메웠다. 그 뿌리도 벽과 같은 칠흑색 빛을 냈다. 아마 복합 금속과 융합한 것 같았다.

물론 원래 수호장을 가진 사람이 길을 만들지 않으면 누구도 들어올 수 없는 그 중심부가 지금은 곳곳이 도려지고 무너지고 끊어져 참혹하게 망가졌다.

중심부가 노출되고 말았다. 사도 옆, 뿌리가 고치처럼 뭉친 곳에서 희미한 빛이 새어 나왔다. 틈새로 보이는 것은 옅은 빛을 내는 신비로운 묘목이었다.

아마 그것이 대수의 중추, 수해의 중핵. 간간이 약하게 점멸하는 것은 정말로 위태롭기 때문이리라. 나이즈의 공간 마법을 튕겨 낸 것처럼 마력 방어라는 마지막 방어선으로 간신히 버티던 것이 틀림없었다.

밀레디의 눈이 그 주범— 사도의 등을 향했다. 텅 빈 벽의 구멍이 보였다.

"그래…… 땅을 파서 온 거야. 고전적이지만, 맹점이었어. 전장 평원 끝에서 10킬로미터 이상이나 떨어져 있는데 어떻게 몰래…… 아니, 그래. 그래서 그런 무모한 돌격을……."

표정은 변하지 않았지만 사도의 눈이 왠지 긍정하는 것처럼 보였다.

그 광기에 찬 전쟁터에 정신이 팔린 상태에서 지하 수백 미터에서 벌어진 일이었다. 사도의 마력이라도 눈치채지 못할 법 했다. 그러나 아직 이상한 점은 있었다.

류티리스가 약해진 묘목을 비통한 표정으로 보며 입을 열었다.

"대수 뿌리는 도시 아래 전체로 뻗어 있어요. 그게 다치면 제가 모를 리가 없어요."

"네. 고생한 정도는 아니지만, 제법 귀찮은 작업이었어요."

"귀찮은 작업이라고요?"

지하로 도시 외곽까지 오면 그 뒤에는 천천히, 조심스럽게. 수백, 수천 개의 뿌리를 피하며 대수의 중추까지 탐지되지 않을 최소한의 마력만 써서 굴착한다.

그것이 『귀찮다』는 말로 그칠 일인가? 심지어 신대 마법조차 튕겨 내는 대수를 쉽사리 돌파하는 어처구니없는 파괴력.

"그런 힘이…… 존재할 리가……."

류티리스의 얼굴에 전율이 떠올랐다. 기존의 마법에는 없는 힘이었다. 여기 있는 신대 마법 사용자들에게도 불가능했다. 한 번 사투를 벌여 그 역량을 안다고 생각했던 밀레디와 나이즈, 그리고 메일도 할 말을 잃었다.

"주인님께서 그러길 바라십니다. 그렇다면 『불가능』은 존재하지 않습니다."

그것이 문득 팔을 들어 올렸다.

"그리고 주인님께서 바라십니다."

그 손끝에 은색 빛이 모여들었다.

"─「밀레디 라이센. 그대가 죽어도 사람이 뭉칠 수 있을까. 보고 싶다」라고."

나이즈와 메일의 털이 곤두섰다. 두 사람의 뇌리에 안디카 봉인의 방이 되살아났다.

섬 지하 공간을 관통한 은색 빛. 오랜 기간 잠복하며 신수 리바이어던을 부활시키려고 수작을 부렸던 터라 바다까지 통하는 비밀 통로라도 있었겠거니 생각했다.

하지만…… 만약 그게 아니라면? 정말로 섬 지하를 관통할 정도의 마법이 있었다면?

죽음의 예감이 모두를 엄습했다. 그 찰나 발사된 한 줄기 섬광.

표적은─ 밀레디였다.

"더는, 못 부숴! 『절화』!"

피하면 또 이 중요한 곳이 파괴된다. 그래서 밀레디가 막으려고 하는 것은 필연이었다.

"안 돼, 밀레디! 피해!"

"제길!"

북, 하고 맥없는 소리가 났다. 밀레디의 온갖 공격을 집어삼켜 막아 온 『절화』가 악몽처럼 허무하게 지워지는 소리였다.

그리고 밀레디의 뒤쪽 벽이 움푹 소실된 소리이기도 했다.

조금 떨어진 곳에 나이즈가 출현했다. 한쪽 손으로 밀레디를 잡고서. 간발의 차로 전이해 사선을 벗어난—.

"어, 뭐?"

"밀레디!"

조금 늦었다. 선혈이 낭자하게 튀어 올랐다.

왼쪽 반신이 뭉텅 날아간 밀레디에게서…….

—고유 마법, 분해.

사도가 신에게 부여받은 새로운 힘. 물리, 마법을 불문하고 세상 만물을 먼지조차 남기지 않고 분해하는 최강의 마법.

단순한 일격이 밀레디에게 치명상을 입혔다.

밀레디의 눈이 위로 빙글 뒤집혔다. 정신을 잃고 몸에서 힘이 빠졌다. 맥박이 단숨에 약해지고 사신의 낫이 너무나도 쉽게 밀레디의 가느다란 목에 걸렸다.

"메이이이일!"

"나도 알아!"

나이즈가 고함쳤다. 전이된 밀레디가 메일의 팔 안으로 쓰러졌다. 참혹하기 짝이 없었다. 메일은 숨 쉬는 것도 잊고 『재생』을 행사했다.

동시에 나이즈는 사도의 배후로 전이, 곡검을 뽑아 공간 절단 마법과 분노를 실었다. 모든 것을 가르는 검격이 사도의 목으로 뻗쳤다. 하지만—.

"큭?!"

은빛 깃털이 모여 그 일격을 막았다. 아니, 공간 절단이라는 마법 자체를 분해해서 소멸시킨 것 같았다.

그리고 사도 앞에서 한순간의 정지는 치명적인 틈이었다.

공기가 파열하는 소리는 사도가 소환한 대검을 휘두른 소리였다.

결과는 뻔한 것. 나이즈의 두 팔이 허공을 날았다.

척수를 꿰뚫는 격통에 나이즈의 눈앞이 캄캄해졌다.

"이따위 게, 뭐라고!"

하지만 나이즈는 그대로 사도에게 몸을 들이댔다. 닿기만 하면 이곳에서 추방할 수 있다.

그 의도를 파악한 것일까? 사도는 피하려고 했지만—.

"못 가요!"

충격적인 사태와 직접 전투는 처음이라 정신을 놓고 있던 류티리스가 중요한 순간 움직였다. 수호장을 휘두르자 순식간에 나무뿌리와 빛의 사슬이 뻗어 사도에게 감겼다. 물리력과 마력을 갖는 이중 속박이었다.

당연히 분해 능력에 바로 녹아 버렸으나 나이즈에게는 천금 같은 시간이었다.

"밀레디를 맡아줘!"

자신의 부상은 개의치 않고 사도를 몸으로 들이박은 다음 순간, 나이즈가 전이에 성공했다.

"언니! 밀레디는요?!"

"가만히 있어! 지금 하는 중이야!"

이미 소실된 왼쪽 반신은 돌아오고 있었다. 메일의 표정은 지금까지 본 적 없을 만큼 진지하고 다급해 류티리스는 차마 말을 꺼내지 못했다.

아직 만난 지 얼마 되지 않았어도 메일이 밀레디를 얼마나 소중히 생각하는지는 누구나 알았다.

메일의 재생 마법은 죽지만 않았다면 어떤 중상이라도 복원한다. 어디까지나 죽지 않았다면 말이다. 아주 약간만이라도 나이즈의 전이가 늦었다면? 그 분해 포격이 조금만 더 위를 향해 머리를 잃었다면?

"눈떠, 제발! 밀레디!"

주체할 수 없는 공포가 메일의 정신을 휘젓는 것이 그대로 느껴졌다. 울음을 억지로 참으며 필사적으로 치유하는 모습에 류티리스까지 마음이 아파 덩달아 눈물이 날 것 같았다.

그런 메일과 류티리스의 마음이 전해진 것일까?

"으, 허억— 메르 언니, 류? 괜찮아?"

눈을 뜬 밀레디는 눈물을 쏟을 것 같은 두 사람을 보고 그렇게 말을 건넸다.

"밀레디! 너, 정말! 그건 우리가 할 소리야!"

"하하…… 밀레딩은 정말 뭐가 달라도 다르네요."

메일은 밀레디를 끌어안았고 류티리스는 안도해 호칭도 되돌리고 쓴웃음을 지었다. 밀레디는 큰 가슴에 얼굴을 묻혀 괴로워하면서도 메일을 위로하다가 갑자기 화들짝 놀라며 몸을 떼어 놓았다.

"그보다 메르 언니! 그 녀석은?! 나즈는?!"

황급히 주위를 돌아보고 깨달았다. 덩그러니 떨어진 나이즈의 두 팔과 곡검을. 밀레디의 얼굴에서 핏기가 싹 가셨다.

"괜찮다고는 못 하겠지만, 나이즈는 예정대로 사도를 쫓아냈어."

"그래도 그 상처로는!"

"그쪽에는 오스카랑 반이 있잖아. 내가 갈 때까지 버텨줄 거야."

평정을 되찾은 메일이 밀레디를 설득했다. 우선은 붕괴하기 직전인 대수의 중추를 재생해야 한다고. 안개 결계가 부활하지 않으면 적군은 마음껏 마법을 퍼붓는다. 수인 전사들은 틀림없이 고전을 면치 못하고 희생자가 불어날 것이다.

하지만 그 생각을 류티리스가 부정했다.

"그럴 필요는 없어요, 언니."

의아하게 돌아본 메일과 밀레디에게 류티리스는 각오가 담긴 표정으로 말했다.

"언니, 대수를 재생하려면 마력을 얼마나 소모하시나요?"

"그건……."

대수는 계속 가라앉고 시들고 있었다. 그렇다면 여전히 간섭을 튕겨 낼 것이다. 사도의 공격이 멈춘 덕분에 약해지는 속도는 줄었고 간섭을 튕겨 내는 힘도 약해졌다. 하지만 저항까지 받으며 이런 규모를 재생하려면 메일도 힘을 대부분 소비할 것이다.

"그게 사도군요. 제 눈으로 직접 보고 확신했어요. 그건 존 재해서는 안 된다. 이 세상에서 없어져야만 한다. 우리가 그 것에게 이길 수 있음을 증명해야만 한다고."

그러지 않으면 돌이킬 수 없는 절망에 사로잡힌다. 『사람』은 결코 대적할 수 없다는 절망에……

"패배하면 어차피 미래는 없어요. 그렇다면 지금 이 순간, 언니의 힘은 적을 물리치기 위해 써야만 해요."

"류, 그렇지만 이대로 가면 대수가……"

"밀레딩. 대수는 그렇게 약하지 않아요. 아직 버틸 수 있어 요. 그러니까ㅡ"

"그 아니꼬운 여자를 냉큼 해치우고 돌아오자는 거지?"

메일의 말에 류티리스는 고개를 끄덕였다. 『어머니 나무』와 이어진 류티리스에게 만신창이가 된 대수를 방치하는 것은 얼마나 큰 고통일까. 그녀는 미래를 위해 여왕으로서 결단을 내렸다.

그 결단에 경의를 표한다. 그렇게 눈빛으로 말한 밀레디가 결의를 밝혔다.

"알았어. 가자. 이번에야말로 기필코 신의 사도를 쓰러뜨리 는 거야."

세 사람은 함께 고개를 끄덕이고 대수 중추를 뒤로했다. 분 명히 자신들의, 그리고 세계의 전환점이 될 전장으로 나가기 위해……

한편 그 무렵, 전쟁터가 된 지상에서는—.

"으악?!"

"커헉?!"

오스카와 빙룡 반드르가 회전하며 추락하고 있었다.

안개 없는 전장 평원은 무척 먼 곳까지 내다보였다. 태양은 화가 날 정도로 쨍쨍했고 띄엄띄엄 퍼진 구름은 욕이 나올 만큼 느긋하게 하늘을 떠다녔다.

그런 하늘에서 오스카는 『검은 부츠』로 공중 발판을 밟았고 반드르는 날개를 펼쳐 자세를 바로잡았다. 두 사람은 모두 만신창이였다. 호흡은 거칠었고 통증으로 얼굴을 찡그렸다.

그곳으로 즉시 은빛 깃털이 쏟아졌다.

『어이가 없을 만큼 무지막지하군.』

"전보다 강해졌어! 이쯤 되면 웃음밖에 안 나와."

곧바로 좌우로 갈라져서 회피했다. 하늘을 향해 검은 우산 9식 『천작』과 『브레스』가 발사됐다. 그 앞에는 태양을 등지고 은색 날개를 펼친 사도가 유유히 서 있었다.

불과 몇 분 전, 나이즈와 함께 전이해 온 이 불합리의 화신 때문에 전장의 시간은 일시적으로 정지했다.

신국과 연방, 그리고 제국 측에서 보면 『신탁의 무녀』가 전투복을 입고 정신이 아득해지는 압박감을 내뿜는 상황이었다. 사도의 모습을 본 적 없던 그들에게는 경악할 광경이었다.

오스카와 반드르도 친구가 양팔을 잃고 피를 뿜고 있으니 놀란 것은 마찬가지였다.

나이즈는 지금 지상에서 무릎을 꿇고 버틀럼의 분체로 절단면을 막아 지혈받고 있었다.

"소용없는 짓을."

두 줄기 섬광 앞에서 사도는 날개로 몸을 감쌌다. 그러자 오스카와 반드르의 혼신을 다한 일격은 날개에 두른 분해의 힘에 허무하게 소멸되어 버렸다.

그리고 떨어져 왔다. 사도가 유성처럼!

"반, 용화를 풀어! 그 덩치로는 피할 것도 못 피해!"

『쳇, 너한테 들으니까 화나지만, 반박은 못 하겠군.』

환한 빛에 싸인 반드르가 『빙룡화』를 풀었다. 용의 날개만 등에 남긴 채 바람을 타고 공중에 떴다.

두 사람이 완벽하게 호흡을 맞춰 사도를 협공했다. 하지만 오스카가 날린 금속 실도 반드르가 만든 얼음 핼버드도 몽땅 사도가 휘두른 쌍대검에 양단되고 말았다. 그러더니 이번엔 사도도 사라졌다. 아니, 그런 착각을 일으키는 속도로 반드르 뒤로 돌아갔다.

"빨라?!"

"느려요."

반사적으로 핼버드 잔해를 뒤로 돌렸지만 그런 방어는 아무 소용도 없었다. 탁월한 무술 솜씨로 궤도를 조금 틀었으나 그래도 분해 검격은 무자비하게 반드르의 등과 날개를 찢었다.

반드르가 고통에 신음하며 땅으로 떨어졌다.

깔보듯이 내려다보는 사도에게 『작은 마검』이 난사됐다. 하지만 사도의 날개에서 퍼져 나온 깃털 수백 장이 그걸 모두 상쇄하고—.

"앗……."

정신을 차리자 오스카의 코앞에 사도의 대검이 있었다.

퍼뜩 검은 우산을 들었다. 과연 세계 최고 강도의 금속 실을 엮은 물건답게 분해 능력에도 바로 절단되지는 않았다. 하지만 충격까지는 어쩌지 못했다. 우산을 짓누르며 파고든 검에 어깨에서 불길한 소리가 났다. 관절이 빠졌거나, 아니면 부서지는 소리.

어느 쪽이든 오스카도 반드르의 뒤를 쫓듯 땅으로 추락했다.

두 사람 모두 공중에서 버틸 여유는 없었다. 이대로 땅에 충돌해 중상을 입겠다고 생각한 그때—.

"정신 차려, 반! 오스카!"

간발의 차로 나이즈가 전이해 왔다. 팔 대신 뻗은 버틀럼의 촉수가 둘을 받아내고 그대로 땅으로 떨어졌다. 볼품없이 땅을 구른 나이즈는 하늘을 올려다봤다.

사도가 대검 하나를 역수로 들었다. 투창 자세와 비슷했다.

"큭, 방어해!"

오스카가 외침과 동시에 검은 우산 10식 『성절』, 공간 차단 장벽, 얼음 결계가 펼쳐졌다. 그 후 스파크를 일으키는 은빛의 대검이 신벌처럼 떨어졌다.

꾕음. 고막이 마비되고 시야가 토사에 묻히고 충격이 육체를 세차게 때렸다.

몇 초가 지나 흙먼지가 바람에 실려 날아갔다.

그 중심에는 거대한 크레이터가 있었다. 운석이라도 떨어진 모양새였다.

그리고 그 크레이터 가장자리에는 충격에 날아간 세 사람이 있었다. 모두 엎드려서 몸을 떨고 있었다. 충격 때문에 당장 일어나지 못하는 것이었다.

그 광경을, 그대로 정지해 있던 전장의 모든 이가 목격했다.

너무나도, 너무나도 압도적인 『신의 사도』의 힘을…….

단 두 명으로 제국 비공선단을 격추하고 라우스와 무르무를 상대하던 신대 마법 사용자들이 속수무책으로 나가떨어지는 모습을…….

―너무 강하다.

그것이 공화국 전사단의 심정. 전율과 절망이 마음을 침식했다.

―감동.

그것이 신국, 연방, 그리고 제국군의 심정. 신봉하는 신의 힘을 목격하고 그 위대함에 심취했다.

"오스카, 반, 나이즈!"

배드가 소리치며 달려왔다. 마셜과 심도 같이 있었다.

전장의 시간이 다시 움직이고 병사와 기사들이 승리를 확신해 기세를 높였다.

"오, 지, 마!"

오스카가 소리쳤다. 그렇지만 무정하게도 사도의 눈은 그들을 포착했다.

"명령은 밀레디 라이센의 말살. 신대 마법 사용자들은 놓아 주라고 하셨지만……."

리더를, 희망을 잃은 신대 마법 사용자들은 그래도 미래를 믿고 살아갈 수 있을까.

밀레디를 잃은 세계에서도 그녀가 맺은 인연은 풀리지 않을 수 있을까.

정말로 재미있는 놀이가 아닌가.

신의 희열에 찬 말을 떠올리며 사도는 고개를 살짝 갸웃거렸다.

"저것들을 살려 두라는 명령은 받지 않았죠."

밀레디는 아직 살아 있었다. 죽이지 못했다. 그렇다면 재전투 전에 친한 사람을 두세 명 죽이면 동요하지 않을까. 그리하여 허점을 드러낸다면 한결 쉽게 처리할 수 있으리라.

"어차피 살려 둘 이유도 없습니다."

아무래도 상관없다면 신에게 거역하는 자를 적당히 솎아내는 것도 나쁘지 않다.

그런 가벼운 이유로 사도의 머리 위에 은색 빛이 집약했다.

세 사람에게 초조함이 퍼졌다.

표적이 자신들이라고 이해한 이들은 식은땀을 흘리며 멈췄다.

그리고 죽음의 빛이—

"……역시 저항하지 못하는가. 밀레디 라이센."

현실을 외면하듯 눈을 감은 라우스가 작디작은, 하지만 숨길 수 없는 실망을 담아 그렇게 중얼거렸다.

그 순간이었다.

"슈~퍼~ 밀레디이이~ 키이이익!"

창궁색 빛이 먼 하늘에서 떨어졌다. 흰 막— 공기 벽이 발생할 정도의 속도로 사도에게 날아들었다.

류티리스의 전력을 다한 승화 마법에 중력장까지 이용한 초고속 낙하.

메일의 재생 마법 항시 적용.

그리고 발 앞에 압축한 『극대 흑옥』 질량탄.

그것들이 사도가 내민 대검의 옆면에 작렬했다. 믿기 어려운 굉음이 나며 하늘에 방사형 충격파가 퍼졌다. 머리 위의 은광이 흩어지면서 사도가 핀 볼처럼 튕겨 날아갔다. 그대로 땅에 곤두박질치고 조금 전 광경을 재현하듯 요란하게 토사가 치솟았다.

신국도 연방도 제국도, 그리고 공화국조차 아연실색했다. 하지만 오스카와 반드르, 나이즈만은 쾌활하게 웃는 가운데, 창궁의 빛— 밀레디는 평소대로였다.

왼손을 허리에, 한쪽 발을 획 들고, 오른손은 V를 그리며 눈 옆에~.

"모두의 인기 스타! 초절정 천재 미소녀 마법사! 밀레디 라이센! 등장!"

온 세상에 닿도록 혼신의 윙크, 찡긋!

다시 전장의 시간이 멈췄다.

하지만 자신이 만들어 낸 혼란 따위 아무렇지 않게 무시하는 것이 밀레디라는 인간이었다.

아직 먼지가 날리는 곳에서 손가락을 척 뻗고 소리 높여 외쳤다.

"어디서 고개를 빳빳이 들어! 신의 꼭두각시 주제에 건방져!"

참고로 밀레디는 인간님이시다, 라고도 덧붙였다. 전장에 님이시다! 이시다! 다! 하고 더 건방진 주장이 메아리쳤다.

그 순간, 시간을 되찾은 기사단과 마법 지원을 위해 전선에 나온 바란 및 사제단이 「무녀님!」, 「대체 무슨 짓을!」이라는 절규가 들렸다.

그런 직후, 흙먼지가 은색 빛에 휩싸여 사라졌다.

그 중심에는 사도가 있었다. 긁힌 자국은커녕 먼지조차 묻지 않았다. 한 손을 수평으로 뻗자 방금 던진 대검이 눈 깜짝할 사이에 소환됐다. 쌍대검을 휘두르는 동작만으로 대지가 갈라지고 공기가 터졌다.

밀레디도 땅으로 내려와 대치했다.

"헹, 폼 잡긴. 그래 봤자 땅에 처박힌 사실은 안 변하거든요~? 지금 기분이 어때? 땅에 처박힌 신의 사도는 어떤 기분이야? 응, 응? 말해 봐~, 말해 보라니까!"

있는 대로 도발해 댔다. 결전 전인데도, 조금 전에는 죽을 뻔했는데도 아주 팔팔했다.

사도는 여전히 무표정이지만 그 대신 여기저기서 혈관이 뚝 끊기는 소리가 들린 기분이었다. 물론 신국 사람들이었다.

신의 대행자인 무녀이자 신의 힘을 받은 사도님을 역사상 이토록 무시한 자가 있을까? 아니, 절대 없다!

"원하는 만큼 지저귀십시오. 곧 하고 싶어도 못 할 테니까."

"그런 소리 하면서 밀레디를 몇 번 놓쳤더라? 응? 에르스트."

첫 번째는 4년 전. 두 번째는 사막에서. 그리고 방금 것까지 세 번. 삼세번은 이미 지나갔다.

밀레디가 입에 올린 이름을 듣고 포위하러 모이던 신국 사람들이 의아한 표정을 지었다. 처음 듣는 이름이었다. 무녀는 그들에게 자신을 아인스라고 했었다.

아니나 다를까, 『신의 사도』는 정정했다. 단, 예상하지 못한 이름으로…….

"오늘 이곳에서 밀레디 라이센을 죽일 자의 이름은— 신의 사도 아흐트입니다."

"아흐트?"

왜 굳이 이름을 바꿨을까? 밀레디는 의아했다.

하지만 평화로운 대화는 거기서 끝났다. 사도의 뒤에 그들이 섰으니까.

백광 기사단 단장, 라우스 번 외 아라임 부단장 및 대장 일동.

수광 기사단 단장, 무르무 올릿지 외 게테르 부단장 및 성수 부대.

신전 기사단 총대장 릴리스 아카인드 외 제3군 군단장 제바르 및 기사들.

신국 정무 추기경 바란 디스터크 외 사제단.

연방군 총수 데틀레프 에른스트 외 연방군 각 지국 장군.

당연히 제국군을 포함한 수많은 병사도 포위했다.

그렇기에 밀레디는 씩 웃고 가슴을 내밀었다. 자신이 맺은 인연을 자랑하는 양. 세계를 상징하는 병력에도 전혀 꿀릴 것이 없다는 양.

여기에 바로 희망이 있다. 절망에 무릎 꿇지도, 겁먹을 필요도, 체념의 바다에 빠지지 않아도 된다. 그렇게 전하는 것처럼.

그에 호응하여, 나란히 섰다.

안경을 올려 쓰는 오스카가, 후후후 웃는 메일이, 부활한 팔을 확인하는 나이즈가, 목도리를 고치는 반드르가—.

대낫을 돌리며 자신만만하게 웃는 배드와 대검을 어깨에 지고 패기를 떨치는 마셜이—.

그리고 절세의 미모에 지성의 가면을 쓰고 침략자들을 내려다보는 여왕 류티리스가, 그녀의 등 뒤에 선 심과 공화국 전사단이—.

양 진영의 이 시대 최강 전력이 이곳에 마주했다.

부자연스러울 정도의 정적이 전장을 감쌌다. 거대한 폭풍 전야의 정적이었다.

밀레디가 둥실 떠올랐다.

아흐트도 은색 날개를 한 번 퍼덕여 공중에 떴다.

"자유로운 의사를 가지고—."

"신의 이름으로—."

『해방자』와 『신의 사도』가 정적을 깼다.

전자는 압도적인 의지를 담아서, 후자는 얼어붙을 만큼 차갑게……

거기에 맞춰 모두 무기를 들었다.

그리고—.

"신의 사도 아흐트, 너를 타도하겠어!"

"이단자 밀레디 라이센, 너를 처단한다."

개전 신호는 창궁색 스파크를 내는 거대한 중력구와 그 중력구에 궤도가 틀어져 하늘을 찌른 은광 포격이었다. 구름이 원형으로 뚫리고 세상이 은색으로 물드는 가운데, 밀레디는 중력을 반전해 하늘로 비상했다.

당연히 다른 일행도 함께 뒤를 따르려고 하나—.

"아흐트 님께서 의지를 표명하셨다! 훼방하게 둬선 안 된다!"

사도의 목표는 밀레디 라이센 말살이었다. 그것은 새로운 신탁. 신의 의지. 그렇다면 전력을 다해 지원해야 마땅했다. 전쟁의 대의도 지금은 뒷전이었다.

바란의 함성을 들은 전군이 오스카 일행의 추종을 저지했다.

"아도라! 잿더미로 만들어라!"

성룡왕 아도라의 브레스가 해방자와 공화국 진영을 유린하고자 뻗어 왔다.

당연히 나이즈의 공간 차단 장벽이 완벽하게 막았지만 발을 멈출 수 밖에 없었다.

아도라가 쏘는 광염 속에서 오스카는 하늘을 힐끔 봤다.

그 순간, 모두의 귀걸이를 통해 밀레디의 목소리가 들렸다.

『나는 괜찮아! 다들 그쪽을 맡아줘! 방해하지 못하게!』

"뭐? 사도랑 혼자 싸우겠다고?! 무모해!"

사도는 사막에서 싸웠을 때보다 훨씬 강해졌다. 방금도 오스카와 반드르가 함께 덤비고 패배했다.

오스카의 당연한 의견에 다른 이들도 동의하려고 하늘을 올려다봤다. 돌아온 것은 말 한마디였다.

『괜찮아!』

하늘을 창궁과 은색 충격파가 덮었다. 지금 이 순간도 신위의 구현자와 싸우면서도 밀레디의 목소리는 흔들림이 없이 강인했다.

『보여줘야만 해. 증명해야 해. 이 세상에!』

무엇을? 굳이 물어볼 것도 없었다.

『사람은 신에게도 저항할 수 있다고!』

그리고—.

『자유로운 의사가 여기 있다고!』

신의 사도, 신위의 구현자를 타도한다. 그리하여 비로소 사람은 그 가능성을, 희망을, 미래를 믿을 수 있다.

『나는 「해방자」의 리더야. 그러니까—.』

"혼자서 싸우겠다고?"

그건 아니지 않느냐. 오스카뿐 아니라 나이즈와 메일, 반드르, 그리고 류티리스까지도 그렇게 말하려고 했지만 그 전에 밀레디의 웃음기 섞인 말이 들렸다.

『힘을 빌려줘! 혼자서 싸워도 나는 혼자가 아니야! 그렇지?』

아도라의 브레스가 약해졌다. 아무리 악을 써도 나이즈의 장벽을 뚫지 못한다고 이해한 모양이었다.

그 브레스 사이로 하늘에서 대치한 밀레디와 아흐트가 보였다.

밀레디는 당당하게 웃었다. 가슴을 폈다.

혼자 싸워도 혼자가 아니다. 동료의 힘이 받쳐준다.

그 말은 동료들보다도 정말로 혼자인 아흐트에게 들려주는 것 같았다.

동료들이 훗 웃음을 띠었다.

그 직후, 아도라의 브레스가 사라졌다. 대신 전의에 찬 라우스와 기사들이 일제히 달려들었다. 나이즈가 여유롭게 웃으며 장벽을 거뒀다.

첫 공격은 류티리스부터.

"뒷일은 생각하지 않겠어요. 갑니다. 제 모든 힘을 담아—『금역·극천 해방』!"

그것은 전군에 퍼지도록 밀도를 낮춘 『승화』가 아니었다. 수해의 여왕이 단 한 소녀를 위해서만 모든 힘을 쏟은 『극한의 승화』.

"언니도 전력으로 도울게~. —『각영·십연』."

1초마다 1초 전 상태로 복원하는 재생 마법을 최대한으로 중첩했다. 설령 분해 마법을 써도 바로 사라지지는 않을 빛을 사랑하는 동생에게……

"흥, 이런 곳에서 끝날 성싶으냐. 버틀럼, 힘을 빌려줘라."

변성 마법 사용자가 10년 이상에 걸쳐 육성한 최강의 슬라임 집사가 촉수 손으로 척 경례했다.

"나이즈, 협력해. 버틀럼과 같이 밀레디한테 가."

"알겠다."

나이즈에게 협력을 요청한 오스카가 지금 밀레디에게 필요하다고 판단되는 아티팩트, 조금이라도 그녀의 힘이 되어줄 물건을 빠르게 창조해 버틀럼에게 쥐어줬다. 그리고 라우스의 충격과 릴리스의 뇌격이 직격하기 직전, 버틀럼은 『게이트』를 타고 밀레디에게 전이했다. 남은 일행도 바로 산개해 회피했다.

함성이 전장 평원을 뒤흔들었다. 양군이 이번 전쟁 최후의 전투임을 이해하고 결사의 각오로 돌격했다. 전술도 작전도 없었다. 한쪽은 신을 위해서, 다른 쪽은 생존의 권리를 걸고서 정면에서 충돌한다!

그런 가운데, 스파크를 내는 귀녀(鬼女)— 릴리스가 뛰쳐나왔다.

류티리스를 향해—

"아아, 『신손님』! 뵙고 싶었습니다!"

환희에 찬 소리를 울부짖으면서도 칼날을 휘두르는 데는 망설임이 없었다.

　근접전을 해 봤을 리 없는 류티리스는 그 속도에 덜컥 굳어 버렸고―.

　"어딜 감히!"

　간발의 차로 배드가 끼어들었다. 대낫 표면으로 기사 검을 미끄러뜨리고 돌려 차기로 릴리스를 날려 버렸다.

　"기사 사냥꾼, 또 방해하는 거냐!"

　"대의는 어디 팔아먹었어! 지금 류를 치려고 했지!"

　"네놈들의 세뇌에서 구해드리려면 팔다리 정도는 희생해야 한다! 내 판단의 옳고 그름은 신께서 하실 일! 목숨 따위 아깝지 않다!"

　"돌겠네, 이래서 광신자는!"

　말하는 사이에 옆에서 폭풍우처럼 화살이 쇄도했다.

　"배드! 지금이 투덜댈 때냐?!"

　끼어든 것은 마셜이었다. 몸 전체에 두른 빛은 고유 마법 『금강』의 증거. 『불락의 방패』라는 별명에 부끄럽지 않은 방어력으로 레라이에가 쏜 『속죄의 화살』을 모두 막아 냈다.

　"큭, 단단해!"

　"모조리 먹어치워라, 밴디스! 수광 기사들이여! 돌격하라! 『신손님』은 스스로 싸울 힘이 없으시다! 보호는 어렵지 않다!"

　성랑왕 밴디스를 탄 게테르와 그가 이끄는 성수 부대가 류티리스를 지키는 수인 전사들을 짓밟으며 돌격해 왔다.

"저를 너무 얕보시네요."

얼어붙을 것 같은 날카로운 눈초리가 게테르와 성수 부대를 노려봤다.

그리고 압도적인 마력이 분출했다. 어디선가 나타난 풀과 씨앗이 나선을 그리며 연두색 빛 속에서 춤추었다. 류티리스는 그 중심에서 우아하고 기품 있게 수호장을 휘둘렀다. 그 모습은 흡사 정령 같았다. 피아 구분 없이 마음을 빼앗는 아름다움이었다.

"—『수해 현계』."

연두색 마력이 퍼졌다. 풀과 꽃, 씨앗과 함께. 공기와 대지에 배어들듯. 단단한 땅을 뚫고 나무와 풀이 무서운 속도로 전장을 메웠다.

수해의 여왕이 가진 권능 중 하나—『수해 현계』.

한정된 범위에 수해를 만들어 내는 마법이었다.

"뭐야?!"

"부단장님, 분단됩니다!"

게테르는 눈을 크게 뜨며 땅에서 치고 올라온 거목을 피했다. 하지만 후속한 성수 부대는 나무에 막히거나 끌려 올라가며 작은 수해에 분단당했다.

"큭, 과연 신손님이시다. 이런 권능을—."

"뭘 혼자 떠들고 있어, 창잡이."

게테르의 원통함과 감탄이 섞인 말은 한 줄기 그림자에 가로막혔다. 잽싸게 든 거창에 충격이 퍼지고 갈고리 손톱과 창이 불똥을 튀겼다.

"쳇, 전사장인가!"

"발프다. 안 기억해도 돼. 넌 여기서 뒤질 테니까."

"짐승이 제 주제를 알아야지."

흰 안개가 발생하는 가운데, 게테르는 갈고리발톱과 힘 싸움을 벌이면서 밴디스에게 『빛의 발톱』을 휘두르게 했다.

하지만 그보다 앞서 발프의 고유 마법 『부신』이 발동했다. 밴디스의 균형을 무너뜨려 옆으로 넘어뜨리려고 했다. 하지만 질기게 버티는 그 다리를—

"근위 대장의 힘, 잘 보아라."

안개 속에서 땅을 기다시피 육박한 크레이드가 번개같이 베었다. 빛 속성 장벽을 쳤으면서도 오른쪽 앞다리가 속절없이 절단된 밴디스가 포효했다.

크레이드는 모든 전사장 중에서 홀로 고유 마법을 갖지 않았다. 그런 그가 마지막 보루인 이유는 그 검술 덕분이었다.

공화국 최강의 검사. 그것이 근위 전사단 전사장이 가진 칭호였다. 딱히 주력이 아닌 상시 전개 장벽 따위 크레이드에게는 종잇장이나 다름없었다.

"이 자식!"

빛의 거창이 섬광처럼 날아들었다. 하지만 크레이드와 발프는 이미 안개 너머로 사라졌다. 그리고 한 줄기 그림자가 되어 나무에서 나무로, 가지에서 가지로, 초고속 3차원 이동을 사용해 사방에서 파상 공격을 펼쳤다.

게다가 마치 엄호하는 것처럼 풀과 꽃, 가지, 나무뿌리가 꿈틀대며 게테르를 덮쳤다. 자연 그 자체가 그를 공격하는 것 같았다. 말할 필요도 없겠지만, 류티리스의 힘이었다.

다른 성수 부대도 상황은 같았다. 그들은 지금 이 한정 수해 속에서, 수인들의 영역에서 싸우는 진짜 무서움을 맛보고 있었다.

하지만 어디까지나 한정된 범위, 사방 약 300미터 내에 불과했다.

그래서 그 밖에 있는 자, 아라임이 나섰다.

"이 정도라면 불사르면 그만이지!"

작열하는 흰 불길이 해일처럼 수해를 덮쳤다. 당연히 그런 폭거를 가만히 보고만 있지는 않았다.

"오랜만이라고 인사라도 해야 하나?"

메일이었다. 막대한 양의 물이 똑같이 해일이 되어 백염과 부딪쳤다. 폭발적인 수증기가 발생하고, 그 고열 증기까지 조종해 백광 기사단 쪽으로 보내자 갑옷 사이로 침입한 열기에 기사들이 비명을 질렀다.

"그때 누나 배에 불냈지? 보답으로 멋진 비명을 지르게 해줄게."

"그건 내가 할 말이다. 그날의 굴욕을 오늘 풀고야 말겠다."

아라임과 함께 화상 따위 아랑곳하지 않는 백광 기사들이 함성을 질렀다.

그리고 수해를 등지고 물줄기 아치에 앉은 메일에게 달려들었다.

그때, 메일 뒤쪽의 수해에서 그녀가 조종하는 것과는 별개로 물이 솟구쳤다. 그 물 안에서 얼굴이 떠올랐다. 제바르였다. 회복 담당인 메일 때문에 오랫동안 고통받던 그이기에 눈동자에 차오른 증오 또한 격렬했다.

그 감정을 풀려는 듯 비릿한 웃음을 띠고 달려드는데―

"내가 있다는 걸 잊었나?"

"무슨― 크억?!"

물리력이 통하지 않는 『액화』? 문제없다. 공간째 부수면 된다. 나이즈의 『진천』이 제바르를 날려 버렸다.

『액화』해도 아니, 액체이기 때문에 남김없이 전해진 살인적인 충격에 온몸이 으깨지는 착각이 들었다. 아라임의 머리 위를 넘어 멀리 땅바닥에 나가떨어진 제바르는 『액화』를 풀고 격하게 각혈했다.

"어머, 나이즈. 그 녀석도 맡겨주지 그랬어. 물이라서 편하게 해치울 수 있었는데."

메일도 눈치채고 있었나 보다. 나이즈가 어깨를 으쓱인 후 바로 통신이 들어왔다.

『나이즈 씨. 후방에서 제국군이 대규모 마법으로 지원 공격을 준비 중이에요. 그쪽을 막아주실래요?』

미카엘라였다. 『영혼의 눈』으로 전장을 내려다보는 그녀와 공간을 뛰어넘는 나이즈의 팀플레이는 무척 뛰어났다. 이 세상 최고의 유격 부대라고 해도 과언이 아니었다.

"알겠다. 바로 가지."

당연히 나이즈가 전이한 뒤 제국군은 대혼란에 빠졌다. 후방에서 성난 고함과 비명이 울려 퍼졌다. 그것을 듣고 아라임이 이를 갈며 부하에게 외쳤다.

"쳇, 쓸모없는 제국 놈들. 사제단의 엄호는 멀었나?!"

"그것이, 암살자 집단에게 습격받아 혼란에 빠졌습니다."

물론 스이가 이끄는 은밀 전사단이었다. 먼 후방에서 아군을 강화, 적군을 약화하는 성가 마법을 쓰려던 사제단은 혼란을 틈타 전장을 돌파한 은밀 전사단에게 차례차례 공격받고 있었다.

염화 계열 고유 마법을 쓰는 기사의 머리에는 「죽어, 스이의 쾌적한 낮잠을 위해 죽어!」, 「죄송해요, 거짓말이에요! 그쪽에 붙을 테니까 용서해주세요!」, 「그걸 믿냐, 멍청아~!」라며 이중인격처럼 말을 바꾸는 스이 전사장의 정신 사나운 목소리가 들렸다.

"연방은?! 데틀레프는 뭘 하는 거냐?!"

"적군 총대장과 맞대결 중입니다! 양군 난전에 돌입했습니다!"

"수는 연방이 많을 거다! 이쪽으로 보내! 필요하다면 백광 기사 소대를 보내도 상관없다!"

"익인이 공중에서 총공격을 감행해 움직일 수 없습니다! 제공권을 빼앗지 않으면 표적이 될 뿐입니다!"

"제기랄. 무르무 님은 뭘 하시길래……."

해방자는 연방병을 죽이지 못한다— 그 약점을 이용한 작전이 무용지물이었다.

아라임은 분한 마음을 삭이고 있는 힘껏 『성염』을 조종했다. 그러나 메일의 물을 돌파하지 못한 채 매달리는 심정으로 한정 수해 반대쪽을 바라봤다.

그 한정 수해 반대편에서는 거대한 용 두 마리가 격렬한 전투를 벌이고 있었다.

성룡왕 아도라의 광염과 빙룡 반드르의 달빛 브레스가 정면에서 충돌했다.

"쳇, 성룡 부대! 놈을 위에서 덮쳐라!"

『우루루크! 위를 방어해!』

고공으로 오르고 싶은 무르무의 수광 기사단 성룡 부대와 밀레디가 방해받지 않게 저공에 적을 묶어 두고 싶은 반드르의 종마 부대가 격전을 벌였다. 제공권을 얻고자 성룡과 마룡 총 400여 마리의 브레스가 오가는 광경은 가히 압권이었다.

하지만 일진일퇴할 뿐 결판은 나지 않았다.

무르무는 하늘 위에서 종횡무진하는 밀레디와 아흐트의 공중전을 보고 자신들의 주 무대인 하늘에서 조력하지 못하는 점을 분하게 생각했다. 그가 들끓는 분노를 성궁에 실어 쐈다.

빛의 화살이 꼬리를 그리며 빙룡 반드르에게 날아가는 모습은 마치 날카롭게 응축된 브레스였다. 한 치 오차 없이 반드르의 눈을 꿰뚫을 궤도였다.

빙룡 반드르는 그것을 얼음 방패를 만들어 깔끔하게 흘려

보냈다.

"큭, 용화해도 무술 실력은 그대로인가."

반드르의 무술 실력은 아흐트가 지상으로 전이해 올 때까지 실컷 구경했다. 아무리 빠르고 많이, 부가 효과까지 실어 화살을 쏴도 그것을 모두 막지 않고 흘려버렸다.

그것은 브레스로 힘겨루기를 하는 지금도 마찬가지였다. 강렬하게 쏟아지는 화살들을 공중에 만든 얼음 검, 창, 방패, 도끼 따위로 빗겨 나가게 했다. 거기에 더해―.

『쿠오우! 떨어뜨려!』

하늘을 달리는 은백색 마랑이 무르무를 뒤에서 덮쳤다. 퍼뜩 아도라에서 뛰어내려 회피한 무르무가 추락하면서도 화살을 쐈다.

그것을 두 번째 고유 마법『예측』으로 모두 피하고 덤으로 아도라의 등을 발톱으로 찢었다. 그리고 무르무와 똑같이 낙하하며 포효했다.

―아오오오오옹!

세 번째 고유 마법『빙람(氷嵐)』. 고드름 폭풍이 무르무를 역으로 덮쳤다.

"고유 마법이 세 개라고?!"

반드르의 종마 군단을 대표하는 세 마물 중 하나. 그 경이로운 능력 앞에서 무르무의 표정이 일그러졌다. 같은 짐승을 부리는 자로서 격이 다르다고 느꼈다.

브레스를 중단하고 몸을 돌린 아도라가 땅에 떨어지기 직전

가까스로 무르무를 태웠다. 추격해 온 쿠오우에게는 전신으로 광염 충격파를 쏴서 거리를 벌렸다.

2라운드로 돌입하는 것처럼 무르무 & 아도라와, 빙룡 반드르 & 쿠오우가 대치했다.

"라우스만이라도 사도님에게 보내야……."

인정할 수밖에 없었다. 눈앞의 이단자는 강하다. 그것도 무서울 정도로. 그래서 무르무는 벌레 씹은 표정으로 중얼거렸다.

『그렇겐 안 될 거다. 그 망할 안경잡이는 신사인 척하는 양아치지만, 화나게도 실력은 진짜지. ……젠장. 말하기만 해도 불쾌하군. 언젠가 반드시 놈의 안경을 깨 버리겠어!』

옆에 있는 쿠오우가 주인을 어이없는 눈초리로 보는 가운데, 빙룡 반드르의 말을 증명하듯 조금 떨어진 곳에서 태양빛 마력이 솟구쳤다.

『홋, 보복인가? 역시 놈은 안경잡이일 뿐이지. 속이 좁아.』

마력광이 치솟은 곳에는 라우스와 오스카가 대치해 있었다.

다만, 라우스가 혼자인 데 반해 오스카 주위에는 검은 기사 100기가 정렬했다.

밀레디를 상대로 다수로 둘러싸고 싸웠던 라우스에게 보복하는 것처럼…….

"그렇다면 한시라도 빨리 도와주러 가야겠군!"

『덤벼라. 누가 더 위인지, 뼛속까지 새겨주마.』

다시 성수와 마수의 싸움이 시작됐다.

한편, 반드르의 싸움을 시야에 담으면서 오스카와 라우스는 무척 조용한 분위기로 대치해 있었다.

"다 대 일. 함부로 움직이지 못한다…… 그렇게 둘러대고 이대로 눈싸움이나 계속해주면 고맙겠는데."

오스카가 농담조로 말을 건네자 라우스는 의심스러운 눈으로 답했다.

"그러면 유리해지는 건 우리다. 설마 그것도 모르진 않을 테지."

"왜? 사도에게는 못 이기니까?"

"그건 사람이 아니다. 신이 만든 하나의 장치지. 역사를 자기 뜻대로 주무르기 위한 이 세상의 이치다."

그러니까 저항할 수 없다. 그런 기적이 일어날 리 없다.

"한다고 하면 해. 그 애는 그런 애야."

"어리석군."

"그럴지도 몰라. 그래도 라우스 번. 그렇게 따지면 자기 얼굴에 침 뱉기 아니야?"

"……."

모든 것을 잃을 각오로 단 하나의 생명, 벨타를 구했다. 그래, 분명히 어리석었다.

그래도, 라고 운을 떼며 오스카는 온화하게 웃었다.

"사람은 잇는 동물이야. 끊임없이 누군가에게 무언가를 맡기고 이어서 조금씩 앞으로 나아가는 동물이야. 그리고 지금의 밀레디 라이센을 만든 건 당신이야."

라우스 번이 단 한 번 저질렀던 세상에 대한 작디작은 반항.

그것이 이어지고 이어진 결과가— 지금 하늘에서 운명에 저항하고 있었다.

"들었지?"

"······뭘?"

"증명한다고. 약속한다고."

라우스는 씁쓸한 표정으로 잠시 침묵한 후 고개를 털어 눈에 전의를 담았다. 이야기는 끝났다. 그가 성퇴를 어깨에 짊어졌다.

이제는 멈출 수 없었다. 최대 다수의 최대 행복. 그것이 올바르다고 되뇌면서 살아왔으니까. 이제 와서 말만으로 멈출 수는 없었다.

그래서······.

안경을 올리고 오스카도 몸을 비스듬히 돌렸다. 한 손을 들자 정렬한 검은 기사 100기가 일제히 검을 뽑았다. 그리고 일사불란하게 가슴 앞으로 들었다.

이미 금속 실로 직접 조종할 필요는 없었다. 몸짓, 혹은 구두 명령으로 간이 자율 행동이 가능했다. 반드르의 협력을 얻어 변성 마법과 생성 마법을 혼합해 창조한 생체 골렘 기사단이었다.

전장의 소음이 묘하게 멀게 느껴졌다. 서로가 서로만을 바라봤다.

"멈출 수 있다면 멈춰 봐라. 오스카 오르크스. 나를, 이 세계의 조류를!"

"좋지. 나도 증명할게. 우리가 더, 라우스 번이 함께하기에 어울리는 자라고!"

회복이 없다지만 죽음을 불사하는 라우스 번에게 과연 얼마나 대항할 수 있을까.

승화 마법을 받지 않은 상태에 심지어 죽여서는 안 된다는 까다로운 조건까지 딸렸다.

오스카는 속으로 자기도 무리를 해야겠다며 쓴웃음을 지었다. 하지만 겉으로는 무서울 게 없다는 웃음과 함께 검은 기사단을 이끌고 사투의 무대로 나갔다.

밀레디의 승리를 누구보다 강하게 믿으며……

한편, 그 밀레디는—

"끄으, 이익, 으으윽!"

가장 익숙하고 가장 능숙하게 다룰 줄 아는 중력에 고통받고 있었다.

자유 낙하 속도 따위가 아니었다. 그런 속도로는 당장 따라잡힌다. 그래서 비행 방향으로 수십 배 중력장을 항시 생성하여 바람조차 따라오지 못하는 속도를 유지했다.

그래도 적—『신의 사도』 아흐트가 단순한 비행을 용납할리 없었다.

모든 것을 분해하는 치명적 마탄, 은빛 깃털이 끊임없이 연사되고 있었다. 유도는 기본이고 상하좌우 360도, 온갖 장소에서 온갖 궤도로 날아들었다.

『절화』와 『화천』, 두 수호 위성은 당연히 거느렸다. 그래도 이미 그것만으로 대응할 수준을 넘었다. 물량으로 덮어 분해해 버리는 탓이었다.

그래서 급제동. 그리고 급발진. 예각으로 틀고, 회전, 공중 제비를 하는 등 관성을 무시하는 듯한 공중 전투 기동을 구사했다.

그때마다 몸에 오는 부담은 상상을 초월했다. 1초마다 블랙아웃이 일어날 뻔하고, 내장이 뒤집히고, 몸이 뜯겨 나가는 기분까지 들었다.

보통은 자멸하고도 남았을 무모하고 자기 파괴적 행동에 견딜 수 있는 이유는─.

'메르 언니랑, 류가, 지켜주지 않았으면, 진작 죽었어!'

바로 그것이었다. 승화 마법으로 극한까지 강화한 몸과 1초마다 부서지려는 몸이 복원되는 덕분에 밀레디는 아직 죽음의 깃털에게서 도망치고 있었다. 하지만─.

"떨어지세요."

"윽!"

무모한 초고속 이동을 너무 쉽게 따라붙어 버린다. 이 『신의 사도』라는 괴물은······.

햇빛을 등지고 그림자가 드리웠다. 등 뒤로 은빛을 발하는 대검을 드는 것이 느껴졌다.

팽이처럼 회전해 피해 봤다.

몸 바로 옆으로 죽음이 스쳐 지나가는 기운에 온몸의 털이 곤두서⋯⋯기도 전에 예각으로 궤도를 꺾은 대검이 밀레디의 몸통을 두 동강 내려고 엄습했다.

"무시하지 마!"

하지만 섬광 같은 검격을 밀레디는 똑바로 눈으로 좇고 있었다.

—밀레디 전용 아티팩트, 빨간 테 안경.

거기 달린 감각 확대 능력 덕분이었다. 그래서 성공했다. 천한 장을 꺼내는 것을⋯⋯.

—밀레디 전용 방어 특화형 아티팩트, 호천 날개옷.

이 싸움에서 벌써 몇 번이나 밀레디의 목숨을 구해준 그것은 이미 넝마가 됐다. 하지만 이번에도 확실하게 밀레디를 지켰다. 충격을 양 끝으로 흘리고『금강』과 금속 실이 분해 능력에 저항했다. 금세 베여 버리지만 그 정도면 충분했다.

"—『집속 흑옥』!"

중력탄『극대 흑옥』을 압축해 관통 능력을 높인 공격을 지근거리에서 쐈다.

아흐트는 밀레디처럼 몸을 회전해 피했다. 그리고 곧장 두 번째 대검을 사선으로 휘둘렀다.

"버츄럼!"

밀레디에게 이상한 이름으로 불리며 귀여움 받는 최고의 집사 슬라임이 부름에 응했다. 밀레디의 옷에 퍼져 있던 몸을 모아 고유 마법으로 강철로 변환한다. 그리고 방패 모양을 취해 참격을 막고 흘려보냈다. 완전히 막지 못해 몸이 깎여 나갔지만 밀레디는 확실하게 지켰다.

그 버틀럼 방패 너머로 은빛 날개가 펄럭 펼쳐지는 것이 보였다.

당황해서 뒤로 초중력장을 만든 후 억지로 몸을 뺐다. 버틀럼이 다시 옷으로 돌아왔을 때 이미 『벽』이나 다름없는 은빛 깃털들이 몰려오고 있었다.

그래서 등 뒤로 버틀럼이 가져와 준 오스카의 새 아티팩트를 사용했다.

─전이용 아티팩트, 가변형 차크람.

그것이 네 개로 나뉘는가 싶더니 사람 한 명이 들어갈 크기로 넓어졌다. 금속 실로 이어진 안쪽에는 빛나는 막─『게이트』가 형성됐다.

그대로 돌입해 다른 차크람 구멍으로 빠져나오자 밀레디의 눈앞에 아흐트의 등이 있었다.

"─『흑와 창천격』!"

불 속성 최상급 마법 『창천』을 중력 마법 『흑와』로 압축해 관통 특화 포격으로 바꾸는 마법.

푸른 섬광이 아흐트의 등을 노린다.

"쓸모없는 짓입니다."

돌아보며 한 손으로 포격. 준비 시간도 없이 발사된 은색 분해 포격이 밀레디 혼신의 복합 마법을 정면에서 뚫어 버렸다.

"으윽?!"

낙하해 회피했으나 포격은 거대한 빛의 대검이 되어 떨어졌다.

다시 차크람을 기동해 하늘 높이 전이했다. 신벌을 구현한 것 같은 빛의 대검을 식은땀을 흘리며 내려다봤다. 차크람이 휘말려 소멸하는 참이었다.

천공의 전장에 흩어진 열 쌍, 총 스무 개의 차크람 중 이미 다섯 개가 파괴됐다. 생명선이 하나하나 끊어져 가는 기분이었다.

"헉헉…… 안 그래도 악몽 같은 녀석이었는데 더 강해지면 어쩌란 거야……. 기가 차서 웃음만 나오네……."

웃어라, 웃어. 고통도 초조함도 공포도 전부 삼켜 버리고 웃어라. 그렇게 마음을 다독이며 억지로라도 그 사람에게 배운 함박웃음을 지었다. 그리고—

"그런데 왜 전혀 질 거 같지 않지~? 슬슬 진심으로 덤빌래~? 아, 혹시 이미 진심이었어? 미안! 분명히 강해지긴 했는데 능력에만 의존한다고 해야 하나? 생각보다 별거 없구나 싶어서~."

그 사람에게 배운 깐족대는 웃음도 지어 보였다.

그래, 바로 그 사람. 은인이자 세상 누구보다 사랑하는 언니— 벨타 리에브르.

"주인님은 아주 만족하셨습니다."

갑자기 들린 아흐트의 목소리에 밀레디는 히죽대면서 고개를 갸웃거렸다.

"저번 신탁의 무녀를 배제한 것은 아주 재미있는 결과를 낳았다며."

밀레디의 웃음이, 사라졌다.

"주인님은 사람을 사랑하십니다. 겁먹고, 미치고, 배신하고, 방황하고, 고뇌하고, 희망을 믿고— 절망한다. 이토록 사랑스러운 존재는 없을 거라고."

그만 됐다, 닥쳐라. 더는 못 들어주겠다. 그렇게 말해도 아흐트는 말을 멈추지 않았다.

"저는 신의 사도. 신의 뜻을 세상에 구현하는 자. 그러니 밀레디 라이센, 전 신탁의 무녀가 찾아낸 희망, 주인님을 위해 절망하십시오. 당신의 절망은 주인님께 해드릴 수 있는 최고의 오락입니다."

웃으라고 명령해도 분노로 굳어 버린 표정은 풀리지 않았다. 벨타는 고작 그런 이유로 죽고, 살아남고, 여행을 하고, 목숨을 걸어서까지 나를 『사람』으로 만들어준 게 아니다!

그렇게 외치려고 했으나 말문이 막혔다. 상상을 초월하는 광경 앞에……

"더욱 양질의 절망을 위해, 바라시는 대로 진심을 다하겠습니다."

세상이 진동한다는 착각이 들었다. 거대한 폭포의 수압조차 우스운 압박감이 일대를 짓눌렀다.

은광을 두른 아흐트의 주위 공간이 일그러져 보였다. 차원이 다른 힘이 범람한 강처럼 미쳐 날뛰었다. 마치 라우스의 『한계 돌파』, 혹은 류티리스의 승화 마법 『금역 해방』이라도 발동한 것 같았다.

"춤추십시오. 반상의 말, 밀레디 라이센."

목소리가 바로 옆에서 들렸다. 바라보던 아흐트가 흐릿하게 사라졌다. 주르륵 이어진 잔상이 옆에 있는 아흐트에게 겹쳐졌다. 검격은, 보이지 않았다.

"아윽!"

두 동강 나지 않은 건 기적이었다. 경종을 울리는 본능이 몸을 반사적으로 움직여준 덕분에 오른팔을 빼앗기는 정도로 그쳤다. 그러나 심상치 않은 양의 피가 튀고 격통에 정신이 꺼질 듯 말 듯했다.

그래도 고통에 몸부림칠 시간은 없었다. 오른팔은 『각영』의 재생에 맡기고 급속도로 상승해 거리를—.

"우선 그 마물을 벗겨 내겠습니다."

거리를 둘 수도 없었다. 마물의 본능일까? 바로 밀레디를 감싸며 강철화한 버틀럼이 일순에 수십 번씩 날아드는 검격에 폭발하듯 비산했다.

"버츄럼?!"

반전, 회전, 종횡무진. 피를 토할 기세로 초고속 곡예비행을 펼치나— 떨어뜨릴 수 없다! 2중, 3중으로 잔상을 남기는 아흐트의 속도는 가히 압도적이었다. 검격은 한 줄기 빛으로밖에 인식되지 않아 반응조차 할 수 없었다. 그 대신, 죽어도 밀레디를 지키려는 버틀럼이 빠른 속도로 터져 나갔다.

"이제 됐어, 버츄럼! 반한테 돌아가!"

돌아온 것은 거부 의사. 말 그대로 결사의 각오였다.

"핵은…… 거기 있군요."

소름이 끼쳤다. 아흐트의 눈이 밀레디의 오른쪽 옆구리를 정확히 바라보고 있었다. 버틀럼의 핵이 숨겨진 그곳을…….

"절대 안 돼—『괴겁』!"

여유가 없어 자신의 주변 일대를 전부 광역 초중력장으로 찍어 누르려고 했다. 하지만 아흐트는 떨어지지 않았다. 아흐트의 분해 마법과 비행 능력이 밀레디의 중력 마법을 웃돌았다.

당연히 가차 없이 대검이 날아들었다.

"아."

소리가 되지 못한 비명은 버틀럼을 감싸 몸을 비틀다가 옆구리를 정통으로 베였기 때문이었다. 밀레디는 충격에 밀려 날아가고 버틀럼의 핵도 튀어 나가고 말았다.

버틀럼은 잽싸게 비룡으로 『의태』했지만 그곳에 분해 포격이 직격했다. 몸 중앙에 구멍이 뻥 뚫리자 버틀럼은 형상을 유지하지 못하고 슬라임으로 돌아갔다. 그러고는 초라하게 흩어진 잔해들과 지상으로 추락했다.

"다음은 그 아티팩트입니다."

당연히 도우러 갈 방법은 없었다. 차크람 『게이트』로 전이하려고 해도 그 전에 파괴당했다. 심지어 은빛 깃털이 온 하늘로 흩어져 삽시간에 모든 차크람을 감싸 분해해 버렸다.

그러는 사이에도 쌍대검은 좌우에서 밀레디를 덮쳤다.

"이게 진짜!"

『보물고』에서 소환한 쇠공 100개를 중력 마법으로 결집해 즉석 방벽을 세웠다.

제아무리 사도라도 극한으로 압축한 질량탄 덩어리는 벨 수 없는지 좌우의 대검이 방벽에 가로막혔다. 하지만 지금 이 순간에도 분해해 파고드는 것을 보고 전율이 일었다.

즉시 중력 방향을 두 곳으로 변환해 쇠공을 아흐트에게 난사하며 자신은 수직으로 올라갔다. 그리고 유독 큰 구름 속으로 뛰어들었다. 시야만이라도 가리면 쇠공 난타로 시간을 조금 벌 수 있지 않을까. 제발 그 판단이 맞길 빌면서 큰 기술을 준비하기 위해 집중했다.

"잔꾀군요."

구름을 확 뚫고 아흐트가 옆에서 육박했다. 은색으로 빛나는 쌍대검을 수직으로 내리친다.

밀레디는 당장 『호천 날개옷』을 펼치고 자신도 낙하하려고 했지만─.

"이익."

신음이 흘러나왔다. 기어코 『호천 날개옷』이 찢어졌다. 가로막는 것이 사라지면 당연히 그 칼날은 밀레디를 노린다. 조금 궤도가 틀어진 덕분에 세로로 3등분 되는 참사는 면했으나 V자로 깊이 베이고 말았다.

밀레디는 피를 뿜으면서도 필사적으로 날아올랐다. 『각영』이 바로 몸을 재생해 주지만 생리 현상으로 눈물이 나와 시야가 흐려져 은빛 깃털 한 장을 놓치고 말았다.

밀레디의 지각 능력을 끌어올리던 마지막 아티팩트 『빨간테 안경』이 팅겨 날아갔다. 안경답지 않은 튼튼함이 깃털을 막아주지 않았더라면 지금쯤 한쪽 눈을 잃었을 것이다.

관자놀이를 스친 깃털 때문에 밀레디의 얼굴 절반이 피로 처참하게 물들었다.

그것도 『각영』이 순식간에 재생해 줬지만…….

아흐트는 자신의 말대로 밀레디를 지키는 종마와 아티팩트를 모두 제거했다.

"큭—『유성 흑옥』!"

멈출 수 없었다. 100발의 중력탄이 모조리 파훼된다.

강하다. 강해도 너무 강하다. 불합리할 정도로…….

그래도 질 수 없었다. 지고 싶지 않았다.

오로지 그 일념으로 밀레디는 날아올랐다. 사신의 낫을 피하고, 스쳐서 상처 입고, 또 재생하고, 부질없이 반격하고, 바로 막히고…….

얼마나 그렇게 싸웠을까.

이미 시간 감각은 눈곱만큼도 남아 있지 않았다. 자신이 하늘의 어디를 날고 있는지, 애초에 어디가 하늘이고 어디가 땅인지조차 알 수 없었다.

숨이 막혔다. 호흡이 제대로 되지 않았다. 온몸이 아프고 시야가 새빨갛게 변했다. 점점 줄어드는 마력이 마치 카운트다운 같아서…… 무섭다…….

온갖 부정적인 감정이 맹렬하게 밀려 올라왔다.

'세상에…… 이런 법이 어딨어…….'

약한 마음이 고개를 들었다. 어린 『라이센』이 멍청하다고,

『절대』를 거스르니까 그렇게 된다고, 차갑고 딱딱한 말을 속삭이는 기분이 들었다.

포기하고 편해져라…….

본래라면 들릴 리 없는 그런 말까지 들릴 정도로 궁지에 내몰렸다.

또 몸이 베였다. 어깨에서 가슴까지 사선으로.

재생은…… 되지 않았다. 마침내 메일의 가호까지 잃고 말았다.

다행이라고 봐야 할까? 치명상은 아니었다. 그래도 중상은 틀림없었다.

'못 이기ㅡ.'

마음속으로 중얼거리려다가…… 간신히 멈췄다.

그래도 본능은 필사적으로 뒷걸음질 치고 있었다.

그러던 중 눈앞에 반짝이는 푸른 물체가 보였다.

"아ㅡ."

부적이었다. 콜린과 루스가 마음을 담아 보내주고, 오스카가 직접 걸어준ㅡ 보물.

그 순간, 몽롱하게 가라앉던 정신이 급속히 부상했다. 좌우에서 단두대처럼 목을 노리는 쌍대검이 보였다.

"으아아아아아아아!"

"……?!"

폭발적인 중력장이 밀레디를 중심으로 퍼지고 아흐트를 살짝 물러나게 했다. 아흐트의 눈이 무심결에 커졌지만 그것도 한순간이었다. 별일 아니라고 즉시 분해 포격을 쐈다.

다 죽어 가는 몸이다. 이걸로 끝이다.

하지만 한계를 진작 넘어섰을 밀레디는— 피했다. 상완에 스치고 또 피가 튀었지만 그 눈에는 힘이 돌아와 있었다.

"정신 차려, 밀레디! 떠올려, 지금까지 있었던 일 전부!"

아흐트는 고개를 저었다. 도무지 이해할 수 없었다. 이미 결과는 정해졌는데 왜 발버둥 치는가. 합리적이지 않고 비참하며 너무나도 어리석었다.

이만하면 됐다. 힘의 차이는 실컷 보여줬다. 절망도 충분할 것이다. 이제는 그녀를 잃은 자들의 절망으로 주인님의 무료함을 달래자.

그렇게 생각하고 분해 포격을 쏘지만— 밀레디는 가볍게 피했다. 상당히 매끄러운 동작이었다.

은빛 깃털을 난사해 봤다.

"……? 넷? 아니, 여섯?"

어느샌가 밀레디라는 모성을 지키는 수호 위성이 여섯 개로 늘어나 있었다. 아니, 지금도 늘어나며 그녀 주위를 맴돌아 깃털을 흘려보내거나 집어삼켰다. 파괴돼도 금방 다시 출현했다.

그렇다면 직접 치면 된다. 아흐트가 잔상을 남기며 돌진해 빗겨 버리려는 찰나, 밀레디의 몸이 옆으로 미끄러졌다. 당장 두 번째 대검을 들어 올리자— 스쳤다.

스쳤을 뿐이었다. 또 미묘하게 밀레디의 몸이 미끄러졌고 이번에는 순간적으로 출현한 중력장이 대검의 궤도도 조금 틀었다.

동시에 아흐트는 깨달았다. 속도가 서서히 올라간다는 사실을…….

"장난은 끝입니다."

그것은 과연 누구에게 한 말이었을까. 마치 자신에게 들려주는 것처럼 아흐트는 차가운 미모를 더 차갑게 얼려 은색 마력을 한층 강하게 뿜었다.

그리고 밀레디를 쫓고 베고 찌르고 도려냈다. 밀레디를 피투성이로 만들었다.

분명히 그럴 텐데…….

'종이 한 장 차이로 피해?!'

아흐트는 이미 진심으로 싸우고 있었다. 정말로 이 싸움을 끝내기 위해 모든 살의를 쏟아부었다. 그런데, 해치울 수 없다!

그리고 깨달았다. 처참한 몰골이 되면서도 밀레디의 얼굴에 고통 어린 기색이 없다는 것을…….

무표정이었다. 그래도 그것은 아흐트처럼 기계적이지 않고 투명하고 신비로운 표정이었다.

그리고 그 눈동자는 끝이 보이지 않는 창궁색 빛을 내고 있었다.

아흐트를 보는 것 같지만 보고 있지 않았다. 어쩌면 현실조차도. 밀레디는 다른 무언가를 보고 찾고 이해하려고 했다. 자기 안의, 세계의 심연을 들여다보는 것처럼…….

오싹했다. 감정이 없을 아흐트가 밀레디의 눈을 보고 이루

말할 수 없는 전율에 몸을 떨었다.

"하아아아아아앗!"

자기 안의 불안을 떨치기 위해 함성을 질렀다. 은색 유성이 되어 밀레디에게 육박하고 죽음을 선사하려고 전력으로 검격과 분해라는 이름의 살의를 발산했다.

그런 맹격 속에서도 밀레디는 신비로운 감각에 몸을 맡기고 있었다. 현실과 몽환의 경계선에 있는 것 같은, 말로 표현하기 힘든 감각이었다.

극도의 피로와 궁극의 적이 밀레디에게 극한의 집중력을 준 것일까?

시간의 흐름은 느렸다. 아흐트의 함성도 길게 늘어져서 들렸고 지금까지 여행에서 겪은 경험이 모두 주마등처럼 머리를 지나갔다.

—오스카와 처음으로 함께 싸운 일. 나락을 뚫었을 때 다룬 막대한 마력.

—사막에서 벌인 사투.

—안디카를 지탱했을 때 깊고 넓은 힘이 퍼지던 감각.

—자연의 번개를 받아 자신의 번개와 합쳤을 때 느낀 자연의 힘.

그리고……

—라우스에게 혼백 상태가 되었을 때 자신의 깊은 곳에서 느낀 힘. 아니, 중력 마법의 본질.

그 순간, 문득 목소리가 흘러나왔다.

"아, 그래…… 내 마법은……."

어마어마한 수의 상처를 입었고, 언제 과다출혈로 죽을지도 모를 피를 땅으로 흘렸다. 마력도 고갈 직전이었다.

그런데 지금 밀레디는, 몹시 무서웠다.

안 된다. 이 앞으로 보내면 안 된다! 아흐트의 안에서 무언가가 강렬하게 명령했다.

그래도 처치할 수가 없었다. 이제는 스치지도 않는다!

지금 이 순간에도 밀레디의 중력 제어 능력이 엄청난 기세로 상승하고 있었다. 수호 위성은 어느덧 열 개를 넘어 은빛 깃털 정도로는 분해할 수 없었다. 비행 속도는 아음속에 달했는데 바람을 타는 나뭇잎처럼 불규칙하게 움직였다. 몸에 걸리는 부하도 바늘구멍을 지나는 듯한 초정밀 다중 중력 제어로 격감했는지 신음조차 내지 않았다.

그야말로 천의무봉이라 칭할 만한 공중 무용. 중력의 개념을 완전히 장악하지 않고는 실현할 수 없는 신역의 힘이었다.

그렇기에 그것은 필연이었다.

"이걸로 끝입니다!"

자신의 목소리가 상기됐다는 자각도 없이, 아흐트가 쏜 혼신의 분해 포격이—.

"—『절화』."

허무하게 잡아먹힌 것은……. 눈을 크게 떴다. 그것은 틀림없이 경악의 발로였다.

"—『화천』."

"으윽?!"

게다가 조금 전까지와는 위압감의 차원이 달랐다. 마력을 방출해 대항했지만 이미 여유는 티끌만큼도 남지 않았다. 비행 상태를 유지하는 것만으로 벅찼다. 그래도 고도는 계속 떨어졌다.

이번에는 다른 의미로 이해할 수 없었다. 그래서 노려보듯 시선을 들었고— 보았다.

창궁의 태양을…….

압도적인 빛으로 세계를 비추는 초월자의 모습을…….

"힘을 빌려줄래?"

그리고 태양에 모이는 무서울 정도로 농밀하고 강대한 힘의 격류를…….

하늘에서, 구름에서, 바람에서, 대지에서, 그리고 수해에서 빛나는 힘이 솟아나고 있었다.

그것은 자연계의 마력이었다. 거친 강물이 바다로 흐르는 것처럼, 혹은 거대한 소용돌이처럼 거대한 나선을 그리며 태양에게 모이는 광경은 마치 은하를 보는 듯했다.

누구에게 힘을 구했나?

이 광경을 보면 답은 하나일 것이다.

별이다. 이 별 자체가 밀레디에게 힘을 빌려줬다. 중력에 이끌리는 양 자연계의 마력이 단 한 명의 소녀에게 모여들었다.

지상의 전장이 세 번째로 정지했다. 누구나 정신에 못이 박힌 것처럼 멍하니 하늘에 뜬 창궁의 태양을 우러러봤다.

"밀레디 라이센이 고한다."

천천히 앞으로 뻗은 손은 아흐트를 가리켰다. 중력장에 버티느라 움직이지 못하는 가운데, 아흐트는 지금까지 보인 적 없는 일그러진 얼굴로 은빛 깃털을 온 힘을 다해 사출했다.

하지만 이제는 닿지도 않았다. 모두 밀레디 앞에서 중력장에 잡혀 정지하고 말았다.

그 직후, 스파크를 내며 검게 소용돌이치는 중력구가 아흐트를 중심으로 출현했다.

"크, 아아아아아악!"

아흐트에게서 절규가 터져 나왔다. 죽을힘을 다해 저항했다. 자신을 압사해 소멸시키려는 궁극의 중력 마법, 『흑천궁』에……

한때 대갱도에 나락을 뚫은 마법이 어린애 장난처럼 느껴지는 힘이었다.

『신의 사도』 아흐트와 『해방자』 밀레디 라이센의 시선이 교차했다.

잠시 후—.

"체크 메이트."

빌어먹을 신도, 차갑게 뒤틀린 세계도…….

뻗은 손을 꽉 쥐었다. 신의 위엄을 뭉개버리는 것처럼. 소중한 것을 붙잡는 것처럼.

끝은 무척 조용했다.

모였던 힘은 조용하게 흩어졌고 『흑천궁』은 압축되어 소멸했다.

—이 괴물…….

모든 것이 사라지기 직전, 아흐트는 그렇게 말한 것처럼 보였다.

정지한 수많은 은빛 깃털이 전장으로 춤추며 떨어졌다. 햇빛을 받아 반짝이면서…….

"……뻴…… 이겼어……."

칭찬해줄래? 그렇게 물어보려고 하늘을 올려다본 밀레디는 갑자기 힘을 잃고 지상으로 떨어졌다.

―수고했어, 밀레디. 정말 잘했어.

흐려져 가는 정신 속에서 그리운 목소리가 들린 것만 같았다.

에필로그

해 질 녘.

흐린 하늘보다 어두운 【엘버드 신국】의 신도 뒷골목을 빠르게 걷는 자가 있었다.

로브를 걸치고 후드를 눈까지 깊이 눌러썼으며 천으로 감싼 거대한 무기를 등에 멘 그 인물은— 라우스였다.

혼백 마법까지 쓴 은형술로 아직 사람이 많은 시간대인데도 누구 하나 라우스에게 눈길을 주지 않았다. 물론 지금 신도의 분위기에서는 은형술이 없어도 아무도 눈치채지 못하겠지만……

대의를 내걸고 원정을 갔던 기사단이 돌아온 탓이었다.

신손님은 대체 어떤 분일까? 더러운 짐승들! 신벌을 받아 속이 시원하구나! 그렇게 고양된 분위기가 신도 전체를 감싸고 있었다.

그들은 상상도 못 할 것이다. 설마 신국이, 아니, 신위의 구현인 사도까지 완패했다는 사실을…….

백광 기사단 단장이 본래 있어야 할 총본산에 있지 않고, 귀환한 직후 거짓말로 책무를 내팽개치고 한시바삐 가족에게 가고 있다는 사실을…….

'서둘러야 한다……'

그렇게 중얼거리는 사이 자택이 보이기 시작했다. 정면을 피해 뒷문으로 돌아갔다.

"누구냐! 번 가문의 저택에 무슨 일이냐!"

그렇게 말한 자는 애시브라운 머리에 성실해 보이는 20대 중반의 청년이었다. 뒷문 안쪽에서 허리춤의 기사 검으로 손을 가져가며 문을 잡은 라우스를 험악하게 노려봤다.

"라인하르트. 나다."

"라, 라우스 님?! 돌아오셨습니까?! 아니, 하지만 어찌하여 그런 모습으로……."

후드를 쓴 라우스를 본 청년— 번 가문의 경비를 맡은 기사, 라인하르트 아셰는 눈을 동그랗게 떴다. 당연한 반응이었다. 가문의 주인이 얼굴을 가리고 뒷문으로 몰래 들어오려고 했으니까. 소란을 듣고 다른 당직 기사들도 모여들었다.

하지만 라우스는 마음이 급해 그들의 당혹감을 무시했다.

"……집안에서 기운이 느껴지지 않는데, 어떻게 된 거지?"

그 말대로 가족의 기운이 느껴지지 않았다. 아들 샤름은 물론이고 처 리코리스와 어머니 데보라까지.

안 좋은 예감이 팽창했다. 설마 귀환 직후에 자신의 의도를 들켰나 싶어 심장이 격하게 고동쳤다.

그런 라우스의 속내를 모르는 라인하르트는 대수롭지 않게 대답했다.

"아아, 모두 예배당으로 가셨습니다."

"예배당? 중앙 교회 말인가? 왜지?"

신도에는 동서남북으로 일반인이 이용하는 큰 교회가 있고 그중에서도 북쪽, 총본산 기슭의 교회를 중앙 교회라고 부른다. 번 저택에 가장 가까운 교회가 그곳이었다.

"최근, 정확히는 라우스 님께서 출정하신 후로 일과가 되었습니다. 샤름 님은 라우스 님께서 무사히 돌아오시길 기도한다고 하시더군요."

"샤름이…… 그런가……."

아버지를 생각하는 아들의 마음이 기뻤다. 그것으로 초조함이 조금은 가셨다. 그래도 왠지 안 좋은 예감은 사라지지 않았다. 당연히 번 저택의 기사가 호위하고 있을 테니까 괴한을 만날 염려는 없었다. 걱정의 이유는 좀 더 다른…….

"나도 가지."

"네? 하지만 외출하신 시간을 보아 곧 돌아오실 겁니다."

당황하는 라인하르트와 기사들을 두고 라우스는 발걸음을 돌렸다. 하지만 갑자기 멈춰서 어깨 너머로 돌아보고 라인하르트를 물끄러미 바라봤다.

"라, 라우스 님?"

누가 봐도 분위기가 이상했다. 전쟁에서 무슨 일이 있었나? 존경하는 사람의 예사롭지 않은 분위기에 당황한 라인하르트에게 라우스는 고민을 잊으려는 듯 심호흡했다.

"라인하르트, 따라와라."

"네? 아, 옛. 알겠습니다!"

경비는 안 해도 되나 의문이 들었지만 선배 기사들이 얼른 가보라고 손짓했다. 라인하르트는 벌써 걸어가는 라우스의 뒤를 허둥지둥 따라갔다.

잠시 말없이 빠른 걸음으로 걸었다.

라우스는 뒤에서 라인하르트가 뭔가 말하고 싶은 눈으로 보고 있는 것을 느꼈다.

쓴웃음이 떠올랐다. 지금도 눈에 띄지 않게 골목을 골라 걷고 있었다. 자신의 행동은 분명히 수상했고 무엇보다 라우스 자신이 왜 라인하르트를 대동했는지 몰랐다.

지금부터 자신이 하려는 일을 생각하면 이 올곧은 청년을 지옥으로 끌고 가겠다는 뜻이나 진배없었다.

'안 된다……. 진정해라.'

마음을 다독이며 충동적인 행동을 반성했다. 그래도 라우스의 직감과 심정은 이대로 라인하르트를 돌려보내길 원치 않았다. 그래서 물었다.

"라인하르트. 너에게 묻고 싶다."

"예, 라우스 님. 말씀하십시오."

"만약…… 만약에 신의 바람이 네 가족의 목숨이라면, 너는 가족을 바칠 테냐?"

뒤를 따르던 발소리가 조금 흐트러졌다. 동요, 당혹, 그리고 강한 고민이 전해졌다.

라우스는 자연스럽게 웃음이 떠올랐다. 다른 기사라면 분명히 주저 없이 대답했을 테니까.

"그건…… 그건 분명…… 다른 많은 생명을 위한…… 일일 테니까요."

쥐어짠 목소리였다. 라우스의 미소는 짙어졌다.

라인하르트의 고유 마법 『백혼』은 온갖 상태 이상을 막아낸다. 덕분에 세뇌 같은 교회의 가르침에 물들지 않았다. 그래도 신명은 무시할 수 없었다. 성실하고 마음 착한 그다운 대답이었다.

"라우스 님. 전장에서 무슨 좋은 일이라도 있었습니까?"

이번에는 라우스가 놀랐다. 무심코 어깨 너머로 돌아봤다.

"왜 그렇게 생각하지?"

"그게…… 외람되오나, 라우스 님의 눈이 원정 전보다 『살아 있는』 느낌을 줬습니다."

"살아 있다……. 그래…… 그렇게 보이나."

"라우스 님?"

앞을 돌아봤다. 라인하르트의 당황한 목소리가 들리지만, 라우스의 정신은 잠깐 과거로 돌아갔다.

그 최후의 전장으로…….

하늘에서 반짝이는 깃털이 무수히 떨어졌다.

그것은 패배의 증거였다. 신위의 구현인 『신의 사도』가 패했다는 증거.

있을 리 없고 있어서도 안 될 그것을, 전장에 있는 모든 이가 올려다봤다.

이 광경을 봤을 때 느낀 감정을 라우스는 도무지 말로 표현할 수 없었다. 그 소녀, 밀레디는 불가능을 현실로 실현하고야 말았다.

라우스에게 증명하겠다던 선언을 지켰다. 주체할 수 없는 거대한 감정이 치밀고 라우스의 눈에서 눈물이 되어 흘러넘쳤다.

자신이 왜 우는지, 아니, 그 이전에 운다는 사실도 깨닫지 못하고 그저 은색 깃털이 춤추는 맑은 하늘과 창궁의 소녀를 올려다봤다.

"아, 아, 아앗, 아아아아아아아아아!"

귀를 막고 싶어지는 절규가 퍼졌다. 무르무가 발광하듯 머리를 쥐어뜯었다. 그리고 그 직후 전장 곳곳에서, 정확히는 기사와 사제들이 차례차례 무르무와 같은 광기 어린 절규를 터뜨렸다.

"밀레디 라이세에에에엔!"

무르무가 성궁을 들어 신속하게 화살을 날렸다. 밀레디는 그 믿기 힘든, 신을 연상케 하는 막대한 힘을 잃고 떨어지고 있었다.

라우스가 「안 돼」라고 말한 것과 동시에 오스카에게서 호령이 떨어졌다.

"나이즈!"

"알겠다!"

밀레디의 낙하 궤도에 『게이트』가 열리고 오스카의 머리 위에도 하나 출현했다. 오스카는 거뜬히 밀레디를 받아냈다. 메일이 바로 달려와서 재생 마법을 걸었다. 척 보기에도 비참했던, 정말로 만신창이였던 밀레디가 빠르게 치유되어 갔지만……

"메일, 왜 밀레디가 눈을 안 떠?!"

"진정해. 몸은 나았어. 아마 그 어이없이 큰 힘을 다룬 탓이야."

오스카의 팔에 안긴 밀레디는 정신을 잃고 늘어져 있었다.

"죽여라, 저 이단자를 죽여라! 신적이다! 죽는 한이 있어도 반드시 처단해라아아!"

이번에는 번개가 퍼졌다. 릴리스의 하늘을 찌르는 분노와 증오가 뇌격을 천정부지로 강화했다.

총대장의 호령에 신전 기사들과 사제들이 호응해 전장에 격렬한 광기의 바람이 불기 시작했다. 그 광기에 빠진 것처럼 함성이 퍼져 나갔다. 연방병과 제국병에게도 전염된 것 같았다.

거기에 대항한 것은 류티리스였다.

"일어나십시오, 전사들이여! 우리의 맹우를 지키는 겁니다! 밀레디 라이센을 이곳에서 죽게 둬서는 안 됩니다!"

한정 수해 중앙, 땅울림과 함께 성장한 거목 꼭대기에서 위풍당당하게 선 류티리스가 전장 전체에 당찬 목소리로 퍼뜨렸다.

당연히 무수한 포효가 응답했다. 광기의 절규를 지워 버리겠다는 기세였다.

안개 결계가 없는 전장에서 싸우느라 전사단은 크게 다쳤다.

하지만 그것은 신국도 같았다. 이미 제바르는 메일에게, 바란은 스이에게, 게테르와 밴디스도 류티리스와 크레이드에게 당했고 단원도 상당히 줄었다.

그래서 지금부터는 정신력 승부였다. 광기가 이기는지, 친구를 지키려는 의지가 이기는지.

"밀레디를 쉬게 해야 해. 다들 빨리 처리하자."

오스카가 팔로 안아 든 밀레디를 다정하게 바라보며 말했다. 메일, 나이즈, 반드르도 밀레디에게 미소 짓고는 기사단에게 전의를 드러냈다.

그렇게 단 한 명의 소녀를 건 마지막 결전이 개시됐다, 라고 생각한 순간—.

강대한 빛이 두 진영 사이를 갈랐다.

강한 충격을 흩뿌리며 대지를 파내고 선을 그었다.

눈을 크게 뜨며 고개를 들자 그곳에는 비공선 한 척이 태양을 등지고 떠 있었다. 돛에는 광륜 속에 방패가 그려져 있었다. 그것을 본 무르무가 일시적으로 광기를 거둘 정도로 놀랐다.

"말도 안 돼…… 호광 기사단? 게다가 지금 그건 성창?"

그 말을 증명하는 것처럼 경직된 전장에 차가운 목소리가 울렸다.

『호광 기사단 단장 달리온 커즈가 교황 성하의 말씀을 전하겠다. —「종전이다」.』

기사들 쪽에서 파문이 일었다. 말도 안 된다, 그럴 리 없다는 동요가 퍼졌다. 하지만—.

『신께서 그러길 바라신다』.』

그렇게 말하면 따를 수밖에 없었다. 설령 개인적 감정으로는 당장 신의 적들을 말살하고 싶지만 신께서 바라신다면 하는 수 없었다. 거기에 이유 따위는 필요 없으니까.

"어쩔 수 없군……. 밀레디 라이센, 다음에는 기필코…….

철수한다!"

무르무의 호령을 시작으로 릴리스도 퇴각 지시를 내렸고 신국뿐 아니라 연방군과 제국군도 서서히 물러나기 시작했다.

일방적으로 전쟁을 벌이고는 일방적으로 끝낸다.

너무나도 도리에서 벗어났다. 너무나도 불합리했다. 뜬금없는 사태에 당황하던 전사단과 해방자들은 몰염치한 신국에게 분노와 전의를 불태웠으나—.

"그만둬라."

앞으로 나온 건 라우스였다. 그가 류티리스와 오스카 일행의 앞을 막아섰다.

"달리온 커즈는 성창과 성검의 보유를 인정받은 최강자 중하나다. 그리고 호광 기사단은 내게도 정보가 은닉된 실력을 알 수 없는 집단이다."

"라우스 번. 당신은……."

막아선다기보다 그들을 설득하는 말이었다. 오스카는 라우스의 눈을 보고 뭔가를 느꼈는지 눈을 동그랗게 떴다.

라우스는 오스카가 든 밀레디를 빤히 보고 있었다. 평소처럼 감정을 없앤 무표정이 아니라 무척 인간미 있는 온화한 표정으로.

그것은 마치 어떤 굴레에서 벗어난 것 같은, 혹은 몸을 옭아맨 사슬을 벗어 던진 것 같은 분위기였다.

그래서 오스카는 동료들을 돌아보고 뜻을 굳혀 말했다.

"남아주면 안 될까, 라우스 번. 밀레디는 당신을—"

"그 이상은 말하지 마라."

말을 가로막혔다. 하지만 거절은 아니었다. 철수하는 부대를 지키기 위해 남은 백광 기사단과 수광 기사단을 의식해서 한 말이었다.

그 증거로 혼에 목소리가 울렸다.

『가족이 있다. 돌아가야만 해. 그러니까 그 아이에게 전해 다오.』

라우스의 눈빛은 강한 결의로 빛났다. 오스카는 순간 기가 눌렸으나 곧 힘차게 고개를 끄덕였다.

『너는 약속을 지켰다. 나는 내 의지에 따라— 네 손을 잡으마.』

"……반드시 전할게. 분명히, 무척 기뻐할 거야."

이미 기사단은 꽤 멀리 퇴각했다. 그것을 확인한 라우스는 마지막으로 오스카 일행을 차례대로 바라보고 옅은 미소를 흘리며 돌아섰다.

다시 만나자는 말을 남기고.

그들은 서서히 작아지는 등을 묵묵히 지켜봤다.

연방군과 제국군도 썰물처럼 빠져나가 【아그리스】로 돌아갔다. 아마 수해와 너무 가까운 【아그리스】는 공화국의 보복을 경계해 버려지고 차후 후방 거점으로 이동할 것이다. 제국군도 그대로 본국으로 돌아갈 게 틀림없었다.

이 기회를 놓치면 추격할 수 없다. 전사단 중에는 혈기가 앞서는 자도 많이 보였지만—.

"조국을 지키고 벗을 지켰습니다."

여왕의 목소리가 울려 퍼지자 주목했다.

한정 수해가 사라지며 풀과 꽃이 흩날리는 곳에서 류티리스는 전장을 돌아봤다.

"우리는 침략자도 아니거니와 복수자도 아닙니다. 긍지를 가진 수해의 주민입니다."

전사들은 서로를 마주 봤다. 전사장들은 말하지 않아도 안다는 듯 만족스레 고개를 끄덕였다.

"그렇다면 여기서 선언하겠습니다."

잠깐의 침묵. 숨을 깊이 들이마신 류티리스는 자긍심과 기쁨을 한껏 담아 스스로 종전을 선언했다.

"우리는 승리했습니다!"

—우오오오오오오오!

돌아온 것은 물론 긍지 있는 수인 전사들의 환호성이었다.

"저기…… 라우스 님? 죄송합니다. 제가 불쾌한 이야기를 꺼낸 건가요?"

라우스는 미안함이 묻어난 목소리 때문에 정신을 차렸다.

아무래도 회상에 너무 빠졌던 모양이었다.

"미안하다. 떠올리고 있었다. 네 말대로 좋은 일이 있었지."

"아닙니다. 잘 생각해 보면 승전 자체가 좋은 일이니까 쓸데없는 질문이었군요."

라인하르트의 말에 라우스가 피식 웃었다.

"전쟁은 졌다."

"네? 아니, 뭐라고요?"

"완패였다. 정말이지, 어이가 없더군. 그 꼬마는, 괴물이야."

웃으며 진실을 입에 담은 라우스를 보고 라인하르트는 믿어지지 않는다는 표정을 지었다. 라우스가 이렇게나 밝은 표정으로 웃는 모습은 처음 봤다. 그래서 농담인 줄 알고 똑같이 웃었다.

"그럼 전쟁에는 지고 승부에는 이겼다는 말씀인가요?"

"……? 왜 그렇게 되지?"

"패배했다고 하시지만, 기뻐 보이십니다. 얻을 것이 있었다는 뜻이 아닌가요?"

"……그렇지. 그래, 네 말이 맞다."

마지막으로 가장 원하던 것을 얻었다면 그 말이 맞을지도 모른다.

라우스는 강하게 납득한 뒤 더 쾌활하게 웃었다.

그러는 사이에 목적지인 교회가 보였다. 어쩌면 이 청년과 만나는 것은 이것이 마지막일지도 몰랐다.

왜냐면 라우스는 가족을 데리고 신국에서 도망갈 생각이니까. 교회에 있는 세 사람을 데리고, 총본산에 있는 다른 두 아들도 데리고 갈 것이다. 그들의 신앙심을 생각하면 보나 마나 거절하겠지만 어떻게 해서든 나라를 뜬다. 그 후 시간을 들여서 설득하고 그래도 안 된다면 각자의 판단을 존중할 생각이었다.

"라인하르트. 언제 어디서든 너는 네 자신의 의지를 따라

라. 지금부터 내가 하는 행동을 보고 어떻게 할지 판단해라."

"라우스 님? 그건 대체—."

대답하지 않고 교회 안으로 들어섰다. 그리고 자신을 위해 기도하고 있을 아들을 먼저 안아주자고 생각하며—.

"드디어 왔군요, 라우스 변."

호흡이 멈췄다. 등줄기에 얼음을 쑤셔 박은 것처럼 소름이 끼쳤다.

그럴 리 없다. 대체 어떻게? 분명히 봤다. 나는 네가 사라지는 광경을—.

"신의, 사도, 왜 여기 있지?!"

수녀복을 입었지만, 눈앞에 있는 자는 틀림없이 소멸한『신의 사도』였다. 그녀는 장엄한 제단과 스테인드글라스 앞에 정숙히 서 있었다.

"이상한 말씀을 하시는군요. 저는 처음부터 여기 있었습니다."

"허튼소리 마라! 너는 분명히 밀레디 라이센에게 소멸당하지 않았나!"

뒤에 선 라인하르트가 당혹감에 사로잡혔지만 그것을 깨달을 여유도 없었다. 망가진 장난감처럼 고개를 갸웃거린 사도는 이해했다는 양 말했다.

"아아, 그건『아흐트』입니다. 저는 처음부터 아인스라고 말씀드리지 않았나요."

"……설마. 아니, 그런 거군. 너는 정말로 인형—."

"당신에게는 이름을 밝히도록 하죠. 제 진짜 이름은『에르스트』. 첫 번째 사도입니다."

악몽 같았다. 이런 존재가 양산되어 있을지도 모른다니.

두려움에 식은땀이 나고 다리가 무심결에 뒤로 물러났다. 사도는 무심히 말을 이었다.

"라우스 번. 전쟁을 마치고 돌아오신 건 알지만, 당신이 해주셨으면 하는 일이 있습니다."

자신의 배반을 눈치챈 것일까? 아직 구체적인 행동은 하지 않았다. 기껏해야 직무를 방치하고 집으로 돌아간 정도였다. 아직 변명의 여지는 있었다. 그럼 왜 『신의 사도』가 여기 있는가? 이런 일반인도 이용하는 교회에? 역시 자신을 구속할 생각인가? 그렇다면 위험하다. 과연 혼자 사도에게 저항하며 가족을 데리고 나갈 수 있을까? 지금은 순종하고 탈출할 기회를 기다릴까?

순간적으로 갖가지 가능성, 갖가지 대책이 머리를 지나쳤다. 손에 땀을 쥐며 가능한 한 평정심을 유지하며 물었다.

"뭘, 하라는 거지?"

"좀처럼 『축복』을 받아들이지 못하는 가엾은 아이가 있습니다. 당신이 그 아이에게 존귀한 신의 가르침을 전수해주셨으면 합니다."

교회가 말하는 『축복』이란 마법을 이용한 신앙심 주입이었다. 일반적인 말로 가치관을 배양하는 경우와 달리 그것은 『신의 가르침에 의문을 품을 수 있는 인물』에 대한 세뇌였다.

분명히 라우스의 혼백 마법이라면 가능하리라. 전문 대사교가 가진 고유 마법이나 어둠 속성 마법과는 격이 다르니까.

그렇지만 이번 패전에서 귀환하자마자 기다렸다는 듯 이곳에 있는 이유는……

라우스의 등에 소름이 좍 끼쳤다. 줄곧 느끼던 안 좋은 예감이 바로 뒤에 서 있는 것처럼 맹렬한 오한이 들었다.

"신께서 바라십니다."

사도의 음성이 불길하게 울렸다. 설마, 하고 몸을 떠는 라우스의 귀에 미끄러져 들어왔다.

"말을 미리 배치하고 싶다고 하십니다. 앞으로 있을 유희를 위해."

말뜻을 확인할 여유는 없었다.

―꾸물대지 말고 걸어라.

―번 가문의 망신 같으니.

귀에 익은 목소리가 들렸다. 잘 아는 혼이 느껴졌다.

제단 안쪽에서 문이 열렸다. 끼익, 불길한 소식을 전하는 소리와 함께.

그렇게 모습을 드러낸 것은―.

"샤름!"

사랑하는 아들이었다. 다만, 기사 두 명에게 두 팔을 붙잡히고 여기저기 멍이 든 채 힘없이 늘어져 있었다. 저항할 힘이 없는지 질질 끌려오는 샤름의 눈동자는 오싹할 정도로 공허했다. 그리고 그런 샤름과 함께 나온 사람이 있었다.

"너희는…… 너희는, 뭘 한 거냐?!"

"뭘 했냐고요?"

"이상한 말씀을 하시는군요. ……아버지."

몇 년 전 총본산으로 징용된 두 아들— 카임과 셀름, 그리고 리코리스와 데보라였다. 아니, 그뿐만이 아니었다. 호광 기사단 단장 달리온까지 함께 있었다.

"샤름도 마침내 신의 종이 될 자격을 얻었어요."

"벌써 여덟 살이에요. 늦어서 걱정했습니다. ……그런데도."

열두 살인 장남 카임과 열 살인 셀름. 샤름과 크게 나이 차이가 없는데도 두 사람의 언동은 도저히 아이 같지 않았다. 게다가 기억에 있는 아들들과는 아예 다른 사람 같았다. 샤름을 보는 눈에는 강한 경멸이 담겨 있었다.

"번 가문의 아이가 어떻게 고귀한 가르침을 거부할 수 있죠……? 이런 망신은 없을 거예요!"

총본산으로 징용되는 것은 신민에게 최고의 명예였다. 데보라의 눈은 이미 손자를 보는 눈이 아니었다. 이해할 수 없는 생물— 이단자를 보는 눈이었다. 번 가문의 명예에 먹칠을 했다는 분노와 굴욕을 풀기 위해 샤름을 처분하려고 한다. 눈을 보면 그 감정이 고스란히 드러났다.

"여보! 제발 샤름에게 진짜 신앙심을 알려주세요! 『축복』에 저항하다뇨…… 이게 어떻게 제 아들일 수 있나요!"

아직 처분까지 생각하지 않는 것은 어미이기 때문일까? 그러나 무정한 말에 샤름이 공허한 눈으로 반응했다.

"어머, 니……."

하지만 그 말을 중얼거린 순간, 리코리스는 추악하다는 양 샤름을 노려보고 망설임 없이 후려쳤다. 그 모습은 도저히 어머니라고 생각할 수 없었다.

"됐다, 이제 그만해라!"

꽉 쥔 주먹에서 피가 맺혀 떨어졌다. 분노로 눈앞이 번쩍거렸다.

이것이 가족이 할 짓인가. 사랑하는 처, 존경하는 어머니, 그리고 보살펴야 할 아들들. 자신이 소중하게 여기던 이들이 같은 가족을, 어린 막내 아이를 괴롭히고 있었다.

이게 대체 뭔가. 악몽 속에 있는 기분이었다.

그래도 이건 자업자득이라고 생각했다. 자신은 번 가문의 당주였다. 리코리스의 남편이자 데보라의 아들이며 카임과 셀름의 아버지였다.

저항해야만 했다! 더 일찍, 남편으로서, 아들로서, 아버지로서, 단 하나의 가치관 아래 살아온 가족과 더 마음을 나눠야 했다! 체념하고 설득할 생각조차 하지 않은 태만의 결과가 이것이다!

누구보다도, 무엇보다도 자신에 대한 분노로 머리가 터질 것 같았다.

하지만 격정에 빠져 샤름만 데리고 도망치면 남은 가족이 어떻게 될까…….

번의 직계인 카임과 셀름은 몰라도 리코리스와 데보라는…….

전부 데리고 나가서 시간이 걸릴지라도 처음부터 다시 시작하고 싶었다. 신도밖에 모르는 가족들에게 넓은 세상을 보여 주면 다른 생각을 인정할지도 모른다는 희망을 품었다.

그래도 에르스트와 달리온이 있는 이곳에서 가족을 모두 데리고 나가기란 불가능했다.

"번 경, 시작하세요."

담담하게, 무표정으로, 기분 나쁠 정도로 차가운 눈으로 에르스트가 재촉했다. 달리온은 근처 기둥에 기대 팔짱을 낀 채 눈을 감았다.

할 수밖에 없었다. 자기 아들에게 신을 사랑하라고 혼백 마법을 걸 수밖에 없었다.

지금은 순종하고 때를 기다릴 수밖에…… 때가 되면, 반드시 세뇌를 풀어서…… 그러면 언젠가 가족을 모두…….

머리로는 알아도 샤름을 생각하는 마음이 망설임을 낳아 다리를 붙잡았다.

"당신이 할 수밖에 없습니다. 보세요."

갑자기 에르스트가 샤름 곁에 섰다. 머리를 움켜잡고 들어 눈을 맞추게 했다.

그 순간―.

"으, 아, 아아아아아?!"

"샤름!"

"제 『매혹』에도 저항하니까요."

『신의 사도』가 거는 세뇌에 고작 여덟 살짜리 아이가 저항했다. 비명을 지르고 머리를 저으며 필사적으로…….

어떻게 그럴 수 있는가. 샤름에게 고유 마법이 있을 리도 없는데.

그 대답은—.

"싫어. 나는, 아버지, 아들이야! 샤름…… 번이야. 변하기 싫어. 날, 묶지 마…… 죽이지 마!"

자신은 샤름 번이다. 라우스 번의 아들이다. 『신의 가르침』은 그런 샤름을 바꿔 버린다. 신앙의 사슬로 묶어 샤름을 구성하는 소중한 것들을 파괴한다.

그렇다면 그것은 자신이 아니다. 『신의 가르침』을 받는다는 것은 자신이 죽는다는 뜻이라고 샤름이 부르짖었다.

이럴 수가. 샤름은 불과 여덟 살에 사도의 힘에 저항하는 『자긍심』을 가졌다.

"아버, 지……."

그리고 그것은 존경하는 아버지에게 받은 것이었다. 그 등을 보며 키운 것이었다.

그래서 이 극한의 상황에서 가족에게 『받아들여라』, 『망신이다』라고 욕먹고 고통받으면서도 끝까지 저항했다. 그러면 분명히…… 샤름에게 『무적의 영웅』인 『아버지』가—.

"살려줘요!"

구해주러 온다고 믿었다.

그 직후, 그 말이 울렸다.

"제8 한계—."

샤름을 억누르는 기사 두 명과 가족들이 퍼뜩 시선을 든

곳에서……

"돌파아아아아아아!"

어둠색 마력이 폭발했다. 넓은 교회 안을 순식간에 메우는 장렬한 투지였다.

그리고 굉음이 울렸다.

에르스트가 쌍대검을 교차한 상태로 뒤쪽 스테인드글라스를 향해 뛰어들었다.

성퇴를 휘두른 라우스에게 달리온이 성창을 뽑아 끼어들었다. 그것을 성퇴로 막으며 혼백 마법 『유현』으로 유체를 이탈시켰다.

육체를 두고 샤름을 잡은 기사 두 명에게 육박했다. 혼백 마법 『정불』을 발동해 몸에서 혼백을 뽑아 버렸다.

달리온의 두 번째 공격을 『충혼』으로 잠깐 미루고 즉시 『유현』을 해제, 육체로 돌아오자마자 성퇴의 충격파로 달리온의 균형을 무너뜨렸다. 그리고 『빛의 사슬』로 샤름을 묶어 팔로 끌어안았다.

그대로 바닥을 파괴하며 반동을 사용해 단숨에 뒤로 뛰었고, 원래 위치로 돌아와 혼백 마법 『진혼』을 통해 샤름의 정신을 고쳤다.

이 일들이 불과 3초 사이에 벌어졌다.

"으, 윽…… 아, 버지?"

"그래, 나다. 구하러 왔다."

샤름의 표정이 구겨졌다. 동시에 스테인드글라스가 폭파한 것처럼 날아가며 전투 복장을 입은 에르스트가 공중에 떠서 나타났다.

그것을 보고 라우스의 예상치 못한 행동에 넋이 나갔던 가족들이 모든 것을 잊은 것처럼 황홀한 표정을 지었다.

눈을 까뒤집고 쓰러진 기사를 힐끗 본 달리온도 허리에 찬 성검을 뽑아 1창 1검으로 앞에 나섰다. 소란을 알아차렸는지, 교회 안쪽에서 여러 강인한 혼— 기사들이 달려오는 것이 느껴졌다.

"미안하다, 샤름."

"아버지?"

왜 사과하는지 샤름은 바로 이해하지 못했다. 그것이 샤름의 어머니, 할머니, 형들도 두고 가야만 하는 자신의 무력함과 샤름 한 명을 골랐다는 사실에 대한 사과라고는 알 수 없었다.

"라인하르트."

지금까지 쭉 상상도 못한 상황에 따라오지 못해 굳어 있던 청년 기사를 라우스가 불렀다.

"부탁한다. 아들을, 맡아다오."

"……!"

그 말인즉, 교회를 배신하라는 뜻. 이단자가 되라는 뜻이다.

얼토당토않은 말이었다. 라인하르트는 신전 기사였다. 보통 그런 부탁은 아무도 듣지 않는다.

애초에 지금이 어떤 상황인가? 왜 이런 사태가 됐는가? 그것도 전혀 이해하지 못했다. 그래도…….

—언제 어디서든 너는 네 자신의 의지를 따라라.

"크윽—『천상섬』!"

라인하르트가 기사 검을 휘둘렀다. 빛의 참격이 라우스를 지나서 돌진해 오던 달리온에게 뻗어갔다. 똑같이 돌진해 온 에르스트 앞에서 라우스는 샤름을 뒤로 던지고 성퇴로 쌍대검을 받아냈다.

"샤름 님! 갑시다!"

"어, 아니, 하지만, 아버지가!"

라인하르트가 샤름을 받아 옆구리에 끼고 달렸다.

"미안하다. 아니, 고맙다. 라인하르트."

"무사하셔야 합니다. 라우스 님!"

세상의 적으로 돌아서게 한 점을 사과하려다가, 그것이 라인하르트의 의지라고 믿고 감사를 전했다.

그런 라우스에게 결사의 각오를 느낀 라인하르트는 울음을 참으며 교회를 뛰쳐나갔다. 어마어마한 마력과 연속된 굉음에 떠밀리다시피.

"아버지, 아버지이이이!"

"쉿! 신도를 나가야만 합니다! 발각되면 끝입니다!"

"하지만 아버지가!"

"이게 부군의 의지입니다. 제발 알아주십시오! 샤름 님!"

라인하르트가 악을 쓰자 샤름은 하염없이 눈물을 흘리면서도 입을 꾹 다물었다.

잠시 말이 없는 상태로 해가 완전히 떨어져 어둠에 휩싸인 뒷골목을 달렸다. 진로는 신도의 정문이었다.

문득 샤름이 물었다.

"라인하르트…… 왜, 너는……."

집을 경비하는 마음씨 좋은 청년 기사. 당연히 친하게 알고 지냈다. 신뢰하기도 했다. 그래도 라인하르트가 인생을 뒤바꿀 선택을 했다는 사실을, 총명한 샤름은 알고 있었다. 그래서 묻지 않고는 견딜 수 없었다.

그러나 그 대답을 듣기 전에―.

"꿰뚫어라―『성창』."

"카학?!"

라인하르트의 옆구리가 빛의 창에 뚫렸다. 충격에 떠밀려 골목 벽에 부딪치고 샤름과 함께 바닥을 굴렀다.

"으, 윽, 달리온, 단장님……."

"멍청한 선택을 했군, 기사. 아니, 이단자."

아무런 특징도 없는 평균적인 체형의 남자. 호광 기사단 단장 달리온 커즈가 어느샌가 옆 골목에 서 있었다. 라우스는 에르스트를 막는 것만으로 벅찼나 보다.

라인하르트는 격통에 비지땀을 흘리면서도 샤름을 감싸려고 일어나 기사 검을 들었다. 거기에 특별한 감개도 느끼지 않는 분위기로 달리온은 말을 이었다.

"그건 번의 직계다. 이용 가치가 있다."

"그게…… 뭐 어쨌다는 겁니까?"

"넘겨라. 네 고유 마법도 다소 귀한 것이지. 개심하겠다면 선처하도록 말해 두마."

배교의 뜻을 보인 자에게는 파격적인 배려였다. 라인하르트의 행동이 라우스 번의 말에 감화된 충동적인 것이었다면 고려해 볼 여지는 있었다.

샤름은 엉덩방아를 찧은 채 불안하게 라인하르트의 등을 바라봤고…… 마음이 떨렸다.

"싫다."

"라우스 번에 대한 의리인가? 그만둬라. 그자는 이미 이단자—."

"라우스 님은 관계없어. 이건 내 의지다."

착하지만 어쩐지 미덥잖은 구석이 있는 사람이었다. 지금도 고통과 공포로 이렇게나 떨고 있었다. 그런데……

"아이가 울고 있어. 도움을 바라고 있어. 손을 내밀지 않으면 그게 무슨 기사냐."

왜일까.

"나의 신은, 아버지와 아이를 괴롭히는 너희를 용서하지 않으신다! 바라는 자에게 구원의 손길을 베푼다! 그것이 나의, 라인하르트 아셰의 교의다!"

그 등이 무척 크게 보이는 것은. 동경하는 아버지에게도 밀리지 않아 보이는 것은…….

하지만 현실은 비정했다. 마음만으로는 아무것도 이룰 수 없다.

"시시하군."

그렇기에 짓밟힌다. 마음과 함께 몸까지. 성창에서 뻗은 빛의 칼날에 베여 라인하르트는 반응하지도 못하고 피를 뿜으며 쓰러졌다.

그것이 단순한 기사와 삼광 기사단 단장의 역력한 격차였다. 죽을 각오로 시간을 벌어 샤름을 도망치게 하겠다는 생각도 단 일격에 파탄 났다.

"라인하르트?!"

샤름은 울면서 쓰러진 라인하르트의 등에 매달렸다.

달리온은 샤름의 목덜미를 우악하게 잡고 질질 끌고 갔다.

라인하르트는 몽롱한 정신 속에서 그 모습을 보고 있었다.

피가 흐르면서 사신의 발소리가 차차 가까워지는 것이 느껴졌다.

회복 마법…… 지혈만이라도 해서, 기습을…….

움직여라…… 움직여…… 제발 움직여.

존경하는 라우스와의 약속이었다. 나에게 맡겨주었다. 나는 기사다.

아무리 강하게 열망해도 몸은 움직이지 않았다. 그에게는 빛 속성 적성도 회복 마법 재능도 없었다. 있는 것은 상태 이상을 튕겨 내는 고유 마법뿐.

울면서 소리치며 자신에게 손을 뻗는 샤름을 망막에 비추면서, 라인하르트도 눈물 흘렸다. 분하고 자신이 한심해서.

힘이 필요하다. 재능이 필요하다. 기사로서, 한 사람의 인간으로서 저 아이를—.

"구할 힘이 필요해!"

지금 구할 수 있다면 이 목숨을 바쳐도 상관없다! 신이시여! 보고 계신다면 제발 저에게 힘을!

과연 그 애원은—.

"뭐?"

통했다. 신이 아니라 한 자루 검에.

빛이 폭발했다. 달리온의 허리춤에 찔린 장엄한 검, 성검에서. 그 찰나, 어두운 뒷골목이 한낮처럼 희게 빛났다.

잠시 후, 그 빛이 잦아들었을 때 성검은 빛을 내며 공중으로 떠올랐다.

라인하르트 앞에서, 마치 자신의 소유자를 선택한 것처럼.

"이게 무슨…… 성검은 용사의 자질을 가진 자에게만……."

달리온이 낯빛이 처음으로 바뀌었다.

그에게는 알 턱이 없었다. 라인하르트조차 몰랐으니까.

고유 마법 『백혼』— 상태 이상을 튕겨 내는 마법. 아니, 정확하게는 『그 무엇에도 물들지 않고 그 누구라도 될 수 있는 마법』이었다.

"힘을, 빌려주겠어?"

피에 젖은 손이 성검을 잡았다. 그 순간, 빛이 맥동하며 라인하르트의 몸에서 흐르던 피를 멈췄다. 치유 마법이 발동해 경이로운 효과를 발휘한 것이다. 게다가 성검에 의지가 있어서 전해주는 것처럼 성검을 쥔 순간 알았다. 가능하다고.

"한계⋯⋯."

"설마. 큭."

샤름을 던지고 달리온이 성창을 든 직후―.

"돌파!"

라인하르트의 힘이 폭발적으로 상승했다. 빛의 꼬리를 그리며 순식간에 달리온에게 접근해 가공할 속도로 합을 주고받았다. 주고받고 있었다!

"우오오오오오오오오!"

라인하르트의 절규가 메아리치고 무수한 충돌음이 울렸다. 성창의 주인과 새로운 성검의 주인이 장렬한 전투를 벌였다. 하지만―.

'무너뜨릴 수 없어!'

그래도 역부족이었다. 그리고 성검이 알려줬다. 이 힘에는 시간제한이 있다고. 원래 죽어 가던 몸이었다. 이 기적은 채 1분도 가지 않는다.

"끝났다."

끝은 갑작스레 찾아왔다. 성창에 배 중앙을 관통당했다.

"그래, 끝났지!"

그렇기에, 맞찌를 수밖에 없었다. 배가 뚫린 채로 성창을 쥔 달리온의 팔을 압착기처럼 붙잡았다. 무슨 짓을 하려는지 눈치채고 눈을 움찔거린 달리온의 심장을― 마주 뚫었다.

코앞에서 눈빛이 교차했다. 달리온은 고통스러운 얼굴로, 라인하르트는 회심의 미소를 짓고, 두 사람은 동시에 뒤로 쓰러졌다. 몸에서 빠진 성창과 성검이 땅에 떨어졌다.

샤름이 라인하르트를 부르며 달려왔다.

"샤, 름 님…… 도망, 가십시오……. 동쪽으로, 가시는 겁니다."

"무슨, 무슨 소리야……. 그보다, 아, 어떡해, 상처가!"

동요하는 샤름에게 손을 뻗었다. 라인하르트가 머리를 쓰다듬으며 말했다.

"들어, 주십시오. 부군은…… 전장에서, 누군가와…… 만나셨습니다. 그분이…… 라우스 님을 바꾸셨어요……. 그러니까 그분이라면 분명…… 샤름 님을……."

"하, 하지만, 어떻게, 나 혼자—."

"정신, 똑바로 차리셔야 합니다. 당신은 최강의 기사, 라우스 번의 아이입니다."

"……!"

생명을 토하는 것 같은 라인하르트의 질타에 샤름은 숨을 삼켰다. 그리고 자신을 지켜주고 죽어 가는 모습을 보며 표정을 바꿨다. 눈물을 닦고 눈에 힘을 줬다.

"나는…… 널 두고, 갈게. 혼자서, 갈게."

라인하르트는 만족스럽게 웃었다.

"라인하르트. 고마워. 넌 나한테 아버지만큼이나, 존경하는 기사야."

"영광, 입니다…… 샤름 님."

샤름은 일어섰다. 그리고—.

"어?"

멈췄다. 옆에 서 있는 달리온을 알아채고……. 심장을 꿰뚫
리고도 무표정으로 선 모습은 기괴하다는 말로밖에 설명할
수 없었다.

"도망치십시오, 샤름 님!"

라인하르트가 필사적인 표정으로 빈사의 몸을 일으켜 성검
을 주우려고 했다. 그것을 흘겨본 달리온은 눈을 가늘게 뜨며
성창을 주웠다. 마무리를 지으려는 것이었다.

샤름과 라인하르트는 각오했다. 할 수밖에 없었다.

더는 방법이 없었다.

"이번에야말로 끝이다."

성창을 뒤로 뺀 뒤—.

"네가 말이지."

옆에서 뻗은 암석 같은 주먹이 달리온의 머리에 꽂혔다. 그
대로 밀려서 벽에 찍혀 버린 달리온은 반격의 여지도 없이 머
리가 찌부러져 사망했다.

주먹을 날린 남자를 보고 샤름과 라인하르트의 얼굴에 경
악과 환희가 떠올랐다.

"아버지!"

"라우, 스 님……."

거친 숨을 몰아쉬며 팔을 내린 것은 라우스였다. 다만, 성
퇴는 어디로 갔는지 없었고 왼팔을 잃어 피투성이에 만신창이
였다.

걱정하며 달려온 샤름을 한쪽 팔로 안은 라우스는 라인하

르트 곁에 무릎 꿇었다.

"라인하르트…… 큰 은혜를 졌다."

"제 의지에…… 따랐을 뿐입니다."

라우스의 회복 마법이 라인하르트에게서 가까스로 사신을 물러나게 했다.

그 사도를 따돌린 것일까? 샤름과 라인하르트는 묻고 싶은 눈치였지만, 문득 성창이 떠오른 뒤 마치 누군가에게 소환이라도 된 것처럼 날아가는 광경을 보고 할 말을 잃었다.

"설명할 시간은 없어. 일단 지금은 몸을 숨기자."

라우스의 조급함이 묻어난 말에 둘은 함께 동의했다.

샤름이 성검을 들고 라인하르트에게 건넸다. 희미하게 빛나는 성검을 본 라우스는 조금 놀라는 기색이었지만 곧 이해한 표정과 함께 미소 지었다.

그렇게 라우스와 샤름이 양쪽에서 라인하르트를 부축하는 모양으로 일어나, 세 사람은 함께 신도의 어둠 속으로 사라졌다.

"어떻게 해서든…… 그 아이에게 가야 한다."

먼 동쪽 땅에 있는 희망을 보면서.

■작가 후기

흔해빠진 제로 4권을 읽어주셔서 정말로 감사합니다.

중2를 좋아하는 작가, 시라코메 료입니다.

어떠셨나요? 역사의 무대에 나간 『해방자』. 신대 마법의 진수를 깨달은 밀레디. 『신의 사도』 타도. 마침내 배반을 결심한 라우스…….

그리고 혁혁대는 일곱 번째 신대 마법 사용자 겸 수인들의 여왕님.

류티리스의 캐릭터는 여러분이 상상하시는 대로입니다. 현재는 과거와 연결되죠. 역사는 되풀이되는 법입니다. 그렇다면 밀레디의 동료에 변태가 없을 리 없다! 완벽한 논리라고 생각합니다.

그건 그렇고 본편과 외전이 모두 절정으로 치닫고 있습니다. 제 모든 중2 혼을 불태울 테니 마지막까지 함께해주시면 감사하겠습니다.

그럼 마지막으로 감사 인사를 드리겠습니다.

일러스트 담당 타카야Ki 선생님, 제로 만화 담당 카미치 아타루 선생님, 원작 만화 담당 RoGa 선생님, 흔해빠진 일상의 모리 미사키 선생님, 담당 편집자님, 교정 담당자님, 그 외

출판에 힘써주신 모든 분과 무엇보다 독자 여러분! 정말로 감사합니다!

앞으로도 본 작품을 잘 부탁드리겠습니다!

시라코메 료

흔해빠진 직업으로 세계최강 제로 4

초판 1쇄 발행 2020년 9월 10일

지은이_ Ryo Shirakome
일러스트_ Takaya-ki
옮긴이_ 김장준

발행인_ 신현호
편집부장_ 윤영천
편집진행_ 김기준 · 김승신 · 원현선 · 권세라 · 유재슬
편집디자인_ 양우연
국제업무_ 정아라 · 전은지
관리 · 영업_ 김민원 · 조은걸 · 조인희

펴낸곳_ (주)디앤씨미디어
등록_ 2002년 4월 25일 제20-260호
주소_ 서울시 구로구 디지털로 26길 111 JnK디지털타워 503호
전화_ 02-333-2513(대표)
팩시밀리_ 02-333-2514
이메일_ lnovelpiya@naver.com
L노벨 공식 카페_ http://cafe.naver.com/lnovel11

ARIFURETA SHOKUGYOU DE SEKAISAIKYOU ZERO 4
© 2019 by Ryo Shirakome
First published in Japan in 2019 by OVERLAP, Inc.
Korean translation rights reserved by D&C MEDIA Co., Ltd.
Under the license from OVERLAP, Inc., Tokyo JAPAN

ISBN 979-11-278-5683-0 04830
ISBN 979-11-278-4615-2 (세트)

값 8,000원

*잘못된 책은 구매처에 문의하십시오.

변변찮은 마술강사와 금기교전 1~16권

히츠지 타로 지음 | 미시마 쿠로네 일러스트 | 최승원 옮김

알자노 제국 마술 학원의 계약직 강사인 글렌 레이더스는 수업 중
자습 → 취침 상습범.
그러다 웬일로 교단에 서나 싶으면 칠판에 교과서를 못으로 고정해놓는 둥,
그야말로 학생들도 기가 막혀 하는 변변찮은 강사다.
결국 그런 글렌에게 진심으로 화가 난 학생,
「교사 킬러」로 악명이 자자한 시스티나 피벨이 결투를 신청하지만—
이 해프닝은 글렌이 허무하게 패배하는 안타까운 결말로 막을 내린다.
하지만 학원에 닥친 미증유의 테러 사건에 학생들이 휘말리자,
"내 학생에게 손대지 마!"
비로소 글렌의 본성이 발휘된다!

TV애니메이션 방영 화제작!!

저 어리석은 자에게도 각광을! 1~6권

히루쿠마 지음 | 유우키 하구레 일러스트 | 이승원 옮김

「돈도 없고, 여자도 없어!」
풋내기 모험가의 마을 액셀의 (자칭) 지배자인
양아치 모험가 더스트는 주머니 사정이 신통찮았다.
신참 모험가 카즈마 일행이 착착 명성을 쌓아가는 가운데—
더스트는 자작극 사기에 도난품 매매,
귀족 영애를 뜯어먹으려고 획책하는 등,
오늘도 액셀 마을에서 돈벌이에 힘썼다!
그런 와중에 나리라 부르며 따르는 대악마 바닐에게서
「재미있는 미래가 찾아올 것이다」라는 불길한 예언을 듣는데?!

더스트 시점에서 그려지는 조금 음란한 외전이 새롭게 시작!

라이트노벨의 새로운 빛! L노벨의 신간은 매월 10일에 발매됩니다. http://cafe.naver.com/lnovel11

© Hiro Ainana, shri 2020／KADOKAWA CORPORATION

데스마치에서 시작되는 이세계 광상곡 1~19권, EX

아이나나 히로 지음 | shri 일러스트 | 박경용 옮김

한창 데스마치를 치르던 프로그래머 스즈키 이치로(29).
『사토』란 닉네임을 쓰는 그가 잠시 잠들었다 깨어나 보니
듣도 보도 못한 이세계에 방치되어 있었다!
혼란에 빠질 틈도 없이 눈앞에는 처음 보는 괴물의 대군이 다가오고,
하늘에서는 유성우가 쏟아진다.
정신을 차리고 보니, 최강 레벨의 힘과 막대한 부를 손에 넣었는데……?!
이렇게 사토의 「유유자적, 가끔 시리어스, 그리고 하렘」인
이세계 모험담이 시작된다!!

**최강 레벨과 막대한 재보를 가지고
시작되는 유유자적 이세계 관광!!**

라이트노벨의 새로운 빛! L노벨의 신간은 매월 10일에 발매됩니다. http://cafe.naver.com/lnovel11

© Kei Azumi/AlphaPolis Co., Ltd.
illustration Mitsuaki Matsumoto

달이 이끄는 이세계 여행 1~9권

아즈미 케이 지음 | 마츠모토 미츠아키 일러스트 | 정금택 옮김

어느 날, 부모의 사정으로 인해 츠쿠요미노미코토에 이끌려
이세계로 가게 된 나, 미스미 마코토.
치트 능력도 하사받고 이건 그야말로 용사 플래그인가! 라고 생각했더니
이 세계의 여신에게 「너 얼굴 못생겼다」라는 이유로 거절당하고
나는 『세계의 끝』으로 전이당하고 말았다……
……뭐, 어쩔 수 없지. 기왕에 이렇게 된 거 이세계를 즐겨볼까!
이렇게 오직 내 한 몸만 가지고
타인의 온기를 찾아 여행을 시작하게 되었지만,
만난 것은 향기로운 냄새가 나는 오크 소녀, 시대극에 심취한 드래곤,
마조히즘 속성을 지닌 변태 거미 etc—
……내 주위는 멋들어질 정도로 이종족 페스티벌입니다.
젠장! 웃기지 마! 난 절대로 지지 않을 거니까!!

제5회 알파폴리스 판타지 소설 대상 『독자상 수상작』!

라이트노벨의 새로운 빛! L노벨의 신간은 매월 10일에 발매됩니다. http://cafe.naver.com/lnovel11

곰 곰 곰 베어 1~11권

쿠마나노 지음 | 029 일러스트 | 김보라 옮김

게임이 현실보다 재밌습니까?―YES
현실 세계에 소중한 사람이 있습니까?―NO

……온라인 게임 설문 조사에 대답했을 뿐인데
말도 안 되는 이세계(아마도)로 내던져진 나, 유나.
은둘이 경력 3년의 폐인 게이머.
맨 처음 장착하게 된 장비템이 『곰 세트』라니…….
이게 무어야―!?
하지만 세고 편하니까 뭐, 괜찮으려나?
울프를 쓰러뜨리고, 고블린을 쓰러뜨리고
극강 곰 모험가로서 일단 해볼까요.

은둘형 외톨이 소녀, 이세계에서 무적의 곰 모험가가 되다!